도요새에 관한 명상
환멸을 찾아서 외

김원일 소설전집 22

도요새에 관한 명상 | 환멸을 찾아서 외
1판 1쇄 발행 | 2012년 4월 13일

| 지은이 | 김원일
| 펴낸이 | 정홍수
| 편집 | 김현숙 김정현
| 펴낸곳 | (주)도서출판 강
| 출판등록 | 2000년 8월 9일(제2000-185호)

| 주소 | 서울시 마포구 서교동 460-45 (우 121-842)
| 전화 | 325-9566~7, 070-7566-8496
| 팩시밀리 | 325-8486
| 전자우편 | gangpub@hanmail.net

값 13,000원
ISBN 978-89-8218-170-2   04810
      978-89-8218-133-7(세트)

이 도서의 국립중앙도서관 출판시도서목록(CIP)은 e-CIP 홈페이지(http://www.nl.go.kr/ecip)와 국가자료공동목록시스템(http://www.nl.go.kr/kolisnet)에서 이용하실 수 있습니다.(CIP 제어번호:CIP2012001492)

김 원 일
소 설
전 22 집

김원일 중편소설집
도요새에 관한 명상
환멸을 찾아서 외

일러두기
1. 이 소설전집의 맞춤법 및 외래어 표기는 현행 맞춤법통일안에 따랐다.
2. 수록된 모든 작품은 최종적인 개고와 수정을 거쳤다.
3. 권별 장편소설 배열과 중단편소설집 배열은 발표 순서에 따르는 것을 원칙으로 하였으나, 여러 권짜리 소설 『늘푸른 소나무』와 『불의 제전』은 장편소설 끝자리에 배치하였고, 연작소설은 별도로 묶었다.

김원일
소설
전 22 집

차 례

도요새에 관한 명상 7
환멸을 찾아서 85
잃어버린 시간 201
세월의 너울 303
작품 해설 이야기와 운명 조연정(문학평론가) 399
작가의 말 417

도요새에 관한 명상

도
요
새
에

관
한

명
상

1

 모든 강은 바다로 이어졌다. 강의 하구에는 흙과 모래가 쌓인 삼각주가 있었다. 연장 54킬로미터의 동진강은 동해 남단 바다와 닿았다. 강 하구는 물살이 완만했고 민물과 짠물이 섞였다. 수심 얕은 수초 사이가 산란에 적당하기에 물고기가 모였다. 새우 무리와 조개 무리, 민등뼈동물도 모여들었다. 철새와 나그네새도 삼각주에서 주린 배를 채우며 날개를 손질하곤 떠났다.
 나는 강 하구의 얕은 언덕에 앉아 있었다. 삼각주와 바다가 잘 내려다보였다. 날이 밝아오고 있었다. 강 하구에서 갈매기들이 날아올랐다. 갈매기들이 날갯짓을 쳐대자 그 수다로 조용하던 개펄이 소란해졌다. 갈매기들은 주황빛 공간을 한 바퀴 선회하다 바다로 곤두박질했다. 수면에 이르자 날개를 꺾어 개펄을 따라 멀리로 날아갔다. 새벽의 공간에 자유스러운 비상이 힘찼다. 그 날갯짓이 부러웠다. 주위의 뭇시선으로부터 나도 저렇게 해방될 수 있다면, 그 해방을 어른들은 방종이라고 말하며 타락했다고 손가락질했다. 그러나 손가락질은 저들이 받아야 마땅했다. 우리 세대의 타락은 그들로부터 배웠다. 그들이 새로운 타락 방법을 만들어내면 우리는 그 방법을 재빨리 답습했다. 나는 형을 생각했다. 봄부터 철새와 나그네새에 미친 형이었다. 형은 새처럼 자유인이 되고 싶어했고, 내가 보건대 그 원대로 한 마리의 나그네새가 되었다. 그러나 형이 과연 새가 될 수 있을까. 새는커녕 진정한 자유인이 될 수 있을까. 한마디로 형은 미쳐버렸다. 나는 형의 얼굴을 지웠다. 찬 공기를 들이마시며 심호흡을 했다. 내 눈길이 남쪽 개펄을 따라 멀어지는 갈매기를 쫓았다. 이쪽으로 돌아오려니 했는데 웅포리 쪽으로 사라졌다. 바닷가가 고즈넉이 가라앉았다. 나는 세운 무릎에 얼굴을 박고 한동안 침묵을 익혔다. 한기로 등이 시렸다. 새도 아닌, 그렇다면 나는 무엇인가. 형을 비웃을 수 있어도 나는 나 자신을 알지 못했다. 나는 형처럼 수재가 아니었다. 지방대학 입시에 매달려 주위의 눈치만 힐끔대다 주눅이 든 한 마리 새앙쥐였다.

새 떼의 날갯짓 치는 소리가 다시 들렸다. 나는 머리를 들었다. 이번에는 한 무리의 작은 새 떼였다. 족제비가 말한 새는 동진강에는 찾아오지 않는다 했으니 도요새가 아닐 것이다. 자세히 보니 기억이 났다. 형의 책꽂이에 꽂힌 『조류도감』 중에 접힌 부분이 있었다. 흰목물떼새였다. 강 하구의 갈대숲 사이를 누비다 날아올랐다. 흰목물떼새의 등은 연갈색이고 배 쪽은 흰색이었다. 목에는 흰 테를 둘렀다. 몸통은 참새를 닮았다. 뻘밭이나 물가를 걷기에 알맞게 다리가 길었다. 몸집은 병아리만했다. 날개깃 치는 소리가 갈매기만큼 시끄럽지 않았다. 흰목물떼새는 몸짓이 재빨라 금세 내 시야를 가로질러 바다로 줄달음질치더니 새벽노을로 차고 올랐다. 흰목물떼새는 텃새가 아니라, 철새 아니면 나그네새라는 것쯤은 나도 알았다. 남으로 내려갈 나그네새인지 동진강 삼각주에서 월동을 할 철새인지는 알 수 없었다. 절기로 보아 이제 가을이었다. 아열대 지방에서 월동을 하러 내려오고 있겠지. 나는 아무렇게나 생각했다. 모래사장에 내려앉아 개펄을 거닐던 흰목물떼새 중에 한 마리가 먼저 날았다. 이를 신호로 무리가 뒤따라 날아올랐다. 창공을 질러 북쪽 해안으로 멀어졌다. 바다와 개펄은 다시 정물화가 되었다. 갈대숲은 푸른 엽록소가 탈진하여 누렇게 바래졌다. 날이 밝아오자 삼각주의 모래사장도 희끔하게 드러났다. 동진강 물이 맑지 못해 모래가 회백색이었다. 그 뒤쪽 거대한 암청색 등판을 드러낸 망망한 새벽 바다는 파도가 없었다. 많은 잔주름이 미명의 빛 속에 잘게 쪼개졌다. 주위를 둘러보아도 사람은 보이지 않았다. 사이나를 넣은 콩을 뿌려놓고 족제비가 가버린 지도 한참 지났다. 나는 엉덩이를 털고 일어섰다. 바닷바람이 차가웠다. 오한이 가슴을 훑었고 어깨가 떨렸다. 나는 날이 새기 전에 족제비와 함께 삼각주 개펄로 나왔다. 일을 마치자 족제비가 먼저 가버렸다. 나는 혼자 삼십 분쯤 언덕에 앉아 있었고, 그동안 한 일은 수음밖에 없었다.

해가 솟아올랐다. 언제 보아도 둥근 낯짝은 부끄럼 없이 당당했다. 발기하던 내 생식기처럼 힘찼다. 왜소한 나로서는 해를 보기가 창피했다. 나는 어두워야 활동하는 야행성 동물이었다. 암내나 밝히는 새앙쥐였다. 나는 또 윤희를 생각했다. 고고 미팅에서 오늘 처음 만난 짝이었다. 고고 홀은 통금해제와 더불어 끝났다. 악사도 퇴장한 뒤라 홀은 비어 있었다. 객석의 불도 꺼졌고 비상구 쪽 백열등만 켜져 있었다. 여관으로 가자고 잡아챌까봐 윤희는 줄행랑을 친 뒤였다. 종호는 운이 좋았다. 맞춘 짝과 점잖게 꺼졌다. 둘은 가까운 여관에 들었겠지. 그때, 덩돌이 족제비가 말했다. 그 역시 나처럼 맨돌부대(재수생)였다. 녀석은 재수생의 고민덩어리 골통가방을 들고 있었다.

"내시가 아닌데도 난 계집앨 보냈지. 지금부터 돈벌이를 해야 하거든." 녀석이 말했다.

"남의 집 담장 넘을 작정인가?"

"병식아, 날 따라갈래?"

"어딜?"

"동진강 하구, 삼각주."

"신새벽부터 거긴 왜?"

"새 좀 잡게."

"새는 눈이 멀었나, 네게 잡히게?"

"음독을 시키는 게지. 오후에 수거하면 돼."

"죽은 새 구워 먹어?"

"그걸 팔지. 오늘 내 용돈도 그렇게 마련했어."

"죽은 새 사다 뭘 해. 포장집 술안주?"

"내장 먹었다간 식중독으로 급행 타게. 박제사(剝製士)에게 중

개무역을 하지."

"아무 새나 다 박제하나?"

"갈매기 따윈 쓸모없고, 나그네새나 철새만. 한철 장사야. 지금 삼각주는 그 새로 성시를 이룰 때거든."

"자연보호에 위배되잖아?"

"그럼 용돈을 어떻게 만져."

"한 마리에 얼마 받아?"

"청둥오리나 고니가 제값을 받지."

"수입이 쏠쏠한 모양이군?"

"잘함 독서실 비용까지. 오늘 일당은 너랑 분배할 수도 있어. 너 도요새 아니?"

"그런 새 이름도 있나?"

"박제사 아저씨가 그 새를 좀 구해오래."

"어떻게 생겼게? 공작처럼 멋있냐?"

"나도 사진으로만 봤는데, 물떼새와 비슷하더군. 여기가 공업지구로 지정되기 전에는 동진강 삼각주가 도래지로 유명했대. 강물이 오염되자 자취를 감췄어."

"도요새라?" 고고 홀의 어두운 비상계단을 내려가며 내가 중얼거렸다.

"도요새 중 동진강 중부리도요가 값이 나간데. 희귀하니깐 가수요가 붙은 게지."

"오늘 널 따라 견습이나 해보기로 하지."

나는 족제비를 따라나섰다. 우리는 가방을 든 채 석교 쪽으로 빠지는 길을 잡았다. 새벽 공기가 냉랭했다. 먼 데서 기계 돌아가는 소리가 들렸다. 바다 쪽으로 바람이 부는 새벽녘이라 매연을 맡을 수 없었다. 우리는 어둠 속으로 열심히 걸었다. 삼각주 개펄에 도착하자 족제비는 가방에서 도톰한 편지봉투를 꺼냈다. 서른 개 정도의 물에 불린 콩이 들어 있었다. 족제비가 주위를 둘러보았다. 내지 쪽에서 기계 소리가 들렸고, 새벽바람이 바다 쪽으로 빠졌다. 족제비는 사방 오백 미터 정도의 면적에 불린 콩을 흩뿌렸다. 나는 그를 따라다녔다. 일이 끝났다.

"어른들 뜨기 전에 토끼자구." 족제비가 말했다.

"시체 수거는?"

"해질녘에 우리 집에 와. 등산용 가방에다 넣어 시내로 반입해야 하니깐."

"넌 살인자야." 내가 말했다.

"살인자가 아닌, 살조자인 셈이지."

"너 먼저 가. 나온 김에 난 남았다 갈래."

"죄책감이 드니?"

"죄책감? 웃기고 자빠졌네."

"인간은 무엇이든 죽일 수 있어. 인간은 파괴자야."

"제법인데?"

"인간은 자연을 정복했어. 정복이란 살인이지."

"그만 해둬. 이빨에 땀나겠다."

"우리가 새를 잡는 건 소나 닭을 죽이는 것과 다를 바 없어. 위법 따지자면 길바닥에 가래침 뱉어도 안 돼. 오늘날 준법정신 지

켰단 영양실조 걸려."

"그만 해두라니깐. 난 남았다 일출이나 볼까 하구." 나는 윤희를 생각했다.

족제비는 떠났다. 나는 바다가 보이는 언덕으로 올라가며 윤희의 알몸만 떠올렸다. 시든 풀밭에 앉자 청바지를 내리고 수음부터 즐겼다. 일을 끝내고 돌아갈까 하다, 형이 생각났다. 새에 미치고부터 형은 일출을 보겠다며 부산을 떨었다. 떠오르는 해와 함께 기상하는 새 떼를 조사하기 위해서였다. 그 통에 내 달콤한 새벽잠이 엉망이었다. 나도 일출을 보기로 작정하며, 수음에 대해 생각했다. 왜 하루 한 번은 꼭 수음을 해야 하나? 나는 뾰족한 답을 말할 수 없었다. 주간지를 보면 건강에는 별 지장이 없다고 했다. 내가 섹스의 노예일까? 무한소수같이, 맞는 답을 구할 수 없었다. 타성이고 습관이라면 그만이었다.

나는 가방을 들고 언덕길을 내리 걸었다. 길섶의 풀이 바지 아랫도리에 감겼다. 다리가 후들거렸고 눈꺼풀이 무거웠다. 독서실이 아니라 오늘은 집으로 들어가 엄마를 만나야 했다.

길 양쪽으로 공단이 질서정연하게 늘어서 있었다. 산업도로는 인적이 드물었다. 이따금 시내버스가 빈 거리를 달렸다. 손수레를 끌고 가는 청소부 아저씨가 눈에 띄었다. A단지 끝까지 갔을 때였다. 내 또래 공원들을 만났다. 야근을 하고 나온 여공들이었다. 걸음걸이가 힘이 없었고 얼굴이 파르족족했다. 여공 둘이 내 뒤를 따라왔다. 낮게 소곤거리는 말에 귀를 기울였다.

"야식용 빵 있잖아?"

"크림이 또 변질됐던?"

"그게 아니구, 조장 말야."

"조장이 뭘 어째서?"

"결근한 순이 걸 조장이 먹어치웠어."

겨우 빵 한 개를 가지구 주둥일 쫑어. 나는 가소로웠다. 그런 쩨쩨한 생각만 하니 공순이 신세를 못 면한다 싶었다.

"어제 병원엘 갔다 왔어."

"하루쯤 조릴 하잖구 야근까지 하다니."

"이번 달엔 고향에 송금도 못했지 뭐냐."

"작년까진 직속 과장이었는데, 수술비도 안 대줬단 말야?"

"셋째딸이 장 중첩 수술을 했대. 가불이 많아 또 가불할 수 없다나."

"아무렴, 치사하다, 얘."

"내가 단속 잘못한 탓이지."

"그러다 몸 망쳐."

"만신창인걸. 벌써 두번짼데."

"세 번 이상 긁어내면 애 들기도 힘들대."

"이젠 끝났어."

"단물만 뽑아먹구 잊어달라는 쪼로군."

"기혼잔 줄 알면서, 내 잘못이지 뭘. 날 검사과로 옮겨주긴 했지만."

"너 외에도 당한 애가 또 있을걸. 말썽 안 피울 애만 골라서."

"이러다간 내가 어떻게 될지 모르겠어."

화제가 그쳤다. 나는 여공들 얘기에 관심이 없었다. 얼굴과 몸매만 대충 훑어보았다. 예쁜 애는 없고 모두 그저 그런 여자였다. 오른쪽 애 젖가슴이 커보였다. 가짜일 테지. 쟤가 수술한 애일지 몰라. 그러면 가짜가 아닐걸. 애 엄마가 되려다 도중하차했으니깐.

대문의 초인종을 누르자 젖이 컸던 여공의 젖꼭지가 떠올랐다. 종옥이 문을 따주었다.

"독서실에서 오는 길이니? 밥은 먹었어?" 종옥이 손에 낀 고무장갑의 물기를 털며 물었다. 나흘 만에 보니 반가운 모양이었다.

"놀다 온다, 왜. 어쩔 테냐?" 부엌데기 주제에 뭘 참견하겠다구. 나는 짜증이 났다.

"공연히 신경질이야. 막 쌀 안쳤기에 시장할까봐 물었는데……" 엄마는 아직 자냐는 내 말에, 종옥이 머리를 끄덕였다.

"밥이고 뭐고 잠부터 자야겠으니 깨우지 마."

"딴 상 벌이려면 네가 차려 먹어."

젖깨나 주물렀다고 매사의 말투가 저랬다.

"종옥아, 엄마 외출하면 삼만 원 놓고 가시라고 해. 학관비하고 식대야. 안 챙겨두면 너 죽어." 아래채로 걷다 걸음을 멈추고 말했다.

아래채는 세를 놓으려 지은 방 두 칸이었다. 작년 여름, 블록으로 방 두 칸을 지을 때였다. 집이 거의 완성 단계였는데, 그게 항공 촬영에 걸렸다. 열흘 안에 허물어 원래대로 해놓으라는 계고장이 날아들었다. 아버지가 구청으로, 시 건축과로 들락거렸으나 별무소득이었다. 시 건축과 직원과 철거반원들이 들이닥쳤다. 자진 철거를 안했기에 어쩔 수 없다고, 시 건축과 직원이 말했다. 우린 법에 따라 조처한다며 철거반원 하나가 웃통을 벗었다. 모두들 들고 온 해머를 휘두르자, 벽이 무너졌다. 집은 쉽게 허물어졌다. 철거반원들은 수돗가 라일락나무 그늘에 앉아 담배를 태웠다. 나중에 귀가하여 허물어진 집을 본 엄마가, 어디 누가 이기나 해보자며, 그 바쁜 중에도 직접 나서겠다고 했다. 다시 미장이를 불러 벽을 쌓으라고 엄마가 아버지에게 명령했다. 아버지는 엄마의 말에 고분고분 따랐다. 집은 종전대로 다시 지어졌다. 이제 엄마가 구청으로, 파출소로, 시 건축과로 출입했다. 철거반원들 발길이 그쳤다. 엄마는 중학교를 졸업하지 못했지만 수완가였다. 나는 대학물 먹은 아버지를 비웃었다. 두 칸 방 중에 하나는 형과 내가 거처했고, 다른 방은 세를 내주었다. 위채 큰방은 부모님이, 마루 건너 골방은 종옥이가 썼다.

    나는 미닫이 방문을 열었다. 자던 형이 안경 벗은 게슴츠레 눈을 치켜떴다. 형은 사시(斜視)의 눈을 다시 힘없이 감았다. 형의 자는 모습이 시체 같았다. 형은 이불을 정강이께에다 말아 붙였는데, 러닝셔츠와 팬티가 눈에 들어왔다. 꾀죄죄한 면팬티의 사타구니 중심부가 포장을 쳤다. 형은 목이 칼칼한지 된기침을 캑캑거렸고 입맛을 다셨다. 아직 자는가, 아니면 가수 상태에서 자는 체하는지 알 수 없었다. 나는 책상에 가방을 놓았다. 바지를 벗으며 형의 얼굴을 내려다보았다. 올 여름을 넘기며 형의 얼굴이 까맣게 타버렸다. 여윈 얼굴이 오늘따라 겉늙어 보였다. 머리는 한 달쯤 감지 않은 모양이었다. 머리카락이 비듬과 기름때로 엉겨 있었다. 가파른 콧날 양쪽 뺨은 살점이 없었다. 꺼진 눈자위 주위가 검츠레했다. 형이 아직 건재하다는 증거는 새벽의 힘찬 발기였다. 배설할 길 없는 성욕뿐일까. 형의 피폐한 모습이 자살 직전의 몰골이었다. 만약 형이 죽는다면? 그럴 수도 있다고 생각했다. 형은 모든 사람을 실망시켰다. 좋은 대학에 연연하는 우리 또래 후배들에게는 치명적인 실망감을 안겼다. 형의 얼굴을 내려다보자 잠시 혼란에 빠졌다. 대학 합격이 성공의 보증수표인지 실패의 부도수표인지 알 수 없었다. 그 문제를 형이 뒤죽박죽으로 만들어놓았다. 주위 사람들은 형의 앞날에 대해 부정적이었다. 옛 상태로 회복될 가망이 없다고들 말했다. 아까운 청년이 폐인이 됐어. 어쩜 조만간 연기처럼 사라져버릴 거야, 하고 두려워했다. 나도 그런 견해에 동의했다. 형은 한때 내 우상이었다. 그러나 형의 이카로스 날개는 한순간에 퇴화하고 말았다. 형의 텔레파시 회로선은 오직 '절망'이란 단어만 남발하고 있었다. 나는 형의 절망을 배울까봐 전전긍긍했다. 나는 작년에 부산 K대학교 공대에 응시해 낙방을 했다. 며칠을 부끄럽게 지냈고, 고민은 며칠뿐이었다. 형은 수재였다. 고등학교 때부터 이름이 동진 바닥에 알려졌다. 형은 서울의 명문 국립대학교 사회계열에 좋은 성적으로 입학했다. 형은 시력이 나빠 이학년 때 방위병 혜택을 받아 일 년 만에 군 복무를 끝냈다. 복학해서 육 개월 남짓만에 형은 불장난에 말려들었다. 내 생각으론 형의 객기였다. 아니, 형은 수재였기에 그런 위험을 자초했는지 몰랐다. 재사박덕이란 말이 어울리는 짓거리였다. 형은 하숙방에 등사기를 들여놓고 정부가 금하는 주장이 삽입된 선언문을 찍어냈다. 형의 행위는 긴급조치법 위반이었다. 형은 당연히 입학했듯, 당연히 퇴학당했다. 형은 노란 얼굴로 낙향했다. 이태가 흘렀다. 그동안 형의 변한 점은 하루 한 끼를 줄여 일일 이식을 한다는 점뿐이었다. 형의 안색은 더 창백해지고, 얼굴에서 청춘은 사라졌다. 식욕조차 없는지 하루 두 끼조차 밥의 양을 줄었다.

나는 구석에 뭉쳐진 내 이불을 폈다. 이불을 덮어썼다. 세든 옆방에서 현자 누나의 말소리가 들렸다. 냉수 한 사발 달라는, 코에 감긴 목소리였다. 어젯밤도 숙취 끝에 자정 가까이 귀가한 모양이었다. 눈을 감자 졸음이 퍼부어 왔다. 고고 홀의 숨 막히던 더위와 뒷골을 쑤시던 사이키 음악. 그리고 어지럽게 섞갈리는 세 트라이트. 몸을 비틀던 윤희의 땀 찬 이마와 긴 머리칼. 교성의 열락. 흔들림과 깨어짐의 환희. 그 끈적한 타액 같은 어젯밤의 회상이 환각으로 잠을 흩뜨렸다. 정욕 같은 시간이라는, 고고 홀 화장실의 낙서가 떠올랐다. 정욕 같은 지겨운 시간이여, 어서 끝나라. 대학 입시의 끝, 겨울이 갈 때까지.

몇 시쯤 됐을까. 눈을 뜨자 손목시계부터 보았다. 열시 반이 지났다. 머릿속은 아직도 잠을 더 자두라고 유혹했다. 오늘 하루쯤은 오후까지 내처 자버릴까. 아니다. 엄마를 만나야 했다. 이번 주까지 적분 응용문제를 훑어보기로 했던 계획이 떠올랐다. 나는 일어났다. 방 안에 형은 없었다. 형 책상에 무심코 눈이 갔다. 노트가 펼쳐졌고 깨알 같은 글씨로 무엇인가 적어놓았다.

1. 물은 생활, 공업, 농업, 어업 등 모든 현대문명의 근원이며 자연이다. 근대 이전에 있어서 물은 주로 양에만 치중하고 그 화학적·물리적·생화학적 성질과, 이것의 생물학적 영향에 관해서 등한시되어왔다. 이제 지구상에 인구가 급증하고 도시가 비대해지고 많은 공장이 건설되었다. 거기서 흘러나오는 대량의 폐하수와 유독 물질이 한정된 수계에 집중적으로 방출됨으로써 자연정화수는 완전히 상실되어가고 있다. 2. 개발이나 공해로 자연환경이 파손되면 그곳에 살고 있던 생물은 생존치 못한다. 설령 명맥을 유지한다 하더라도 입지환경과 관계를 맺고 있는 이상 그 영향은 절대적이다. 특히 조류는 이와 같은 환경의 변화에 그 영향을 정면으로 받는다. 최근 각 지방의 물가에서 물촉새의 자취를 볼 수 없게 되었다. 논과 산림에 사용한 농약이나 공장의 폐수로 하천이 오염되어 그곳에 살고 있던 물고기나 조개가 줄어들기 때문이다.

 이어 형은 두 행을 비우고, 중부리도요라는 새 이름을 반복해서 낙서해놓았다. 족제비가 떠올랐다. 형도 족제비처럼 중부리도요를 찾고 있었다. 그러나 형이 박제용으로 찾는 것 같지는 않았다. 나는 오랫동안 형과 대화를 나누지 못했다. 내가 줄곧 도서실에서 생활한 탓이었다. 간혹 집에 들러도 형이 없을 적이 많았다. 얼굴을 본들 별 할 말이 없기도 했다. 그러는 동안 형은 새에 관해 생각을 많이 한 모양이었다. 새와 공해. 형의 생각은 이제 공해 문제에 미쳤음이 분명했다. 정부나 시에서도 엄두를 못 내는 도시의 공해 대책을 형이 어떻게 해결하겠다구. 어쨌든 형은 이상적인 만큼 비현실적이었다. 상식의 궤도를 벗어났다. 거기에 비해 족제비는 실속주의자였다.

나는 마루에서 아침과 점심 사이 어중간한 밥을 먹었다. 밥상에 내려앉은 가을볕이 따뜻했다. 수돗가에 현자 누나가 있었다. 나일론 속치마를 하이타이 거품물로 헹구는 참이었다. 화단의 라일락 잎이 현자 누나 등에 그늘을 내렸다. 얇은 티셔츠 안에 브래지어끈이 선명했다. 공장에 다니던 작년만도 현자 누나 허리는 날씬했다. 올봄 맥주홀에 나가고부터 곡선이 무너졌다. 아버지는 큰방 문 앞에서 신문을 보고 있었다. 돋보기 너머로 구인 광고란을 살폈다.

"엄만 언제 나갔나요?" 내가 아버지께 물었다.

"곧 온댔어."

"광고란에 중고 신참 쓸 마땅한 일자리라도 있나요?"

"그저 보, 보는 거지." 아버지가 어물쩍 말했다.

"놀고 지내기도 심심하죠? 저하고 바꿔 됐음 좋겠어요."

아버지는 대답 없이 재털이에 놓인 꽁초를 입술에 끼웠다. 아버지 연세는 올해로 쉰하나였다. 노동은 모르지만 아직 사무 일은 볼 수 있는 나이였다. 다리를 잘름거리고 말은 약간 더듬지만 건강에는 이상이 없었다. 작년 초까지 아버지는 시내 공립중학교 서무과장이었는데, 작년 학기말에 물러났다. 엄마 탓이었다. 엄마는 아버지를 통해 학교 공금을 빼내 썼던 것이다. 아버지가 처음부터 엄마 농간에 놀아나지는 않았다. 공금을 빼내 개인 용도로 쓸 만큼 아버지가 배짱이 있지 못했다. 아버지는 꽁생원으로, 소심하고 옹졸했다. 겁이 많았다. 아버지는 이를 전쟁 탓으로 돌렸다. 언젠가 아버지는, 고향을 잃고부터 가슴에 큰 구멍이 뚫렸다고 말했다. 통일이 되지 않는 한 메울 수 없는 구멍이라고 자탄했다. 고향을 잃고 살기는 엄마도 마찬가지였다. 그러기에 아버지 이유는 타당하지 않았다. 아버지는 금강산을 낀 강원도 통천군 두백리가 고향이었다. 들은 바로, 그곳에서 배 열 척과 어장을 가진 수산업 재력가 아들로 태어났다. 해방 전 일본에서 전문학교를 다녔고, 해방 후 서울에서 대학에 적을 두었다. 전쟁이 난 해 6월, 결혼을 하려 고향으로 간 게 그만 발이 묶였다. 그해 7월 아버지는 고향서 징집 당해 인민군 소위로 참전했다. 지난봄 어느 날, 아버지는 나도 낀 자리에서 형 질문에 대답했다. 아버지는 공산주의가 원래 생리에 맞지 않았다고 했다. 객관적으로 어느 주의가 좋다 나쁘다를 떠나, 그들은 매사에 과격하다는 것이다. 사나운 맹수가 인간의 탈을 쓰고 인간을 집단으로 길들이려 덤비니, 인간을 생각하는 동물로 남겨두지 않는다고 했다. "혁명, 투쟁, 반동, 처단…… 단어만 들어도 끄, 끔찍해. 사람은 다 개성이 다르기에 가, 각자의 꿈과 소망이 다르듯, 나는 그런 개성과 차, 창의력을 존중해. 또 너들이 알다시피 인간이 생산과 노동 이외 마음대로 옮겨 살 자, 자유와 사색도 피, 필요하구……" 아버지의 더듬는 말이었다. 그 말에 형이, 아버지는 전쟁의 희생자로 분단 현실이 당신의 희망을 앗아갔다고 토를 달았다. 그 말에 내가 나섰다. "교과서의 통일이란 말씀은 귓구멍에 못으로 박혔어.

그런데 뭐야. 지금 상태에서 저쪽과 무슨 대화가 통해. 선생님도 자유민주주의와 전제공산주의는 무력의 길 외에는 통일이 힘들다고 말했어. 나도 동감이야. 통일을 위해 누가 전쟁을 원해? 오천만이 넘는 인구 중 몇 할이 전쟁과 통일을 바꾸자고 나서겠어? 전쟁은 모든 걸 망쳐. 전쟁을 통해 통일을 도모하는 것보다는 차라리 영구적인 분단이 오늘을 살기에는 편해." 내 말을 형이 반박했다. "너희 세대는 통일의 중요성을 몰라. 그런 사고방식을 갖게 된 건 잘못된 교육 탓이야." 형 말에 아버지가 머리를 주억거리며, 모든 게 오늘의 교육 탓이라고 했다. 이 물량 위주의 자본주의 사회가 젊은 애들을 나쁜 쪽으로 몰아가서 가치판단의 기준을 잃게 했다며, 교육계에 몸담았던 티를 냈다. "통일을 외치는 아버지나 형보다 저희들은 통일에 무관심한 세대죠." 내가 콧방귀를 뀌었다. 인간은 정직이 중요한데 네 생각은 정직하지 못하다고 아버지가 말했다. 아버지 말에 잘못은 없었다. 아버지는 정직을 생활신조로 삼았다. 아버지는 학교에서 빼낸 공금을 보름 안으로 꼭 메우겠다는 엄마의 약속을 긴가민가했다. 엄마는, 파산 끝에 가족이 거리로 쫓겨난다, 청산가리로 집단자살하자, 보름이면 꼭 그 돈 돌려막을 수 있다, 나 혼자 감옥에 가거든 잘먹고 잘살라는 극단적인 위협을 서슴지 않았다. 협박과 공갈로 아버지를 설득시켜, 그 결과 오백만 원 돈을 우려낼 수 있었다. 어느 날 아버지는 술에 취해 인사불성으로 돌아왔다. "이건 나, 날강도다. 일을 저, 저질렀어. 이젠 나도 책임질 수 없다……" 아버지는 우리 방으로 건너와 형과 나를 잡고 겁에 질려 훌쩍였다. 엄마는 그 돈으로 깨어지려는 계를 겨우 수습했다. 아버지와 약속한 보름이 지났다. 엄마는 그 돈을 갚지 못했다. 아버지는 안절부절, 엄마는 안달을 냈다. 이제는 아버지가 날마다 자살 타령을 읊조렸다. 결국 아버지는 교장에게 사실을 자백했고, 권고사직을 당했다. 아버지의 스물네 해 공직 생활은 불명예로 끝났다. 퇴직금을 얼마간 받았으나 그 돈으로 횡령한 공금을 다 메울 수 없었다. 학교에서 송별회를 마치고 술에 취해 돌아온 날 밤, 아버지는 우리들 앞에서, "암탉이 울면 지, 집안이 망한다더니……" 하는 말만 읊조렸다. 그로부터 아버지는 집 안에 들어앉았다. 달마다 만천 원씩 나오는 삼급 상이용사 연금이 아버지의 유일한 벌이였다. 엄마는 역시 수완가였다. 식구를 거리에 나앉게 하지 않았고, 끼니를 거르게 하지도 않았다. 엄마의 능력으로 우리 식구의 생활은 예전 그대로의 수준을 유지했다. 경제권이 엄마에게 옮겨간 것이 달라진 점이라 할 수 있으나, 사실은 전에도 엄마가 경제권을 쥐고 있었다.

대문의 초인종이 울렸다. 내가 밥그릇을 비우고 숭늉으로 입안을 헹굴 때였다. 종옥이 대문께로 나갔다. 엄마가 치맛귀를 싸쥐고 들어오며 나를 힐끔 보았다. 엄마는 가죽백을 마루에 던지며 주저앉았다.

"망했어. 빚내서 이자 치르면 또 새 이자 빚이 늘어나고…… 도대체 돈이 씨가 말랐나, 이렇게 융통이 안 돼서야. 우리도 끼니 거를 날 올 테지. 종옥이도 내보내야겠다. 아파트에 손댄 게 잘못이었어." 엄마가 한숨 끝에 말했다.

"서울 부동산 경기 침체가 예까지 쳐들어왔나? 프리미엄만 떼이면 될 텐데." 내가 말했다.

아버지가 신문에서 눈을 떼고 엄마를 보았다. 한마디 할 듯 입술을 달싹거렸으나 잔기침만 뱉곤 신문에 다시 눈을 주었다.

"이제 전매가 안 된다잖아. 실수요자가 아님 집을 살 수 없대."

"아파트를 은행에 담보 잡혀 돈을 돌리세요."

"넌 하란 공부 안하고 머리가 그쪽으로만 트이냐? 요즘 어때? 독서실 배겨낼 만해?"

"그저 그렇죠, 뭐."

"올해 낙방하면 걷어치워. 뭐 꼭 대학을 나와야 돈을 잘 버나. 너도 네 밑 닦을 줄 알아."

나는 돈이 필요했다. 엄마 푸념에 물러설 수 없었다. 엄마의 저런 넋두리와 짜증에 나도 만성이 된 터였다.

"엄마, 삼만 원쯤 줘. 학관비를 내야겠구, 용돈도 없구."

"맨날 무슨 돈타령이니. 넌 엄마 낯짝이 돈으로만 뵈니?"

"사실은 오만 원이 필요한데 깎아서 부른걸요. 밤샘하며 라면만 먹었더니 속도 쓰리구……" 나는 끝말을 죽였다. 늘 구걸하는 게 버릇이 되었다. 정에 약한 엄마를 이용하는 데는 응석부림이 효과가 있었다.

"공부구 뭐구 때려치워. 형 꼴 좀 봐. 네 형만 보면 억장이 무너지니……" 하더니, 엄마는 백을 당겨 오천 원권 석 장을 집어냈다.

"강습소고 독서실이고 집어치워. 집에 들앉아 공부한다구 안 될 게 뭐냐."

돈을 챙긴 나는 얼른 가방을 들고 집을 나섰다. 골목 입구 약방 앞까지 왔을 때였다.

"병식아, 나 좀 봐." 누가 뒤에서 불러 돌아보니 아버지였다. 아버지는 잘름거리며 쫓아왔다. "돈 오천 원만 비, 빌려주겠니? 월말에 돌려줄게."

"내가 쓰기도 모자라요." 사실이 그랬다. 어젯밤 고고 홀에 갈 때 족제비가 오천 원을 빌려주었다. 그 돈은 오늘 갚기로 약속했다.

"원호금 타면 돌려주마. 급히 쓸 데가 있어서 그, 그래."

"엄마한테 말하지, 왜 날보구 이래요? 돈 타낼 때 엄마 잔소리 하는 거 들었잖아요?"

나는 몸을 돌렸다. 아버지의 발소리가 더 이상 나를 따라오지 않았다. 아버지의 발걸음은 기원으로 돌려질 터였다. 거기 나가면 함경도 출신의 삼팔따라지 바둑 친구 강회장이 있었다. 아버지는 강회장에게 돈을 빌릴 것이다. 나는 내처 걸었다. 독서실에서 오전을 보내고 오후에는 족제비네 집으로 가서 박제품 수거에 따라붙어야지. 나는 쉽게 결정을 내렸다.

2

9월 중순을 넘기면서 가을도 성큼 한발 다가섰다. 여름 동안 무성했던 뭉게구름이 하늘에서 자취를 감추고 건조한 바람이 대기를 채워 불었다. 강가의 작은 벌레나 물고기, 조류도 살이 오르고, 겨울을 날 생물들은 겨우살이 준비에 착수했다. 식물은 뿌리를 더 견고하게 대지에 박고, 먹이를 쫓는 동물의 싸댐도 분주해졌다.

 이런 절기쯤이면 동진강 하구의 삼각주에는 여러 종류의 나그네새와 철새를 볼 수 있었다. 천둥오리 · 바다오리 · 황오리 · 왜가리 · 고니 · 기러기 · 꼬마물떼새 · 흰목물떼새 · 중부리도요 · 민물도요 · 원앙이 · 농병아리 등, 수십 종의 철새와 나그네새가 먹이를 쫓아 싸대는 수다스런 행동거지가 볼 만했다. 각양각색의 목청으로 우짖는 소리와 날개 치는 소리가 강변 갈대밭을 덮었다. 동남만 일대가 공업화의 도전을 받자 새의 종류와 수가 줄어들었다. 근년에 그 현상은 더 현저해져 공해에 강한 새들만 동진강을 찾아들 뿐, 천연기념물로 지정된 새나 보호조는 날아들지 않는 종류까지 생겼다.

 내가 대학에 입학하던 해 늦가을이니 다섯 해 전이었다. 문리대생들의 교내 소요가 있자 학교 당국은 일주일 동안 가정학습을 실시했다. 나는 급우와 함께 고향집으로 내려왔다. 우리는 닷새 동안 바다와 맞닿은 동진강 하구의 삼각주 개펄에 텐트를 치고 야영했다. 그때만 해도 공해나 자연보호에 대한 관심이 크지 않았고, 나그네새나 철새를 관찰한다는 특별한 이유로 야영을 하지는 않았다. 우리는 라디오도 소지하지 않았고 오직 자연을, 자연 그대로의 상태로 보고 즐겼다. 세상 밖 문명이나 지식, 우리 연령대의 열정과 고뇌, 분노도 망각한 채 외곬으로 자연에 함몰된 상태로 닷새를 보냈다. 베르그송의 『창조적 진화』에 빠졌던 때였으나 나는 닷새 동안 책을 읽지 않았다.

"병국아, 잠 깼니? 또 우짖기 시작하는군그래." 미명 무렵, 친구가 말했다.

새 떼가 기상을 시작한 것이다. 천막 밖은 어둠이 걷혀갔고 한랭한 공기가 천막 안으로 밀려들었다. 바닷가에서는 늦잠을 잘 수 없다며 친구가 일어나 앉았다.

"어제처럼 개펄로 달려볼까?" 머리맡의 안경을 찾아 끼며 내가 말했다.

"우리 발걸음에 쫓긴 수백 마리 새 떼의 아우성이 듣고 싶어?"
"재밌잖아? 날려 보내면 금세 우리 뒤로 돌아와 앉을 텐데."
"산탄총을 갈겨대면?" 친구가 물었다.
"총알에 맞은 새는 한 점 순수로 떨어질 테지." 나는 어느 시인의 시구를 인용하며 웃었다.
"총알에 맞지 않은 새는?" 친구가 빤한 질문을 했다.
"멀리 날아가 다시 오지 않을걸."

우리는 큰 소리로 웃곤 파카를 껴입고 텐트 밖으로 나왔다. 바닷바람이 소금 냄새를 풍겼다. 밤새 바다와 하늘을 묶어놓았던 어둠이 퇴각하고 있었다. 수평선이 상하로 쪼개지며 선을 그었고, 그 선을 구획 삼아 붉은 빛살이 살아났다. 바다의 어둠이 빛살을 빨아들인다면 하늘의 어둠은 빛살에 튀어 터지는 참이었다. 우리는 맨발인 채 개펄로 뛰었다. 발바닥에 닿는 습기 찬 모래땅의 감촉이 좋았다. 새벽노을을 배경으로 점점이 뿌려져 나부끼는 새 떼의 힘찬 비상을 볼 수 있었다. 다섯 해 전 그때만 해도 나는 수십 마리, 또는 그 이상으로 떼를 이룬 도요새 무리를 보았다. 메추라기 같은 몸체에 머리 위와 눈썹 부분이 크림색이던 도요새는, 지금 따져보면 중부리도요가 틀림없었다. 우리가 가까이 가도 두려워하는 기색 없이 삼각주 개펄에서 긴 부리로 조개나 게, 새우 따위를 쪼던 모양이 지금도 눈에 선히 떠올랐다.

친구가 서울로 올라가고 이태 뒤였다. 나는 학교로 정배형을 찾아갔다. 형은 동진시의 유일한 전문대학에서 생물학을 가르치는, 내가 나온 고등학교 육 년 선배였다.

"중부리도요는 울음소리로 금세 구별할 수 있지." 그 방면에는 내 스승격인 정배형이 말했다. 그는 공해 문제 중 수질오염에 관심이 많았고, 그 방면의 논문을 준비하고 있었다.

"어떻게 우는데요?" 내가 물었다.

"글쎄, 입소리로 그걸 어떻게 흉내 낼까. 폿폿, 폿폿폿폿 또는 폿폿폿, 폿폿폿폿 하고 예닐곱 번씩 계속 읊어."

"녹음해둔 건 없나요?"

"녹음기가 있긴 해. 그러나 성능이 좋지 않아. 테이프레코더는 갖춰야 하는데, 선생 박봉으론 엄두가 나야지" 하며 정배형이 웃었다.

"며칠 전에 사흘 동안 삼각주 갈대밭에서 야영했어요. 그런데 그렇게 우는 새는 못 봤는데요."

나는 동진강 하구 삼각주 갈대밭에서 나그네새, 철새 종류를 관찰하며 기록한 노트를 정배형에게 보였다. 정배형이 노트를 훑어보았다.

"낙동강 하구가 도요새 도래지이지만 예부터 동진강 하구는 중부리도요 도래지로 알려졌어. 우리나라 동남해안 일대에서는 유일한 중부리도요 서식처인 셈이지. 그래서 서울의 조류 연구가도 중부리도요 습성을 관찰하러 봄가을로 이곳을 찾곤 했었지. 그러나 수 년 사이 중부리도요는 나도 못 본걸." 정배형이 말했다.

"수질 오염으로 먹이가 없어서 도래를 않는다면 동남만 부근의 다른 못이나 개펄로 옮겨간 게 아닐까요?"

"그렇게 생각할 수도 있지. 찾아보면 새로운 도래지를 발견할 수 있을 거야."

"언제 자전거라도 빌려 타고 해안 일대를 수색해볼까요?"

"좋은 생각이야. 수업이 없는 토요일 오후쯤이 좋겠군."

"일박 이일로요?"

"취사 일체는 내가 준비하지."

"쓰던 논문은 어떻게 마무리되어갑니까?"

"논문이랄 게 있나. 겨우 원고지 백 장 분량인걸. 대충 끝냈어."

"수질 오염도가 어때요?"

"동진강 하구 삼각주 지역 해수는 말할 것도 없고 웅포리 개펄 수은 농도가 평균 0.013피피엠이야. 허용 농도가 0.005피피엠이니, 허용 기준치를 많이 초과한 셈이지. 더욱이 공해병인 이타이이타이병(病)을 일으키는 카드뮴의 함량이 0.016피피엠이야."

"시장에서 파는 미역이나 다시마는 물론이구 웅포리 회도 못 먹겠군요. 대부분 이곳 동남만 인접 어장에서 수거하거나 잡아오니깐요."

"작은 문제가 아니라니깐."

"제가 서울 Y신문 주재기자 한 분을 아는데 자리 마련해볼까요?"

"이런 발표일수록 신중해야지. 생계가 걸린 사람들의 피해도 무시할 수 없으니깐. 환경오염 피해는 십 년이나 이십 년 후에 나타나지만, 당장 반응이 오는 그런 고발 기사의 역효과도 생각해야 해. 하루벌이 목판장수들, 영세어민 등, 그들 대책도 아울러 강구해야지."

"대의를 위해서는 부득하잖습니까. 그 보고는 사실에 입각한 거니깐요."

"그렇긴 하지. 조치가 빠를수록 우리들 식탁이 건강해지니깐."

"진실은 알릴 필요가 있어요. 일본의 미나마타 공해병(公害病)을 보더라도 말입니다."

미나마타병은 일본 구마모토 현 미나마타 시에 있는 신니치 질소 비료공장이 아세트알데히드를 제조하는 과정에서 부산물로 나온 메틸수은이 함유된 폐수를 미나마타 강에 그대로 배출함으로써 야기된 공해병이었다. 메틸수은에 오염된 어패류를 장기간 섭취한 현지 주민이 그 병에 걸리자, 앓는 환자가 천육백여 명, 사망한 환자가 이백팔십여 명이나 되었다. 미나마타병은 지각장애, 청각장애, 혀의 경화 등을 일으키며, 임산부의 경우에는 태아가 그 수은을 흡수하면 태아성 미나마타병에 걸려 출생 후부터 일생을 식물인간으로 살아야 하는 무서운 공해병이었다.

나는 라이프지 기자 유진 스미스 부부가 미나마타 마을을 취재해서 찍은 사진들 중 한 컷을 본 적이 있다. 유진 스미스 부부는 취재 도중 현지 주민의 완강한 반대에 부딪혀 실명의 위기를 겪기도 했다. 사진은 일본식 욕조 안 광경이었다. 어머니가 태아성 미나마타병에 걸린 십칠 세 딸을 목욕시키는 장면이었다. 전면에 부각된 딸은 몸통을 욕조에 담그고 다리와 상체는 욕조 밖으로 내놓고 있었다. 백치 딸은 눈을 치켜뜬 채 허공을 응시했으나 그 눈은 태어날 때 이미 맹인이었고, 두 다리는 장작개비같이 말라 있었다. 딸의 어깨를 씻겨주는 엄마의 표정은 우는 듯 일그러졌는데, 딸의 얼굴을 쳐다보는 모성의 애절한 눈망울이 인상적이었다. 십칠 년을 식물인간 상태로 숨 쉬는 딸을 지켜보아야 했던 엄마의 정신적 고통은 어떤 보상으로도 해결될 수 없으며, 문명의 부산물인 공해병이 얼마나 가공할 파괴력으로 인류 사회에 침투하는지 증언한 충격적인 사진이었다.

"우선 논문이 정리되는 대로 곧 학계에 보고하겠어." 정배형이 말했다. 정배형이 쓰던 논문은 「동남만 생산 식용해조 중 수은 카드뮴 납 및 구리의 함량분석」이었다. 형은 그 논문의 자료 수집을 위해 지난 겨울방학을 동남만 개펄에서 보냈다. 형과 내가 이런 대화를 나누기는 올봄, 내가 정배형을 찾아가 인사를 나눈 지 일주일 뒤였다. 내가 정배형을 찾은 이유는 나그네새의 습성과 도래에 관해 자문을 얻기 위해서였다. 정배형은 내 질문에 소상한 설명을 아끼지 않았다. 외로운 작업에 동지 한 명을 얻어 기쁘다고 했다. "자네도 이 신흥 공업도시의 공해 문제에 관심이 크군그래." 정배형은 내 어깨를 두드려주었다. 그로부터 형과 나는 동지가 되었다. 나는 날마다 정배형 학교로, 형 집으로 쫓아다녔다. 형 연구실에서, 술집에서, 동진강 하구에서 우리는 많은 대화를 나누었다. 나는 특히 나그네새나 철새의 생태에 수질오염이 미치는 영향을 두고 이야기했다. 그때부터 나는 새에 미쳐버렸다.

학교 대형 게시판의 제적자 명단에 내 이름이 나붙기는 이 년 전 가을이었다. 나는 하릴없이 열흘 동안 서울에 머물렀다. 그때부터 나는 하루 세끼 식사 중 두 끼만 먹기로 결심했다. 일일 이식이 건강에 좋다고 해서 그 말에 따른 게 아니었다. 그렇다고 내 육체를 학대하면서 이룰 수 있는 일은 아무것도 없었다. 고행 끝에 달관의 경지에 도달하려는 인도의 힌두교도들처럼 극기의 초기 단계로 절식을 결심한 것도 아니었다. 다만 긴장의 한 방법으로 선택했을 뿐이었다. 나를 훈련시키기 위해서는 우선 내 생리적 욕구부터 절제하는 게 필요했다. 자기 수련은 가득 찬 상태보다 비어 있는 홀가분한 상태에서 시작해야 했다. 뒤에 안 일이지만 체중을 가볍게 하는 새가 그랬다. 나는 열흘 동안 서울 이곳저곳을 기웃거리며 내가 할 수 있는 일을 찾아보았다. 입이나 살 정도의 일거리는 마련할 수 있었다. 그러나 그 바닥에서 끼니 잇기가 현재 상태보다 나아질 조짐이 없어 보였다. 상한 마음을 위로받을 길 없어 끓는 열정을 꾹꾹 눌러 삭이는 친구들, 웬만큼 익숙해져 세상형편에 적당히 얹혀버린 친구들 사이에서, 나는 조증을 앓는 마음을 달래느니 낙향이 나을 것 같았다. 고향에서 내가 할 일이 없더라도 그곳은 내 어린 시절의 추억이 담긴 성장지였다.

나는 짐을 챙겨 다시는 서울에 걸음하지 않으리라 결심하고 고속버스에 올랐다. 밤 차창에 비친 내 얼굴을 보았다. 파리하게 시든 병약한 청년이 불안한 눈동자로 나를 마주보고 있었다. 어느새 나는 소심한 벙어리 청년이 되어버렸다. 비로소 내가 어떤 면에서 말더듬이 아버지를 닮았음을 깨달았다. 구치소에서도 울지 않았던 눈에서 더운 눈물이 뺨을 타고 흘렀다. 광야에서 초인을 기다리던 설렘과 강가에서 말달리던 선구자를 그리던 내 열정이 노래로 남고, 삶의 열정조차 덧없는 한때로 받아들일 때, 나는 내 낙향을 젊음의 끝으로 해석할 수밖에 없었다.

  고향 역에 도착하니 밤 열시, 깜깜한 하늘이 가을비를 뿌렸다. 고향에서 나는 당분간 칩거를 각오했다. 엄마는 거지로 돌아온 이도령을 맞듯 넋두리를 늘어놓았다. 여자 몸으로 시장바닥을 싸대며 일수놀이해서 가정교사도 하지 말라 하고 공무원 봉급만큼이나 비싼 서울 하숙까지 시켰더니 그 결과가 이 꼴이냐며 며칠을 식음조차 놓았다. 내가 결코 암행어사가 될 수 없음을 나도 알았지만 부모를 실망시킴도 죄악임을 깨달았다. 나에 대한 엄마의 기대가 컸던 만큼 내 낙향은 반비례의 배반이었다. 공학박사로 동진시 공업단지를 총괄할 행정 책임자 정도는 될 수 있으리라 기대했던 엄마로서는 그 넋두리가 당연한 결과였다. 며칠의 넋두리가 끝나자 엄마는 그전에 내게 보였던 사랑을 증오로 갚기 시작했다. 넋두리가 욕설로 변했다. 용돈은 십 원 한 장 줄 수 없다. 앉은자리에서 자결해라. 자결을 못 하겠담 문밖 출입을 말아라. 대역죄인이니 동네 사람들 보기가 부끄럽다. 엄마 말은 납득할 만한 이유가 있었기에 나는 그 말을 소화해냈다. 낙향 닷새째, 엄마는 표범으로 돌변했다. 내 방의 책들을 마당으로 꺼내어 불살라버린 것이다. 화가 돋친 엄마는 방으로 뛰어들어 내 옷가지와 심지어 구두까지 불길에 던져버렸다. 친구나 이웃에게 자랑하던 초등학교, 중학교, 고등학교 때 상장도 불길 속에 던져졌다. 그때 나는 엄마가 내게 걸었던 기대가 모성보다는 자식에게 기댄 허영심임을 알았다. 그런 엄마를 나는 미워할 수 없었다. 다만 내 마음을 차지했던 엄마의 비중이 조금 낮아졌을 뿐이었다. 그 뒤부터 엄마의 잔소리가 귀 밖으로 흘러갔다. 병식이가 나를 보는 눈도 엄마 못지않았다. 아우는 노골적으로 표정에 경멸을 담았으나 말로 표현하지는 않았다. 그가 생각하는 나름대로의 삶의 길에 내가 배척당했다고, 그의 생각을 수정시킬 필요는 없었다. 그의 사리분별력도 나름 객관적이었으나 나와는 다른 객관이었다. 개인 의사가 존중되어야 하는 만큼 그의 생각도 자유였다. 그러나 오직 아버지만은 내 편이었다. 아버지는 낙향 첫날, 나를 따뜻이 위로했다. 돌아온 탕아를 맞이한 예수처럼 나를 맞아들였다. 경제권이 없어 송아지를 잡아 잔치를 베풀지 못했지만, 일생 중 한 번은 넘어진다, 그러나 그 한 번에 인생 전부를 포기할 수 없다고 말했다. 내 손을 잡고, 이 세상의 영화나 권력, 재물과 닿지 않더라도 삶에는 여러 길이 있음을 더듬는 말로 이야기했다. 하늘이 어떤 사람에게 큰일을 맡기려 할 때면, 반드시 먼저 그의 마음을 괴롭히고, 그의 살과 뼈를 지치게 만들고, 그의 육체를 주려 마르게 하고, 그의 생활을 궁핍하게 해서, 하는 일마다 그가 꼭 해야 할 일과는 어긋나게 만든다는 맹자의 비유까지 들먹였다. 방 안에서 보내는 감금 상태의 생활에도 한도가 있었다. 내가 방 안에서 갇혀 지내야 할 납득할 만한 이유도 없었다. 열흘 뒤부터 나는 고등학교 친구를 찾거나 시립도서관 출입으로 외출을 시작했다. 나를 보는 이웃의 시선이 의외로 차가운 데 또 한 번 곤욕을 치렀다. 모두 나를 경원하고 두려워했다. 그로써 나는 가족과 사회, 어느 곳에도 안주할 수 없음을 깨달았다. 내가 환경을 거부했는지 환경이 나를 도태시켰는지 한동안 갈피를 못 잡은 채 어리둥절해했다. 나는 홀로인 채 도시의 매연 낀 거리와 폐수로 오염된 개펄을 방황했다. 나는 나를 잃어버렸다. 내 실체만 남고 내 정신은 나로부터 떠났다. 흘러간 시간은 다만 공간이며 흐르는 현재 시간이 진정한 시간이라는 베르그송의 말에 동의한다면, 현재 시간조차 각성치 못하는 상태에서 다가올 시간을 어떻게 믿으랴. 나는 어느덧 삶을 비극의 본질로 받아들이는 데 익숙해졌다. 때때로 자살을 생각해보기에 이르렀다. 그러나 죽음의 선택이 자유스러운 만큼 그 결단은 단순한 사고를 요청하지 않았다. 나는 너무 나약한 심성의 소유자였다. 나는 약육강식의 시대에 아직 내가 맡아야 할 일이 남아 있을 거라며 주위를 살폈다. 그러나 희망적인 낌새는 어디에서도 찾을 수가 없었다. 다만 우리 나이가 중년에 이르렀을 때쯤, 이 시대가 당도할 좌절이나 희망만은 내 눈으로 확인하고 싶었다.

　죽음을 유보하면서도 삶답지 못한 생존의 늪에서 허우적거릴 때, 이 도시의 생활환경이 왜 자연을 파손시키느냐 하는 또 다른 문제에 나는 관심을 갖게 되었다. 동진강 하구의 삼각주 개펄에서 새 떼를 만났다. 실의의 낙향으로 술만 죽여내던 깜깜한 생활 안으로 나그네새의 울음이 들려오기 시작했다. 새가 내 머릿속으로 자유자재 날아다녔다. 수백 마리씩 떼를 지어 의식의 공간을 휘저었다. 내가 특별히 관심을 가진 것은 동진강 하구에서 자취를 감춘 도요새였다. 나는 깨어진 내 청춘의 꿈 조각을 맞추겠다고 도요새를 찾아 미친 듯 헤매었다. 도요새 중에서도 중부리도요를 발견하려고 휴일에는 정배형과 함께, 다른 날은 나 혼자 동남만 일대의 습지와 못과 개펄을 싸돌았다. 봄은 짧았고 곧 초여름으로 접어들었다. 그때는 이미 물떼새목(目)의 도요새과(科)에 포함된 그 무리는 우리나라 남단부를 거쳐 휴전선 하늘을 질러 북상한 뒤였다. 다시 도요새 무리가 도래할 시절을 기다렸다. 시베리아, 알래스카, 캐나다의 툰드라에서 편도 일만 킬로미터를 날아 남으로 내려오는 그 작은 새 떼의 긴 여정에 밤마다 환상으로 동참했다. 내 사고의 닫힌 문을 도요새가 날카로운 부리로 쪼며 밀려들어, 떠남의 자유와 고통에 대해 여러 말을 재잘거렸다.

—우리는 여름을 한대 추운 지방에서 번식해 가을이면 지구 반을 가로지르는 여행길에 오른다. 우리는 떠나야 할 때를 안다. 얇은 햇살 아래 파르스름하게 살아 있던 이끼류와 작은 떨기나무가 잿빛으로 시들고, 긴 밤이 북빙의 찬바람을 몰아올 때쯤이면 여정의 채비를 차린다. 여름 동안 자란 새끼도 날개를 손질하며 출발의 한때를 기다린다. 우리의 여행은 생존에 필요불

가결한 자유를 찾기 위한 고통의 길고 긴 도정이다. 처음 떠날 때, 우리는 무리를 이루지만, 창공을 가로질러 쉬지 않고 날 때는 혼자 날 뿐이다. 마라톤 선수가 42.195킬로를 완주할 때 오직 자신과 싸우듯, 작은 심장으로 숨가빠하며 혼자 열심히 난다. 그렇다고 방향이나 길을 잃는 법은 없다. 혼자 날지만 결코 혼자가 아니기 때문이고, 내 유전자 속에는 조상새로부터 물려받은 선험적인 길눈이 따로 있다. 우리는 각각 떨어진 개체지만 나는 속도가 일정하고, 행로가 분명하기에 낙오되거나 헤어지지 않는다. 오백만 년 전 신생대부터 조상새는 고통의 긴 여행을 터득해왔기 때문이다. 인간이 감히 상상할 수 없는 바다와 하늘이 맞물려 있는 무궁천지에 길을 열어 봄가을로 두 차례 대이동을 한다. 오직 생활환경에 적응하기 위해서라고 치부한다면 인간도 거기에 예외일 수 없다. 오히려 인간은 환경에 적응한다는 핑계로 사악해지고, 탐욕스럽고, 음란하고, 권력욕에 차 있다. 자연의 환경을 파괴하고 끝내 너희들을 파멸의 길로 이끌 물질문명의 노예가 되지 않았는가……

나는 여름 내내 도요새의 이런 재잘거림을 환청으로 들었다. 가을이 왔다. 이제 동진강 하류의 삼각주에서 중부리도요는 찾아볼 수 없었다. 아니, 중부리도요보다 몸집이 큰 마도요, 등이 불그스름한 민물도요도 볼 수 없었다. 동진강은 공장 지대에서 흘러나온 폐수로 수질이 크게 오염되었다. 많은 철새나 나그네새 중에 공해에 비교적 강한 몇 종류의 철새와 나그네새만 도래할 뿐이다. 바다쇠오리·청둥오리 등의 오리 무리와, 흰목물떼새 꼬마물떼 등, 물떼새 무리가 그들이다.

 나는 열 개의 미터글라스가 꽂힌 시험관꽂이를 들고 수질 오염도가 높은 동진강 하류 석교천 둑길을 걷고 있었다. 석교천은 이쪽 둑과 건너 둑 사이가 사십 미터 남짓한 개울이었다. 초등학교적 소풍을 자주 갔던 진양산이 발원지로, 길이가 오 킬로미터 정도였다. 석교 마을은 개울과 동진강이 만나는 기슭에 자리 잡았다. 개울 양쪽은 만여 평의 공한지였고, 개울 상류 멀리로 웅장한 B공단 공장 건물이 임립해 있었다. 내가 든 열 개의 미터글라스 중 여덟 개는 삼분의 이쯤 물이 찼고 두 개만 빈 글라스였다. 석양 무렵이었다. 해안 쪽 하늘에는 새털구름이 점점이 널렸고, 구름 한쪽이 놀빛에 물들어 입체감이 뚜렷했다. 도수 높은 안경알이 놀을 흡수했다. 나는 석교천을 내려다보았다. 개울물은 검은 주단처럼 칙칙했다. 석양 탓만은 아니었다. 이따금 회백색 거품이 냇물 표면에 응어리져 떠내려갔다. 시계를 보았다. 여섯시 사십오분이었다. 나는 둑에서 개울가 자갈밭으로 내려갔다. 자갈밭에 쭈그리고 앉아 농구화와 양말을 벗었다. 시험관꽂이에서 집어낸 빈 미터글라스를 들고 검정 바지를 걷어올려 개울 속으로 들어갔다. 싸한 냉기가 발목에서부터 차올라 검은 개울물이 장딴지를 가렸다. 바지를 한껏 걷고 물 가운데로 들어갔다. 물빛은 더 검어져 숯가루를 뿌려놓은 듯했다. 개울물 가운데 지점까지 오자 물이 정강이 위로 차올랐다. 나는 걸음을 멈추고 미터글라스가 삼분의 이쯤 차게 냇물을 떠냈다. 미터글라스를 들여다보았다.

좁은 유리관 속에서 혼탁한 물이 맴돌았다. 물결 소요가 가라앉자 물빛이 회색으로 변했고, 물속에서 검은 수포가 어지러이 움직였다. 검은 유액이 여러 겹의 명주실처럼 긴 띠를 이루어 유리관 벽을 감아 돌았다. 자세히 보니 또 다른 기름 입자가 물속에서 용해되지 않은 채 노랗게 떠돌았다. 그 외에도 유리관 안에는 육안으로 확인할 수 없는 다량의 중금속 불순물이 떠돌고 있을 터였다. 나는 참담한 마음으로 개울물을 내려다보았다. 안경알을 통해 놀빛에 반사된 검은 개울물이 독극물 같았다. 그 독극물이 내 다리의 땀구멍을 통해 전염해 오고 있었다. 정배형 연구실에서 본 사진이 떠올랐다. 육가(六價)크롬화(禍)로 코의 중앙연골에 구멍이 뚫린 환자가 치료받고 있는 장면이었다. 초로의 남자 얼굴이 뒤로 젖혀졌고, 양쪽 콧구멍에 핀셋으로 약솜을 넣는 사진이었다. 그는 일본화학공업이란 직장에서 이십 년간 근무하다 정년퇴직한 일본인이었다. 육가크롬이란 중크롬산소다를 생산하는 과정에서 배출되는 연소의 하나로 폐질환·신경장애·관절통·빈혈·위궤양·턱 뼈가 썩는 증상, 이가 빠지고 상하는 증세 등 각종 질병을 일으키는 독극물로서, 크롬이 오염된 땅에는 식물이 자라지 못하고, 그 폐수는 사람 다리를 썩게 할 정도라고 정배형이 말했다. "1970년 일본 매스컴을 떠들썩하게 만든 사건이지. 일본화학공업 네 개 회사, 크롬회사 여섯 개 공장에서 폐암 등으로 죽은 사람 수만도 삼십구 명, 약 백 명이 콧속에 구멍이 뚫리는 비중격천공(鼻中隔穿孔) 피해를 입는 중증을 보였어." 정배형은 신문 스크랩북을 펼쳤다. "우리나라에는 아직까지 육가크롬화 환자가 있었다는 공식 기록은 없지요?" "왜, 73년에 비중격천공의 피해 환자가 나왔지. 그 외에도 모르긴 하지만 다수의 환자가 있었을걸."

"담양 고씨 일가족 전신 마비사건도 분명 수은 중독에서 온 거죠?" "그렇게 보는 게 일반적 견해지." 정배형은 1975년 8월의 신문에서 스크랩한 곳을 가리켰다. 일본의 육가크롬화 사건 기사였다. 도쿄발 특파원의 기사 내용 중 붉은 줄을 쳐 강조한 부분이 있었다. 정년퇴직한 지 오 년, 흉부의 심한 고통으로 사경을 헤매는 어느 육가크롬화 환자 딸의 인터뷰 내용이었다.

―예전 우리 집은 고마스가와 1가 다리 밑 고마스가와 제2공장 근처에 있었지요. 낡은 사택이었습니다. 바로 옆에 크롬 찌꺼기의 황색 흙이 산처럼 쌓였고, 게다가 회사의 트럭이 유산가스를 매일 실어다 날랐습니다. 여름에는 남풍이 불어 붉은 먼지 때문에 세탁물을 말릴 수가 없을 정도였어요. 그런 악조건 속에서도 아버지는 태풍 때면 비번임에도 불구하고 공장으로 급히 달려갈 만큼 애사심이 강했어요.

"직무에 그토록 충실했던 근로자의 말로가 어떤 결과를 빚게 되었나. 만년엔 결국 불치의 병에 시달리게 된 게지. 공해병이란 증상이 즉시 나타나지 않는 게 특징이야. 십 년이 지나면 신체조직에 천천히 이상이 생기거든. 유전인자를 통해 다음 세대에까지 영향을 미치구." 정배형이 말했다. "우리나라도 강 건너 불 보듯

할 얘기가 아닙니다." 내가 말했다. "일본의 공업화를 답습하는 셈이니 상황이 닮은꼴로 전개된다고 봐야겠지. 벌써 학계의 관심을 넘어서서 심각한 사회문제로 대두됨을 자네도 알지 않는가." 그때 정배형의 말이 그랬다.

나는 시험관꽂이를 들고 자갈밭으로 되돌아 걸었다. 석교천은 도저히 살아 있는 물이라 부를 수 없다고 생각했다. 석교천 물은 죽어버렸다. 폐유가 결국 동진강으로 흘러들고 있었다. 강폭이 팔십 미터에 가까운 동진강은 몰라도 석교천에는 인체에 치명적인 영향을 줄 만큼 크롬산이나 수은이 다량 섞여 있을 것이다. 석교천 주민이 십 년이나 이십 년 뒤 육가크롬화의 중병을 앓지 않는다고 누가 감히 장담할 수 있단 말인가. 나는 자갈밭에 앉아 양말을 신었다.

"두고보라구. 내가 석교천은 물론, 동진강까지 예전의 자연수 상태로 반드시 만들고 말 테니." 누가 들으란 듯 내가 말했다. 이 중얼거림은 스스로도 수백 번을 반복해서 자기최면에 걸린 말이었다. 누가 듣는다면 헛된 집념이라고 비웃으며, 미쳤다고 손가락질할 것이다. 그러나 지구 절반 거리의 무공천지를 한 해에 두 번씩 건너야 하는 작은 도요새의 고통보다 그 일이 결코 어렵게 생각되지 않았다.

우리나라가 60년대부터 경제성장에 발돋움을 시작해 대망의 중화학공업 시대로 돌입했던 70년대 벽두, 아홉 해 전이었다. 내가 중학교 삼학년 때, 정부는 이 동남만 일대를 대단위 중화학공업단지로 고시했다. 이태 후 가을, 군청소재지조차 못 되었던 동진읍은 일약 시로 승격되었다. 그 이전까지 읍은 인구 만 명을 웃돌던 동해남부선의 한 작은 역이었다. 석교 마을은 읍내에서도 해안 쪽으로 치우친 변두리였다. 읍내에서 석교 마을까지 나가자면 석교천 둑방길로 삼 킬로는 걸어야 했다. 내가 중학교에 입학한 그때만도 석교천 물은 속이 환히 들여다보이게 투명했다. 깊은 곳은 허리를 채울 정도였지만 물속에서 눈을 뜨고 내려다보면 물밑의 길동그란 자갈이 맑게 드러났다. 추위도 추위지만 길이 멀어 겨울철은 예외였지만, 학교가 파한 뒤 반 애들과 어울려 조갑지나 불가사리 따위를 주우러 바다로 나가곤 했다. 석교 마을 앞을 지나며 냇가에 늘어앉아 빨래하던 여자들의 재잘거림과 킥킥대던 웃음소리도 들었다. 60년대, 그때만 해도 이곳 자연 상태는 완벽하게 보호되었다. 누가 나서서 보호해서가 아닌, 자연 그대로의 상태였다. 사십여 호의 석교 마을까지 오면 석교천과 동진강이 합쳐지고, 우리는 거기서부터 넓게 트인 바다를 볼 수 있었다. 동진강 하구에서 시작되는 삼각주 갈대밭과 다복솔 울창한 해안 구릉 사이로 보이는 바다는 철에 따라 색깔이 달랐다. 봄이면 녹청색을 띠다, 여름이면 짙푸른 파랑, 가을이면 감청색으로 어두워졌고, 겨울이면 짙은 남색으로 변했다. 바다다! 하고 외치던 친구가 노래를 불렀다. "나의 살던 고향은 꽃피는 산골……" 다른 친구는 바다 노래를 불렀다. "초록바다 물결 위에 황혼이 지면……" 노랫소리는 바닷바람이 읍내 쪽으로 몰아갔다. 그 시절, 나는 꿈을 꿀 때도 동진강을 따라 바다로 나갔고, 거룻배를 타고 연안 바다로 떠돌았다. 어떤 날 밤은 고래가 나를 태워 여러 나라로 돌아다니는 꿈도 꾸었다.

　나는 석교천 물을 떠온 미터글라스에 종이를 붙이고 볼펜으로 날짜와 시간을 적었다. 코르크마개로 주둥이를 닫고 시험관꽂이에 꽂았다. 시험관꽂이를 들고 둑길로 올라섰다. 갈대와 풀이 죄 말라버린 만여 평의 공한지가 양쪽으로 펼쳐져 있었다. 벌레는 물론이고 지렁이류의 환형동물조차 살 수 없는 버려진 땅이었다. 이 땅에도 내년이면 연간 오만 톤의 아연을 생산할 아연공장 착공식이 있을 예정이란 신문기사를 읽었다. 내가 중학을 졸업하던 해까지 이 들녘은 일등호답이었다. 가을이면 알곡을 메단 볏대가 가을바람에 일렁였다. 참새 떼의 근접을 막느라 허수아비가 섰고 사방으로 쳐진 비닐 띠가 햇살에 반짝였다. 바다를 끼고 있었지만 석교 마을은 어업보다 농업 종사자가 많은 부촌이었다.

　마을 입구 들길에서 나는 산책 나온 임영감을 만났다.

　"이곳도 참 많이 변했죠?" 마을 경로회 부회장인 임영감에게 물었다.

　"공업단지가 들어서고 말이지." 임영감은 회갑 연세로 석교 마을에서 삼대째 살고 있는 읍 서기 출신이었다. "변하다말다. 십 년이면 강산도 변한다지 않는가. 공업단지가 들어선 지도 벌써 팔 년째네."

　"언제부터 농사를 못 짓게 됐나요?"

　"공단이 들어서고 이태 동안은 그럭저럭 농사를 지었더랬지. 그런데 이듬해부터 농사를 망치기 시작했어. 못자리에 기름물이 스며들지 않나, 모를 내도 뿌리째 썩어버리니, 결국 폐농했지."

"보상 문제는 어떻게 해결지었나요?"

"관에 폐수분출금지 가처분신청인가 뭔가도 냈지. 그러나 폐농한 마당에 소장(訴狀)이 문젠가. 용지보상 대책위원회를 만들어 시청과 공단 측에 항의했더랬지. 공장에서 쏟아내는 기름찌꺼기 때문에 땅을 망쳤다구 말야. 일 년을 넘어 끌다 끝장에는 동남만 개발공사에서 땅을 사들이기로 해서, 삼년연차로 보상을 받긴 받았지. 우리만 손해를 봤지 뭔가. 옛날부터 그런 사람들과 싸워 촌무지렁이가 이긴 적이 있던가."

"공단 측은 수수방관한 셈입니까?"

"그때나 지금이나 그 사람들 세도는 대단해. 지도에 등재도 안 된 촌이 자기네들 입주로 크게 발전을 했는데 그까짓 피해가 대수롭냐는 게지. 땅값이 천정부지로 올랐으니 팔자 고치지 않았느냐구 우기더군. 이젠 귀에 익은 소리지만 그때만 해도 생경한 수출입국이니, 중공업 시대니, 지엔피니 하는 소리를 귀에 딱지가 앉도록 들었지. 공단 측은 마을 대책위원과 촌로들을 초청해서 술 사주며 선심을 쓰다, 나중에는 마을 청장년을 자기네 공장에 취직시켜주겠다고 해서 흐지부지 끝났어."

"어르신님 댁도 혜택을 봤나요?"

"우리 집 둘째놈이 제대하고 와 있던 참이라 피브이시 공장엔가 들어갔어. 제 놈이 배운 기술이 있어야지. 월급 몇 푼 받아 와야 제 밑 닦기 바빠. 딸년은 바람이 들어 서울로 떠났지. 거기서 공장 노동자 짝을 얻어 월셋방 살아." 임영감이 기침 돋워 가래침을 뱉었다. "여보게 젊은 양반, 이 가래침 봐. 새까맣지 않은가.

서남풍이 불 때면 굴뚝 매연이 이쪽으로 날아와 우리 마을만 해도 해소병처럼 기관지병 걸린 사람이 한둘이 아니라네. 어디 사람 살 동넨가 말일세."

"그 당시 땅값이 올랐으니 땅 팔아 벼락부자 된 분도 많겠네요?"

"목돈 좀 쥔 사람도 있긴 해. 그러나 돈이란 써본 사람이 제대로 쓰지, 어디 그 돈이 온전할 리 있겠나. 이런 저런 꾐에 빠져 이태를 못 넘겨 다 거덜 났어. 백수건달 된 치는 도회지로 나가 막노동이나 하겠다며 식솔 데리고 떠났지. 난리가 따로 있겠나. 그것도 난리야."

"석교도 많이 달라졌어요."

"세상이 확 바뀐 게지. 개벽 이래 말일세."

"어르신은 요즘 어떻게 소일하시나요?"

"젊은이가 창피한 것까지 다 묻는군그래. 그 뭔가, 통닭집에 닭 싸주는 봉지 있지? 그 종이를 날라다 풀칠하고 손잡이 끈도 달아줘. 그래도 아직은 정정한데 손 재놓고 놀 수야 있나."

나는 죽은 땅 공한지 건너 공단 쪽을 보았다. 화학공장들로 이루어진 B단지였다. 삼영정유 공장, 동산플라스틱 공장, 진화화학 석교공장, 동진유기화학 제2공장 등이 거기 모여 있었다. 솟은 굴뚝 여기저기서 연기가 피어올랐다. 검은 연기, 노란 연기, 회색 연기가 바닷바람에 날려 시내 쪽으로 꼬리를 늘였다. 집진기(集塵機)가 제대로 가동이 되는 공장이 없음을 알고 있었다. 고장으로 집진기가 못쓰게 되었거나 노후화되어 성능이 부실하니 있으나 마나 한 매연 대책이었다.

나는 제방길을 따라 동진강 쪽으로 걸었다. 해안 쪽 하늘은 놀이 자주색으로 침침해갔다. 나는 석탑서점을 들러 오후 세시에 바닷가로 나왔다. 다섯 시간 정도 석교천을 오르내리며 시간차를 두고 미터글라스에 석교천 물을 수거한 참이라 피로와 허기가 엄습했다. 밤을 몰아오는 바닷바람도 차가워졌다. 점퍼 지퍼를 목까지 당겨 올리며 석교 마을에 눈을 주었다. 잿빛 하늘 아래 눌려 있는 석교 마을은 읍 시절의 옛 모습이 아니었다. 당시 사십여 호의 초가는 그새 절반으로 줄었고 알록달록한 기와지붕의 새 동네로 변했다. 포장된 앞길에는 시내버스 한 대가 달리고 있었다. 마을 뒤를 가렸던 언덕의 소나무숲은 매연으로 고사해 민둥산으로 버려져 있었다. 산 뒤로 늘어선 열 동의 오층 아파트가 모서리를 보였다. 재작년과 작년에 걸쳐 신축된 아파트를 석교단지라 불렀다. 지난여름, 엄마가 저 단지 중 십팔 평형 두 채를 빚을 내어 잡았으나, 이어 발표된 부동산 투기억제법에 묶여 매기를 잃어 지금은 전세를 놓고 있었다.

동진강 제방 둑길을 내려가 하구의 삼각주 갈대밭이 멀리로 보이는 지점까지 왔을 때였다. 남자 둘이 이쪽으로 걸어오고 있었다. 거리가 가까워지자 둘의 더펄 머리칼이 드러나, 나는 공단 공원으로 짐작했다. 한 녀석은 등산백을 메었고 복장도 등산복 차림이었다. 거리가 오십 미터쯤 가까워졌을 때, 등산백을 메지 않은 녀석의 걸음걸이가 눈에 익었다. 병식이었다.

"형 아냐?" 병식이가 손을 들며 소리쳤다. 나는 아무 말도 안 했다. "동진강 하구가 형의 서식처니 형 만나지 않을까 생각했더랬지. 예감 적중이군." 병식이 웃었다.

"형, 안녕하슈?" 병식이 친구가 등산모를 들썩하며 알은체했다.

"어디 갔다 오는 길이니?" 아우를 보고 내가 물었다.

"바다 밑에서 곧장 나오는 길이지." 병식이가 농으로 말을 받았다.

"형, 들고 있는 건 뭐요? 냉장고에 넣어 하드 만들려구요?" 정배형 실험실로 넘겨질 시험관꽂이 미터글라스를 보고 병식이 친구가 물었다.

나는 아우에게 할 말이 없었다. 독서실에 박혀 입시공부나 하잖고 놀러만 다니느냐는 따위의 충고는 내 역할이 아니었다. 대학을 중도 하차한 나로서는 그렇게 말할 자격이 없었다. 그 점보다 나는 아우의 어떤 면에도 관심을 갖지 않았고, 나를 대하는 아우 역시 마찬가지였다.

아우에게, 가보라고 말하곤 나는 그들 옆을 스쳐 어둠이 내려앉은 바다로 걸었다. 놀빛이 사그라져 바다는 암청색을 띠고 있었다. 싸늘한 바람이 귓불을 훑었다.

"형, 곧장 걸어가면 바다 속으로 들어가." 아우가 등 뒤에서 소리쳤다.

"난 새가 될 텐데 왜 바다로 들어가? 비상을 하지." 내가 말했다.

"형, 새가 되더라도 개펄에 떨어진 콩은 주워 먹지 마슈." 병식이 친구가 외쳤다.

나는 걸음을 빨리했다. 잿빛 하늘을 배경으로 어둠 속에 갈매기가 날았다. 바람 소리 속에 끼룩끼룩 우는 울음이 들렸다. 그

소리는 동료나 짝을 부르는 게 아니라 나를 부르는 소리로 바뀌었다. 나는 정말 새가 되고 싶었다. 새처럼 나를 해방시키고 싶었다. 고통의 원인을 제공한 이 땅을 떠나 이상의 세계로 떠나고 싶었다. 윤회설을 믿지 않지만 이승에서 새로 변신할 수 없다면 내세에서는 새가 되어 태어나고 싶었다. 선택권을 준다면 새 중에서도 시베리아나 툰드라가 고향인 도요새가 되고 싶었다.

나는 동진강 하구로 내려가다 삼각주 갈대밭을 채 못 가 남쪽으로 난 큰길로 접어들었다. 바다를 낀 길로 오백 미터쯤 내려가면 해안경비 파견대 군 막사가 있었고, 그만한 거리를 더 내려가면 웅포리란 옛 포구가 나섰다. 개펄에 작은 배들이 닿는 웅포리는 이제 포구가 아니었다. 동남만 연안이 폐수 오염으로 고기가 잡히지 않을 즈음, 때마침 웅포리까지 포장도로가 닦였다. 처음은 그곳 어민이 포장주막을 차리고 멍게, 해삼 따위를 안주로 술을 팔기 시작했다. 이어, 한 집 두 집 술집과 점포가 들어서더니 네온사인 내단 유흥가로 변했다. 불과 삼 년 전이었다. 작업복에 안전모 쓴 공장 직공들이 출퇴근용 자전거나 오토바이 편에 이곳으로 몰려들었다. 버스 노선이 생기자, 시내 투기꾼이 웅포리에 여자를 갖춘 룸살롱도 열었다.

나는 웅포리로 가는 참이었다. 그곳으로 가면 자주 찾는 집이 있었다. 유흥가에서 떨어진 암벽 아래 해주집이란 이름의 허름한 술집으로, 칠순의 할머니가 손자를 데리고 국밥과 소주, 막걸리를 팔았다. 할머니는 황해도 해주에서 육이오 때 피난 나온 이북 출신으로, 나는 그 집을 아버지로부터 소개받았다. 서울서 내가 낙향했을 무렵, 어느 날 아버지는 나를 데리고 해주집을 찾았다. 소주잔을 놓고 마주 앉은 아버지가 내게 말했다. "이젠 애비와 같이 잔, 잔 나눌 나이가 되었어. 네 어릴 적엔 난 오늘같이 이, 이런 날을 기다렸어. 내 맺힌 얘기를 들어줄 놈은 맏이밖에 없으니깐." 그날, 나는 아버지와 많은 말을 나누었다. "……유엔군 포로가 되자, 나는 곧 전향했어. 내 뜨, 뜻에 따라 국군으로 자원입대를 한 셈이지. 육 개월 후 금화전투에서 훈장을 받구 소위로 진급했지. 그때가 이, 일사후퇴가 끝난 후니 그로부터 다시 고, 고향땅을 못 밟고 말았잖은가. 고향땅이 수복되면 가족 데리구 이남으로 나오려구 꿈꿨던 게 다 수, 수포로 돌아갔어. 내가 변하기 시작한 게 그때부터야. 껍질 깨고 세상에 나오던 벼, 병아리가 다시 달걀집으로 들어가고 싶어했으나 워, 원상태 복귀가 불가능한 경우랄까……" 아버지는 주머니에서 수첩을 꺼냈다. 수첩을 뒤져 낡은 편지봉투를 집어냈다. 나는 아버지가 고향 통천에 두고 온 조부모님과 삼촌 두 분, 고모 한 분과 같이 찍은 옛 사진을 보여주는 줄로만 알았다. 나는 그 낡은 사진을 수십 번도 더 보았다. 그러나 아버지가 꺼낸 사진은 통천에 두고 온 가족사진이 아니라, 누렇게 바랜 우표만한 증명사진이었다. "너, 넌 이해할 거야. 이 사진을 보구 날 미워하지 않을 줄……" 아버지는 떨리는 손으로 사진을 내게 건넸다. 모서리가 닳았고 주름져 윤곽이 희미한 사진이었다. 사진은 양 갈래로 머리 땋은 흰 저고리 입은 처녀 모습이었다. 나는 그 사진 임자를 짐작할 수 있었다. "통천의 옛 약혼자군요?" 아버지는 사진을 내 손에서 빼앗아갔다. "다 흘, 흘러간 시절이야. 접장했던 이 여자두 이젠 느, 늙었을 게야." 아버지는 사진을 지갑에 넣었다. "꿈을 파먹고 산다는 게 어, 얼마나 괴로운지 아냐?" 아버지의 주름진 눈가가 눈물로 괴었다. 아버지는 어눌한 모습을 감추기나 하듯 떨리는 손으로 술잔을 들었다.

3

　병식이는 제 어미로부터 만오천 원을 타낸 날로 독서실에 박혔는지 사흘째 귀가하지 않았다. 때맞춰 병국이도 집을 비웠다. 우리 내외만 아침 밥상을 받았다.
　병국이가 서울서 대학을 다닐 때도 병식이 새벽반 과외공부를 나가 일요일 외에는 내외가 아침상을 받았는데, 요즘은 가족이 모였어도 호젓한 아침식사는 마찬가지였다. 우리 내외는 말없이 숟갈질만 해댔다. 처가 가자미조림 간이 맞지 않다고 찬투정을 읊조리다 짜증이 보채는지 한마디 했다.
　"미친 자식. 어쩜 제 애비 성질내미를 족집게 뽑듯 뽑았을까."
　병국이를 두고 하는 소린 줄 알면서도 나는 묵묵부답했다. 처는 날 힐끔 쏘아보곤 젓가락을 소리 나게 놓았다. 치미는 울화를 푼다고 쏘아붙였다. "당신도 병 도질 철이 왔는데 개펄로 안 싸돌아요? 강남 갈 철샌가 뭔가 날아들 시절 아네요?"
　"웬 차, 참견은. 새 구경 나가는 데두 돈 드남."
　"개펄까지 나가자면 차비는 공짜요?"

"걸어가지 뭘."

"애비나 자식이나 한통속으로 미쳤어. 병국이도 새나 보며 허송세월을 하니."

"소, 속요량이 있겠지. 방구석에 있기보담 운동도 되니……"

"답답한 양반아. 날아다니는 구름 잡는다더니, 허공에 나는 새에 미쳐. 잉꼬나 십자매를 키운다면 돈이나 되지. 집구석 돌아가는 꼴 보면 복장이 터져. 당신도 햇수로 따져 언제부터요. 이 바닥에 주저앉고부터 봄가을로 새 구경하겠다며 갯벌로 싸대더니 이젠 자식놈까지 그 발광이야." 처가 숭늉으로 입 안을 헹구곤 자리 차고 일어났다. "정신 나간 자식이 사흘이나 집구석 찾아들지 않으니 당신도 수소문 좀 해봐요. 꿔다놓은 보릿자루처럼 방구석 지키면 다요?"

"언제부터 병국이 거, 걱정했소? 당장 뒈졌음 좋겠다 할 땐 언제구."

"오늘 갯벌로 안 나갈 참이오?" 처가 나갈 채비로 외출복으로 갈아입었다.

"그러잖아도 강회장하고 바람이나 쐴까 하던 참인데……"

"그럼 잘됐수. 나가는 길에 병국이 주릴 틀어쥐고 와요. 참, 나선 김에 웅포리 들러 동해식당 정마담 만나 이잣돈 팔만 원 꼭 받아와요. 은행이자 갚을 날이 내일이니 받아내야 해요. 독촉할 땐 어물거리지 말고 배짱 좀 부려요."

처음부터 심부름 가라고 이를 일이지, 하고 한마디 할까 하다 나는 말을 삼켰다. 상동 큰시장으로 일수 걷으러 나갈 참인지 처는 방 나서기 전에, 차비 쓰라고 백 원짜리 동전 두 개를 방바닥에 던졌다. 아침상 물리고 동전 두 닢을 손바닥에 올려놓자, 나는 또 부질없이 스물다섯 해나 여편네와 한솥밥 먹고 산 억울한 세월을 한탄했다. 사흘을 주기로 처 잠자리 흥이나 돋궈주는 역할도 이제 힘에 부쳤다. 앞으로 어떻게 처신해야 할지 아무런 결론도, 어떤 결단도 내릴 수 없었다.

내가 처를 만나기는 휴전되던 해, 상이군경 재활원에서였다. 왼쪽 허벅지에 박힌 다섯 개 파편을 꺼내고 좌대퇴골 이음수술, 좌비복근 이식수술, 바스라진 좌족근골 맞춤수술 끝에 부산 군통합병원에서 상이제대를 하게 되기가 그해 가을이었다. 왼쪽 다리를 잘룩거리게 되었으나 절단 위기를 넘겼으니 수술은 성공적이었다. 군복을 벗었지만 불구의 내가 찾아갈 곳이 없었다. 수중에 재산이라곤 얼마간의 전역금뿐이었고, 남한 땅에는 친척붙이조차 없었다. 일 년여 전쟁터를 떠돌며 생사의 갈림길을 헤맬 때 내 학구열은 거덜이 나버렸고, 이런 시국에 공부 계속하면 병신 주제에 그걸 어디에 써먹느냐는 회의부터 앞섰다. 다행히 장교 출신에 입대 전 대학에 적을 둔 학력 덕에 해운대 지나 송정리의 상이군경 재활원에서 총무 일을 보게 되었다. 백 명 남짓한 재활원의 상이용사는 대부분이 미혼으로 척추장애자여서 휠체어에 몸을 의탁하고 있었다. 그러다 보니 거동 불편한 그들의 시중을 드는 심부름꾼과 취사를 맡은 여자들, 잡역부를 합쳐 재활원 연인원이 이백 명에 가까웠다. 일 년 남짓 그곳 재산 관리를 맡을 동안 나는 처를 만났다. 처는 재활원에서 부엌일 보던 종업원이었다.

처는 경기도 개성의 도붓장사 딸로, 전쟁 중 피난길에 가족을 잃고 어쩌다 이 남도 끝까지 흘러온 모양이었다. 처지가 그렇게 한빈했으나 처는 그늘이 없었고 천성이 명랑한 처녀였다. 나와 나이 다섯 살 차이니 당시 스물한 살이었다. 지금도 달라진 점이 없지만, 그 시절 나는 의욕상실자였고 대인공포증마저 보였다. 살아내기가 힘에 겨운 나날이었다. 병상 생활은 언젠가 건강을 되찾아 퇴원할 거라는 희망이 있었기에 배겨낼 수 있었다. 나는 마음을 못 잡은 채 매사에 초조해했고, 사람을 피했다. 그럴 때면 바닷가로 나가 혼자 만취할 때까지 술을 마셨다. 그런 중에도 어서 통일이 되어 고향에 갈 수 있기를 바라는 한 가지 소망만은 품고 있었다. 그러나 그 소망은 차츰 환상으로 변했다. 향수병을 술로 달랬다. 나는 내가 맡은 일만 보았을 뿐 하루 종일 말이 없었고, 말을 더듬는 버릇도 그때부터 비롯되었다. 그런 음울한 내 마음을 밝은 쪽으로 돌려놓겠다는 듯 처가 깔깔거리며 헤집고 들었다. 전쟁 뒤끝 경황없는 세월이라 학력이나 성격이 결혼의 첫째 조건이 되지 않기도 했지만, 내가 우울증에 시달리다보니 우리 사이가 금방 가까워지지는 않았다. 한 울타리 안에서 말 터놓고 지내는 사이 정도였다. 재활원에서 일 년을 보낼 동안 바깥 사회도 안정을 찾아 지체가 자유로운 상이군경에게도 취직의 문이 열렸다. 송정에서 동남해안을 따라 십오 킬로 위쪽에 위치한 동진읍 공립중학교 서무과에 일자리를 구하자 나는 고물 가죽가방 하나 달랑 들고 재활원을 떠났다. 학교 뒤에 방을 얻어 자취생활을 시작했다. 한 달쯤 지났을까, 처가 홀연히 나를 만나러 왔다. 처는 지금도 이따금, 공일 보내기 심심해 동진읍으로 놀러갔는데 어쩌다 절름발이한테 걸려들었다고 입방아를 찧지만, 어쨌든 나는 그날 밤 처와 살을 섞었다. 아니, 잠자리는 처의 적극성으로 이루어졌다. 처는 의도적으로 내게 몸을 맡겼으니, 그렇게 일을 저질러선 재활원을 빠져 나올 구실을 삼으려는 속셈이었다. 우리는 살림을 차렸다. 그러나 성격 차이에다 도타운 애정이 없다 보니 다툼이 잦았다. 서로 한마디 말없이 열흘, 보름을 한 지붕 아래서 보내는 날도 있었다. 병국이가 태어나지 않았다면 우리는 갈라섰을지 몰랐다. 자식이란 부부 사이에 화해의 징검다리였기에, 자식이 서로의 말문을 트게 하는 매개 역할을 했다. 그러나 집에선 처 등쌀에 눌려 지냈고, 직장에서도 마음에 맞는 동료가 없어 실향민으로서의 적막감은 가중되었다. 나는 시간이나 쪼아 먹는 한 마리 날개 꺾인 새로 변해버렸음을 알았다. 고향이 따로 있나 정들면 고향이지, 이런 유행가 구절도 있지만, 나는 특별한 취미나 마음 붙일 오락도 갖지 못한, 붙임성 없는 위인이었다. 휴전이 됐지만 언젠가는 통일의 날이 올 것이고 그렇게 되면 고향 통천으로 갈 수 있으려니 하는 희망이 나를 지탱시켜주는 힘이었다. 정을 붙인 곳이 바다였다. 이 타관 땅이 바다를 끼고 있지 않았다면 무엇에 낙을 붙여 지금껏 살아왔을까. 자살해버렸을지 몰랐다. 아니, 그럴 용기조차 없었고, 고향으로 돌아갈 환상이 나를 붙잡는 한 죽을 수 없었을 것이다. 나는 탁 트인 바다를 구경하기 좋아했다. 바다를 보러 다니다 동진강 하구 삼각주가 철새나 나그네새 도래지임을 알게 되었다. 나는 사철을 가리지 않았으나, 특히 봄가을의 환절기가 돌아오면 사흘이 멀다 하고 동진강 하류의 개펄을 찾았다. 퇴근하면 집발이 붙지 않아 도시락 가방에 소주 한 병을 챙겨 넣고 석교천 방죽길로 자전거를 달렸다. 숨겨둔 여자라도 만나러 가는 마음이었다. 개펄에 도착해 모랫바닥에 다리 뻗고 앉으면 수백 마리의 새 떼가 아귀아귀 우짖으며 나를 반겼다. 동진읍에 정착했던 그해 가을, 전쟁 나기 전 고향땅에서 본 도요새 무리를 동진강 삼각주에서 보았을 때, 나는 헤어진 부모와 동기간과 약혼녀를 만난 듯 반가웠다. 너들이 휴전선 위쪽 통천을 거쳐 여기로 날아왔구나. 대답 없는 물음을 던지면 울컥 사무치는 향수가 심사를 못 견디게 긁었다. 나는 술병을 기울이며 새 떼와 많은 말을 나누었다. 내가 말하고, 내가 새가 되어 대답하는 대화를 누가 이해하리오. 새가 고향땅의 부모님이 되고, 형제가 되고, 어떤 때는 약혼자가 되어 내게 들려주던 많은 말을 기쁨에 들떠, 때때로 설움에 젖어 화답하는 순간만이 내게는 진정한 시간이었다. 그러나 세월의 부침 속에 고향에 대한 향수도 차츰 식어갔다. 개펄도 내 인생과 함께 황혼을 맞았다. 지금 보는 바다는 예전보다 파도가 높아 내가 헤엄쳐 강원도 통천까지는 도저히 북상할 수 없을 만큼 아득히 멀어 보였다. 철새나 나그네새는 휴전선 넘어 자유로이 내왕하건만 나는 그곳에 갈 수 없다는 안타까움이 해가 갈수록 이마에 깊은 주름을 새겼다.
　나는 담배를 피워 물고 여느 날처럼 신문을 폈다. 특별한 읽을거리나 속 시원한 기사가 눈에 띌 리 없었다. 그래도 일면부터 팔면까지 샅샅이 읽었고 저녁 텔레비전 프로를 살폈다. 벽시계를 보니 겨우 열시였다. 지금 기원에 나가도 강회장이 출근했을 리 없었다. 강회장은 함경도 도민회 회장으로, 나와 십오 년 넘게 형제같이 사귀는 사이였다. 그의 고향은 부전령 아래 송화였고 나이는 나보다 여덟 해 연상이었다. 흥남철수 때 처와 자식 셋을 고향에 둔 채 홀로 피난 나와 구제품 행상으로 출발해선 오일륙 전에 여기에 정착해 상동시장에서 포목점을 냈다. 동진읍이 시로 승격되자 그는 점포를 키웠으나, 일 년 전 고혈압으로 쓰러졌다 일어난 뒤 포목업도 이남에서 새장가 들어 얻은 여편네한테 넘기곤 나와 바둑으로 소일하고 지냈다.

내가 신문 바둑 관전기를 들여다보고 있을 때였다. 대문 초인종이 울렸다. 마루 끝에 앉아 껌을 씹으며 라디오 유행가를 따라 흥얼거리던 종옥이가 대문께로 갔다. 초인종 소리가 길게 울리는 것으로 보아 아들들 같지는 않았고 여편네가 뭘 빠뜨리고 나갔다 되돌아왔으려니 생각했다.

누구냐며 종옥이 철문의 쇠빗장을 열며 물었다. 김병국 있냐고, 바깥에서 무뚝뚝한 소리로 물었다. 종옥이 문을 열자, 장교 하나와 사병 둘이 마당으로 들어섰다. 장교는 중위였다. 그들 거동이 당당한데다 사병은 총을 멨고 장망 씌운 철모를 쓰고 있었다. 셋이 마당 가운데 서자 금방 내 가슴이 철렁했고 턱이 떨렸다. 육이오 때 철원전투에서 다리에 중상을 입은 후부터 놀랄 때나 흥분할 때면 나타나는 부교감신경의 실조증이었다. 병국이가 제 어미한테 돈을 못 타내 내게 오천 원만 돌려달라던 게 그저께였다. 강회장한테 돈을 빌려 주었는데 녀석이 그 돈으로 말썽을 피웠나

하는 생각이 들었다. 나는 엉거주춤 마루로 나섰다. 지난여름 일이 후딱 떠올랐다.

작년, 더위가 찔 무렵이었다. B공단 성창비료 석교공장 노무과장이 장정 셋을 거느리고 집에 들이닥친 일이 있었다. 그날은 종옥이가 시장에 나가 홀로 집을 지키던 참이었다.

"김병국이란 작자가 누구요? 어떤 위인인가 상판 좀 봅시다." 힘꼴깨나 써 보이는 한 장정이 기세등등하게 말했다.

"내 아들놈인데 다, 당신네는 누, 누구요?" 기세에 눌려 내 목소리가 더 더듬거렸다.

"그렇담 마빡 새파란 놈이겠군. 그 새끼 좀 봅시다!" 다른 장정이 윽박질렀다. "아들은 집에 없소. 무, 무슨 일인데 이러오?"

"그 자식 당장 작살낼 테야. 암모니아 가스가 아니라 진짜 똥물을 아가리에 퍼넣어야 정신 차릴 개새끼!" 또 다른 장정이 방문 열린 큰방과 건넌방을 기웃거렸다.

"소란 피워 죄송합니다만, 병국이란 자제분을 만날 수 없겠습니까?" 마흔쯤 된 노무과장이란 자가 내게 정중하게 말했다.

"마루에라도 앉아요." 노무과장을 상대로 내가 말했다. "병국이를 차, 찾자면 힘들겠네요. 늘 자정쯤 돌아오니, 난들 그놈 행선지를 모르오."

"사실을 말씀드리자면……" 노무과장이 병국이를 찾아온 이유를 설명했다. "선생 자제분이 우리 회사를 상대로 관계 요로에 진정설 냈습니다. 여기 시 보건과에서 접수한 진정서 사본을 보십시오."

마루에 걸터앉은 노무과장이 복사판 서류를 꺼냈다. 방으로 들어가 돋보기안경을 찾아 낄 틈도 없이 어릿어릿한 글자를 대충 훑어보았다.

——……성창비료 석교공장은 연간 40억 원 규모의 흑자를 내면서도 폐기 처리 과정에 근본적 개선책이 전무함이 입증되었다. 8월 4일 새벽 2시 20분, 당 공장은 야음을 틈타 암모니아 가스를 다량으로 배출해, 가스가 폐수천(석교천)을 따라 안개처럼 덮쳐 동진강 하류로 확산된 바 있다. 이로 인해 새벽 4시 10분 동진강 하류에서 오징어잡이 나가던 어민 18명이 심한 두통과 구토증으로 실신한 사건이 있었다. 당사는 기계의 밸브가 고장 나서 가스가 샜다고 변명하지만 이런 일이 일주일을 주기로 수십 차례 반복되었음을 입증하며(관계 자료 별첨), 이로 미루어 당사는 고의로 밸브를 틀어 야밤에 가스를 배출함이 객관적으로 입증됨으로써……

"정신병자 놈이 쓴 낙서는 더 읽을 필요가 없소." 장정이 진정서를 낚아챘다.
"아, 아들놈이 낸 진정서가 틀림없습니까?" 노무과장에게 물었다.
"분명합니다. 뒷조사해보니 자제분은 이 방면에 상습범이더군요. 유월에는 풍천화학을 상대로 진정서를 낸 바 있었습니다. 풍천화학도 야음에 카드뮴과 수은 등 중금속 물질을 배출시켜 동진강 하류 삼각주 지대에 서식하는 각종 새 삼백여 마리와 물고기가 떼죽음을 당했다나요. 사람이 아닌, 한갓 새나 물고기가 말입니다." 노무과장이 '새나 물고기'란 말을 강조했다. 그는 이어, "국민소득 일천 달러 달성에, 오늘날 조국 근대화가 무엇으로 이루어졌는지는 선생도 잘 알지요?" 했다.

"사람이 아닌, 한갓 새와 물고기가 죽었다구 진정을 내? 빈대 잡겠다고 초가삼간 태우겠다는 미친놈 짓거리를 이번에는 아예 뿌릴 뽑아야 해!" 한 장정이 주먹을 내두르며 소리쳤다.

장정들이 병국이 소재를 대라고 이구동성으로 삿대질했고, 병국이 돌아올 자정까지 기다리겠다며 우르르 마루로 올라왔다.

"선생, 진정도 진정 나름입니다. 이번 문제는 명예훼손으로밖에 볼 수 없어요. 더러 기계 고장으로 가스가 새는 수가 있긴 합니다. 그러나 이를 고의로 몰아붙이는 이런 진정에는 우리가 명예훼손으로 자제분을 고발할 수 있어요. 선생도 지난번 반상회엘 나갔다면 우리 B공단에서 돌린 공문을 보셨을 겝니다. 공단 측에서도 공해 문제에 관심을 가지구 아황산가스 · 일산화탄소 · 폐수 · 풍속 측정기 등, 팔대 공해 검증기구를 사들이려 예산을 책정했다는 사실 말입니다. 또 오염 가능 지역을 삼 단계로 분류해 오백여 가구 이주 계획을 세워놓았다는 점도 읽으셨겠죠." 노무과장은 잠시 숨을 돌리더니 담배를 꺼내어 물고 한 개비는 내게 권했다.

그로부터 그들은 한 시간 남짓 집에 머물렀다. 그동안 노무과장은 이론을 앞세운 설득으로, 세 장정은 힘을 과시한 위협으로 나를 곤비케 했다. 그동안 병국은 용케 귀가하지 않았다. 그때도 그는 이틀째 집을 비운 참이었다. 동진강 하류에서 텐트 치고 야영을 하거나, 아니면 야밤에 공단 하수구를 감시하느라 해주집 토방 구석에서 새우잠을 잤음이 틀림없었다.

"선생이 김병국의 부친 되십니까?" 중위가 정중하게 물었다.

"그, 그렇습니다만……"

"보호자로서 저희 부대까지 동행 좀 해주셔야겠어요."

"병국이는 지금 어, 어디 있습니까?"

"부대에서 보호 중입니다."

"녀석이 무, 무슨 사건을 저질렀나요?"

"아드님이 통금시간에 군 통제구역 안으로 무단출입했어요. 선생도 아시겠지만 그 시간에 무단출입한 자에게는 군이 발포할 권한까지 있습니다."

"그, 그럼 발포해서 병국이가 다쳤나요?"

"그런 정도는 아닙니다만, 하여간 잠시 시간을 내셔야겠어요."

"부대가 어딘데요?"

"동남만 일대의 경비를 담당하는 ○○부댑니다."

나는 방으로 들어가 외출복으로 갈아입었다. 해석을 달리하면 까다로운 사건일 수도 있으나 병국의 경우를 따져볼 때 그리 큰 걱정은 안해도 좋을 듯했다. 병국이 해안선 따라 남파된 간첩이 아니요, 부대 경계 배치 상황을 탐지하겠다는 첩자도 아닌 이상 무사히 풀려 나올 게 틀림없었다. 녀석은 새에 관한 무슨 조사를 목적으로, 아니면 공해와 관련해서 경계지구 안으로 잠입했음이 틀림없었다.

　대문 밖으로 나오니 군용 지프차가 대기하고 있었다. 나는 뒷좌석 중위 옆자리에 탔다. 차가 시내로 빠져나올 동안 중위가 입을 다물어 나는 무료한 시간을 쪼개느라 내 소개를 했다. 나는 스물여섯 해 전에 전역한 육군 대위 출신이다. 1952년 정월, 철원 전투에서 중상을 입어 현재도 상이장교로 연금 혜택을 받고 있다. 현역 시절 무공훈장 세 개를 받은 바 있다. 이런 말을 더듬더듬 엮자 중위가 동지적 친근감을 보이며, 그럼 상관님 되시는군요 했다.

　"파견대장님 소관이라 저는 용건을 전하러 왔습니다만……" 하고 중위는 서두를 뗀 뒤, "아드님이 성인이라 굳이 보호자를 대동할 필요는 없으나 그 언행의 진부와 가족관계를 파악하려 부르는 것 같아요" 하고 말했다.

　"제 아들놈이 철새의 수, 수면 장소나 은신처를 찾으러 통제구역 안으로 들어간 게 아닌가요? 아니면 동진강 하류의 폐, 폐수 오염도를 조사할 목적으로?"

　"둘 중의 하나겠죠." 중위는 알만하다는 얼굴로 나를 보고 빙그레 웃었다.

　"겨, 경찰서로 이첩될 건가요?"

　"가보면 만나겠지만, 파견대장님은 인간적이십니다."

　나는 더 물을 말이 없었다. 중위의 어투로 보아 크게 걱정하지 않아도 되겠다고 스스로에게 안심을 심었다. 담배를 피워 물었다. 차는 시내를 빠져나와 석교천을 끼고 사방이 트인 해안지대를 달렸다. 지프 차창으로 밖을 내다보았다. 황량한 공한지 멀리로 B공단 공장 굴뚝들이 보였다. 바다에서 불어오는 바람에 밀려 연기가 시내 쪽으로 꼬리를 늘였다. 그중 삼영정유공장으로 짐작되는 굴뚝에는 중동의 유전지대처럼 가스를 태우는 붉은 불꽃이 혀를 날름거렸다. 불꽃을 휩싼 검은 연기가 분진을 날리며 서쪽 하늘로 흩어졌다. 삼각주 갈대밭과 해안 구릉 사이로 바다가 보이자, 지프는 휘어진 길을 따라 남으로 꺾어 들었다. 나는 차창을 열어 소금내 섞인 바닷바람을 마셨다. 가을 햇살 아래 바다의 잔물결이 반짝거렸다.

"어릴 적부터 병국이 그, 그놈은 바다를 좋아했더랬지요." 중위에게 내가 말했다.

"저도 고향이 인천입니다만, 소년에게 바다는 꿈을 키워주지요."

그랬다, 병국이는 어릴 적부터 바다를 보며 꿈을 키웠다. 두 아들 녀석이 초등학교에 다닐 무렵, 일요일이면 자전거 뒤에는 병국이를, 앞에는 병식이를 태워 동진강 삼각주나 동남만 남쪽 돌기에 자리한 장진포까지 바다 구경을 나갔다. 병식은 어려서인지 별 반응이 없었지만, 병국은 바다로 나오면 큰 배를 보고 싶어했다. 동남만이 공업화의 물살을 타자 어촌이었던 장진포가 항만 준설 공사를 마쳐 몇 만 톤급 배가 입항하게 되었는데, 병국은 외국 깃발을 단 큰 배에 열광했다. 바람의 힘으로 움직이는 거룻배나, 통통배라 부르던 발동선은 안중에 없었다.

지프가 부대 정문으로 들어섰다. 본부 막사 앞에 차가 멎었다.

중위는 나를 본부 막사 파견대장실로 안내했다. 파견대장은 서류철을 뒤적이다 우리를 맞았다.

"김병국 군 부친입니다." 중위가 소령에게 말했다. 덧붙여, 예편한 대위 출신으로 육이오전쟁에 참전한 상이용사라고 나를 소개했다.

"앉으십시오." 소령은 나를 회의용 의자들 쪽으로 안내했다.

"부, 불비한 자식을 둬서 죄송합니다. 애기를 해보셨다면 아, 알겠지만 천성은 착한 놈입니다." 접개 철제의자에 앉으며 내가 말했다.

"어젯밤에 제가 부대서 숙식할 일이 있어 젊은 친구와 얘기를 나눠봤지요. 별난 데는 있지만 똑똑한 학생이더군요."

"요즘 제 딴에는 조류와 공해 문제를 여, 연구한답시고…… 모르긴 하지만 그 일 때문에 시, 심려를 끼치지 않았나……"

"자제분은 군 통제구역 출입이 어떤 처벌을 받는지 알만한 식견이 있음에도 무모한 행동을 했어요. 설령 그 일이 정당해두 사전에 부대의 양해를 구해야지요."

"야영하다 자신도 모르는 사이에 위, 월경했겠죠. 부대장님의 선처를 바랍니다. 내보내주시면 아비 된 제가 단단히 주의를 주겠습니다."

윤소령이 당번병을 불러 차를 내오라고 일렀다. 그리고 1968년 11월 울진·삼척 지구의 무장공비 출현과 그들이 저지른 만행을 예로 들었다.

"……야음을 틈타 쾌속정을 이용해서 동해안 따라 남하했던 겁니다." 아울러 국내 유수의 공업단지 보안과 경비의 중요성을 강조했다. "우리는 실전이 없달 뿐 지금도 전쟁 중입니다. 국민이 평안을 원한다면, 그 평안을 확보하기 위해 한시도 경각심을 늦출 수 없어요. 국민복지의 향상과 제반 산업의 발전도 안보의 확립 위에서만 가능합니다."

차를 마시고 나자 소령은 당번병에게, 김병국 군을 데려오라고 말했다. 한참 뒤, 아들이 중위와 함께 파견대장실로 왔다. 쑥대머리에 땟국 앉은 꾀죄죄한 아들놈 몰골이 중병 든 환자 꼴이었다. 점퍼와 검정 바지도 뻘투성이여서 하수도 공사라도 하다 나온 듯했다. 꺼진 눈자위에 번들거리는 눈만이 살아, 나를 보았다.

"넌 도대체 어, 어떻게 돼먹은 놈인가! 통금시간에 허가증 없이는 해안 일대에 모, 못 다니는 줄 알면서." 내가 노기를 띠며 말했다.

"본의는 아니었어요. 사나흘 사이에 동진강 하구 삼각주에서 갑자기 새들이 집단으로 죽기에, 이유를 좀 캐내보려던 게……" 병국이 머리를 떨구었다.

"그래도 변명은!"

"그만 하십시오. 자제분 의도나 진심은 파악했으니깐요." 소령이 말했다.

병국이는 간밤에 쓴 진술서에 손도장을 찍고, 각서를 썼다. 내가 각서에 연대보증을 섬으로써 부자가 파견대 정문을 나오기는 정오가 가까울 무렵이었다. 부대를 나올 때 집으로 찾아왔던 중위가 병국이 물건을 인계했다. 닭털침낭이 묶인 배낭 한 개, 이인용 천막, 손전등, 죽은 바다오리와 꼬마물떼새 한 마리씩이었다.

"죽은 새는 뭘 하게?" 웅포리로 걸으며 내가 물었다.

"해부해서 사인을 캐보려구요."

"폐, 폐수 탓일까?" 아들 녀석은 대답이 없었다. "시장할 테니 해주집에 가서 저, 점심 요기나 하자."

"아무래도 새를 밀살하는 치가 따로 있는 거 같아요." 병국은 밥에는 관심이 없는지 딴소리를 했다.

"그걸 어떻게 알아?"

"갑자기 떼죽음 당한 게 이상하잖아요? 물론 전에도 새나 물고기가 떼죽음 당한 경우가 있었지만 이번은 뭔가 다른 것 같아요."

"오염된 수, 수질 탓이야. 이제 동진강은 강물이 아니고 도, 독극물이야. 조만간 이곳에서 새 떼가 자, 자취를 감추고 말게야."

"새 깃털이나 뼈가 갈대밭에 흩어진 걸 봤지만 이번은 그게 아니래두요." 병국이 말했다. "간밤에 곰곰이 생각해보니 아무래도 병식이 그들과 한 패인 듯해요."

"병식이가 새를 죽여?"

"전 밥 생각이 없으니 시내로 들어갈 게요. 독서실을 찾아 녀석을 만나야겠어요. 독살 이유를 캐내야 해요." 병국의 말이 단호했다.

지난여름 해주집에서 본 물고기가 생각났다. 중금속에 오염된 이른바 꼽추붕어였다. 저런 물고기가 잡히다니, 세상도 희한해졌다고 해주댁이 말했다. 그걸 끓여 먹었다간 내 등뼈도 휘어지겠다며 당장 버리라고 강회장이 말했다. 해주댁이 등이 휘어진 꼽추붕어 꼬리를 쥐며, 이걸 먹었다구 죽기야 하겠냐며 아쉬워했다. 강회장이 해주댁한테서 꼽추붕어를 빼앗아 땅바닥에 패대기쳤다.

4

생명을 가진 것이 죽어버린 상태, 사람이든 짐승이든 시체는 추하다. 그러나 꼬마물떼새는 죽어 있어도 추해 보이지 않았다. 이십 센티 못 되는 늘어진 작은 몸매가 안쓰럽고 귀여웠다. 등은 성긴 갈색 털로 덮였고 배 쪽 흰 털은 융단 같았다. 검은색 굵은 줄이 목을 감았고, 눈가에도 검은 무늬가 있었다. 살풋 감은 눈꼬리로 노란 둘레 테가 엿보였다.

이씨는 꼬마물떼새 시체를 집어 도마에 놓았다. 칼자국 흠마다 피가 밴 두꺼운 도마였다.

"도마에 관록이 붙었습니다." 족제비가 이씨에게 말했다.

"수백 마리는 참살한 형틀이지." 이씨가 말했다.

이씨는 메스를 들었다. 오후 네시경의 기운 햇살이 칼날 끝에서 튀었다. 이씨는 메스로 간단히 꼬마물떼새의 목을 잘랐다. 작은 새라 이씨 손놀림이 경쾌했다. 병식이와 족제비는 이씨 뒤에서 그 장면을 지켜보았다.

떨어져 나간 새의 목과 몸통에서 피가 흘러 도마 바닥에 응고되었다. 이씨가 다리와 날개에 이어 꽁지를 자르자 새는 몸통만 남았다. 꼴을 갖추지 못한 몸통이라 병식이 찡그리며 개수구에

침을 뱉었다. 이씨는 메스를 놓고 탁구공만한 꼬마물떼새 대가리를 쥐었다. 잘라낸 목에서 기관과 식도의 심줄을 빼내고, 거기에다 핀셋을 쑤셔 뇌를 뽑아냈다. 뇌는 붉은 실핏줄로 싸발린 둥근 핏덩이였다.

"새대가리란 말이 있듯이, 새들은 뇌가 작지." 이씨가 말했다.

"새도 새 나름이죠. 그놈은 고향이 시베리아 맞잖아요?" 족제비가 말했다.

"그 먼 데서 예까지 날아와 죽게 될 줄이야."

"죽어도 박제품을 남기니 호랑이가 가죽 남기듯, 쓸모 있는 죽음이죠." 병식이 말했다.

"모든 생명은 혼이 가버리면 끝장이야. 껍데기만 남겨선 뭘 해." 이씨가 말했다.

"우리 주위에 혼 없이 나댕기는 놈이 어디 한둘인가요." 병식은 형을 떠올렸다.

"세상엔 새만도 못한 인간이 많긴 하지." 이씨가 말했다.

"물떼새는 대단한 놈이야요." 족제비가 그 말을 받았다. "『조류도감』을 보니깐 미국 보스턴 근방에서 다리에 표지(標識)를 붙여 날려 보냈더니 엿새 뒤에 삼천 킬로 떨어진 서인도제도 한 섬에서 포획됐대요. 하루 평균 오백 킬로를 난 셈이지."

"자네도 이젠 전문가가 다 됐군."

"돈벌이도 주제 정도는 파악해야죠."

"중병아리만한 놈이 하루 오백 킬로를 날아?" 병식이가 감탄했다.

"고속버스지 뭐. 아침 먹고 서울 뜨면 저녁에 부산이지." 족제비가 말했다.

이씨는 아비산 용액이 묻은 솜을 새의 잘린 목구멍을 통해 빈 기관에 쑤셔 박았다. 핀셋에 집힌 솜 한 뭉치가 다 들어갔다. 이어 이씨는 새의 몸통을 왼손바닥에 뒤집어놓고 메스로 목에서부터 배를 거쳐 항문까지 갈랐다.

"이제 박피를 시작하는 거야." 족제비가 병식이에게 말했다.

"박피라니?" 이씨의 손놀림을 보던 병식이 족제비에게 물었다.

"껍질을 홀랑 벗기는 거지."

이씨가 새의 항문에서부터 껍질을 벗겨냈다. 병식은 지난겨울, 대학 입시원서를 낼 때가 생각났다. 명함판 사진을 찍어 입시원서에 붙일 때, 사진 뒷면 한 겹을 벗겨내기가 쉽지 않았다. 면상이 찢길까봐 침칠하며 한 겹을 두 쪽으로 나눌 때에 비해, 이씨는 콘돔을 까발길 때처럼 껍질을 익숙하게 벗겨나갔다. 껍질을 벗길 때 얇은 막이 찢어지는 소리가 났다.

새란 날짐승은 원래 필요 없는 살점을 붙이고 있지 않지만, 꼬마물떼새의 경우는 얇게 싸발린 대흉근 안쪽에 용골돌기가 불거져 있었다. 박피를 끝내자 껍질 벗긴 새의 몸통은 무슨 살덩이인지 알아볼 수 없는 형체로 변했다. 이씨는 새 몸통을 도마 옆으로 던지고 껍질 안면을 도마에 펴놓았다.

"몸통은 내버리나요?" 병식이가 이씨에게 물었다.

"내장을 추려내서 볶아 먹자는 거로군."

"참새구이 정돈 안 될까요?"

"마음대로 해. 먹어도 죽진 않을 테니." 이씨는 솜에 아비산 액을 묻혀 껍질 안면을 닦았다. 부패 방지 처리였다. 그 일이 끝나자 새 대가리를 쥐고 박피에 들어갔다. "대가리 박피는 눈·귀·주둥이 부분을 조심해야 돼."

"사자같이 덩치 큰 짐승을 박피한담 모를까, 작은 새는 스릴이 없군." 병식이 말했다.

"그래도 고니나 오리 종류는 낫지." 족제비가 말했다.

"박제도 한물갔어. 야생 조류가 자꾸 귀해지니깐." 이씨가 말했다.

"그러니 값이 천장 모르고 뛰잖아요." 족제비가 말했다.

"이삼 년 전만 해도 이런 물떼새는 어디 박제감으로 쳤나. 죽은 병아리와 다를 바 없었지." 이씨가 메스로 꼬마물떼새 주둥이 기부를 도려냈다. "얘기 하나 해줄까. 물떼새나 도요새는 생김새도 닮은 한 종류지만, 이놈들은 꾀가 많지."

"꾀가 많다니요?" 병식이 물었다.

"어미새가 냇가 자갈밭에서 부화될 알을 품고 있을 때 갑자기 뱀이 나타났다 이거야. 그러면 어미새가 어떻게 알을 보호하느냐 하면, 갑자기 절름발이 시늉을 내며 비적비적 걷거든. 그러면 뱀이, 옳다구나 저놈은 날지 못하는 병신이니 저놈을 잡아먹자고 어미새 뒤를 쫓지. 그러면 어미새는 곧 잡힐 듯 절뚝거리며 달아나. 알을 둔 곳에서 멀찌감치 도망가서 뱀이 되돌아가도 찾지 못할 지점까지 가서야 화들짝 하늘로 날아올라."

"거짓말." 병식이는 절름발이 아버지를 생각했다.

"비싼 밥 먹고 왜 거짓말을 해."

"그럴듯한 얘긴데요." 족제비가 머리를 주억거렸다.

"이제 전시장으로 가볼까." 이씨가 말했다.

전시실은 안채 지하실로, 부엌을 통해 들어갔다. 족제비가 지하실 문을 열자 병식은 쿰쿰한 악취에 순간적으로 숨을 끊었다.

"뭘 쭈뼛거려. 들어오잖구." 족제비가 말했다.

병식이 코를 싸쥐고 뒤따라 들어갔다. 지하실은 건조했고, 화덕처럼 후끈거렸다. 연탄난로가 설치되어 열을 내고 있었다. 병식은 잠시 멈추었던 숨을 내쉬었다. 고깃덩어리가 썩는 역한 내음과 노린내가 코로 스며들었다. 그 냄새만이 아니었다. 지하실은 유황을 태운 듯 매캐한 화기와 텁텁한 구린내, 병원의 소독수 냄새까지 합친, 야릇한 냄새로 차 있었다.

"으스스한데?" 병식이 말했다.

"심령영화 보듯 짜릿한 무엇이 있지?" 족제비가 배시시 웃었다.

맞은편 벽은 삼층으로 선반이 있었다. 선반에는 여러 종류의 완성된 조류 박제품과, 철사에 석고를 발라 머리와 몸통이 새와 흡사한 모양들이 진열되어 있었다. 병식은 조류 박제품 중에 매를 보았다. 매는 큰 날개를 벌린 채 먹이를 덮칠 듯한 자세로 나뭇가지에 앉아 있었다. 매의 날개가 벽면에 그림자를 드리웠다. 의안임에도 전등빛에 반사된 눈매가 매서웠다.

"저 매한테 혼만 불어넣는다면?" 족제비가 병식에게 말했다.

"불가능해. 하느님은 물론, 그 어떤 신도."

"저 고니를 봐?"

"얌전한 폼이 해수욕을 즐기는 것 같군."

"인간도 박제해서 여기다 보관하면 좋을걸."

"미라가 있잖아."

"모든 인간 종자를 말야. 세종대왕이나 나폴레옹보다 마릴린 먼로나 히틀러 같은 치가 보고 싶군."

"저기 흰목물떼새도 있네?"

"죽이긴 내가 죽이고, 이씨는 저렇게 살려내."

"예술가셔."

"이씬 죽어도 천당 갈 거야. 지옥으로 떨어질 찰나 새들이 답삭 물어 올려 하늘나라로 모셔갈 테니." 족제비가 책상에 엉덩이를 걸쳤다. 책상에는 가위·바늘·핀셋·철사·핀·솔·코르크판 따위가 널려 있었다.

"이씨의 손에 잡히면 중치의 새 정돈 삼십 분 만에 저렇게 완성 돼."

"판매 루트는?"

"직업적인 세일즈맨이 있어." 족제비는 담배를 꺼냈다. "피울래?"

"여긴 숨이 막혀."

"습기가 끼면 박제품은 썩게 마련이야. 그래서 난로를 피워."

"냄새가 지독해."

"바깥도 매연투성이잖아. 썩긴 그쪽이 더할는지 모르지. 여긴 저놈들의 혼이라도 떠도니 엄숙한 셈이야."

"나가." 병식이 입구로 등을 돌렸다.

"나흘 치 셈을 받으면?" 족제비가 따라오며 물었다.

"한 번 더 올나이트로 흔들지 뭐."

"너도 철들어 제법이야. 일곱시에 끝나지? 내가 학관으로 가마."

"오늘도 윤희를 만날 수 있을까?"

"순정파셔. 어디 까이가 한둘이니. 대일밴드(임시 애인)야 바겐세일 아냐."

족제비는 이씨로부터 만칠천 원을 받았다. 그중 칠천 원을 병식에게 주었다. 둘은 이씨 집을 나와 버스를 탔다. 중앙공원 로터리에서 둘은 헤어졌다. 병식은 시계를 보았다. 네시 반이었다. 다섯시부터 수업이 시작되니 삼십 분 여유가 있었다. 그는 학관이 있는 역 쪽으로 걸었다. 담배를 피워 물고 맞은편에서 오는 계집애들 얼굴과 몸매를 눈요기했다.

학관 입구는 여느 날처럼 붐볐다. 대부분이 재수생이었고 간간이 교복 입은 학생도 섞여 있었다. 병식이 정문 앞 돌계단까지 갔을 때였다. 열두 개의 계단 맨 위에 병국이 쭈그려 앉아 있었다. 퀭한 눈으로 계단을 오르는 학관생들을 눈여겨보고 있었다. 점퍼와 바지에는 뻘이 묻은 채였다. 병국이 계단을 오르는 아우를 보자 일어섰다. 병식도 형을 알아보았다.

"웬일이야?" 병식이 피우던 담배를 구둣발로 비벼 끄며 말했다. "우리 학관에 선생 자리라도 뚫었나. 그럼 난 무료 패스하겠군."

"너한테 할 말이 있어."

"무슨 얘긴데?"

"어제 오후부터 널 찾아다녔어. 독서실에서 잠 안 잤더군."
"입시까진 바쁜 몸인 줄 알잖아?"
"조용한 데로 가서 얘기 좀 해."
형제는 학관 앞을 떠났다.
"형, 술 할래?" 병식이 물었다. "놀래긴. 나도 성년식 마친 몸이야."
"저기로 가." 병국이 다방 간판을 보고 그곳으로 걸었다.
"내가 한잔 산다는데 그래." 병식이 형 점퍼 허리춤을 잡았다.
형제는 뒷골목 간이주점으로 들어갔다. 해가 지기 전이라 손님은 없었다. 병식이 주모를 불러 막걸리를 시켰다.
"형, 내 친구 종호 알아? 종호 형이 형과 고등학교 동창이라며? 근데 말야. 죽동 사창가 골목에서 형제가 마주쳤다는 거야."
"입 닫아." 병국의 눈빛이 날카로워졌다.
"괜히 엄숙 떨지 마."
"너 그날 석교천 방죽에서 새를 독살하고 오던 길이지?"
"그게 뭘 어쨌다는 거야?" 병식의 표정에서 장난기가 사라졌다.
"뻔뻔스런 자식. 언제부터 그짓 시작했어? 왜 새를 죽여, 죽인 새로 뭘 해?" 병국이 언성을 높였다.
"별 말코 같은 소릴 다 듣는군. 날아다니는 새도 임자 있나? 지구의 새를 형이 몽땅 사들였어?" 병식이가 주모가 놓고 간 주전자의 막걸리를 두 잔에 쳤다. "우선 한잔 꺾지. 형제의 우애를 위해서."
"누가 네게 그 일을 시켜? 그 사람을 대." 병국이 잔을 밀치며 소리쳤다.

"형이 고발할 테야? 날아다니는 새 잡아 박제한다구? 그건 죄가 되구, 허가 낸 사냥총으로 새 잡는 치들은 죄가 안 된다 말이지?" 병식이 코웃음 쳤다.

"희귀조가 멸종되고 있다는 건 너도 알지? 인간이 새를 창조할 순 없어."

"개떡 같은 이론은 집어치워. 지구상에는 삼십억 넘는 새가 살아. 그중 내가 몇 마리를 죽였다 치자, 형은 그게 그렇게 안타까워?"

"박제하는 놈을 못 대겠어?" 병국이가 의자에서 일어나 아우 멱살을 틀어쥐었다.

주모가 달려와 둘 사이에 끼었다. 개시도 안한 술집에서 웬 행패냐고 주모가 소리쳤다.

"못 불겠다면? 형이 고발해봐. 형 손에 아우가 쇠고랑 차지!" 병식이 형 손목을 잡고 비틀어 꺾었다. "형도 구치소 출입해봤으니 나만 볕 보고 살란 법 있어?"

"말이면 다야!"

병국의 주먹이 아우 턱을 갈겼다. 병식의 머리가 뒷벽에 부딪히자 입술에서 피가 터졌다.

"형이 날 쳤어!"

병식이 형의 허리를 조여선 번쩍 안아 들었다. 그는 마른 장작개비 같은 형을 바닥에 내동댕이치곤 의자를 치켜들었다. 형 면상에다 의자를 찍으려다 그짓은 차마 못하겠다는 듯 손을 내렸다.

"오늘은 내가 참아. 다구리 탈 짓을 했담 형한테 맞아주겠어. 그러나 내가 새를 독살한 것도 아니구, 심심풀이로 족제비 따라 개펄로 나갔는데, 치사하게 동생을 고발해!" 병식은 백 원짜리 동전을 술상에 놓곤 입술의 피를 닦았다. 가방을 챙겨들더니 출입문을 열어젖혔다.

"병식아, 학관 끝나면 집으로 와!" 모잽이로 쓰러졌던 병국이 일어나며 외쳤다. 병식은 주점을 나서버린 뒤였다.

"봐요, 젊은이 안경알이 깨어졌어." 주모가 병국에게 말했다.

안경의 왼쪽 알이 방사선 금을 그었다. 넘어질 때 술상 모서리에 부딪힌 모양이었다. 병국은 주점을 나섰다. 가로의 건물들이 길 가운데로 그림자를 늘이고 있었다. 병국은 학관을 뒤져 족제비라는 병식의 친구를 찾아낼까 하다 그만두기로 했다. 턱이 뾰조록한 녀석의 생김새는 떠올랐지만 그가 학관에 다니는지, 지금 시간에 나왔을지 알 수 없었다. 저녁에 병식이 귀가하면 박제사 집을 알아내는 일이 더 쉬울 것 같았다. 병국은 경찰을 앞세워 박제사 집을 덮치거나 고발할 의향은 없었다. 박제품이 보호조가 아닌 이상 처벌 대상인지 어떤지도 모호했다. 동진강 하구에서 물고기를 잡거나 조개를 채취하는 일과 새를 잡는 일이 무엇이 다르냐고 따질 때 반론을 제시할 근거가 없기도 했다. 나무 한 그루를 베어도 처벌 받는 산림법 벌칙이 조류에는 해당이 되지 않았다. 수렵금지 기간이 따로 있지만, 총포류를 사용하지 않은 이상 그 벌칙에서도 빠져나갔다. 짐승이나 조류의 박제품은 연구용 내지 관상용으로 판매되고 있었다. 자연보호 명목을 원용한다면,

야생조류의 남획이 경범죄 정도에는 해당될 것 같았다. 병국이 박제사를 만나면 그를 설득해 조류 중에 나그네새나 철새의 박제만은 하지 말라고 말할 작정이었다. 새의 독살은 자기 살점을 뜯어내는 고통과 같았기에 그 목적은 관철시키고 싶었다. 박제사가, 남의 생업까지 왜 막느냐고 벋서면 야생동물보호협회 경남지부와 협의해서 강구책을 세우기로 했다.

병국은 중앙공원 쪽으로 걸음을 옮겼다. 발걸음이 무거웠고 마음도 편치 않았다. 귀가하기도 싫었다. 역시 그가 찾을 곳은 바닷가 개펄밖에 없었다. 황혼 무렵, 바다로 향해 자맥질하는 새 떼를 구경하기로 결정했다. 석교 아파트나 웅포리로 가는 버스를 타려고 정류장으로 걷던 병국은 길가의 석탑서점을 보자 걸음을 멈추었다. 신간과 헌책을 함께 취급하는 서점으로, 자주 들르는 곳이었다. 문을 밀고 들어갔다. 주인 민씨가 안경 낀 친구와 담소하고 있었다.

"동진시도 애들 키울 데가 못 돼. 성범죄가 사흘 평균 한 번이라잖아." 민씨 친구가 말했다.

"주로 공단 주변이라며?" 민씨가 물었다.

"A공단 삼환합섬 있지, 어제도 뒷골목에서 칼부림이 났다더군. 여공원을 두고 두 놈이 붙은 거지."

"어디 그뿐인가, 수삼 년 사이 중심가에 비어홀과 살롱 늘어난 것 봐. 밤 열한시만 되면 거기서 쏟아져 나오는 여급이 수백 명이래. 여관은 꽉꽉 차구."

"B공단 플라스틱 공장 있잖은가."

"수출용 완구 만드는 공장?"

"거기 여공들이 스트라이크를 일으켰대. 사장은 외제차 타는데 여공들 야근수당이 석 달이나 밀렸다잖아. 그것까지는 참았는데 나흘 전에 완제품 납품 숫자가 모자란다고 검사과 여공원들 알몸 수색을 했다더군. 여공원들이 울며불며 야단이 났대. 엎친 데 덮친 격으로 납품 숫자를 채울 때까지 검사과 종업원은 퇴근시키지 말라는 지시가 내렸대."

"굼벵이도 밟으면 꿈틀한다는데 아무리 돈 주고 부려먹는 공원이지만 그럴 수가 있나. 제 놈은 그만한 딸애 안 키우는가."

"검사과의 여공들이 결백이 밝혀질 때까지 맞서자고 농성을 시작한 게지. 일이 커지자 회사 측은 밤 열한시에 모두 귀가시킨 모양인데, 이튿날 농성을 주도했던 여공 셋이 일방적으로 해고됐다잖아. 근무 태만에 품행이 방정치 못했다나? 그렇게 되자 밀린 노임으로 불만이 많던 참에 농성이 전 종업원으로 확대됐어."

"노조 조직이 있었던 모양이지?"

"어용노조가 있었다더군. 그런데 말야, 사장이 타는 외제 승용차가 마침 사무실 앞에 주차해 있었는데, 공원 몇이 돌팔매를 던져 차에 흠집을 냈어."

"경찰이 출동했겠군?"

"여부가 있겠나. 가까스로 수습은 됐는데 아직 술렁술렁하는 모양이야."

"아저씨." 화제가 매듭지어지자, 병국이가 민씨에게 말을 붙였다.

"자네 왔군. 요즘도 새와 함께 사는가?" 민씨가 병국의 깨진 안경을 보았다.

"새와 함께 살다니?" 민씨 친구가 물었다.

"공장 폐수로 동진강이 오염되자 철새가 날아오지 않는다잖아."

"나도 신문에서 그 기사는 읽었어."

"저 친구가 신문사에 자료를 제공한 걸세."

"제가 부탁한 책 왔어요?" 병국이 민씨에게 물었다.

"주문서를 냈는데 아직 안 왔어. 책이름이 뭐랬지?"

"마거릿 미드 여사가 지은 『조용한 봄』요."

"아직 도착 안했어. 일주일쯤 후에 들를게."

"『조용한 봄』이라, 사춘기 애들이 읽는 연애소설인가?" 민씨 친구가 물었다.

"공해로 멸종되는 새의 관찰기록이라네."

"그럼 가보겠습니다." 병국이 서점을 나섰다.

"저 젊은 친구, 자네 모르나?" 민씨가 친구에게 낮은 소리로 말했다. "한때 수재로 소문났잖아. 외양은 저래도 똑똑한 애야. 대학교 데모로 말일세……"

병국은 정배형 학교로 전화를 걸려고 공중전화 부스를 찾았다. 퇴근 시간이라 개펄로 같이 나갈 수 있겠냐고 물어볼 참이었다. 전화 부스를 찾는 사이 버스 정류소에 도착했고, 마침 웅포리행 버스가 와서 승차했다. 뒷좌석에 앉자 그는 눈을 감았다. 피곤에 찌들어 잠을 자듯 늘어졌다. 깜깜한 밤이었다. 멀리로 등대 불빛이 보였다. 감은 눈앞에 도요새 무리가 바다와 하늘 사이 무공

천지를 가르며 날고 있었다. 날개를 상하로 쳐대며 바람에 쫓기듯 남으로 내려갔다. 등대 불빛 쪽으로 날던 새 떼가 어둠에 가린 등대 몸체를 미처 못 피해 등대 벽에 머리를 박고 떨어졌다. 다시 낮이었다. 강 하구와 벼를 벤 논바닥에서 도요새 무리가 쉬고 있었다. 하늘 높이 떠 있던 매 한 마리가 수직으로 낙하했다. 매는 쫓음걸음을 하는 도요새 한 마리를 포획했다. 사냥꾼이 도요새를 수렵하고, 중금속에 오염된 폐수와 폐수를 터삼은 물고기가 도요새에게는 오히려 독이었다. 왜 도요새가 당하는 피해만 환상으로 떠올랐는지 몰랐다.

"종점이에요. 손님 안 내려요?"

병국이 눈을 뜨니 버스 안내원이었다. 그는 쫓기듯 버스에서 내렸다. 웅포리였다. 주차장을 벗어나 바다 쪽으로 걸었다. 시원한 바닷바람이 얼굴을 스쳤다. 지친 그는 모래톱에 주저앉아 바다 멀리 수평선에 시선을 주었다. 서편으로 기운 햇살을 받아 먼 바다의 물결이 은빛을 띠고 있었다. 그때부터 먼 데 하늘이 주황빛으로 물들고, 바다가 붉은빛에 반사되어 금빛 어룽으로 번질 때까지 그는 자리를 지켰다. 그동안 갈매기 외에 청둥오리 떼가 동진강 하구로 북상하고, 물떼새들이 암벽이 돌출한 장진포 쪽으로 점점이 날아가는 모양도 보았다.

바닷물이 암청색으로 변하고 바람이 차가워지자 병국은 일어났다. 시내 쪽은 어둠이 내렸고 B공단 굴뚝들도 어둠 속에 잠겨갔다. 그는 네온사인이 번쩍이는 유흥가를 지났다. 해주집으로 가는 외진 오솔길로 접어들자 다리가 후들거렸다. 허기가 너무 심해 건

기조차 힘에 부쳤다.

해주집 술청은 불이 켜졌고 문이 반쯤 열려 있었다. 병국은 안으로 들어서려다 발걸음을 묶었다. 아버지 목소리가 들렸다.

"……물론 히, 힘든 문제지요." 아버지는 엔간히 취해 있었다.

"아무래도 내 평생 통일은 글렀네. 생이별한 처자식은 못 볼 거야. 삼십 년을 하루같이 기다려오다 백발이 되잖았어." 강회장의 허탈한 목소리였다.

"성님, 그렇찮아요. 시국의 돌연한 변혁은 아무도 예, 예측 못해요."

"마른 땅에 물 고이랴. 평화통일은 어렵네, 서로 강경책만 일삼으니 언제 형, 아우 하고 지내겠어."

"요즘 바, 밤잠이 없어 한밤중에 잠이 깨요. 그러면 세상이 조용하고 깜깜한 게 영 갑갑증이 나서 못 견딜 지경입니다. 시간은 왜 그렇게 더, 더디게 가는지. 이 생각 저 생각 하다보면 날이 영 새, 샐 것 같지 않아요. 그러나 어김없이 새, 새벽은 오지요. 이 고비만 넘기면 토, 통일도 그렇게 찾아옵니다. 설령 죽을 때까지 고향땅 못 밟는다 해도 아들놈은 바, 반드시 애비 뼈를 고향으로 옮겨 묻어줄 겁니다."

"아우, 자넨 새벽같이 통일이 올 거라고 믿어?"

"다른 사람은 관두고라도 성님하고 저하고 매, 맺힌 한만 합쳐도 하늘이 필경 원을 드, 들어줄 겁니다."

안으로 들어가 아버지를 만날까 어쩔까 망설이다 병국은 발걸음을 되돌렸다. 저들 세대의 맺힌 한에 자신의 말이 아무 도움이 못 될 것임을 알았다.

 바다와 하늘은 완전히 어둠에 묻혔고 멀리 장진포 쪽 등대만이 불을 켜고 있었다. 그런데 병국의 눈앞에 도요새 한 마리가 홀연히 날아올랐다. 도요새의 유연한 비상은 아래위로 날개 치는 비행이 아니었다. 날개를 펼친 채 기류의 도움으로 날고 있었다. 상승 기류를 타고 공중 높이 올라갔다가 바람을 옆으로 받아 활공으로 미끄러져 내려오는 율동이 눈앞에서 떠올랐다. 도요새야, 너는 동진강 하구를 떠나 어디에 새로운 도래지를 개척했어? 병국이 중얼거리며 도요새를 쫓아갔다. 그러자 도요새의 비행은 눈앞에서 곧 사라졌다.

 (『한국문학』 1979년 6월호. 1979년 제2회 한국일보문학상 수상작)

환멸을 찾아서

1

 방학을 한 주일 앞둔 토요일이었다. 어젯밤 과음 탓으로 오윤기는 오전 수업을 가까스로 끝냈다. 메스꺼운 증세와 조갈증을 참으며 세 시간째 수업을 마치자 기진맥진해져 교무실로 돌아왔다. 세 시간을 내리 가르쳤기에 한 시간 쉬다 종례를 마치면 오늘 수업은 끝난다. 그는 보리차로 갈증을 풀곤 자기 자리로 돌아왔다.
 "오선생, 아버지가 오셨군요." 옆자리 박선생이 창밖의 운동장을 내다보며 말했다. "밖에서 한참 떨고 계신데요."
 윤기가 창밖으로 눈을 주니 빈 가지가 바람에 떠는 버즘나무 아래 귀가리개 달린 개털모자를 쓴 오영감이 교무실 쪽을 기웃거렸다. 키가 작달막한 오영감은 군용 파카에 누비 방한복을 입었고 장화를 신고 있었다. 바깥은 눈이 내릴 듯 낮게 내려앉은 잿빛 하늘이라 오영감 외양이 오늘따라 초라했다.
 "밖에서 노인이 얼쩡거리기에 누군가 해서 보니 오선생 아버님

입디다. 제가 나가서, 오선생이 수업 중이니 교무실 들어와 기다리시라고 말해도 한사코 사양해서 포기했지요."

"늘 그런 분이시라……" 윤기가 우물거렸다.

"어젯밤도 엔간히 마신 모양이죠?" 건너편 자리에서 가사 선생이 말했다.

어제 오후, 속초 친구 둘이 느닷없이 집으로 들이닥쳐 윤기는 그들과 술자리를 옮기며 자정까지 소주와 맥주를 마셨다. 친구 둘은 시인 지망생으로 윤기가 회원으로 있는 문학서클 '맥(脈)'의 동인이었다.

"그렇게 마시고 어떻게 수업하세요. 건강도 생각하셔야죠." 가사 선생은 윤기와 함께 지난 3월 신학기에 이 학교로 부임한, 참견 잘하는 노처녀였다.

"한동안 뜸하더니, 집에 급한 일이 있는 모양이지요?" 박선생은 동료 교사 중에 윤기와 가깝게 지내 그의 아버지를 잘 알았다.

아버지의 학교 방문이 윤기에게는 부담스러울 수밖에 없었다. 교무실 안을 살피던 오영감이 아들과 눈이 마주치자 밖으로 나오라고 손짓했다. 오랫동안 언 땅에 서 있어 발이 시린지 양발을 도두 떼며 흔들어대는 손짓이, 다른 사람이 본다면 집에 무슨 변고라도 생긴 듯한 태도였다. 세 식구 살림에 병자가 있지도 않고 평소 엄살이 심한 편인 아버지 성격으로 미루어, 집안에 별다른 일이 있으리라 생각되지는 않았다. 윤기는 교무실을 나섰다.

윤기가 고향인 강원도 북단 면청 소재지의 유일한 중·고등 병합학교로 첫 발령을 받고 부임한 신학기 이후, 한동안 오영감에게 그런 버릇이 있었다. 그러나 아들을 만나겠다고 교무실을 기웃거리지는 않았다. 아니, 정확히 말해 그가 아들을 만나러 학교에 오지는 않았다. 기껏해야 창을 통해 교실마다 넘보다 아들이 수업 중인 교실을 보게 되면, 학생들이 낌새라도 챌까봐 뒤꼍에 숨어 아들이 수업하는 광경을 한동안 염탐하다 돌아가곤 했다. 그 모습이 선생의 수업을 관찰하는 교장의 짓거리 같았다. 넋 놓고 바라보는 더없이 행복한, 어쩌면 좀 모자라는 얼굴이 교장의 근엄한 표정과 다를 뿐이었다. 숨어서 엿보는 아버지 모습이 눈에 띄면 윤기는 수업을 망칠 수밖에 없었다. 신경이 자꾸 그쪽으로 쓰이는데다 교사 생활이 일천하다보니 말까지 더듬었다. 그렇다고 당신과 눈을 맞추거나, 수업을 중단하고 교실 밖으로 나가, 이렇게 찾아오면 안 된다며 매정하게 말할 수도 없었다. 학생들이 눈치챌까봐 전전긍긍하며 그쪽을 무시하는 방법밖에 다른 묘책이 없었다. 그러다 그쪽에 눈을 주면 어느새 당신 모습이 보이지 않았다. 그쯤에서 오영감은 학교를 떠난 것이다. 윤기는 퇴근해서 집으로 돌아와 아버지에게, 별 용무 없이 왜 학교로 나오셔서 교실 안을 기웃거리느냐며 언짢은 말을 하곤 했다. 그러면 오영감은, 그게 뭐 어떠냐며 아들 말을 받았다. "내 아들이 얼메나 장허냐 이거이다. 네가 이 고장 중학교에 부임하야 선생님이 됐다는 게 말이다. 난 배우지르 못한 한에 네가 아이 적부터 교육자 같은 인품이 돼줬음 하구 바래왔거던. 그런데 네가 아바이 꿈으 이루어준 게야. 아바이 사는 여게서 말이다. 난 장한 아들이 어더렇게 생도르 가르치나 그게 궁금해" 하며, 함남 지방 어투로 넉

살을 떨었다. "그렇다고 불시에 학교로 오시면 어떡해요. 아버진 괜찮으실지 모르지만 저로선 학생들 보기가 뭣하잖아요" 하는 정도로 윤기는 말을 접었다. "무시 어떠러다구 기래? 네가 가르치는 영어라는 꼬부랑 글자르 까막눈이라 잘은 모르지만서두, 내가 너 가르치는 거 훼방 놓은 적 없잖은가? 아바이으 맘으 이해 못하니 답답하구먼" 하며 아버지는 혀를 찼다. 언젠가 누이 윤화가 부자의 대화에 참견한 적 있었다. "아버진 할 일이 없으시면 새마을회관에 나가시지 오빠 학교엔 뭣 하러 가세요. 오빠가 애들 가르치는 게 보고 싶다면 한 번에 족할 일이지, 두세 번씩이나 가셔서 오빠 입장만 난처하게 만들다니……" 그 말에 오영감은 딸을 나무랐다. "어물전으 꼴뚜기라더니, 생각하는 게 며르치 대가리 만두 못한 계집아아가 무슨 참견인가. 네가 이 담에 시집가서 자식으 낳아두 아바이으 맘으 이해 못해. 남자란 여자 종자하구 달라. 기구한 팔자으 아바이으 맘 여자로서느 모르다 말다……" 오영감이 목청 돋우던 기세와 달리 말을 맺곤 한숨을 쉬었다. 집안 공기를 흩뜨렸던 그런 대화가 두 차례 있고도 여름방학을 맞기까지 오영감은 짬짬이 학교로 나왔다. 아들 의견을 참작해서 다시는 학교로 찾아가지 않으려 마음을 접어도 발길이 자꾸 그쪽으로 돌아서는 데는 자신도 어쩔 수 없다고 했다. 그쯤 되니 윤기도 아버지의 자식 기림을 더 만류할 수 없었다. 날수가 지나면 시들해지겠거니 하고 마음 느긋이 먹으면서도, 오시는 거야 상관없지만 옷차림이 그게 뭐예요 하는 타박만은 차마 입에 담지 않았다. 배를 탈 적이나 집에 있을 때면 아버지 옷차림이 늘 그랬기 때문이었다. 지난봄에 첫 봉급을 탄 기념으로 아버지께 양복 한 벌을 맞춰드렸으나 이웃집 혼사와 아야진에서 있은 홍원군민회 행사에 한차례씩 입고 나들이했을 뿐 늘 벽에 걸어두었다. 이웃 사람이 놀러 오면 벽에 걸린 양복을 가리키며, 아들이 첫 봉급 타서 맞춰줬다고 자랑했다. "통일이 돼서 고향에라두 가게 되며느 버젯이 차레입구 가겠음메. 그러나 내 생전에느 힘들어." 이런 말을 한숨과 함께 뱉는 게 고작이었다. 어쨌든, 오영감이 아들 학교로 걸음하는 그 짓거리는 어느새 선생과 학생 사이에 소문이 돌았고, 얼굴을 죄 아는 손바닥만한 면내다보니 말이 학부형 입을 통해 오영감 귀에까지 들어갔다. 그러자 가을 들고부터 오영감은 학교 쪽과 발길을 끊었다.

　버즘나무 아래 팔짱 끼고 섰던 오영감이 아들을 보자, 날씨 한번 지독두 하다며 허연 입김을 불었다. 12월 중순을 넘기자 갑자기 기온이 떨어지더니 향로봉에는 눈이 내리기도 여러 차례였고 진부령 넘는 체인 감은 차들이 빙판에서 곡예를 한다는 소문이 자주 들렸다.

　"집에 무슨 일이 있나요?" 윤기가 물었다.

　"조반두 아니 먹구 출근하더이, 어째 견딜 만한가? 무슨 원수 졌다구 술으 그렇게 퍼마셔. 아무리 젊기루서니 건강두 생각해야제. 간 탓에 그 고생 치르구서 아직두 정신 못 채려."

　"그 말씀 하시려 추운 날 학교까지 오시진 않았을 테고, 무슨 일이 있나요?"

　"집에야 다른 일 있을라구" 하더니, 오영감이 조심스레 말했다.

"오늘 참말루 무신 일이 있어서 급한 김에 찾아왔어. 반공일이라 일찍 들어오려이 했지만서두, 퇴근 시간까지 기다리래니 마음이 잽혀야제. 늦게 돌아올란지두 모르구."

오영감은 입김으로 시린 손을 녹였다. 마디 굵은 거친 손이라 추위를 탈 것 같지 않은데 일 킬로 길을 걸어오느라 한기가 심한 모양이었다. 윤기는 문미 얼굴이 떠올랐다. 표정이 없는 그녀라 갸름한 얼굴은 늘 눈길을 내리깐 모습이었다. 그는 오후 한시 반에 속초에서 그녀와 만나기로 약속되어 있었다. 학교에서 퇴근하면 집에 들르지 않고 곧장 속초행 버스를 타기로 했던 것이다. 닷새 전 그녀가 아야진을 다녀갈 때 정했던 약속이었다.

"학교 앞 식당에라도 가십시다. 몸두 녹이실 겸, 점심때가 다 됐으니 식사하고 들어가세요." 바깥 음식은 돈이 아까워 거절할 테지만 소주 한잔쯤은 생각이 있을 듯해 윤기가 권했다. 자기도 해장국으로 곯은 속을 달랠 참이었다.

"머 그럴 거까지 있가디. 너 또 생도 가르쳐야지 않는가."

"다음 시간엔 수업이 없어요. 나가십시다."

"괜찮대두. 그냥 한마디 하구 갈 테이 이리 따라와봐." 오영감이 학교 변소 쪽으로 걸었다. 왜소한 체격이지만 올해 들고 오영감은 등이 굽어 더 노인 티가 났다.

"대관절 무슨 일인데 그러세요?"

오영감은 대답이 없었다. 윤기도 마지못해 아버지 뒤를 따랐다. 바람이 드세어지는 꼴이 오후엔 폭풍경보가 내리고 배가 뜨지 못할 것 같았다. 바람막이된 변소 옆까지 오자 오영감이 걸음을 멈추었다. 그가 주위를 둘러보았으나 둘에게 관심을 둔 사람은 없었다.

"윤기야, 오늘 아침에 말이다. 이상스런 물건 하나르 건졌지 안까디. 뱃놈 생활루 칠순으 바라보는 마당에 물괴기 아닌 그런 거느 난생처음임메. 그래서 부랴부랴 너르 찾아온 게 아니겠음." 오영감 얼굴이 사뭇 심각해졌다.

"뭘 건졌는데요?"

"아침 아홉시쯤일까, 명태 두어 고지쯤 올렸을 때, 바다 안쪽에 먼가 허연 게 번득이더마느. 이상한 거다 싶어 가까이 가보이 도시락 같은 게 떠내려가는 게 아니겠음. 건져보이 비니루루 싼 책 같은 거더만. 그래서 가지구 나왔지르."

"책이라면, 지난가을 도목리 커브길에서 화물차를 피하려다 끼고 있던 책이 벼랑 아래 바다로 떨어져 잃은 적이 있었지요. 그런 책 아닙디까?"

학교에서 마을로 포장된 해안 국도로 가다보면 교통사고가 빈번한 에스형 경사 지점이 있었다. 한쪽은 이십 미터의 암벽이었고 아래는 바닷물이 철썩댔다. 열흘 전에도 어물상자를 포개어 싣고 가던 오토바이 탄 청년이 맞은편에서 과속으로 달려오던 버스를 피하려다 낭떠러지로 떨어져 중상을 입은 사고가 있었다.

"조심해야지. 도목리 카부길으 사고가 많아. 안쪽으로 바짝 붙어 걸어." 오영감이 곁길로 나간 말을 바로잡았다. "내가 바다에서 건진 건 그런 게 아이야. 그게 무시긴구 해서 끌러봤지 않겠음. 글자가 빼곡한 공책이더만. 물에 뜨도록 스티로폼으 붙여 누가

환멸을 찾아서 93

바다에 던진 게야."

"문서나 일기장이로군요." 윤기가 비로소 관심을 보였다. "아버지가 그 공책을 읽으셨나요?"

"내가 그거르 읽어 무시기 알겠나 싶어 너르 찾아온 것메. 너느 신문에 글이며 사진이 실린 문사 아인가. 너가 보며느 알겠지마느, 필경 무신 곡절이 담긴 공책이야. 문서 같은 게 아인 거르 보면 말임메."

"일기나 수기군요. 누가 그걸 바다에 버렸을까요? 스티로폼까지 붙여 뜨도록 했다면 필경 제삼자가 읽어달라는 뜻일 텐데요."

윤기 생각에는 여러 추리가 가능했다. 사춘기 소녀의 실연담, 그런 유의 일기나 편지 묶음, 정신병자의 낙서장, 정치범이나 사회참여에 나선 대학생의 선전 테제일 수도 있었다. 무명 문학도가 독자에게 띄운 창작노트일는지 모른다는 엉뚱한 생각까지 들었다.

"우째 그 공책이란 게 낯이 선 게야. 이북 쪽에서 떠내려온 게 아인지…… 그렇담 낭패 났지르?"

"저쪽 것 같더란 말입니까?"

"무시긴구 하이, 공책 뒷장에 김일성 어쩌구저쩌구 하는 문구가 쓰인 게…… 꼭 전쟁 나기 전 홍원 살 적으 으스스하던 생각이 들지 않겠음. 그들은 어디메나 그렇게 선동으 잘하이까."

윤기가 생각을 간추리느라 침묵하자 오영감이 근심 띤 얼굴로 물었다.

"지서나 보안부대에느 신고해야겠제? 이북 땅에서 보내온 게 틀림없으이까. 그런데 피봉을 뜯어놔 우짜제? 무신 말 안 들을란지 모르갔어."

"공책 건질 때 아버지두 그쪽 것인 줄 알았나요. 뜯어봐서 알게 됐는데."

"지금이 음력 십일월 보름께 아인메. 물때르 따져보이 용케 들어맞어. 내레오느 한류를 이용해 장전이나 고성에서 띄워 보낸다며느 예까지 긴 시간 걸리지르 않제. 한나절 남짓이며느 될 테이까."

넷째 시간을 알리는 시작 벨이 울렸다. 운동장에서 공차며 놀던 학생들이 교실 쪽으로 몰려갔다. 운동장에는 뿌연 먼지가 회오리로 일었다.

"아버지, 그럼 집에 가 계셔요. 종례 마치면 들어갈게요."

윤기는 퇴근하는 대로 집에 들렀다 속초로 나가기로 했다. 이삼십 분 늦게 도착해도 문미는 다방에서 기다릴 터였다. 언젠가, 약속보다 한 시간 늦게 대지다방에 나간 적이 있었다. 버스가 봉포리를 지나다 고장이 난데다 속초 버스정류장에서 고등학교 동기생을 만나 길거리에서 시간을 허비했던 것이다. 다방에 들어서니 문미는 계단 밑 구석자리에서 책을 읽고 있었다. "시집을 읽었죠. 이쪽 소재라 '영동행각' 시편이 마음에 들어요." 늦은 이유를 묻지 않고 문미가 말했다. 윤기가 먼저 읽고 빌려준, 동해안 갯가 출신 젊은 시인의 첫 시집이었다.

"수업 마치며느 다른 데 걸음 말구 곧장 집으루 와." 오영감이 걸음을 돌렸다.

"집에 갈 때까지 아무에게두 말씀 마세요. 제가 지서든 어디든 신고할 테니깐요."

"그게 어떠르 건데 누구한테 함부루 보여. 선반에 얹어뒀으이 집에 오기나 해."

수업이 없는 넷째 시간을 이용해서 윤기는 겨울 들고 쓴 시 두 편의 초고를 손질하려 했다. 한 편은 해마(海馬)로 상징되는 어부의 삶을 겨울 바다를 배경으로 쓴 시이고, 다른 한 편은 해금강을 소재로 한 시였다. 두 편 다 바다를 선택했으나 해마가 등장하는 시는 겨울 바다가 생업인 늙은 어부의 생명력을 다룬 것이고, 다른 한 편은 이북 쪽 해안인 해금강을 통해 갈 수 없는 고향의 한을 그려본 분단 현실이 주제였다. 그는 시 습작 노트를 펼쳤으나 속이 불편한데다 아버지가 바다에서 건졌다는 공책이 눈앞에 어른거려 시를 퇴고할 마음이 내키지 않았다. 초고 시의 낱말들이 독립된 암호로 눈에 박혔을 뿐 어휘들이 사물의 연상, 상징 매체로 살아나지 않았다. 그는 공책을 덮었다.

2

윤기가 집으로 오니 아버지는 목침을 베고 안방 아랫목에 누워 있었다. 그가 군에 입대할 적만도 근면했던 아버지라 잠자리에 들기 전에는 낮잠을 자지 않았다. 그러나 최근 들어 짬짬이 낮잠을 잤고 자리에 누워 한 시간쯤 멍해져 있곤 했다. 늙으니 눕는 게 편하고 눕기를 즐기면 죽을 때가 다 됐다는데, 하는 말씀도 자주 했다. 칠순을 앞둔 나이는 어쩔 수 없었다.

　아들을 보자, 기다렸다며 오영감은 일어나 앉았다. 눈꼬리가 축축했다. 또 우셨군요 하려다 윤기는 참았다. 요즘 들어 오영감은 부쩍 자주 눈물을 비쳤다. 북에 두고 온 처자식도 그렇지만, 남한에 내려와 서른 해가 되도록 소식 모르는 큰아들 때문이었다. 오영감이 이북에 두고 온 전처소생 장자 윤구가 남한 어디에 살아 있다면 올해로 마흔아홉 나이였다. 오영감은 중공군 참전으로 연합군이 후퇴하던 1951년 정월에 홀몸으로 피난을 나왔는데, 휴전이 되자 북에 둔 처자식은 통일이 되기 전에는 만날 수 없다고 체념했다. 휴전이 되고 여섯 해가 지난 뒤였다. 그는 남한에서 재혼했고, 윤기와 윤화 두 자식을 얻었다. 오영감은 해산물을 내륙 지방인 춘천과 홍천 등지로 실어 나르는 트럭 운전사를 속초 뱃전에서 만나, 선착장 대폿집에서 소주잔을 나눈 적이 있었다. 트럭 운전사는 고향이 황해도 은율로, 거제도 포로수용소에서 석방된 박만도란 젊은이였다. 술만 들면 오영감 버릇이 늘 그렇듯, 북에 두고 온 처자식을 두고 신세타령을 늘어놓던 끝에, 고향이 함남 흥원인데 전쟁 나던 그해 초가을에 장자가 인민군에 뽑혀 입대했는데 혹시 거제도 포로수용소에서 본 적이 없느냐고 물었다. 박만도가 고개 갸우뚱하며 옛 기억을 더듬더니, 중하인지 중호인지 거기 출신 소년병과 거제도 수용소 의무대에서 나흘 동안 옆 침대에서 지내며, 같은 뱃놈 출신이라 고기 잡던 얘기를 나눈 적이 있다고 말했다. 오영감 귀가 번쩍 뜨여 그 사연을 다그쳐

문자, 소년병 오른쪽 귀 아래 흉터가 있더란 말이 나왔다. 그렇다면 소년병은 큰아들 윤구가 틀림없었다. 전쟁 나던 해 초가을, 윤구는 열일곱 살로 징집되어 함흥 보충대로 떠났는데, 열두 살 땐가 배를 탔다가 당신이 잘못 휘두른 낚싯바늘에 귀 아래를 찢겨 흉터가 졌던 것이다. 박만도는 수용소에서 좌익행동대의 난동으로 당한 부상이 가벼워 쉬 퇴원했지만, 그 소년병은 전쟁터에서 어깨 관통상을 당해 오른팔을 절단했을 거라고 말했다. 그 소식을 듣고부터 오영감은 남한 땅에 혈육이 있음을 알고 자식을 찾기 시작했다. 한동안은 뱃일조차 팽개칠 정도로 이곳저곳 수소문했으나 서른 해를 넘긴 지금까지 장자 소식을 몰랐다. 장자가 출정할 때만도 오영감을 비롯해 가족이 고향에 있었으니 포로 교환 때 부모 형제가 있는 북을 선택해 넘어갔겠거니 체념하면서도 오영감은 신문사와 방송국, 이북오도청 등에 자식 찾는 편지를 계속 보냈다. 윤기가 중학교 때부터 그 사연을 대필하기도 수십 차례였다.

"우리 안죽 점심 안했음메." 오영감이 딴전을 피며 건넌방에 있는 딸애에게 외쳤다. "윤화 있지비? 오래비 왔다. 밥상 채레라."

건넌방의 누이 목소리를 듣자 윤기는 학교에서 밥을 먹고 왔다고 말했다. 그는 지금쯤 유치원 마당을 나설 문미를 떠올렸다. 문미와 속초에서 점심 약속을 했던 것이다. 약속에 늦는 것도 미안한데 밥까지 먹고 나갈 수야 없었다. 손목시계를 보니 오후 한시를 넘어섰다. 지금 출발해도 이십 분은 지각이었다.

"속초에 약속이 있어요."

"그 여선생 만나메?"

"글 친구들 모임도 있구요." 윤기가 선반에 눈을 주었다.

"그렇게 만나기만 할 게 아이라, 네가 먼첨 결혼하자구 딱 분질러 말해."

윤기는 살아생전 엄마 말이 생각났다. '사고무친 저 홀아비한테 어떻게 시집왔는지 알아? 기 쓰구 쫓아다니는 통에 그만 넘어갔지. 아버지가 배를 타다 물귀신이 되어 나는 배꾼한테는 시집 안 가려 했는데 말이다.'

"결혼은 좀 기다려야지요. 직장 잡자 결혼부터 앞세우기가 뭣하구, 저쪽두……"

"어더래서? 칠순인 내 나이두 그렇지마 윤화가 스물넷 아님메. 면청 서기 있잖는가. 그 사나아가 목을 매는 눈치던데, 그렇다구 어째 윤화부터 시집 보내갔어. 식구래야 셋인데, 남정네만 남게 두구 시집가며느 갸 맘이 펜켔어? 그러이 너 먼첨 식으 올려야제. 너느 장가들어야 술두 덜 먹구 일찍 집에 들어올 게야. 윤화두 날마다 덕장 나가 오징어 배 따주구 있으 수만 없잖은가. 꽃두 한철이라구, 목매는 사나아 있을 때 얼른 가야디."

"저쪽도 홀어머니를 모신데다 오라버니 나이 서른둘인데 아직 결혼 안했다잖아요." 윤기는 문미 오빠가 실성기가 있으며 직업 없이 논다는 말은 할 수 없었다.

"내년 봄엔 꼭 식 올리도록 해. 색시가 얌전한 거이 아주 참하더마. 듣구 보니까 서루 집안 처지두 비슷하구…… 몸이 약해 뵈거이 탈일까, 그만한 색시두 힘들어. 내 나이 칠순 아님메. 예전 같으며느 증손두 봤으게다."

오영감은 또 이북의 가족과 윤구를 생각했다. 포로 교환 때 고향 찾아 북으로 갔다면 외팔이지만 결혼해서 아들도 뒀으리라. 둘째, 셋째 역시 성례 치른 지 오래일 터였다.

윤기는 멸치 포대와 내복 상자가 얹힌 선반에서 문제의 공책을 내렸다.

"그거군요."

공책은 스무 장 정도로 얄팍했고 겉면이 눅눅했다.

윤기가, 다른 건 없고 공책 한 권만 들어 있더냐고 아버지께 물었다. 오영감이 뒤미처 생각난 듯, 공책을 들추니 낡은 사진이 붙어 있더라 했다. 선반에는 공책 쌌던 물기 듣는 비닐 포장물과 스티로폼이 얹혀 있었다. 윤기는 그것까지 내릴 필요는 없어 공책만 들고 창문 앞에 앉았다. 습기에 차 물렁해진 공책 표지는 귀가 닳아 오그라졌다. 공책 안장이 누런 갱지라 동네 문방구에 내놓으면 하급품으로 취급받기 십상이었다. 공책 질이야 어쨌든, 북한제라는 사실만으로도 윤기 마음이 설레었다. 설렘은 내용에 대한 궁금증보다 금기의 부적을 만지는 긴장감과 불안감이었다. 공책 표지에는 제목이 있었는데, 처음은 볼펜으로 '회고록(回顧錄)'이라 썼다가, 록(錄)자를 긋고 담(談)자로 고치곤 다시 넉 자를 모두 긋고, '비망록(備忘錄)'이라고 따로 썼다. 그 아래 작은 글씨로 경상북도 영덕군 병곡인 박중렬(慶尙北道 盈德郡 柄谷人 朴仲烈)이라 적었다. 북한은 한문 이름을 쓰지 않는다는 글을 어느 잡지에선가 읽은 터라, 비망록은 남한 출신인 박중렬이 남한에 사는 누구를 겨냥해 기록했음이 짚여졌다. 박중렬이란 사람이 경북 영덕 병곡 출신인 모양인데, 병곡이라는 곳은 동해안 따라 내려가면 경북 울진과 평해를 지나 영덕군에 속해 있는 면소재지였다. 대학 이학년 여름방학 때 그는 급우 셋과 동해안 일주 여행을 하며 병곡면 대진 해수욕장에서 일박한 적이 있었기에 지명이 귀에 설지 않았다. 다른 한 가지 유추 해석은, 제목을 비망록이라 붙이기도 했거니와 북한의 정치나 군사 관련 극비 사항을 남한 당국에 제공하려는 목적으로 바다에 띄워 보낸 공책은 아닐 터였다. 그런 주요 문서라면 아무나 주워 볼 수 있는 그런 방법을 썼을 리도 없었다. 바다에 띄워 보낼 때 분실 우려도 있고, 물때를 잘 이용한다지만 북한 어부 손에 건져질 수도 있었다. 그러므로 공책 내용은 박중렬이란 개인의, 문자 그대로 비망록임을 짐작할 수 있었다. 그러나 개인 비망록일지라도 남한에 밀송한다는 자체는 이적 행위로 간주되어 중벌을 면치 못할 텐데 왜 그런 모험을 자청했을까 하는 의문이 들었다.

윤기는 공책 겉장을 넘겼다. 첫 쪽은 자잘한 글자로 채웠는데, 수신자 이름을 줄줄이 적어두었다. 볼펜 글씨는 흘림체 달필이라 박중렬이란 자의 교육 수준을 짐작할 수 있었다.

—이 공책은 경상북도 영덕군 병곡면 거무역동 영해 박씨 문중, 아직 살아 있을지 모를 처나, 세 자식이나, 그 손자들에게 전달되기 바란다. 세월의 부침 속에 고향에 있는지 타지로 흩어졌는지 모르지만, 자식은 올해 마흔네 살 되는 여식 종희(種

熙), 두 아들은 마흔두 살 종우(種祐), 서른일곱 살 종근(種根)이다. 처의 본은 경주이고 원적은 영덕군 강구면 소원동으로, 올해 예순여덟 살이다. 마을에서는 '종택 새댁'으로 불렸다.

이렇게 써놓고 보니 이 하찮은 기록이 그들 손에 닿지 않고 유실된다 해도 불만이 없다. 나는 살아생전 그들에겐 죄인이기 때문이다. 일찍이 자식 노릇, 지아비 노릇에 부실했던, 명색이 볼셰비키 청년 혁명가로 자처한 내가 이제 와서 무슨 면목으로 그들을 대하리오. 혈연을 끊었다 함이 마땅할 것이다. 그 점이 내 불찰일 수 있겠으나, 사상이 대립하여 여태 쪼개진 상태로 다른 땅에서 다른 사회를 이루어 살고 있는 조국 분단에도 그 책임이 있다. 어떤 방법으로든, 어느 쪽 리념을 선택하든, 50년 그해 남조선 해방전쟁이 휴전으로 끝나지 않고 통일이 되었다면, 혈류가 떨어져 사는 불행은 없었으리라. 그러나 가설이 무슨 소용 있으며, 책임을 력사에 전가한들 어찌 정당한 변호가 되리오. 그들과 헤어진 지 어언 서른한 해가 흘렀다. 그들이 새삼 내 소식을 접하면 자실할 것이요, 리성을 되찾으면 맺힌 한으로 이 공책을 불살라버릴는지 모른다. 그 또한 어쩔 수 없으니, 사무친 원한은 내 책임으로 돌리겠다. 이 기록은 그들에게 속죄하는 마음으로 쓰는 참회록이 아니요, 무엇을 남겨보겠다는 사명감으로 쓰지도 않겠다. 이쯤에서 끝막지 않을 수 없는 인생의 종점에서 살아온 예순일곱 해를 회고하건대, 떠오르는 옛 얼굴이 생시와 꿈을 넘나들며 내 심사를 자주 헤집어, 지나온 이야기라도 들려주려는 마음의 넋두리에 지나지 않음을 미안하게 생각한다. 나는 이 기록에서 계급투쟁의 리념관을 펼칠 뜻이 없고, 정치적 목적에 뜻을 두지도 않았다. 개인사로 한 생애를 정리하자는 심사지만, 서찰 형식으로 쓰지 않겠다. 새삼 남조선의 옛 가족 이름을 들먹이며 기록함은 그들이 거부감을 느낄지 모르고, 나 역시 기록을 감정적으로 이끌 것 같아 피하고 싶다. 한편, 남겨줄 유품이나 당부할 말이 없는데 그쪽에서 유언장을 대하듯 비장한 마음을 가진다는 것 역시 부담스럽기에, 여러 점을 두루 리해하기 바란다.

남조선에서 살았던 내 전반기 생애를 회고할 때, 현금에 와서 떠오르는 얼굴이 어디 그들 넷뿐이랴. 가족만 해도 타계하셨을 부모님께 불효했던 장자로서의 뉘우침이 따르고, 한솥밥 먹으며 자란 형제 셋에게도 못다 한 책임이 흉중을 저민다.

이 땅에 살아서 숨 쉬며 내 눈으로 직접 보기에는 때가 늦었지만, 휴전선이 무너져 이별한 채 사는 남북조선 이산가족이 다시 재회해서 함께 살 통일의 날은 언제쯤이리오!

첫 쪽은 서문 형식으로 여기서 끝났다. 첫 쪽을 읽은 윤기의 소감은, 박씨 비망록을 지서에 신고할 필요가 있을까 하는 자문이었다. 박씨가 밝혔듯 개인사적 기록이라면 수사기관에서 다룰 만한 정보 가치가 없을 것 같았다. 그러나 그 점은 개인적인 판단이고, 국가보안법이 존재하는 남한의 현실이고 보면 어차피 신고 절차를 거쳐야 후환이 없을 터였다.

윤기는 시계를 보았다. 한시 십오분이었다. 속초까지 나가자면 버스 안에서만 사오십 분이 걸릴 텐데, 문미에게 미안한 마음이 들었다. 그러나 여기에서 읽기를 멈추고 지서로 곧장 신고하러 가기에는 박씨의 비망록에 대한 호기심이 컸다. 그는 공책 다음 쪽을 넘기려다 문득, 사진이 붙었더라는 아버지 말이 떠올랐다. 공책을 대충 훑어보니 잔글자로 채워나가다 뒤 대여섯 장을 백지로 비워두었는데, 마지막 '끝'자로 비망록을 끝낸 다음 쪽에 사진 한 장이 붙어 있었다. 누렇게 퇴색되고 쭈그러진, 보푸라기 핀 명함 크기의 박씨 가족사진이었다. 짧게 깎은 머리칼, 해방 전후에 흔히 입던 국민복 윗도리, 깡마른 얼굴에 눈매 날카로운 중년 사내가 박중렬 장본인임을 그는 쉽게 짐작했다. 서 있는 박씨 앞에 쪽 찐 아낙네가 갓난아기를 안고 의자에 앉아 있었다. 흰 저고리에 검정 치마 차림이었다. 반듯한 이목구비가 사대부 집안의 정숙한 여인 티가 났다. 그 옆에는 빡빡머리에 대여섯 살쯤 된 사내아이와 열 살 정도의 단발머리 여자아이가 나란히 서 있었다. 사내아이는 갸름한 얼굴에 큰 눈이 제 아버지를 닮았고, 단발머리 여자아이는 저고리 가슴에 명찰과 접은 손수건을 달아 초등학교에 다니는 듯했다. 사진 아랫단에는 '4280. 3. 10. 종근 백일을 기념하여'라고 새겨 넣었다. 단기 4280년을 서기로 환산하면 1947년으로, 해방 이태 후였다. 박씨는 사진을 공책에 붙여놓고 그 아래에 설명을 달았다. '하루도 잊어본 적이 없는 혈육들. 51년 이후 유일하게 간직해온 사진을 그들에게 돌려보낸다.'

방문이 열렸다. 윤화가 밥상을 들고 들어오며, 아버지 식사하세요 했다.

"윤기는 먹었다이 우리마 먹두룩 혀." 아들 어깨너머로 눈주름 잡고 공책을 들여다보던 오영감이 아랫목으로 옮겨 앉았다. "깨알 같은 글씨라 무시기로 썼는지 모르갔습메" 하던 오 영감이 혼잣소리를 했다. "그래두 사진은 박아둬 간직했구먼. 사진 한 장 박은 적 없느 우리 같은 뱃놈이사……"

오영감은 공책 사진을 보고 비망록 내용을 대충 짐작하는 눈치였다. 윤기가 시간을 보니 잠시 사이 오 분이 지났다. 마음이 바빴으나 그쯤에서 공책을 덮을 수는 없었다. 문미를 좀더 기다리게 하더라도 몇 쪽쯤 더 읽고 일어서기로 했다. 저들이 늘 상투적으로 외쳐대는 혁명투쟁론이 아니라, 한 자연인의 고백이란 점이 문학을 공부하는 그의 호기심을 끌었던 것이다.

"아버지, 뭔데 남이 볼세라 돌아앉아 읽어요?" 윤화가 숟가락을 들다 물었다.

네가 알 일 아니니 어서 밥 먹으라며 오영감이 딸에게 이르곤 아들에게는, 지서에 후딱 넘기지 뭘 그렇게 자세히 보느냐며 채근했다. 윤기는 공책 다음 쪽을 넘겼다. 다른 날에 쓴 듯 만년필 글씨였다.

―내가 전선을 뚫고 남조선으로 내려가 거무역에 마지막 들러 가족 얼굴을 보기가 51년, 전쟁이 소강상태로 접어들어 일진일퇴를 거듭하던 9월 하순이니, 햇수로 서른 한 해가 지났다. 그동안 내가 북조선에서 살아온 반평생을 기록하자면 기억의 한계가 있겠으나, 그런 과거지사를 회고해 기록한들 누구를 위

해, 무슨 소용에 닿겠는가. 기억에 남는 대로 대충 적을 따름이다. 여기서 한마디로 말한다면, 남조선에서 보낸 전반기 반생이 청년기 특유의 열정과 실천의 가시밭길이었다면, 북조선에서 보낸 후반기는, 두 차례 숙청에 따른 재교육과 복권을 거치며 사상적 반성, 회의와 실의, 복직과 은둔으로 점철된 인생의 몰락기로 보아야 할 것이다. 일생을 자기 신념과 의지대로 살다 죽는 경우가 몇이나 되리오. 그렇게 산다는 게 무엇인가. 자족과 안락, 속세적인 부귀영화가 중요한가? 신념에 불타는 실천이 중요한가? 각자 생각이 다를 것이다. 그러한데 지금에 와서 살아온 과거를 후회한들 무슨 소용이 있겠는가. 지난 시간은 흘러간 강물과 같다.

나는 일찍이 청년기에, 조선이 주권 국가로서 독립하려면 일제와의 투쟁과 함께 인민이 주인 되는 평등사회를 실현해야 하며, 그러자면 인민이 배워 깨쳐야 한다고 생각했다. 해방 후에는, 계급 차별이 없는 평등사회의 실현도 중요하지만 삼팔선부터 허물고 북남의 통일을 달성하는 것이 선결 문제임을 자각했다. 그 방법으로 무력에 의한 통일 달성의 화급함을 인지코 나는 인민유격대를 조직해서 입산했다. 속칭 빨치산 투쟁 방법이었다. 50년 6월, 북남간 전면전이 일어났으나 삼 년을 끈 전쟁은 휴전으로 종결되어 통일은 수포로 돌아가고 말았다. 나는 가족을 남쪽 고향땅에 둔 채 북조선에 정착했다. 햇수가 흐를수록 내 신념은 빛을 바랬으니, 통일을 염원했던 소망은 차츰 신기루로 변해갔다. 결과적으로 내 뜻은 소기의 목적을 성취하지 못했고, 국제정치 여건과 국내 사정이 그 실현을 배반했다. 가족의 안존을 저버리고 험난한 가시밭길을 걸어왔던 과거 지사가 뼈아픈 회한을 불렀으나 지나온 내 인생을 실패로 단정 짓고 싶지는 않다. 회고컨대, 조선 현대사의 격동기를 거치며 이상을 실천하기 위해 투쟁하다 뜻을 이루지 못한 동지가 비단 나 한 명뿐이리오. 서구렬강 제국주의와 군국주의 일본 세력이 조선 땅을 월경하며 침탈한 후, 풍전등화의 조국을 구출하겠다고 의연히 봉기했다 순국한 의병과 우국렬사 숫자가 그 얼마며, 일본이 조선 땅을 강제 점탈한 삼십육 년 동안 국내외에서 항일 투쟁에 신명을 바친 전사 또한 그 수를 헤아릴 수 없으리라. 45년 해방 전후, 민족주의 해방운동에 나서서 형극의 길을 걷다 들짐승같이 산야나 감옥소에서 통분하며 죽어간 애국 혁명렬사들 얼굴도 광야에 피운 모닥불같이 떠오른다. 나 역시 그 혁명동지들과 한 배에 승선했으니 일찍 목숨을 버렸어야 마땅했다. 이제 지하에 촉루만 남았을 옛 동지들에 비해 내 후반기 인생은 장승같이 서서 명줄만 이어온 꼴이니, 천명을 누림이 무슨 자랑이리오. 더욱이 이런 보잘것없는 기록까지 남기려 주책을 떠니 늙마가 추하다는 느낌마저 든다.

  이제야 끝이다. 병이 깊어 통증이 살과 뼈를 마모시키고 정신 또한 혼란스럽다. 한 시절의 젊은 피는 썩고 열정과 랭철함, 결단력도 사라진 지 오래다. 복받치는 감정을 억제해 자제력을 가지려 하나 죽음을 목전에 둔 탓에 이 기록의 서두에서 밝힌 대로, 한 노인의 넋두리로 흐르더라도 리해하기 바란다.

"무시기 곡절 깊은 글이냐. 속이 타서 밥두 안 넘어가누만." 오영감이 밥을 숭늉에 말며 말했다. 오영감은 아들의 대답이 없자 역정을 냈다. "이거 정말루 집안 난리 날 꼴 당하겠구먼. 그게 어떠런 건데 그렇게 붙잡구 있습메. 그냥 불 싸질러버리든지 지서에 후딱 신고해버릴 거르 괜히 학교까지 쫓아가 분답 떨었어."

"내용을 보니 신고하긴 뭣하네요. 개인 신상 넋두린 걸요."

"넋두리든 잔소리든, 지서에 고해 바쳐야 않까디. 나라 법대루 해야지르."

"오빠 학교에 무슨 일 있나요?" 윤화가 아버지에게 물었다.

"내가 요상스런 공책으 바다서 줏지 않까디. 그걸 보며 저르는 거디."

"바다에서 공책을 줍다니요?"

"가재미 낚다 신발짝 건졌다느 말 들었어두 공책 건진 거느 처음임메."

그만 나서겠다며 윤기는 공책을 덮었다. 마음 같아선 비망록을 독파하고 싶었으나 아버지 성화가 아니더라도 문미와의 약속을 포기할 수 없어 일어서기로 했던 것이다. 지서에 신고한 뒤 마저 읽어볼 방법을 강구함이 좋을 듯했다.

"그거 들구 바깥으루 나댕길라 그래?" 방을 나서는 아들에게 오영감이 묻곤 선반에 얹힌 스티로폼과 비닐천을 내렸다.

윤기는 노트와 이를 쌌던 부속물을 가방에 담아 마당으로 나섰다. 밥상을 치운 윤화도 덕장으로 나가려 장화 신고 고무장갑 챙겨 방을 나섰다.

"공책 임자가 이남 사는 가족 찾는 거 맞지러?" 오영감이 딸을 뒤따라 방을 나서며 물었다.

"돋보기 안 쓰시면 신문두 못 보시며 어떻게 아셨어요?"

"사진 보이까느 그런 생각 들드만." 오영감이 희뿌연한 하늘에 눈을 주었다. "너들이 크니 저쪽 생각 안하구 살래두 나이 탓인지 더 간절해져……"

윤기는 북쪽 하늘을 망연히 쳐다보는 아버지를 보았다. 아버지도 북한 가족에게 편지 띄우고 싶을 때가 있지요, 하고 묻고 싶었으나 참았다. 아버지는 엄마가 살아 계실 적엔 이북 가족 얘기를 좀체 입에 담지 않았다. 그 말을 입에 담으면 금방 어머니의 지청구가 떨어졌다. "그렇게 오매불망 그쪽 식구 못 잊는다면 이남에서 새장가 들지 말구 홀아비로 살다 고향 찾아갈 날이나 손꼽아 기다리지. 나는 어디 허깨비한테 홀려 시집왔나." 어머니 힐책을 들으면 아버지는 묵묵부답이었다.

"오늘 데이트 한번 늘어지게 하겠구먼." 대문을 나선 윤화가 오빠를 보고 눈을 흘겼다.

함지박 엎은 듯 스웨터 가슴께가 불룩 솟은 누이 가슴에 윤기 눈이 머물렀다. 자궁암으로 삼 년을 신고하다 별세한 엄마를 닮아 윤화는 젖이 컸고 엉덩이가 펑퍼짐했다. 윤화는 엄마가 앓아 눕자 중학교 졸업을 끝으로 진학을 포기하고 집안 살림을 맡았다. 짬짬이 어판장에서 오징어와 명태 배 따는 일로 제 용돈을 벌어 썼다. 어판장에 나가 부지런을 떨면 하루벌이 사천 원은 되었다.

환멸을 찾아서 109

"그럼 노트를 지서에 접수시키고 저는 바로 속초로 나갈래요."
"속초서 너무 늦게 나서지르 마." 오영감이 말했다.
윤기가 속초로 나가면 늘 술에 취해 자정 무렵에 귀가했던 것이다. 문미를 만나기도 했지만, '맥' 동인과 어울리는 탓이었다. 속초를 중심으로 인근 읍면 소재지 문학 지망생들로 만들어진 문학서클 맥은 계간으로 동인지를 발간하는 외, 봄가을로 '동인 작품 낭송회'를 열었다. 창립 당시는 대학 재학생이 중심이었으나 칠 년째를 맞는 동안 동인들 나이가 들어 대부분 직장인이 되었다. 중도 탈락자가 있었고 군에 입대하면 새 동인을 맞기도 했는데, 인원수는 늘 열 명 안팎을 유지했다. 수확이라면 칠 년 동안 동인 두 사람이 중앙 문단에 등단했다.
"오빠, 정선생 집에 한번 더 데려와. 찌개를 제법 만들던데. 아버진 눈치두 없이, 거 참 잘 만들었다며 다른 반찬 제쳐두구 찌개만 자셨잖아."
보름 전이었다. 윤기는 문미를 집으로 데려와 아버지와 누이에게 처음 인사를 시켰다. 별러 이루어진 일이 아니어서 그날도 문미는 유치원에서 퇴근한 복장 그대로 검정 오버에 청바지 차림이었다. 사귄 지 삼 년 반, 집에서도 눈치 채고 있으니 아버지께 인사나 드리자며 함께 왔던 것이다. 누이가 부엌에서 저녁밥을 준비하던 참이라 방 안에 우두커니 앉았기가 무엇했던지 문미는 부엌일을 돕겠다며 밖으로 나갔다. 그녀는 그런 일에 나서는 데 스스럼없이 수더분했다. 어려서 아버지를 잃자 엄마 식당 일을 도우며 성장한 때문이었다.

윤기는 더 지체해선 안 되겠다며 빠른 걸음으로 마을 고샅길을 빠졌다. 칠십여 가구가 모여 사는 이 마을은 휴전 후 주로 함경도에서 피난 나온 사람들이 정착한 판자촌이었다. 좁은 골목은 반듯하게 뚫린 길 없이 미로로 연결되었고, 대개 서른 평 정도의 땅에 방만 서너 개씩 엮어 마당 가진 집이 없었다. 휴전 당시는 고향땅이 수복되면 조만간 돌아갈 거라 믿고 고향 바다가 보이는 휴전선 턱밑에 널빤지로 벽을 치고 루핑 지붕을 얹어 비바람을 막았던 것이다. 그러나 세월이 덧없이 흘렀고 휴전선 철조망은 철벽으로 변해갔다. 70년대 들어 새마을사업 열기를 타고 이곳도 소방도로를 낸다 했으나 흐지부지되었고, 지붕과 담장만 시멘트로 개조되었다. 삼십 년이 흐르는 사이 주민 성분도 바뀌어 이북 출신이 칠 할 정도였고 나머지는 외지 사람들이 정착했다. 강원도의 북한 쪽 해안 지방인 거진과 간성에는 함경도 출신 피난민으로 집단 마을을 이룬 동네가 있었는데, 특히 아야진과 속초 청호동 일대는 대체로 그쪽 출신이었다. 그들은 삼십 년이 지난 지금까지 그쪽 사투리를 잊지 않은 채 고향에 돌아갈 날을 기다리며 살았다.

큰길까지 나오자 윤기는 한길 따라 지서로 걸었다. 오후로 들며 하늘은 구름이 더 낮게 내려앉았고 바람이 세찼다. 그는 코트 깃을 세웠다. 구토 증세는 가셨으나 허기가 빈 뱃속을 긁었다. 시계를 보니 한시 이십팔분이었다. 문미는 속초 다방에 도착했을 텐데 자기는 아직 이십삼 킬로 떨어진 북쪽에서 속초행 버스에 오르기는커녕 엉뚱한 일로 지서를 찾아가고 있었다. 무슨 쓰잘데없는 짓거리냐 싶어 부아가 끓었다. 박씨 비망록이 저들 암호로 기록되었거나, 간첩 접선 장소와 시간을 명시해놓았거나, 그쪽 군사 기밀을 밝혀놓았다면 신고해야 마땅하지만 내용이 그렇지 않았다. 미처 다 읽지는 못했지만 서두로 미뤄볼 때, 북한에 거주하는 사람이 썼다는 점 외에는 사적인 기록에 불과했다. 그는 속초에 도착할 때까지의 시간을 간추려보았다. 버스 정류장을 한 마장 더 지나 있는 지서까지 칠 분쯤 걸릴 텐데, 노트를 지서에 신고하자면 습득자와 신고자의 신상을 밝혀야 할 테고, 경찰은 습득 경위를 따져 묻고 기록으로 남길 터였다. 그러자면 지서에서 삼십 분 넘게 머물러야 할지 몰랐다. 문미가 점심을 굶어가며 두 시간 넘게 기다려줄 것 같지 않았다. 그렇게 되면 그녀 집까지 찾아가 문미 모친을 뵈어야 하고, 정신 놓고 지내는 문미의 붓오빠를 만나야 했다. 그때, 한길 뒤쪽을 돌아보다 저쪽에서 강릉행 속초여객 소속 버스가 다가옴을 보았다. 그는 순간적으로 그 버스를 타버리기로 결정했다. 버스를 타고 가는 동안 박씨 비망록을 완독할 수도 있었다. 윤기는 차도로 내려서서 버스를 향해 손을 들었다. 정류장이 아니었으나 장거리 완행이라 버스가 멈춰주었다. 버스에 오르자, 면소재지 지서에는 정보과가 없으니 속초시 경찰서 정보과에 직접 신고하는 게 낫겠다는 자기 합리화 방안이 설핏 떠올랐다.

 토요일 오후라 버스 안이 붐볐다. 연말연시를 고향에서 보내려고 나섰는지 휴가병들이 눈에 많이 띄었다. 그가 군복 벗고 제대하기가 일 년 전이었다. 양구군 해안면의 첩첩한 산골짜기에서 보낸 이태 반은 제대 날짜만 헤아린 지겨운 나날이었다. 논산훈련소와 춘천 103보충대를 거쳐 최전방 해안분지 수색중대에 배치 받은 뒤부터 제대할 때까지, 그는 끊임없이 틀어대는 저쪽 대남 방송을 들어야 했다. 군대 생활은 시에 대한 생각에 잠겨 있을 시간적 여유가 없었다. 제대가 가까워졌을 때에야 수십 번 뜯어고친 시 두 편을 완성할 수 있었다. 휴전 무렵, 아군과 인민군이 한 달 남짓 사이 실함과 탈환을 열다섯 차례나 되풀이해 속칭 '펀치볼'로 불리는 해안분지 근무에서 시적 영감을 얻었다. 그는 시「해안분지(亥安盆地)」를 한 신문사의 신춘문예에 응모했으나 주제가 직선적이며 무겁다는 이유로 최종심에서 낙방했고, 별 기대 없이 다른 신문사에 보낸 서정시「화진포(花津浦) 일출(日出)」이, '무리 없는 발상에 비유와 상징이 적절한 수준작'이란 심사평과 함께 당선작에 뽑혔다. 신문 1월 1일자에는 화진포 일출을 찍은 컬러 사진과 삼십이 행의 시 전문, 당선소감이 실렸다. 제대를 한 달 앞둔 때여서 일주일간의 특별 휴가를 얻었다. 그는 시상식에 함께 가자며 문미를 구슬렸다. 종로 2가 뒷골목, 별 깨끗하지 않은 여관에서의 첫날밤을 잊을 수 없었다. 문미의 고통스런 신음과 하혈을 떠올리면 지금도 얼굴이 화끈 달아올랐다. 그날 밤, 문미는 벽으로 돌아누워 뜬눈으로 밤을 새우며 소리 죽여 울었다. 동해의 거친 파도 소리와 엄마의 수초 같은 삶이 떠올라 눈물을 참을 수 없다고 했다. 잠시도 떨어지지 않았던 서울에서의 이틀 동안 둘 사이는 오히려 서먹서먹하기만 했다. 고궁의 숲길을 걸었지만 도시의 추운 겨울만 보았을 뿐 대화를 잃었다. 돌아오던 길에 대관령 휴게소에서 하강하는 안개를 뚫고 날아오르던 한 마리 작은 새를 보며 비로소 군대 생활의 답답함과 조바심을 얼마간 털어낼 수 있었다.

윤기는 승객들을 비집고 버스 뒤로 들어갔다. 손잡이를 잡고 선 채 창밖에 눈을 주었다. 버스에서 부대끼며 이렇게 서서 가야 한다면 문미를 만나기 전에 박씨 비망록을 읽기는 글러버렸다. 창밖 바다는 구름 낀 하늘 아래 수평선 윤곽마저 지워져 재색으로 출렁거렸다. 파열하는 물보라가 도로 가장자리까지 튀었다.

버스가 십오 분쯤 달려 가진리를 지났을 때였다. 휴가병 옆 창가에 앉았던 낡은 작업모를 쓴 점퍼짜리 남자가 발치에 놓아둔 연장 가방을 챙기며 내릴 채비를 했다. 공사판 인부 차림이었다. 윤기가, 내리실 거냐고 물었다. 점퍼짜리가 공현진에서 내린다고 했다. 허기와 피곤에 절어 있던 그는 마침 잘됐다 싶었다. 사내가 창가 자리를 내주자, 윤기가 그 자리를 차지했다. 그는 무릎에 놓인 가방 지퍼를 열었다. 휴가병은 등받이에 머리 기대어 눈을 감고 있었다. 주위에 이쪽에 신경을 쓰는 사람은 없었다. 박씨 비망록을 가방에서 꺼냈다.

―내가 있는 장소는 원산서 동남방 십이 킬로, 소동정 호수가 내려다보이는 홍남비료련합기업소 휴양지 부근이다. 호수 건너 동해 바다의 파도 소리가 밤낮으로 귓전을 때린다. 이곳 이름은 '서광사 료양소'로 난치병 환자가 대부분이다. 병동 여섯에 삼백 명 내외를 수용하는 이 료양소에서 내가 주거하는

제2병동은 예순 살이 넘은 말기 암환자들이 모여 있다. 하루 몇 구의 시체가 병동 뒤 화장터로 나가고, 그만한 수의 새 환자가 입소해 죽음을 대기한다. 그들은 자신이 싸우는 병이 사망에 이르게 됨을 알고 있다. 그렇게 시한부 인생을 사는 환자들은 세 가지 유형으로 분류된다. 첫째 유형은, 통증에 따른 지속적인 발악과 괴로운 호흡을 내뱉지만, 그래도 이 통증만 가시면 한동안 생명을 유지할 수 있을 거라 믿는다. 두번째 유형은, 아무나 붙잡고 자기의 죽음이 너무 억울하다고 호소한다. 그러다 끝내 생을 체념하면, 내세가 존재하는지 반신반의하면서도 하느님이나 부처님, 아니면 엄마를 찾으며 매달린다. 그들은 살아오면서 망각해버린 종교심을 사망을 앞두고 회복하는 것이다. 마지막으로, 숨은 쉬고 있으나 산송장이 되어버린 몽유병자 부류가 있다.

지난겨울을 넘길 무렵, 한동안 소화불량이 계속되더니 뭘 제대로 먹지도 못하고 구토 증세가 심했다. 체중이 감소하자 위염이나 장염으로 여겨 보건소 약을 타다 먹었다. 그러나 증세는 악화되었다. 구역질이 자주 받치고 소량의 음식마저 토하면서 건강이 심상치 않음을 깨달았다. 하루 여덟 시간 행정직 근무에도 기진맥진해져 합숙소로 돌아오면 자리 찾아 누워 까부라졌다. 내 나이 예순일곱이니 은퇴할 시기였다. 그러나 오늘에 이르기까지 육신의 안락을 도모하려 애쓴 적이 없었다.

내 병이 의학의 심판을 받기는 4월, 영흥 협동농장 정기 검진 때였다. 위장이 불편하다고 보건소원에게 말해 정밀 검진을 받앉다. 보건소에서 보낸 검진보고서를 놓고 관리위원회가 회의를 했고, 나를 행정직 로동마저 불가능한 일급 환자로 판정했다. 의사는 검진 결과를 숨겼으나 내 위장의 제반 조짐에서 수술 시기를 놓친 암환자임을 깨달았다. 그때부터 나는 사망을 준비해야 함을 알았고, 과거를 회고 반성하기도 그즈음부터이다.

해방전쟁 실패에 따른 비판회를 거쳐 남조선로동당 종파사건의 대숙청이 남로당 출신 월북자들에게까지 파급된 53년 8월, 나는 로동당 연락부 교양원에서 당직을 박탈당했다. 남조선 해방전쟁 과정에 누구보다 선두에 나섰음에도, 남로당 출신 동지들과 함께 속전론(續戰論)에 찬동했기에 반동으로 락인 찍혔다. 쏘련과 미제의 사주에 의한 휴전조약 체결은 조국 통일을 막는 사대주의적 발상이고, 남조선 출신인 나로서는 남조선에서의 정치적 기반을 상실하는 결과이므로 어떤 희생을 치르더라도 승리의 완전 종전(終戰)으로 매듭지어져야 한다는 게 내 소신이었다. 국가에 대한 반역죄로 남로당 창당 핵심 요원 다수가 처형당했을 때, 나는 지도원급이 아니었기에 극형을 면해 중앙당 분교에 수용되어 육 개월간 엄중한 사상 검토를 받았고, 평남 신창탄광 로동자로 숙청되었다. 1936년과 38년에 스탈린이 행한 숙청극의 망령을 보며 비로소 리상과 현실의 괴리를 몸소 체득했다. 그러나 그때까지도 내 청춘이 그렇게 매장될 수 없다고 확신했기에 열 시간의 갱내 노동에 열성을 다해 당에 충성을 맹세했고 자아비판에 힘쓰며 누구보다 열심히 공부했다. 그 결과, 삼 년 만에 나는 복권되었다. 평남 용강에서 인민학교

부서기로 사 년을 복무하는 동안, 결혼도 했다. 평탄한 시기였고, 열성 당원으로 두 번 공훈 표창에 추천되기도 했다. 60년, 로동자 상대 공장대학이 전국의 공장마다 개설되자 나는 진남포 제련공장 공장대학 교양강사로 추천되었다. 이 년 후, 남조선 출신자에 대한 재교육이 있었는데, 어느 사석에서 내가 유일사상 혁명노선을 비판했다는 밀고가 들어가 교조주의로 문책 받아 평관리원으로 격하되었다. 그러나 삼 년 만에 당이 나의 남조선 해방전쟁 전후 혁명정신을 평가해 돌연 소환되어, 제2태백정치학원 제4구 요원으로 복무하게 되었다. 삼 년간을 소백산맥 지구에서 무장 남파될 대남 적화대원에게 도보정찰학을 가르쳤다. 삼 년 동안은 가족과 떨어져서 불철주야 대원들과 합숙하며 생활했다. 남조선 신문 열람이 허가되기도 했으니, 그때부터 내 갈등이 심화되었다. 나의 전력이 민족보다 사상을 맹신하지 않았는가 하는 자아비판이었다. 45년 조선 해방은 민족 자력으로 성취하지 못했고, 53년 휴전으로 조국 통일은 좌절되었다. 휴전 이후 동족은 쌍방의 심장에 총구를 겨누며 지속적인 군사력 증강으로 인민의 희생을 강요했다. 평등사회의 복지락원은 한갓 리상이었다. 당은 집권자의 권력 강화를 위해 분단을 고착화시켰고, 북남간 위기감 조성을 권력 유지에 리용했다. 과거 남조선에서의 내 빨치산 유격 활동도 자숙하며 자기비판하지 않을 수 없었다. 67년에는 김칠득 동무 사건에 책임을 물어 다시 소환되었다. 이듬해, 남조선 울진·삼척지구 무장 특공대 남파에 따른 실패 책임을 물어 다수 공작 지도부

요원을 파면할 때, 나는 함남 선천 용양광산 로동자로 숙청되었다. 나이 쉰을 넘긴 후였다. 그 숙청 때는 처음 숙청 때와 달리 마음의 평안을 느꼈으니, 내 령육(靈肉)이야말로 나이로 보아서도 이제 대남 사업요원 복무를 감당하기에 무리였다.

그 후부터 오늘에 이르기까지 내가 당의 부름에 련련하지 않았던 만큼, 당 또한 내게 특별한 관심이 없었다. 70년대로 들어서서 대남 공작로선은 새로운 전환점을 맞았던 것이다. 휴전 이후, 스무 해의 세월이 경과되다보니 남조선 출신을 대남 공작요원으로 차출하기에는 적령기를 넘긴 연령도 문제지만, 남조선 정보 조직망의 강화로 남반부 출신자에게는 여러 장애 요인이 문제시되었다. 따라서 남조선 출신 대남 공작요원 강사로서의 내 가치도 끝났다. 나는 로동자로 여러 직종을 전전하며 맡겨진 직분에만 성실히 복무했다. 그즈음에야 인생사에 달관했다고 할까, 무념의 일상에 자족하는 안목을 터득했으니, 내 청년기의 소망이었던 로동의 땀을 인민과 나누며, 로동하는 데서 소박한 위로를 찾았다.

회상해보면 약관의 나이부터 지금에 이르기까지 나는 다난한 인생을 살아왔다. 그동안 무쇠 같은 체력을 유지할 수 있었던 걸 고맙게 생각한다. 예순 살을 넘겨서도 땀 흘려 노동할 수 있었던 것은 유아기에 조모님과 어머니가 극진히 보살펴준 덕분이라 회상하니, 노인의 마음이 아동의 마음과 같다는 이치를 깨닫는다. 집안 장손이라 유아 적부터 보약 사발을 들고 고샅까지 쫓아와 "중렬아, 약사발 쏟겠데이. 그마 섰거라 보자. 아부지한테 시껍묵을라꼬 그카나" 하던 정다운 고향 사투리가 들리는 것 같다. 지금은 다들 지하에 묻혔을 테고, 내 그분들 뒤를 따라 임종을 이렇게 맞고 있으니……

윤기는 박씨의 기록을 여기까지 읽다 노트를 덮었다. 눈물 흔적인지 노트에는 여러 군데 잉크 자국이 번져 있었다. 그는 노트를 가방에 넣고 창밖에 눈을 주었다. 구름이 켜켜로 낀 어두운 하늘에 박씨의 젊은 시절 사진이 떠올랐다. 자기 시대의 고난을 온몸으로 감당하려 했던 사진 속 젊은이는 이제 죽음을 앞두고 남쪽에 버려둔 혈육을 목메어 찾고 있었다. 그는 창으로부터 눈길을 거두고, 박씨 비망록을 다시 펼쳤다.

—내 과거가 다사다난했던 만큼 나는 여태 다수의 죽음을 보아왔다. 49년 전후, 험산준령을 타던 빨치산 유격 시절에 나는 동지 다섯을 내 손으로 묻었고 전쟁 와중에는 이동하는 전선을 일선에서 앞장서서 총탄과 포탄의 생지옥을 뚫고 남북으로 왕래하기도 수 차례였다. 나는 두 번이나 남반부 군과 경찰에 체포되어 압송의 수난을 겪기도 했다. 한번은 남조선 군인 수색조 불심검문에 걸려 즉결처형 명령으로 뒷산 골짜기로 연행 당했으나 필사의 탈출로 생명을 건졌다. 고향에 최종적으로 들렀던 야밤에는 가족의 얼굴을 보고 집을 나서다, 나를 먼발치로 본 동네 사람 누군가의 밀고로 경찰에 체포되었으나, 한 경찰관이 내 탈출을 묵인해주었다. 그는 우리 집안 소작인 자제로

마을 야학당에서 내게 공부를 배웠기에 평소 인간적인 면에서 호감을 가졌던 모양이다. 그 시절, 나는 죽음의 공포를 몰랐다. '생명을 걸고 뛰어들면 죽음이 나를 피해가고, 생명의 안존을 도모하는 자는 죽음이 내 목을 죈다'는 어느 혁명전사의 고백과 같이, 그 험난한 세월을 넘기며 나는 손가락 한 개도 불구가 되지 않았다. 그 후로 내가 대남 적화사업에 종사하며, 남파될 동무 얼굴에서 죽음의 그늘을 보았지만, 나 자신의 죽음에는 담백한 논리를 적용시켰다. 비겁하지 않게 살다 년령에 구애됨 없이, 죽을 때가 되면 죽을 것이다. 그러면서도 나는 쉽게 죽지 않으리란 자신감을 가졌고, 그 자신감이 신념으로 나를 죽음의 깃대 위에 견결하게 세웠다.

　인간은 누구나 죽는다는 평범한 진리를 나를 포함해 깨닫기는 75년 용량광산 사고 때였다. 그때 나는 광부 열다섯과 함께 무너진 갱 지하 삼백 미터에서 일주일을 갇혀 있었다. 닷새째, 고열과 설사로 탈진해 광부 넷이 숨을 거뒀을 때, 나 역시 그 운명을 맞을 립장에서 깜깜한 어둠 속의 시체를 만져보았다. 그러면서 나는 기필코 살아 태양이 쬐는 지상으로 탈출하리라는 신념을 맹목적으로 품었다. 물론 그때 나는 가물가물 소멸되는 의식의 한계로, 지금이 아닌 언젠가는 죽게 될 내 사망의 여러 경우를 연상해보기도 했으나 장차 내가 암으로 사망하게 되리라곤 예측하지 못했다.

　정밀검사를 받고 나서 나는 행정 근무를 하지 않아도 되었다. 오랜만에 심신의 자유를 얻었으나, 침소를 청소하고 마당 풀을 뽑는 일은 자청했다. 일선에서 물러나 노동을 놓자 건강은 급속히 악화되었다. 토사물에 혈액이 섞여 나오고 때로는 칡 색깔이 보일 때, 그 증상이 위암 진행 과정에서 나타나는 현상임을 알았다. 그때부터 음식을 섭취하면 구토가 더 심하고 위장이 비어 있을 때도 통증이 왔다. 불면증까지 겹쳐 수면을 이루지 못해 날마다 보건소로 나가 약을 타다 먹었다. 함흥의대를 갓 나온 젊은 의사동무가 그때야 내 병명이 위암 3기임을 귀띔해주었다. 길어야 삼 개월을 넘기기 힘들다고 실토했다. 그 결과 나는 제반 증명서를 발급받아 이곳으로 후송되었다. 젊은 의사동무의 의학적 소견에 따르자면, 지금 내 생명은 한 달을 채 못 남긴 셈이다.

지난주 일요일, 뜻밖에도 혁구가 면회를 왔다. 이태 반 만에 보는 자식 얼굴이었다. 김책공업대학을 나온 후 평양에 있다는 소식을 들었는데, 최근 과학원 함흥분원 연구원으로 발령 받았다며, 곧 결혼하게 된다고 말했다. 그를 마지막으로 대했으나 달리 할 말이 없는 만큼 내 마음은 담담했다. 혁구는 지난여름 어머니와 상의해 내 복권 탄원서를 당에 다시 제출했다고 말했다. 사후의 영예조차 사양하고 싶은 마음이라 나는 대답하지 않았다. 혁구는 어머니께 련락하여 다시 면회 오겠다고 말했으나, 그 점 역시 거절했다. 나보다 열두 살 연하라 아직 진남포 방직공장에서 작업분장으로 복무하는 아내에게는 내가 여기로 후송되어 왔다고 편지했고, 답신이 한 번 왔다. 나는 특수 료양소의 성격이나 내 병명을 편지에 소상히 밝히지 않았다. 사망

전에 아내에게 달리 남길 말이 없었다. 남조선에서나 북조선에서나 두 가족에게 가장으로서 내 역할을 다하지 못했다. 남조선에서는 자의로 가족을 버렸고, 북조선에서는 초기 몇 년을 제외하고는 정상적인 가정생활을 당이 허락하지 않았다.

혁구가 돌아간 후, 나는 가정이란 소집단에 대해 생각해보았다. 개인이 모여 조직을 결성하고, 조직이 뭉쳐 부처를 만들고, 부처와 부처가 결속하여 조합을 만들어 공동체의 협동적인 생활을 결속시킨다면, 가정이란 또 다른 소집단은 무엇인가. 가정과 가정이 모여 공동체를 이루고, 공동체가 합쳐 대단위 지역사회를 건설하고, 지역사회끼리 단결하여…… 이렇게 변증법적으로 규명한다면 결과적으로 국가라는 전체 동아리에 대동단결로 합일되지만, 인간 개개인의 생활양식 면에서는 양면성을 지니고 있다고 하겠다. 개인은 양면성에 평등한 질서를 부여하여 생활을 영위한다지만, 어느 한쪽이 다른 한쪽에 기울어질 때 닥치는 불행을 감수하지 않으면 안 된다. 아니, 개인적인 인생살이에는 파탄이 오기도 하지만 초월적 인생살이에는 희생 위에 더 큰 혁명적 뜻을 성취하기도 한다. 나는 일신의 안녕을 위한 가정적 개인생활을 버리고 생사의 기로를 넘나들어야 할 사회적 단체생활을 선택했다. 그렇다면 내 생애는 박달과 권오직 동무 같은 경우일까. 아니면, 구추백이나 트로츠키에 해당될까. 아니다. 나는 그들보다 훨씬 오래 살았으나 내 이름은 당 사료 어디에도 족적을 남기지 못하리라. 이름을 후대에 남김 또한 무엇이냐. 영예란 갑옷과 같아 적의 화살을 막을 수 있으나 벗고 나면 오히려 가뿐하다. 한 인간이 죽음 앞에 섰을 때, 누구나 회한과 번뇌를 완전히 끊지는 못한다. 내 생을 총체적으로 정리해보려 했음도 나 역시 하찮은 인간이기 때문이다.

다행히 이 기록이 바다 물살에 실려 남조선 어느 누구에게 전해졌을 때, 나는 북조선 땅에 살아 있지 않을 것이다.

윤기는 노트를 덮고 가방에 넣었다. 지퍼를 채우고 창밖에 눈을 주었다. 청둥오리 예닐곱 마리가 내륙 쪽으로 날갯짓을 하고 있었다. 그가 읽은 데까지는, 박씨 자신이 월북한 뒤 서른한 해 동안의 북한 생활을 요약해 기술한 셈이었다. 젊은 볼셰비키로 자처한 박씨의 홍망성쇠를 읽는 동안 윤기는 별다른 충격을 받지 못했다. 사회적 이용 가치가 소멸될 때 어차피 추방 또는 은둔의 길을 밟을 수밖에 없는 한 좌경 민족주의자의 심경을 담담하게 읽었다는 느낌이었다. 러시아 혁명사, 가까이 중국 현대사를 보면 혁명의 진행 과정에서 박씨 정도의 인물은 도처에 산재해 있었다.

정류소를 거쳐갈 때마다 버스 안은 승객들로 더 붐볐다. 토요일 오후 강릉행은 늘 그랬다. 버스는 어느새 교암리를 지나고 있었다.

3

윤기가 허겁지겁 다방 안으로 들어선 시간은 오후 두시 삼십 오분이었다. 한 시간 넘게 지각한 셈이었다. 다방 안은 젊은이들로 붐볐고, 육십 석 정도의 넓은 실내 좌석은 자리가 거의 찼다. 성탄절을 며칠 앞두어 전축 스피커에서는 크리스마스 캐럴이 쏟아졌다. 다방 분위기가 연말의 들뜬 젊은이들 감정에 맞게 활기에 넘쳤고 잡담질로 시끄러웠다. 그는 문미를 애써 찾지 않아도 되었다. 그녀와 이 다방에서 만나기로 약속하면 먼저 온 쪽이 늘 계단 밑 구석자리를 정해 기다렸던 것이다. 문미는 천장이 비탈진 구석자리에 앉아 수첩을 보고 있었다. 떠들썩한 다방 분위기에 어울리지 않게 검정 외투 입은 웅크린 자태가 외딴 섬처럼 외롭게 보였다. 그녀는 유치원 원아들의 생활기록부인 수첩에 붙인 원아들 사진을 보고 있었다. "책도 머리에 들어오지 않고 무료할 때면 꼬마들 사진을 보지요. 사진을 보고 있으면 아이들 버릇과 재롱이 떠올라요." 언젠가 다방에서 문미가 했던 말이었다.

"너무 기다리게 했어."

"이렇게 늦은 건 첨이에요." 수첩을 접으며 문미가 말했다.

"이유는 이따 말할게. 우선 나가 뭘 먹자." 윤기는 위장이 쓰려 허리가 접혔다.

"이제 약속 장소를 옮겨요. 여긴 너무 시끄러워요." 문미는 백에 수첩을 넣고 일어섰다. 대지다방은 속초의 젊은이들이 꼬이는 음악다방이라 연말이 아니라도 늘 붐볐다.

둘은 바람 센 거리로 나섰다. 동서가구 속초대리점 앞을 지나 중심부로 걸었다. 문미는 서너 걸음 처져 윤기를 따라왔다. 학부모들한테 자주 들켜 나란히 걷기가 거북하다고 그녀가 말한 적이 있었다.

윤기는 어차피 속초경찰서에 박씨 비망록을 신고할 거라면 문미한테도 늦은 이유의 물적 증거를 보일 겸 신고는 식사 뒤로 미루어도 될 것 같았다. 언뜻 정호가 생각났다. 그는 속초 토박이라 안면이 넓어 경찰서에 알만한 사람이 있을지도 몰랐다. 윤기는 정호를 불러내어 함께 경찰서에 가기로 했다.

"전 그만 들어갈래요. 집에 일이 있어서……" 문미가 걸음을 빨리하더니 말했다.

"늦었다구 화났어?"

"두시 삼십분까지 기다리다 나가려 했어요."

"어쨌든 내가 왔잖아. 내게두 사정이 있었어. 이유를 알기도 전에 왜 이래?"

"제 사정이 그렇다니깐요."

"할 말이 있으니 밥이나 먹구 가든가."

윤기가 앞서 걷자 마지못한 듯 문미가 따라왔다.

"정호를 만나 상의할 일이 있어."

"오늘 어차피 동인들 만나실 텐데……"

"정호만 따로 만나야 할 일이 있어."

"그럼 은행으로 연락해봐요."

"토요일인데, 퇴근 안했을까."

"은행은 연말이 가장 바쁘다던데요."

대화가 끊겼다. 둘은 말없이 걸었다. 윤기는 박씨 비망록 건 말고는 달리 할 말이 없었다. 쓰고 있는 시는 마무리가 안 된 상태였고, 지금은 시 이야기를 꺼낼 분위기도 아니었다. 오늘만 아니라 요즘 들어 둘은 마음과 몸을 알만큼 알아버려서인지 대화가 궁했다. 속초에서는 둘만의 오붓한 시간을 갖기보다 동인들과 어울리는 시간이 많다보니 그녀는 구석자리에 끼어 남자들의 대화를 듣기만 하는 입장이었다.

"뭘 먹지?" 윤기가 뒤돌아보며 겨우 한다는 말이 그랬다.

대답 없이 입을 꼭 다문 문미 입술이 오늘따라 파리했다. 네거리까지 오자 윤기는 걸음을 멈추었다. 음식점 간판을 둘러보다 중국음식점을 선택했다. 윤기는 문미가 따라 들어오겠거니 하고 먼저 들어가 카운터 옆 벽걸이 공중전화 앞에 섰다. 정호가 근무하는 은행에 전화를 걸었다. 문미 말처럼, 연말 정산 때라 정호가 자리에 있었다. 잔업으로 바쁘다는 친구에게 빨리 좀 만나자고 말했다. 음식점까지 십 분 걸음 정도였다. 정호는 다섯시에 바다식당에서 만날 텐데 뭐가 그리 급하냐고 투덜댔다. 동인들과 만나기로 약속한 장소가 바닷가 바다식당이었다. 저녁때까지 기다릴 일이 아니란 윤기 말에, 정호가 빠져나갈 핑계를 찾던 참인데 슬슬 기동해볼까 했다. 전화를 할 동안 문미가 카운터 앞에 서서 윤기가 든 가방을 보고 있었다. 그가 가방을 들고 속초로 나오는 경우가 없었기 때문이다. 전화를 마친 윤기는 종업원에게 방을 부탁했다. 둘은 구석방으로 안내되어 음식상을 가운데 두고 마주 앉았다.

"오늘 아침에 아버지가 고기잡이 나갔다 노트를 건졌어." 윤기가 가방에서 노트를 꺼냈다. "그런데 이게 이북에서 떠내려온 거야. 솔제니친이 자기 작품을 서구로 밀반출하듯, 저쪽에서 바다를 통해 남한으로 밀송한 셈이지."

윤기는 노트를 문미에게 넘겨주었다. 문미가 스카프를 풀고 긴장한 표정으로 노트 겉장을 열었다.

"기밀문서는 아닌 것 같구 개인 사생활을 기록한 비망록이야. 뒤쪽을 봐. 전쟁 전 남한에서 찍은 가족사진이 있어."

종업원이 엽차를 날랐다. 윤기가 우동 두 그릇에 정호가 올 것에 대비해 소주와 안주로 잡채를 시켰다. 중국음식점이면 문미는 늘 우동을 시켰던 것이다. 간도 좋지 않으면서 웬 술은 그렇게 드시냐고 문미가 한마디 흘렸다. 윤기는 군에 입대하기 전 B형 간염을 앓은 적이 있었다. 한 달 통원치료를 했고 늘 마시던 술을 몇 달 끊었다.

"아무래도 경찰서에 신고해야 할 텐데, 아야진 지서보다 속초 경찰서에 신고하는 게 나을 것 같아, 정호하고 같이 가려고 불러냈어."

"내용은 보셨나요?"

"앞부분 몇 쪽만 읽었어. 장본인이 경북 영덕 분으로 전쟁 때 월북했나봐."

문미는 공책 뒤쪽에 붙은 박씨 가족사진을 보았다.

"다 읽은 후 넘겨줬으면 싶은데, 그럴 시간이 없어. 신고 늦으면 무슨 말 들을는지 모르니깐."

"읽을 때 첫 느낌이 어땠어요? 북쪽 선전 같은 건 없구요?"

"서두는 개인 신상 기록이야. 회고록이라 절실한 데는 있어. 우리가 이산가족 2세대가 아닌가. 첫 감회가 착잡하더군. 아버진 월북한 사람이 남한 처자식에게 보내는 글임을 눈치 채곤 북의 가족 생각에 눈물을 비추셨지만 말야."

"가족이 떨어져 살며 삼십 년 넘게 소식을 모르다니……" 문미도 자기 집안의 과거사가 생각나는지 말끝을 흐렸다.

종업원이 음식을 날랐다. 윤기와 문미가 우동을 다 먹고 났을 때야 정호가 기침 끝에 문을 열었다.

"청춘남녀가 홀이 아닌 골방에 마주 앉았다? 애들 말로 사건 나겠네." 정호가 호들갑을 떨었다. 그는 코트를 벗어 말코지에 걸고 윤기 옆에 앉았다. 정장에 넥타이 맨 단정한 차림이라 시인을 지망하는 문학도와는 거리가 있었다.

안정호는 지방은행 대리로 '맥' 동인이었다. 정호는 상고 재학 시절부터 문학에 뜻을 두었는데, 아직 중앙 문단에 데뷔는 못했으나 입대 전에 지방지 신춘문예에 「어부의 노래」란 시로 입선한 경력에, 지금도 시 쓰기를 계속하고 있었다. 그는 군에서 제대하자 은행원이 되더니 동기 중에 먼저 대리로 승진했고, 직장 동료와 연애 끝에 작년에 결혼했다. 누구에게나 호감을 살 만큼 낙천적이고 호방한 성격이었다. 군에 있던 윤기가 휴가를 나왔을 때 정호와 동석했던 그의 애인 채희가 윤기에게, 시 읽기를 좋아하는 자기 친구를 소개하겠다고 제안했다. 윤기가 귀대를 앞둔 날 저녁 정호를 만날 때, 채희가 약속대로 친구를 대동하고 대지다방에 나왔다. 채희 말이, 친구는 전문대학 보육과를 졸업했는데 중학 시절부터 청호동교회 교우라고 했다. 문미의 첫인상은 몸이 여위었고 화장기 없는 얼굴에 내내 고개를 숙인 채 말이 없는, 단정하고 수수한 아가씨였다. 채희 말대로 문미가 시를 좋아하는 점을 빼고라도, 나중에 안 일이지만, 둘은 서로 가정적으로 많은 점에서 비슷했다. 윤기가 홀아버지 아래 누이와 세 식구라면, 문미 쪽은 홀어머니 아래 오빠와 남동생이 있는 결손가정이었다. 둘의 아버지 역시 같은 이북 함경도 출신이었다. 윤기 아버지가 어부인 데 비해, 문미 아버지는 장교 출신의 전상자였다. 윤기 아버지가 이북에 처자식을 두고 남하해 재혼했다면, 문미 어머니는 전쟁미망인으로, 문미는 오라버니 병섭과는 의부형제였다. 문미 어머니는 육이오 직전 월정사 아랫마을 구곡리로 시집갔는데 전쟁이 나자 남편이 징집되었다. 그해 국군이 실지를 회복할 때 북진 길에 전투복 차림으로 잠시 집에 들르곤 곧 전사통지서가 왔다. 스물한 살로 청상이 된 문미 어머니는 시가를 떠나 갓난아이인 아들을 업고 진부리 친정집으로 돌아왔다. 평산군 일대가 국군과 인민군의 뺏고 빼앗기는 접전을 겪을 동안 집이 폭격을 맞고 친정부모가 죽자, 산촌에서 굶주리다 못해 무작정 속초로 나오기가 휴전 직전이었다. 그네는 야전병원 청소부로 일자리를 얻었다. 소대장으로 전투에서 한쪽 다리를 잃은 문미 아버지를 만나기가 그 병원에서였다. 둘은 불구의 인생길로 들어선 처지라 쉽게 가까워졌다. 문미 아버지가 대위로 의병제대를 하자 그 퇴직금으로 문미 어머니는 청호동에 작은 식당을 얼었다. 문미 아래 남동생이 태어났다. 문미 아버지는 원산에서 구제 중학을 나와 육이오 때 인민군 장교로 참전했다 국군에 귀순하여 계급장을 바꾸어 붙인 사람이었다. 의족에 의지해야 했던 문미 아버지는 평소에도 가끔 가슴의 통증을 호소하곤 했는데 문미가 초등학교 삼학년 때 심부전 증세로 입원했고 엑스레이를 찍은 결과 심장 부위에서 편크기의 쇳조각 여러 개가 발견되었다. 전투에서 입은 파편으로 이를 십삼 년간이나 심장에 넣고 살았던 것이다. 문미 아버지는 병원에서 사망했다.

"둘이 맞선 보는 폼인데, 몸 꼬고 앉았자니 어색해서 날 들러리로 부른 모양이군." 정호가 싱겁을 떨었다.

"신소리 치우구 술이나 들어." 윤기가 정호 앞에 놓인 잔에 술을 따랐다.

"어젯밤에 광훈이하고 태호가 아야진까지 쳐들어갔다며? 개들 왜 그렇게 철이 안 드나 몰라. 서른 살이면 이제 객기는 청산할 나이잖아." 술 한 잔을 호기 있게 비우고 정호가 물었다. "호들갑스레 불러낸 이유가 뭐야? 속초에 예식장 잡아달라는 거냐? 장가까지 간 몸인데 설마 나를 결혼식에 사회를 시키진 않겠지."

"시경 정보과에 같이 가줘야겠어."

"무슨 일인데, 정보과까지?"

"경찰서에 아는 사람 있어?"

"대출 관계로 더러."

"노트 이리 줘." 윤기가 문미에게 노트를 받아 정호에게 넘겼다.

"오늘 아침 아버지가 고기 잡다 건졌어. 이북에서 물때를 이용해 내려 보낸 모양이야."

 비망록 첫 쪽을 들치던 정호 표정이 굳어졌다. 정호가 노트를 볼 동안 윤기도 자기 잔에 술을 쳐서 한 잔을 넘겼다. 쓰디쓴 알코올이 목줄을 훑으며 내려갔다.

 정호가 박씨 비망록 서두를 읽곤, 뒷장을 대충 훑어보았다.

 "이걸 경찰서에 습득 신고하겠다는 거지?" 정호가 물었다.

 "그래야 되잖겠어. 포장 뜯었으니 일차 완독이나 하구 넘겼으면 싶은데……"

 비망록 뒤쪽 박씨의 가족사진에 눈을 주며 생각에 잠겼던 정호가, 복사해서 사본을 한 벌 만들고 경찰서에 넘기면 어떻겠느냐고 말했다.

 "친구들끼리 돌려가며 읽다 경칠 일 만나게?"

 "반공 교재 같은데, 한 벌 복사한다고 누가 뭐라겠어."

 정호가 다니는 은행에는 신형 복사기가 있었다. 근간에 발행한 '맥' 동인지는 청타로 한 벌을 만들고 나머지는 은행 복사기를 이용해 백오십 부를 복사해선 백 부는 속초 인근 서점과 동인들이 소화하고, 나머지는 중앙 문단의 알만한 시인과 비평가에게 증정본으로 우송했다.

 "그렇게 간단히 생각할 일이 아닌 것 같은데?" 윤기가 말했다. 그의 머릿속에 반공법이나 국가보안법 따위의 법률 용어가 으스스하게 떠올랐다.

 "복사한다구 표가 나는 건 아니잖아. 복사 건은 우리 세 사람만 알고 비밀에 부쳐."

"복사한다구 치자. 사본으로 어쩌겠다는 거야? 특종감이라구 신문사에 넘기겠다는 건 아니겠지."

"넌 왜 그리 소심해. 시인은 시대의 예언자란 말두 있잖아. 생의 모험 없이 어떻게 좋은 시를 써. 굴러들어온 희귀 자료를 자취도 남기지 않구 관에 이관하겠다니. 이 자료가 신안 해저 유물같이 환금성은 없을지 모르지만, 분단 시대가 막 내리면 한 시대의 사료적 가치는 있을 게야."

"잠깐만요." 윤기와 정호가 박씨 비망록 복사 문제를 두고 설왕설래하자 잠자코 있던 문미가 말문을 열었다. "경찰서에 신고한다면 그쪽에서 박씨 가족을 찾아서 내용을 알려줄까요?"

"그것까지야 알 수 없지만, 연좌제 적용하여 남한 가족들 닦달질이나 안할는지. 소식을 알려준다면 남한 쪽 가족두 이제야 제사를 모실 수 있을 테지." 윤기는 아버지를 생각했다. 아버지는 북에 있을 당신 아버지 소식을 모르다보니, 구순을 넘겨 살아 계시지 않기가 필경인데 제사상 한번 떳떳이 못 차려드리다 내가 죽고 말 거라며 자주 우셨다.

"어떡할래? 어차피 오늘 신고하자면 돌려 읽을 시간은 없어. 다섯시에 상기와 광훈이 만나기로 했잖아. 내 후딱 은행으로 가서 한 벌만 복사해서 나올게. 그러구 경찰서로 같이 가."

"그럴까……" 정호 말에 일리가 있어 윤기가 떨떠름해하며 수긍했다.

정호가 노트를 들고 일어섰다. 그는 누가 제지라도 할까봐 말코지에서 코트를 내리더니 노트를 주머니에 꽂곤 서둘러 방을 나섰다. 윤기는 께름칙한 느낌도 들었으나 그를 제지할 수 없었고, 문미 역시 말이 없었다. 둘만 남게 되자 윤기는 묵묵히 술 한 잔을 비웠다.

"오빠가 또 집을 나갔어요. 그저께……" 문미가 말했다.

문미와 의부형제 사이인 병섭은 갓난아기 시절 집이 포탄 세례를 당했을 때의 충격으로 나흘간 의식을 잃은 뒤부터 정상적인 성장을 못했고, 혹독한 굶주림으로 한동안 영양실조에 걸렸다. 갓난아기 시절의 그런 영향 탓인지 소년기에 들어서는 머리가 아둔한 지진아가 되어 학교 수업을 못 따라갔다.

"네번쨴가?" 윤기는 문미를 사귄 이후 병섭형의 가출 소식을 듣기가 그쯤 되었다. 집으로 빨리 돌아가야 한다는 문미 말에 수긍이 갔다.

"열다섯 살 때부터였으니 셀 수가 없어요." 문미의 눈동자가 물기로 찼다. 문미의 갑작스런 변화에 윤기는 무슨 말을 해야 할지 몰랐다.

"어머니가 또 애간장을 태우시겠군."

"가출 후 우리가 오빠를 찾은 적은 한 번도 없어요. 날수가 지나면 스스로 들어왔지요. 이번 일로 어머닌 가게 문도 닫구……"

문미네 집은 청호동 해수욕장 입구에 있었다. 식당이 주거 겸용이었다. 윤기는 병섭형을 여러 차례 만났고, 지난달에는 포장집에서 술을 같이 마시기도 했다. 병섭은 말수가 적었다. 의붓아버지가 살았을 때 동네 애들에게는, 상이군인 아버지는 아우 문호 아버지지 자기 아버지가 아니라고 말했다. 의붓아버지가 그를 냉대하며 키우지는 않았으나 어릴 때부터 친아버지가 아니라는 사실을 알고는 집에서 겉돌았다. 병섭은 학교에서 또래들을 따라가지 못해 두 차례나 유급한 끝에 초등학교 졸업조차 못하고 말았다. 병섭은 엄마를 도와 식당 청소나 나름이를 했다. 그의 첫 가출은 열다섯 살 때로, 그 행선지가 친아버지 고향인 월정사 아랫마을 구곡리였다. 어떻게 거기로 찾아갈 궁리를 냈는지는 모르지만 그는 거기에서 그때까지 살아 있던 친할머니를 만났고, 나흘 뒤 삼촌을 따라 속초 집으로 돌아왔다. 그 뒤부터 서른 살이 넘을 동안 뜬금없이 홀연히 집을 떠나곤 했다. 식당 일에 바빠 어미 노릇을 제대로 못해줘 애가 저렇게 되었다며 문미 어머니가 자주 한탄하곤 했다. 식당 금고를 뒤져 집을 떠나는 것 말고는, 그는 성품이 온순했다. 빠르면 보름, 늦으면 한 달쯤 뒤, 그는 빈털터리로 귀가하곤 했다.

"전 그만 가볼래요." 문미가 스카프를 머리에 둘렀다. "유치원부터 가야 할까봐요. 크리스마스이브에 원아들 재롱잔치가 있어 바빠요."

"나중에 바다식당으론 못 나오겠군."

"상심하고 계신 엄마 때문에 바로 집으로 바로 가야 하니 어렵겠어요."

"그럼 이브 날 저녁에 속초로 나올게."

"유치원 행사로 그 날은 안 되겠어요."

"25일은 어때? 대지다방이 싫다면 명전사 옆 이층 다방에서 열두시에 만나. 점심 같이해."

"그날은 주일이에요. 청호동교회로 오세요. 예배두 같이 볼 겸." 문미가 일어섰다. "너무 취하지 마시구, 조심해서 돌아가요."

윤기는 섭섭했지만 문미를 보낼 수밖에 없었다. 문미가 가버리고, 한참 뒤에야 정호가 돌아왔다.

"미스 정은 보냈군." 정호가 말하곤 복사본은 서랍에 자물쇠 채워 잘 보관해뒀다고 했다. 그는 박씨 비망록을 윤기에게 돌려주었다.

둘은 소주 한 잔씩을 더 비우곤 중국음식점을 나섰다. 경찰서까지는 오백 미터 남짓이었다. 세찬 바람이 흙먼지를 몰아갔다. 가로 간판이 덜렁댔고 어깨를 움츠린 행인들 걸음이 바빴다. 짧은 겨울 해였으나 어두워지기는 아직 시간이 일렀다. 윤기는 정호를 불러내길 잘했다 싶었다. 죄를 짓지 않아도 경찰서 출입이란 떨떠름하게 마련인데, 친구라도 옆에 있는 게 마음 든든했다. 시경 정문의 입초원에게 정호가 경무과 계장 이름을 댔다. 전경대원이 둘을 경비실로 보냈고, 거기에서 정호가 구내전화로 계장과 통화를 했다. 계장이 자리에 있어 둘은 본관으로 들어갔다. 정호가 계장에게, 박씨 비망록을 바다에서 건진 경위를 대충 설명했다.

"내용은 별것 없는 것 같은데 그래도 신고해야겠기에 친구가 가져왔죠."

정호 말에, 계장이 노트를 신기한 듯 펼쳐보곤 둘을 정보과 3계로 인계했다. 한가롭게 신문을 읽고 있던 젊은 형사가 둘을 맞았다.

"한형사, 북괴에서 바다로 띄워 보냈다는 이 노트 받구, 두 분 얘기 한번 들어봐." 계장이 형사에게 말했다.

"북괴에서 보낸 노트라? 선전 삐랍니까?" 형사가 느슨한 자세를 바로하며 정호와 윤기를 보았다.

"육이오전쟁 때 월북했던 자가 죽음을 앞두고 남한의 옛 가족에게 보낸 편지 같은 겁니다." 윤기가 말했다.

형사가 앉으라며 빈 의자를 권했다. 윤기는 비망록을 형사에게 넘겨준 뒤, 아야진 사는 아버지가 어부인데, 명태를 잡다가 바다에서 노트를 건졌다고 경위를 설명했다.

경위서를 만들어야겠다고 형사가 말했으나, 윤기는 아버지의 신상을 자세히 알 수 없었다. 아버지 원적지 주소는 물론 주민등록번호조차 몰랐다.

"부친께서 한번 출두해야겠군요." 형사가 볼펜을 놓더니 박씨 비망록을 펼치며 물었다. "신고인이 형씬가 본데, 직업이 뭡니까?"

"중학교 선생입니다."

"내용을 읽어봤나요?"

"그럴 시간도 없었고…… 서너 쪽만 봤습니다."

형사는 윤기와 정호를 앉혀두고 비망록 첫 장을 읽었다. 윤기는 노트를 쌌던 포장지라며 가방에서 스티로폼과 포장지를 꺼냈다. 형사가 부속물을 힐끗 보곤 노트를 읽었다. 노트 두 쪽을 다 읽고도 형사는 아무런 말이 없었다.

"우린 가도 될까요?" 정호가 형사에게 물었다.

"잠시 기다려요."

형사는 박씨 비망록 10월 25일자 기록을 읽은 뒤, 노트를 들고 자리를 떴다. 윤기와 정호가 십 분 넘게 기다리자, 형사는 비망록을 어디에 맡겼는지 빈손으로 돌아왔다. 그가 의자에 앉더니 윤기에게 여러 가지 질문을 하며 경위서를 작성했다. 경위서는 석 장을 채우고야 끝났다. 윤기가, '이 진술은 사실과 상위 없음'이란 문장 끝에 서명하고 손도장을 찍었다.

"월요일 아침 열시까지 부친과 함께 서로 나와주시오." 형사가 말했다.

"학교 수업이 있어 전 안 되겠습니다. 제가 더 드릴 말씀도 없구요. 저는 그걸 전달하러 왔을 뿐입니다." 윤기는 더 물을 게 있다면 경찰이 아야진을 방문할 일이지 생업에 바쁜 사람을 부르는 게 불쾌했다.

"그럼 부친을 보내주십시오."

"아버님 연세가 칠순이라 건강도 좋지 못하고 차를 타면 멀미가 심한데, 이쪽에서 아야진 방문은 불가능합니까?"

"협조를 못하시겠다는 겁니까? 낚시를 할 수 있다면 건강엔 이상이 없잖아요? 노트를 건진 해상 위치도 알아야겠고, 부친 진술두 필요하니깐요. 중차대한 안보 문제에는 국민이 스스로 협조하셔야지요."

윤기는 더 대꾸할 말이 없었다.

윤기와 정호가 경찰서를 나선 시간은 다섯시가 가까웠다. 동인들과 만나기로 약속한 바다식당은 속초에서 속칭 '회골목'으로 통하는 선창가 어판장 부근에 있었다. 속초에서 문학이나 미술, 음악 애호가들이 주로 꼬이는 그 식당은 동인들 단골로 저녁이면 따로 약속이 없어도 한둘이 앉아 있곤 했다. 회골목은 경찰서에서 멀지 않기에 둘은 가로를 걸었다.

"복사는 내가 했는데 떨긴 네가 떨더군." 정호가 말했다.

"경찰서나 법원은 좋은 일로도 출입을 삼간다잖아."

둘이 식당에 도착하니 상구와 광훈이 창가 쪽에서 소주잔을 기울이고 있었다.

출근들 하시는구먼요, 하며 텔레비전을 보던 주인아줌마가 알은체했다.

"쟤들 앞에서 비망록 얘긴 꺼내지 마." 윤기가 정호에게 말했다.

"아무렴." 정호가 난롯불에 손을 쬐며 술판 벌인 친구를 보았다. "해도 빠지지 않았는데 엔간히들 퍼마셔. 광훈이 넌 어제 아야진 술이 아직 깨지 않았을 텐데?"

어느 정도 몸을 녹이자 윤기와 정호는 친구들과 합석했다. 창밖 바다에 자욱한 어둠이 깔려왔다. 파도가 집채만한 물결을 뒤집으며 방파제를 쳤다. 윤기는 파도에 휩쓸리는 병섭형의 넋 나간 듯한 얼굴을 떠올렸다. 갑자기 삶이 덧없다는 생각이 들었다. 또 술에 전 채 냉동된 버스에 떨며 육십 리 밖 아야진으로 귀가할 일이 아득하게 느껴졌다. 성난 바다는 잠자리에 들 때까지 흐린 의식을 들쑤시며 줄곧 따라올 테고, 잠 속에서도 천지를 흔드는 파도 소리는 멎지 않을 것이다.

"……그렇게 쓰는 건 시인의 특권이지만, 그런 시가 좋은 시라는 데 난 동의할 수 없어." 광훈이 상구에게 말했다.

"누구 시를 두고 또 싸움질인가?" 정호가 종업원이 가져온 잔에 술을 치며 토론에 끼었다.

"너하고두 얘기했잖나. 「어떤 싸움의 기록」 말야." 광훈이 말했다. "현실 진단이 날카롭잖아. 고통을 미화하지 않고 함축성도 좋구. 첫 시집에서 자기 목소리 들고 나오기가 어디 쉽니." 상구가 말했다.

"그럼 네가 그 시집 주례사 서평이나 써."

광훈이 사무용 봉투에서 시집을 꺼냈다. 화제가 된 젊은 시인의 시집이었다. 그는 시집을 펼치더니 문제의 시를 읽었다.

그는 아버지의 다리를 잡고 개새끼 건방진 자식 하며 비틀거리더니 아버지의 셔츠를 찢어발기고 아버지는 주먹을 휘둘러 그의 얼굴을 내리쳤지만 나는 보고만 있었다. 그는 또 눈알을 부라리며 이 씨팔놈아 비겁한 놈아 하며 아버지의 팔을 꺾었고, 아버지는 겨우 그의 모가지를 문밖으로 밀쳐냈다. 나는 보고만 있었다……

"이래서야 시의 미래가 어떻게 되겠어. 설자리가 없잖아. 비시어를 남발하면 장땡인가? 내가 뭐 서정성이나 정통성만 따지자는 게 아냐. 시가 이쯤 되면 갈 데까지 가버린 게야." 광훈이 낭독을 멈추고 말했다.

"자유로운 상상력과 개성이 진보 아니겠어? 아버지 모독은 곧 기성세대의 권위에 대한 도전이야. 모든 시가 일정한 기본 틀에 매여야 한다면 그건 벌써 권위나 제도에 묶여버리는 결과지. 모든 예술은 형식 파괴랄까, 형식의 독창적인 해석을 통해 창조의 힘을 불어넣는 거야. 그런 의미에서 한 사물을 보는 관점과 연상작용이 시인마다 다른 법 아냐. 내가 그 시를 옹호하지만 그 시 자체가 한국시의 침체를 뚫는 맥으로 보진 않아. 그러나 시인의 목소리가 타인에게 공감을 준다면 이미 보편성을 획득했다구 봐야지." 상구가 비분강개한 투로 말하곤 소주 한 잔을 비웠다. 소주 안주는 삼새기 매운탕이었다.

"그 시에서 폭행을 가하는 '그'와, 가정을 지키려는 '아버지'와, 방관자인 '나'를 분석해봐야겠지. 이유가 제시되지 않는 싸움에서 시인이 암시하는 세계는, 정의와 윤리가 매장된 현실을 카오스로 보구, 폭력의 공포를 통해서……"

정호가 붙이는 주석을 광훈이 꺾었다.

"해석은 자유니깐, 다 좋아. 정신병자의 횡설수설도 해석을 붙이면 얼마든지 현실의 제반 불가사의를 집어낼 수 있어. 내 말은 그 시인이 앞으로는 그런 시를 계속 쓸 수는 없다는 거야."

윤기는 동인들의 토론을 들으며 묵묵히 술잔을 비웠다. 속초가 아닌 다른 지방 술집에서도 시인 지망생들은 이런 토론을 벌이고 있을 터였다. 역사 이래 존재해온 시에 어떤 효용성이 있을까. 세월과 함께 생명을 유지하는 좋은 시는 어떤 시인가. 좋은 시는 어떤 과정을 거쳐 탄생되는가. 윤기가 부질없는 질문을 엮었다.

동인들의 화제가 동인지 봄호 발간 건으로 옮겨가자, 작품 제출 마감은 겨울방학이 끝나는 1월 말로 결정되었고, 1월 3일 저녁에 신년하례를 겸해서 동인 총회를 갖기로 합의했다.

윤기와 정호가 합석하고 소주 두 병을 더 마셨고, 매운탕에 이어 시킨 가자미회도 바닥났을 때는 모두 취해버렸다. 광훈은 더 취해서 중언부언 읊는 말이 발음조차 또렷하지 못했다.

"여기선 굿구 맥주 입가심은 내가 살게." 정호가 의자에서 일어나며 말했다.

바다식당에서 동인들이 마시는 술은 외상 장부에 이름과 금액을 기입해놓았고, 월말이면 주인아줌마가 각자 공평하게 분배해 수금했다.

윤기가 오줌을 누려고 먼저 식당에서 나오니 강풍 속에 겨울비가 흩날리고 있었다. 엄동에 비까지 뿌려 회골목이 썰렁했다. 그는 옆집 주점과 공용인 변소로 가지 않고 제방에 서서 바다에다 오줌을 갈겼다. 더운 오줌을 빼자 오한이 왔다. 뒤쪽에서 고함소리가 들렸다.

"촌구석에 박혀 시 나부랭이나 쓰면 뭘 해. 누가 알아줘. 지방 촌놈들의 동인지 중앙에서 누가 눈여겨봐. 저희끼리 해먹는 거지. 날마다 술이나 퍼지르며 중앙 문단 새끼들의 뭐 같은 시나 읊어대는 우리 꼬락서니두 웃겨. 아니, 울고 싶어. 죽어라 써봐야 아는 놈끼리나 돌려 읽구, 휴지가 되면 코나 풀구······" 혀 꼬부라진 광훈의 목소리였다.

"자학 마. 우리가 누구보고 잘 봐달라고 쓰냐. 어느 구석이든 문자로 남겨놓으면 백 년 후쯤 알아주는 후배두 있을 테지. 멀리 봐. 요즘 같은 지구촌 시대에 지방과 서울이 어딨냐. 지난번 동인지 서울로 우송했더니 광훈이 너 시 좋다는 서울 모 신인의 엽서두 왔잖냐. 그러니 그냥 쓰는 거야. 자기와 싸우며." 정호였다.

윤기는 부르르 떨며, 거리를 가늠할 수 없는 깜깜한 바다에 눈을 주었다. 아무리 깜깜하다지만 시야가 트였다는 느낌은 눈에 익은 타성일 뿐, 막막한 공간에 파도 소리와 바람 소리만 차 있었다. 윤기는 취기 탓인지, 빗물은 아닌데 눈이 물기로 어렸다. 아버지와 누이, 문미와 병섭형, 친구들 얼굴이 파도에 휩쓸려 부서졌다. 들끓는 바다의 어둠을 보고 있는 지금 시간에 이백 킬로 북쪽 박중렬 씨도 병상에서 몸을 뒤척이며 동해 바다의 파도 소리를 듣고 있을까. 아니, 남쪽 바닷가 영덕 땅의 가족 중 누군가가 파도 소리에 잠 못 이뤄하며 서른한 해 전에 월북한 한 남자 모습을 떠올릴지도 몰랐다. 잊을 수 없는 기억 한 가닥이 불현듯 떠올랐다.

윤기가 사학년 적 늦여름이었다. 아버지가 일 톤급에 지나지 않지만 자기 배를 갖기가 여섯 해 전이니, 그때만도 남의 배를 탔다. 삼십 톤급 오징어배를 타고 울릉도 쪽으로 출어하면 이틀이나 사흘 만에 귀향하곤 했다. 해안경비대에 신고를 마치고 오징어배 세 척이 출어했던 아침까지는 날씨가 화창했는데 정오부터 구름이 모이더니 저녁에는 강풍을 동반한 해일이 크게 일었다. 태풍 경보가 내려지고 모든 배는 발이 묶였다. 출어한 배들도 무전 연락으로 급거 귀항 명령이 떨어졌다. 세 척 배에 탑승한 어부는 오영감을 포함해 모두 스물한 명이었다. 라디오에 귀 기울이던 가족들이 저녁 무렵부터 하나 둘 어판장 앞 선착장으로 모여들었다. 오 미터 넘는 파도가 방파제를 치며 물보라를 일으켰다. 가족 수십 명이 선착장에 모여 눈에 잡히지 않는 난바다를 보며 발을 굴렀지만 떠난 배의 불빛은 보이지 않았다. 윤기도 엄마 옆에서 지우산을 받쳐 쓰고 있었다. 날이 어두워져 천지가 깜깜해지고도 가족들은 선착장을 떠나지 않았다. 가족들의 훌쩍거리는 울음소리가 들렸다. 윤기 엄마가 윤기에게 나지막이 말했다. "배가 뒤집혔다면 아버진 죽었을 거구, 풍랑을 피했다면 울릉도쯤 갔겠지. 그도 저도 아니면 파도에 쓸려 이북으로 갔을지두 몰라." "이북요?" 윤기가 놀라 물었다. "작년에 이북에 끌려갔던 영광호 선원들이 석 달 만에 돌아오지 않았냐. 열한 명 중에 둘은 못 돌아오구 아홉만 말이다." "만약 아버지 탄 배가 그렇게 됐다면요?" "내가 지금 그걸 생각 중이다. 만약 아버지 배가 북으로 갔다면 틀림없이……" 윤기 엄마가 잠시 말을 끊더니, 다음 말을 할 땐 숨길이 거칠어졌다. "절대 여기로 돌아오지 않을 거야. 저쪽에두 식구가 있으니 눌러앉을걸. 작년 영광호가 풍랑에 떠돌다 이북 경비정에 납치당했을 때 아버지보구 내가 은근짜로 물었어. 당신이 만약 영광호를 탔다면 어쨌겠냐구. 그랬더니 처음엔 아무 말두 안하더라. 똑 떨어지게 말해보라고 다그치니깐, 그때서야 면회시켜준다면 부모님과 형제들 얼굴 한번 상면하구 왔으면 좋겠구먼 하데. 처자식은 안 보구 싶냐구 또 물었지. 아무 말도 않구 벽으로 돌아앉고 말아." 윤기 엄마는 빗물인지 눈물인지 얼굴을

환멸을 찾아서 143

훔쳤다. "내가 아무래두 네 아비와는 명대로 살 팔자가 아닌가봐." 엄마가 한숨 끝에 중얼거렸다. 울릉도에서 조난을 피한 배 세 척은 나흘 뒤 오징어 조업을 끝내고 무사히 돌아왔다. 그 뒤로도 윤기 엄마는 남편에 대한 그런 우려를 씻지 못했다. 그네는 남북통일이 될까봐 불안해했고, 남편이 배를 탈 때면 배가 북한 경비정에 납치당하지 않을까 걱정했다. 어쩌면 윤기 엄마의 병도 그런 심적인 불안이 암의 밑거름 구실을 했을지 몰랐다.

윤기는 요즘에 만약 아버지 배가 풍랑에 길을 잃고 이북 땅으로 넘어간다면, 엄마가 죽고 없으니 남으로 돌아오지 않을 수도 있겠다 싶었다. 아버지가 "나는 이북 공산당 치하에서느 몬 살메. 내레 올 테니까 쓸데없느 걱정 말아" 하고 장담하더라도 막상 그런 상황에 처하면 심경에 변화를 일으킬 수도 있었다. 아버지는 함남 홍원에 두고 온 가족 안부에 늘 애를 태웠다. 그런 아버지만큼이나 북의 박씨 역시 경북 영덕 거무역동에 살고 있을 처자식이 못내 그리워 죽음을 앞두고 비망록을 썼을 거였다. 홍원에 사는 아버지 가족이 이남에 있는 아버지를 그리는 만큼, 거무역동 가족도 박씨 소식에 애간장을 태우리란 데 생각이 미쳤다. 윤기는 자신이 거무역동 박씨 가족에게 북으로 간 뒤 행방불명된 그분 소식을 전해줄 책임이 있다고 생각했다. 속초경찰서에서 그곳 경찰서로 비망록 요지를 이첩해 그쪽 가족에게 소식을 전해줄지 어떨지 몰랐으나, 그런 사무적 처리가 관에서 할 일이라면, 자연인 입장에서 박씨가 비망록을 남긴 만큼 자기 또한 자연인 입장에서 그 가족의 묵은 한에 어떤 결론을 내려줄 책임이 있음을 깨달았다. 신이 존재한다면 그 일을 시키려고 아버지를 통해 그 비망록을 바다에서 건지게 하지 않았을까, 그래서 비망록이 자기 손에 넘어오는 결과를 빚지 않았을까 하고 추론을 내렸다.

4

 겨울방학이 시작되자, 윤기는 자질구레한 학교 잔무가 끝나면 연말에 박씨 고향 거무역동을 다녀오기로 마음먹었다. 그래서 크리스마스 날 천호동교회에서 문미를 만나자, 29일 목요일에 영덕 쪽으로 연말 여행 삼아 떠나자고 말했다. 유치원도 방학은 했지만 유치원 교사들은 연말까지 출근해야 된다고 했고, 문미는 덧붙여 오빠가 아직 귀가하지 않았다고 말했다. 윤기는 그녀와 함께하는 여행은 포기할 수밖에 없었다. 문미와 헤어져 박씨 비망록 사본을 돌려받을 겸 정호를 만난 김에 윤기가 그 말을 꺼내자, 그는 기다렸다는 듯 선뜻 자기가 동행하겠다고 나섰다.
 "그런데 날짜를 좀 연기해. 은행이란 데가 연말까진 오줌 눌 짬도 없게 바빠. 정초 연휴가 좋겠어. 새해 맞아 동해안을 따라 여행한다는 게 얼마나 신나. 미스 정이 동행한다면 나두 집사람 데리고 나서지." 정호가 말했다.
 "우리가 어디 온천장 놀이라두 가니?"
 "말 잘했다. 온천장 좋지. 영덕이라면 유황질이 전국 최고인 백암온천이 있잖나. 나는 이미 씨를 받아뒀으니 너두 거기서 씨받이 해. 배란기 타이밍은 너들 사정이겠지만."

"무슨 육담이 그렇게 드세냐?"

"육담이라니. 내가 어디 틀린 말 하냐. 현실적으루 계산해서 때를 맞추려면 환갑 들고두 장가가겠어? 만약 미스 정 배가 다달이 불러온다 쳐봐. 애 떼지 않는 다음에야 냄비 하나 살 처지가 안 되두 면사포부터 써야지. 그러니 일단 저질러놓고 봐. 예행연습이야 해뒀겠지만 말야. 속초까지 장거리 버스비 써가며 나와선 길거리서 만나구 헤어져두 그게 어디 공짠가. 판공비 없는 선생 박봉에 길바닥에 돈 뿌리지 말구 내 은행에 상호부금 한 구좌 들어. 나도 데이트 안하니 지갑에 푼돈 재여. 마누라 집에 앉히니 누가 채갈까 염려 안해두 되구."

"말 같잖은 소리 주절대긴. 어쨌든 난 그런 여행은 찬성 못해. 영덕까지 내려간다면 한 가지 목적에만 집중해."

"알겠다. 그럼 정초에 내려가. 돌대가리가 아니라면 너두 생각 좀 해봐. 박씨가 51년에 월북한 후 그 집안은 보나마나 풍비박산 되었을 텐데 가족이 아직 거무역동에 살 거란 보장두 없잖아. 50년 농지개혁으로 남한 지주층이 몰락한 마당에 지금두 박씨 부인이 지주 집안 종부 노릇 할 리두 없구. 부인 역시 칠순이 내일 모레니 타계했을지 몰라. 육칠십년대에 농촌 사람들 내남없이 도회지로 몰려나왔으니 지금은 땅 파먹는 재주밖에 없는 농투성이만 시골을 지켜. 좌익 집안이라 냉대당하기 싫어 일찍 타지 나앉았을 가능성이 많잖아. 그런데 정초라면 문벌 찾는 집안은 꼭 제사 모시고 선영을 찾잖니. 그러니 고향 찾아 모일 수두 있잖은가."

여투어둔 생각인 듯 정호 말에 일리가 있었다.

둘은 1월 초이튿날 경북 영덕군 병곡면 거무역동을 찾자는 데 합의했다.

생업이 어업인 경우 물때를 음력에 맞추었기에 차례 또한 음력설을 쇠었다. 윤기 집도 그러했기에 그는 새해 첫날은 쓰던 시를 손보거나 독서로 소일하며, 서너 차례나 읽은 박씨 비망록을 다시 뒤적였다.

"내일 강릉에 볼일이 있어 하룻밤 묵구 돌아올지 모르니깐 기다리지 마세요." 초하룻날 저녁, 세 식구가 밥상 앞에 모였을 때 윤기가 아버지께 말했다.

"박씨란 사람 공책 때문은 아니겠지비?" 오영감이 물었다. 그는 구랍 20일 속초경찰서에 출두해 두 시간 넘게 진땀을 빼고 돌아왔기에 아직도 박씨의 망령에 사로잡혀 있었다. 윤화가 정양과 동행하느냐고 윤기에게 꼬투리를 잡았다.

"넌 왜 그쪽에만 신경 쓰니. 문미는 안 따라가. 정호하고 둘이 간다."

"그저 해본 소린데 오빤 괜히 화를 내."

"어젯밤에 아바이가 용꿈으 꿨어. 니가 돼지르 타는 꿈 말임메." 오영감이 말했다. "꿈 자랑 안할라 캤는데 입싸게 해버렸구마."

"오빠 올해 결혼할 꿈인가봐요."

"그래. 올해는 무슨 일 있어두 놓치지르 말아야제."

"내일 아침밥 늦게 하지 마, 평소 출근대로 맞춰줘." 윤기가 누이에게 말했다.

이튿날, 하늘은 구름 한 점 없이 맑았고 겨울답잖게 포근했다. 윤기는 박씨 비망록 사본과 칫솔을 반코트 주머니에 꽂고 집을 나섰다. 거리에는 문을 닫은 점방이 많았고, 설빔 차려한 어른과 아이들도 보였다.

윤기가 시외버스를 타고 속초로 나가 정호와 약속한 다방에 도착하니, 아홉시경이었다. 이른 시간이라 썰렁한 다방 의자에 엉덩이를 붙여 앉기가 무엇해 난로 옆에 서 있자, 정호가 점퍼 차림으로 들어섰다. 둘은 커피를 한 잔씩 마시곤 다방을 나섰다.

"비망록을 보면 거무역동이 일백 호 정도의 두메 마을이라 아무래두 완행을 타야 할 것 같은데." 시외버스 정류장으로 걸으며 윤기가 말했다.

"여기서 영덕까지라면 서울 가기보다 먼 거린데 완행을 타다니? 직행을 타고 봐. 거무역 부근 지날 때 차장한테 껌이라두 건네며 슬쩍 세워달라지 뭘."

"안 세워주면?"

"내가 이태 전에 담보물건 확인차 주문진부터 동해시까지, 그 중간에 널린 면소재지로 사흘들이 출장 다니잖았냐. 그런데 직행 타서 한 번도 내릴 곳에 버스를 못 세워본 적 없었어."

"미남 총각이라 여차장이 봐줬나?"

"아무 데나 손들고 버스 세우긴 힘들어두 내리긴 쉬운 게 직행이야."

둘이 시외버스 정류장에 도착해서 버스를 기다릴 동안, 또래 청년이 선물 상자를 들고 가는 걸 정호가 눈여겨보았다. 그는 정초부터 빈손으로 남의 집을 찾을 수 있느냐며 연쇄점으로 들어갔다. 정호 말이 옳은데다 시골에는 반반한 가게가 있을 것 같지 않아 윤기도 따라갔다. 둘은 정종 한 병과 귤 박스를 샀다.

속초에서 포항까지 이백오십 킬로미터를 주행하는 장거리 직행버스는 연말 대목을 넘긴데다 신정 연휴의 어중간한 아침이라 좌석을 삼 할도 못 채우고 출발했다. 버스 안은 스팀이 들어와 훈훈했다. 둘은 운전수 뒷좌석, 윤기는 창가 쪽에 정호는 통로 쪽에 앉았다.

버스는 한적한 국도를 거침없이 내달았다. 동해안을 남북으로 관통하는 7번 국도는 휴전선 아래에서 출발해 속초·강릉·울진·영덕·포항·경주·울산을 거쳐 최남단 부산으로 이어지는 간선국도였다. 거진에서 포항까지는 동해 바다를 낀 해안도로가 대부분이라 경관이 좋았다. 70년대 후반에 포장을 마쳐 고속화도로가 됨으로써 여름 한철 동해안 곳곳에 널린 해수욕장은 피서객으로 장사진을 쳤다.

수면 잔잔한 바다는 옥색 비단을 펼쳐놓은 듯했다. 허리 휜 해송 사이로 바라보는 바다는 한 폭의 달력 풍경화였다. 윤기는 드넓은 수평선을 보며 태어난 나라의 아름다움을 새삼 생각했고 고향 사랑이 마음에서 살아남을 느꼈다. 그는 바다에 뜬 갯배들을 보며 아버지의 삶을 떠올렸다. 어제는 하루를 쉬셨지만 지금쯤 아버지도 바다에 배를 띄워 명태잡이 낚시질에 나섰을 터였다. 함경도 지방민요 「애원성」을 흥얼거리며 노를 젓고 있을 당신 모습이 눈에 어렸다.

낙산 해수욕장, 하조대 해수욕장 옆을 버스가 지나갔다. 흰 물결이 밀려오는 백사장은 한겨울인데도 새해맞이 산책 나온 사람이 많았다. 연곡 해수욕장 모래펄에는 초등학생들이 축구하는 모습도 보였다. 주문진을 넘어서자 버스 안도 승객이 차츰 늘어 자리를 거의 메웠다. 윤기나 정호처럼 장거리 여행객은 별 없었고, 근처 나들이꾼이 대부분이었다. 버스가 군청 소재지에 정차할 때마다 우르르 몰려 탔다간 몇 정류장을 못 가 내리곤 했다.

버스가 한 시간을 넘게 달릴 동안 윤기는 바다만 내다보았고, 정호는 입이 심심했던지 여차장과 잡담을 나누었다. 정호는 평해까지 소요 시간을 알아냈고, 출발 전 지도를 통해 파악한 대로 거무역동 위치가 평해를 지나 해수욕장이 있는 대진동 부근임도 확인했다. 거무역에 버스가 서지 않는 걸 알지만 어떻게 좀 내릴 수 없겠느냐는 정호의 부탁에 여차장이 쉽게 승낙했다.

"거무역 위치는 정확히 몰라요. 그런 마을이 도로변에는 없으니 일단 병곡면의 병곡동에 하차해서 택시 편을 이용하는 게 좋을 거예요." 여차장이 말했다.

"당일치기로는 속초는 못 올라올 테구 어디서 하룻밤은 자야 할 텐데, 그런 곳에 여관이 있어요?"

"해수욕장으로 나가보시죠. 여름 피서객 받던 여인숙이나 민박집이 있을 걸요."

버스가 동해시에 도착하자, 낮 한시가 가까웠다. 김밥장수들이 버스 창에 매달려 자기 김밥을 사라고 외쳤다. 버스가 오 분간 정차한다기에, 둘은 하차해 가게를 찾았다. 정초부터 김밥은 그렇고 빵이나 먹자는 정호 말에 둘은 빵과 우유로 점심을 때웠다. 버스에서 먹을 간식거리도 이것저것 샀다. 소주와 오징어포, 삶은 달걀도 끼었다. 출발 클랙슨이 울려 둘이 버스에 오를 때, 정류장 뒤쪽 시장으로 군고구마를 먹으며 걷는 사내 모습이 정호 눈에 띄었다.

"저 사람 병섭씨 아냐?" 정호가 말했다.

윤기가 버스 계단을 밟다 뒤돌아보았다. 염색한 군용 외투를 걸친 사내 뒷모습이 잠시 사이 시장 골목으로 사라졌다. 여차장이 빨리 타라고 채근했다. 윤기가 잠시만 기다려달라고 말하곤 간식용 비닐봉지를 정호에게 넘겼다.

"병섭형!" 시장통으로 뛰며 윤기가 외쳤다.

사내가 멈칫거리며 돌아보았다. 행색은 초라했지만 틀림없는 병섭형이었다. 그는 검댕 묻은 얼굴로 윤기를 보더니 입이 삐뚤어진 사람처럼 묘한 미소를 지었다. 나 좀 보자며 윤기가 뛰어가자, 병섭이 무슨 지명수배자나 되는 듯 시장 골목길로 달아났다. 윤기가 얼마를 못 뛰어가 그를 놓쳤다. 정류장으로 돌아오며 병섭형이 왜 도망갔을지 따져봐도 윤기는 그 이유를 알 수 없었다. 경찰에 넘길까봐 겁을 먹은 걸까, 아니면 아직 춤지에 남은 돈이 있어 귀가가 싫어 피한 걸까? 알 수 없는 일이었다. 운전기사와 여차장에게 잔소리를 들으며 윤기가 차에 오르자, 버스는 곧 출발했다.

"병섭씨가 또 가출했군." 정호가 오징어포와 소주병을 꺼냈다.

"형 거동이 아무래도 이상해. 실성한 사람 같아."

"평소에도 정상은 아니었잖아. 술이나 한잔해. 두 시간 반 넘게 차 안에서 시달릴 테니깐."

정호가 종이컵에 소주를 따랐다. 둘이 오징어포를 안주로 소주 한 병을 비웠다. 병섭형과의 돌연한 해후와 얼얼한 취기로 기분이 우울해진 윤기는 등받이에 머리를 기대고 눈을 붙였다.

"여기부터 경상북도야." 정호가 말했다.

윤기는 덜 깬 잠을 털며 좌우 차창을 둘러보았다. 서쪽은 산세가 험해 숲이 짙었고 동쪽은 벼랑 아래 짙푸른 넓은 바다였다.

"교통 사정이 나빴던 예전에는 오지 중 오지였겠군." 산맥 줄기가 하늘을 찌를 듯 물결을 이룬 첩첩준령을 보며 윤기가 말했다. "산쪽 사람은 숯 굽구 화전 일구구, 동쪽 갯가 사람은 어부 노릇 했겠지. 이 지방은 십수 년 전만 해두 기차 구경 못하구 죽은 사람이 태반일걸."

서쪽 차창으로 곧게 선 줄기 붉은 적송 숲이 스쳐갔다. 영하의 기온과 찬바람에 아랑곳 않는 늘 푸른 나무는 겨울에 더 청청했다. 윤기는 박씨가 비망록에 남긴 말이 생각났다.

—나는 저 전나무 숲을 보며 자유의 개념을 생각한다. 시간적으로 볼 때 나무는 인간보다 오래 산다. 풍수해를 입거나 인간이 베지 않는다면 긴 생명의 자유를 누린다. 들풀은 한철을 살다 죽는다. 겨울 철새나 곤충, 동물의 자연 수명은 어떠한가. 하루살이 곤충이 있는가 하면 거북같이 몇백 년을 장수하는 짐승도 있다. 그러나 모든 생명체는 필멸한다. 상대적으로 더 긴

시간적 자유가 있다 해도 나무나 새, 물고기나 짐승, 그리고 인간까지 포함해 모두 수명에 한계가 있다. 우주론적 시간으로 볼 때, 살아 있는 모든 생명은 아침 안개처럼 한순간을 살다 땅을 떠나 비존재가 된다. 유한한 존재로서 시간성에 지배 받기는 생명 가진 모든 것에 해당된다. 공간적으로 볼 때, 저 전나무가 자라 줄기와 가지를 뻗어 차지하는 공간을 자유 향유의 면적이라 한다면 그 면적은 적다. 한 포기 해당화가 차지하는 공간 면적은 더욱 좁다. 한 마리 작은 나그네새를 생각해본다. 새란 무한대의 공간을 비상하기에 공간 확보 면적은 식물과 개념이 다르다. 그러나 나그네새가 무한대의 공간 건너로 장소를 옮긴다 해서 공간적 자유를 무한대로 확보한 것은 아니며, 한 그루 나무가 태어난 자리에서 죽는다 해서 자유롭지 못한 구속 상태라 말할 수는 없다.

자유라는 개념 자체가 물리적인 공간이나 시간만으로 해석할 수 없기 때문이다. 인간만이 의식의 공간을 따로 갖기에 자유나 평등, 나아가 유물론 사관이나 자본주의 경제학 등, 모든 정신적 사고 자체에 의미를 부여한다. 그러므로 자유의 개념 또한 객관적 론증에 의거하기보다 해석의 자유로움에 비중을 둠이 마땅하다 하겠다. 인간만이 그가 행한 로동의 가치에 따라 젊어서 죽어도 영원한 시간 속에 살 수 있고, 평생을 갇혀 있어도 지구를 몇 바퀴 돌아다닌 사람보다 령혼이 자유롭게 살았다고 말할 수도 있다. 확대 해석하자면, 평생 호의호식했던 인간과 가난으로 주리고 살았던 인간을 대비할 때, 세속적 개념으로는 호의호식했던 인간이 더 많은 자유를 향유했다. 그러나 금욕적, 또는 종교적 립장에서 해석할 때는 물질적 풍요만으로 답을 내릴 수 없다. 직업을 자의로 선택해서 쉬고 싶을 때는 여행으로 소일하는 사람과, 한 직업에서 적은 임금에 매여 로동으로 평생을 보낸 사람과의 대비 역시 앞 례와 상응한다 하겠다. 그러므로 모든 현상은 생각하는 의식 공간에서 다른 답을 얻어낼 수 있기에 력사 이래 삶의 불평등은 그 사회가 정의하는 론리에 따라 집단생활에 존재해왔음도 사실이다. 그 점은 오늘날까지 해소되지 않고 있으며, 어쩜 영원히 해소될 수 없는 인간 조건이자 모순이기도 하다.

 내가 이런 생각을 갖게 된 것도 두번째 숙청 이후이다……

 패자의 변명일 수도 있는 자유에 대한 박씨의 해석은 유물론적 논리에 대한 동의와 비판 사이를 오락가락하는 애매성을 내포했으나, 윤기는 박씨가 그런 해석에 이름으로써 그의 오십대 이후 조락한 인생에 이론적 틀을 마련했다고 여겨졌다. 그의 논조에 따르면 인간은 의식 속에 각자 다른 시간적·공간적 해석권을 갖고 있으므로, 자기 생각 역시 정당화될 수 있다는 투였다.

 "고속화도로가 나기 전 여긴 유배지와 다를 바 없었겠어." 윤기가 말했다. "위쪽 삼척이나 아래쪽 영일은 교통이 그래두 괜찮은 편인데, 원덕·울진·영덕이야말로 철저한 소외 지역이야. 내륙 사람은 갯가 쌍놈이라고 상대를 안해줬을 테구, 죽으나 사나 바다에 명줄 달다보니 이 지방은 조선조 이후 큰 인물이 없었어."

"그런 점이야 서남 해안지방도 마찬가지잖아."

"그쪽은 수난이나 덜 당했지. 전쟁 전 좌익이 극성을 떨 때, 지리산에나 빨치산이 남았을까, 서남 해안지방은 괜찮았지. 태백산맥이 관통하는 여긴 북의 무장유격대 남파 루트였으니 전쟁 전에도 유격전이 그치지 않았어. 낮에는 태극기 흔들고 밤에는 인공기 흔들어야 목숨 부지했으니깐. 마을 전체가 작살나기두 했구."

"비망록에도 있잖아. 빨치산 유격대가 병곡 지서에 불을 지르자 우익 청년단은 그 보복으로 박씨 본채를 불질렀다구……"

"동족 살육전에 대해 박씨 견해는 설득력이 있더군. 우선적으로 이데올로기의 선택이요, 통일은 이데올로기에 무력으로 꽂는 깃발이란 좌우명을 실천한 자들 때문에 조국은 분단될 숙명을 내포했다는 대목 말이야."

"그 시절은 미래를 내다보는 시야를 가진 자가 몇이나 되었겠어. 광풍노도 시대란 표현이 적당하지" 하다, 윤기는 첩첩한 산맥 준령을 보며 중얼거렸다. "엄동에도 배 주리며 저 험한 산을 평지 다니듯 누비고 다녔다니, 도대체 이념이나 사상이 뭔지……"

"산세가 험하니 당시의 빈약한 장비로는 토벌이 힘들 수밖에. 비망록에서도 언급했지만 전쟁 발발 직전, 제주도 폭동 주모자로 월북했던 김달삼이 영양 일출산에 출몰한 것두 태백산 줄기 타구 남하한 것 아닌가. 소규모로 각개전투를 벌이던 지방 남로당 입산자를 재규합해 제3병단이라 칭하며 대대적인 빨치산 투쟁을 벌였으니, 경북 동북부 산악지방 두메 마을은 당시 쑥대밭이 됐을걸. 이 지방은 전쟁 터지기 전에 이미 전시 상태였겠지."

"박씨두 그때 상황을 고난의 악전고투 연속이라 썼잖아. 그런 유격전에 희생되기는 이념이 뭔지도 모르는 오지 마을 백성밖에 더 있었겠어."

"박씨가 어디라고 썼지? 맞아, 장륙사 아래 있는 마라보기란 마을의 우익 초등학교 교사를 처형할 때 느낀 인간적 갈등은 짐작할 만해. 그 교사가 한마디라두 공산주의 프롤레타리아 혁명을 인정했더라면 살아날 수 있었는데 끝까지 이를 반대하자 지켜보는 동지들 시선도 있고 해서 즉결처형했다잖아. 동족을 죽이며 누구를 위해 남조선 해방전선에서 투쟁했는지, 지금으로선 가슴 아프다고 술회한 점은 솔직한 자기 고백이야. 죽을 임시까지 계급평등 사회 실현에 대한 신념을 포기하지 않은 점은 자존심의 마지막 보루였다고나 할까."

"68년 11월, 삼척·울진 지구에 백이십 명 무장공비를 남파시킨 것두 다 이쪽의 험준한 산악 지형을 이용하자는 속셈이었지."

박씨는 전쟁 전 빨치산 생활을 회고하는 데만 두 쪽에 걸쳐 꼼꼼하게 기록했는데, 그 서두가 이랬다.

―48년 2월, 유엔 조선위원단의 남조선 입국을 반대하여 '2·7구국투쟁'을 전개할 때, 나는 남조선 로동당 경북지구당 지도부 지시에 따라 동지들을 이끌고 칠보산으로 입산했다. 집안 농지를 부쳐 먹던 소작농 청장년이 포섭되었고 집안 머슴도 나를 따라, 내 협력자만도 스물한 명이어서 우리는 영덕 지방 빨치산부대의 한 소대로 편입되었다. 그로부터 50년 3월, 제3병

단이 섬멸 위기에 놓이자 우리를 지원하러 태백산맥을 타고 북조선에서 남파된 김상호부대가 도착할 때까지, 아니 그 부대 역시 패퇴를 거듭한 끝에 잔여 인원이 월북 길을 도모할 때까지, 나는 이 년여에 걸쳐 풍찬노숙의 빨치산 생활을 겪었다. 그동안 야음을 틈타 하산해 가족을 만나기도 서너 차례였다. 하산했을 때, 한번은 내 체포에 실패한 남선 경찰에 얼마나 맞았던지 온몸이 피멍투성이가 된 장자 종우의 잠에 든 모습을 보고 오기도 했다. 그들은 나를 체포하려고 어린 자식을 고문했던 것이다. 50년 4월, 월북에 성공했을 때 스물한 명 동지 중에 살아남은 동무는 내 한 팔이 되었던 김칠득과 나뿐이었다. 입산자 절반은 남선 토벌군과의 전투에서 죽고, 생사의 고비를 넘기는 산중에서의 고생을 견디다 못해 나머지는 전향 목적으로 하산했기 때문이다······

윤기는 심란한 마음을 담배연기로 삭였다. 그러며, 그동안 께름칙했던 문제를 정호한데 털어놓기로 마음먹었다.

"막상 거무역에 도착한 뒷일을 생각해보니 걱정거리가 적잖아." 윤기는 목소리를 낮추었다. "박씨 본채가 불타 없어진 마당에 그 가족을 찾겠다고 이 집 저 집 수소문할 동안 마을 사람들이 우리를 어떻게 볼 거냐 이거야. 예비군이니 민방위가 조직돼 있구, 설령 거무역동에 지서야 없더라두 전화 연락망은 있을 텐데, 마을에 수상한 자가 출현했다구 지서나 군부대에 신고한다 해봐. 결국 우린 연행당할 거구, 결과적으로 박씨 가족을 찾는다는 말이

나오게 마련 아니겠어. 비망록 사본도 증거물로 내놔야 하잖아. 그렇게 되면 문제가 시끄러울 수두 있잖아……"

"설마 그럴 리야. 그러나 그 지경이 됐다면 숨길 게 뭐 있냐. 이실직고해버리면 되지. 우리가 크게 책잡힐 게 뭐가 있어."

"한편 박씨 직계 가족이나 고향에 사는 친척을 만났다 치자. 그들에게 박씨 비망록 얘기를 꺼내면 이를 사실대로 믿어줄까? 비망록 사본이라고 덜렁 내보이면 그게 진짜인지 가짜로 만든 건지……"

"북에서 내려온 자로 오해받을까봐?"

"너 은행원 신분증 가져왔지? 나두 교사 신분증은 있지만 떨떠름하군. 또한 우리가 떠난 뒤 그 말이 한두 사람 입을 통해 퍼지면 관할 지서에 알려질 게 아닌가?"

"결국 우리 신상에 불이익이 온다, 이 말이지?"

"물론." 윤기는 생각에 잠겼다 말을 이었다. "남북이 총칼로 맞서구 있는 분단 현실을 무시하고 우리가 감상적 인정론이랄까, 인도주의에 들떠 있는 게 아닐까?"

"생각에 따라선 그렇게 해석할 수 있겠지. 그러나 우리가 박씨 가족에게 전달할 내용은, 그 자신이 간첩 신분을 띠고 남한으로 내려올 거라거나, 아닌 말로 누구와 접선하라는 지시가 아니잖아. 박씨가 암으로 죽기 직전 마지막으로, 남한 가족을 저버린 데 따른 용서를 빌며 세상을 하직하게 되었다는 소식 아니냐 말야. 가족에겐 달가운 소식이 아닐지 모르지만, 해묵은 상처를 치료해준다는 뜻에서 우리가 먼 길을 나선 게 아니겠어. 여러분이 그토록 소식에 애태우던 가장이 저세상으로 떠났으니 이제 그간 얽혔던 모든 원망과 회한을 풀구 날 잡아서 제사라도 모셔주라. 이게 뭐가 어떻다는 거야?"

"그런 건 남북 적십자사가 할 일이지, 우리 같은 개인이 할 일은 아니잖아."

"국민이 자기 출장비 써가며 적십자 요원 노릇해주면 안 되나? 그런 마음가짐이라면 통일도 쉬울 거야. 사회주의 국가인 중공 땅이나 소련 땅에 사는 동포와 편지 교환두 하는 마당에 말이야."

"하여간 돌다리도 두드리며 건넌다구, 우선 거무역동 이장부터 만나 사전에 상의해보는 게 좋겠어. 그 사람이 영해 박씨 문중이라면 더할 나위 없겠구."

"어쨌든 현지에 도착해서 형편 따라 대처하자구. 정 곤란하면 예비군 중대장을 찾아가 자초지종 털어놓구 협조를 구하든지."

버스가 울진을 거쳐 평해를 넘어서자, 정호가 평해에서 버스에 오른 승객에게 거무역동 위치를 물었다.

"거무역요? 병곡 지나 원황리 앞에서 내리믄 길 건너지 말고, 저만치 산 아래 보이는 마실이 거무역 아니껴." 두루마기에 중절모 쓴 중늙은이가 일러주었다.

면청이 있는 병곡동에서 내리막 굽은 길을 돌자, 대진해수욕장 관문인 마당 널찍한 휴게소가 나섰다. 포장된 넓은 주차장과 단층 매점은 휴게실을 갖추고 있었다. 겨울이고 정초라 휴게소에는 사람이 없었다. 버스가 오른쪽으로 휘어 도는 해수욕장을 끼고 내리막길을 내려가자, 동해안에서는 드물게 볼 수 있는 너른 들판이 나섰다. 버스가 들녘 가운데로 일 킬로미터쯤 질러가자, 여차장이 버스 정지 벨을 눌렀다.

"어서 내리세요. 원황동 앞이에요." 여차장이 정호에게 말했다.

"고맙습니다. 내일 속초 가는 버스에서 운 좋게 아가씨를 다시 만났으면 좋겠어요."

들판 가운데 윤기와 정호를 내려놓은 버스는 뚫린 국도를 질러 멀어졌다. 윤기가 시계를 보니 오후 세시 사십분이었다. 해는 서산 쪽으로 기우는데, 어디가 원황동인지 알 수 없었다.

"이상한 인연으로 멀리두 왔군" 하며 정호가 바람에 날리는 머리칼을 쓸었다.

들판을 가로지른 도로 동쪽으로 일 킬로미터 남짓 무논이 질펀히 널렸고, 멀리 바람막이 해송이 푸른 머리를 맞대고 늘어서 있었다. 갈매기 몇 마리가 날개를 펴 바닷바람을 받는데, 그 뒤로 옥색 바다가 비낀 햇살 아래 번득였다. 동북쪽으로 돌출한 언덕 아래는 거쳐온 해수욕장이었고, 해송이 긴 띠를 이루다 그친 동남쪽은 삼각형 산이 외따로 솟았다. 그 앞으로 울긋불긋한 집들이 대촌을 이루어 도로변까지 뻗어 있었다. 거기가 원황동이 틀림없었다. 해가 설핏 기운 서쪽 멀리로 태백산맥의 회청색 능선이 행룡(行龍)을 이루며 굽이쳤다. 장년 산지가 거미발로 하강하다 평지를 이룬 앞쪽으로 남을 향해 엇비스듬히 돌아앉은 백여 호 마을이 보였다. 마을은 얕은 산줄기를 등에 지고 있었다.

"저기 샛길 난 데 점방이 있군. 거기서 물어보자구." 정호가 말했다.

"묻긴 뭘 물어. 저 마을이 거무역동이야." 윤기가 산 아래 마을을 손가락질했다.

윤기 말대로 점방에서 묻기 전, 새마을사업으로 반듯하게 뚫린 농로 입구 돌 팻말에 '거무역'이란 마을 이름이 새겨져 있었다. 도로에서 마을까지는 무논을 질러 육백 미터 남짓한 거리로, 농로는 실개천을 끼고 있었다. 개울은 물이 말랐으나 여름에는 송사리 떼가 놀았음직했다.

"저기가 거무역이라……" 윤기가 아버지 고향 함남 홍원군 중호리에 도착한 듯 의미심장하게 읊었다.

"칠십년대 새마을사업으로 뜯어고친 농촌 가옥은 아무리 잘 봐줄래두 실패야. 서양식 별장같이 외양은 번드르르하지만, 이건 시멘트로 회칠한 꼴이니 우리나라 전통 농촌이 아니야." 농로를 들어서며 정호가 말했다.

"거무역은 풍수설을 신봉해서 마을 터를 잘 잡은 거 같군. 배산임수(背山臨水)하니 지세지상(地勢地相)이라."

"풍수지리설로 따지면 거무역동이 궁기를 못 면하겠군. 마을 앞 넓은 들을 고속화도로가 가로질러 동강 내버렸으니."

"바닷가에서 너무 들어앉아 여름 피서객 주머니완 상관이 없겠어." 정초 선물을 한 가지씩 들고 농로로 들어가는 둘의 자태가 오래전에 떠났던 자들의 귀향 같았다.

박씨 비망록 중간쯤을 보면 어느 날짜엔가, 그가 자란 고향 거무역의 내력과 선조 이야기가 나오는 부분이 있었다. 북한은 계급평등 사회 구현이란 구호 아래 문벌과 족벌을 없애려 일찍 호적을 폐기하고 공민증 하나로 신분을 증명하는 사회이고 보면, 박씨가 고향 내력과 선조 이야기를 자세하게 피력한 연유는 따로 있었을 터이다. 그가 북한 사회의 가족제도를 언급한 대목은 없었으나 나이 들어 노경에 이르자 우리 고유의 전통적인 가족제도에 향수를 느끼고 있음이 분명했다. 아니면 시조 박제상(朴堤上)과 그의 자(子) 박문량(朴文良)을 흠모한 나머지 그 기록이 장황해졌는지 몰랐다. 어쨌든, 북한 생활에 젖었던 자로서 집안 문벌을 기록한 점은 이례적이었다.

　―거무역을 한자로 '居無役'이라 쓰는데, 부역 없이 사는 고을이란 뜻이다. 이곳은 고려 명문세족이었던 영해 박씨가 살던 마을로 삼대에 걸쳐 조선조 정승에 해당되는 시중(侍中)을 낳았기에, 고려조 고종 이후 부역을 면제받는 특혜를 입었다. 마을 이름으로서는 자랑거리가 못 되니, 공평해야 할 인민의 의무조차 계급의 상하를 구분지어 파악하던 옛 봉건 시절의 일이다.

　내 어린 시절만 해도 거무역 앞 넓은 들 절반이 집안 땅으로, 곳간 세 개에는 사철 나락 가마가 가득했고, 집에는 어른 아이 합쳐 스무 명 가까운 행랑식구를 두고 살았다. 나는 어릴 적부터 조부와 가친, 그리고 특별히 모셔온 훈장선생에게 문벌 높은 집안의 종손으로서 지켜야 할 체통과 법도를 익혔다. 또는 조상의 언행과 높은 학문을 귀에 못이 박이도록 들었다. 여름 한철 들녘에 나가 허리 한 번 굽힌 적 없고 평생 손에 흙 묻히지 않는 집안 어른들의 허장성세와, 실천이 따르지 못한 채 유교 격식만 따지는 그들의 모습을 보며 나는 부아를 끓이며 자랐다. 훗날 내가 철이 들고부터 가렴주구로 마소처럼 일하는 소작인과, 노예 신세인 집안 가노들 편에 서서 그들에게 인간적 평등 개념을 심어주려 동분서주하게 된 것도 우연이 아니다.

어린 시절을 회고할 때, 특히 잊지 못할 추억은 조부로부터 들은 영해 박씨 시조인 박제상과 그의 자 박문량에 관한 일화이다(선조의 존함을 함부로 칭하는 결례를 용서하기 바란다). 조부께서는 한가할 적이면 나를 사랑으로 불러 앉히고 신라 충신으로 그 충절이 역사에 기록된 바 있는 시조 박제상의 언행을 가훈 삼아 훈계했는데, 수십 번 들어서인지 전설 같은 사연은 지금도 귀에 쟁쟁하다.

시조 박제상은 신라 첫 임금 박혁거세 9세손으로 내물왕 7년에, 지금 양산군 북상면에 해당되는 삽양주 수두리에서 태어났다. 그분이 사십 세 때 내물왕이 죽자, 왕의 사촌인 실성왕이 즉위했다. 그분은 이를 옳지 않은 왕위 계승이라 주장하고 십년 동안 투쟁을 벌여 내물왕의 장자 눌지왕이 즉위토록 했다. 눌지왕은 즉위하자 당시 고구려와 일본에 인질로 가 있던 형제 복호와 미사흔을 구출코자 했다. 왕의 소원을 풀어주려 그분은 고구려로 들어가 복호를 데려오는데, 귀국 즉시 집에 들르지 않고 다시 일본으로 건너가 미사흔마저 무사히 귀국케 했다. 그러나 자신은 미사흔을 탈출시킨 죄로 그곳에서 순절했다. 부인 김씨는 일본에 건너간 남편이 돌아오지 않자 울산 땅 치술령에 올라가 동해를 바라보며 단식하던 끝에 두 딸과 함께 죽었다. 부인은 죽어 돌이 되었으니 이를 후대 사람들은 '망부석(望夫石)'이라 불렀다.

박제상 할아버지가 일본 왕 앞에서 "나는 신라로 돌아가 벌을 받을망정 일본의 벼슬은 받지 않겠다"는 대목에 이르면, 조부 목소리에 기개가 섰고 두 눈이 형형하게 빛났다. 이 이야기는 시조 할아버지의 우국충절과 망부석 전설과 함께 어린 내게는 감동적이었다. 나도 어른이 되면 박제상 할아버지처럼 나라를 위해 싸우다 의롭게 죽겠다고 결심했음이 지금도 기억에 남는다.

시조 박제상에게는 쉰 줄에 들어 낳은 아들이 있었으니, 그분이 백결(百結) 선생으로 알려진 박문량이다. 그분 나이 다섯 살 때 모친이 두 누님과 함께 치술령에서 죽자, 둘째누님 아영 아래에서 자랐다. 아영이 일본에서 돌아온 왕의 아우 미사흔과 혼인하게 되자, 문량은 궁중에서 생활했다. 장성해서는 자기가 태어난 삼양주로 돌아가 평생을 청백하게 살았다. 명절날 이웃에서 떡방아 찧는 소리를 들은 부인이 집에 양식이 없어 방아를 못 찧게 됨을 서러워하자 백결이 거문고로 방아 찧는 곡을 켜 부인을 위로했다고 한다. 그분은 옷을 수없이 기워 입었기에 백결 선생으로 불렸지만 가난함을 부끄러워하지 않고 욕심 없이 평생을 청빈하게 살았다.

이 일화는 그분의 무능을 탓하기 전에 인간 생활의 절제와 지조를 깨우쳐주는 교훈이 담겨 있어, 나 역시 언젠가 장녀 종희에게 할아버지에게 들었던 이야기를 들려준 기억이 난다. 왕족이면서도 옷을 백 군데나 기워 입고 거문고를 벗삼아 청빈하게 사신 먼 조상의 생활관을 통해, 나도 어른이 되면 재산과 부귀를 탐하지 않고 청백하게 살리라, 그런 생각을 하기도 했다. 8·15 해방 후 북조선에 토지개혁이 실시되고 남조선에도 농지개혁이 실시될 거라는 소문이 파다했을 때, 아버지 반대를 무릅쓰고 가노들과 소작인들에게 집안 땅을 무상으로 분배하자고 주장해 이를 실천한 것도 내가 신봉한 사상의 가르침에 근거하기도 했지만, 어린 시절 먼 조상의 이야기에 감복당한 바 적지 않았기 때문이다.

어쨌든, 두 선조의 일생은 내가 청년으로 성장해갈 때 정신의 한 축이 되었으니, 어떠한 고난에 처하더라도 떠오르는 것이 그분들의 생활신조였고, 그 피가 내 혈관에도 흐른다는 데 자부심을 가졌다. 왕족이든 상민이든 신분보다 그분들의 주체적 생사관을 지금도 내가 흠모함에는 변함이 없다.

나의 선조가 본관을 영해로 쓰기 시작하기는 시조 26대 손인 박명천(朴命天)이 예원군에 봉해진 이후이다. 들은 바로 그분은 왕족이 아닌 자로서는 최고 영예인 삼중대 광벽 상공신(三重大匡壁 上攻臣)에 올라 자금어(紫金魚)를 나라로부터 하사받고, 거무역에 처음 터를 잡아 입향시조가 되셨다. 시조 박제상과 부인, 그리고 아들 박문량의 충·효·열(忠·孝·烈), 세 가지 의로움을 가훈으로 삼아 후손에게 전수한 분이기도 하다. 거무역의 원래 이름은 소사리였는데 거무역으로 된 것은 고려 고종 때이다. 여러 관직을 거쳐 조선조 영의정 격인 문하시중에 오른 시조 34대 세손 박세통(朴世通)의 위업을 기려, 나라에서 그분의 향리에 사는 후손과 주민에게 부역과 군역을 면제해주면서부터이다. 그 후 박세통 아들과 손자가 다 시중 자리에 올라 영해 박씨 문중은 삼대 시중을 낳은 명문이 되었다. 그러나 고려조가 망하고 조선조가 들어서자 사로에 오른 자가 없었다. 고려조에 충절을 지키려 후손들에게 벼슬길에 나서지 말고 산림에 은거하기를 유서했기 때문이다. 영해 박씨 후손도 안동·봉화, 강원도 금화 등 은둔지로 자손이 흩어졌다. 그러나 조선조 오백 년 동안 초야에 은사로 묻혀 학문 탐구에만 전념해 인근의 후진을 강학한 유현은 많았다.

내가 내 출생을 회고하던 끝에 이렇게 적고 보니 마치 선대의 관작과 영화를 자랑하기 위함인 듯하나 추호도 그런 뜻이 없다. 피는 속일 수 없기에 들은 대로 가계를 적었고, 생전에 다시는 갈 수 없는 저 남쪽 동해변의 고향땅 어귀를 서성이는 심사의 간절함만이 불귀객의 눈시울을 적실 뿐이다.

윤기와 정호는 농로를 걸으며, 일단 마을 행정 책임자인 이장 집부터 찾아, 거무역을 방문하게 된 자초지종을 털어놓고 협조를 얻기로 합의했다. 아무나 잡고 삼십여 년 전 본채가 불타버린 박중렬 씨 집 위치를 묻는다는 쑥스러움도 그렇지만, 여기에 살지 않을지도 모르는 부인이나 자식 이름을 들먹일 필요가 없었던 것이다.

마을 어귀로 들어서자 '삼대시중공신도비(三代侍中公神道碑)'란 예서체 비문이 새겨진 신도비가 버티고 있었다. 검은 비신이 여섯 척은 될 듯 장엄했다. 비석 아래 능대에는 태극기를 새겨 넣은 품이 비를 세운 지 오래되지 않았음을 알 수 있었다. 윤기가 비를 세운 연도를 보니 다섯 해 전이었다.

"고려조에 삼대 정승을 배출했다는 영해 박씨 신도비로군" 하며, 정호가 비 앞에 섰다.

"그렇다면 거무역에 아직 영해 박씨가 많다는 뜻 아냐?" 윤기가 물었다.

"신도비란 문중에서 세우잖아. 이 정도 큰 비석을 세우려면 천만 원은 넘게 들 텐데, 여기 시골 기부금만으로는 어렵겠지."

윤기가 머리를 주억거리며 신도비 건립 실기(實記)에 눈을 주었다.

동해에 떠오르는 아침 햇살은 소사리(所士里)에 그 빛을 멈추고 해변에 울창한 솔밭 사이로 부는 산들바람은 어진 이의 가슴을 시원스럽게 그 옷깃을 스쳐 지나가니 어찌 이곳에 명현달사(明賢達士)가 나지 않으리오. 북에서 힘차게 동남으로 뻗친 보문산(寶門山), 칠보산(七寶山) 꼬리는 용미(龍尾)처럼 동해에 넘실거리니 그 위용에 억눌린 해왕(海王) 고래는 멀리 남으로 피해서 경산(鯨山)으로 화하고 봉화산(烽火山) 불꽃은 이 성지(聖地)를 지켜주는 수문장(守門將)이리! 이 명지(名地)에 연유한 지 백 년 전 사부(私部)의 중신(重臣)으로 동해 최대의 법촌(法村)인 예주(禮州), 영해(寧海)에 자리 잡은 예원부(禮原部)……

"그만 가지. 이렇게 꾸물거리다 거무역에서 밤중에나 탈출하겠다. 밤바람이 살을 엘 텐데, 정초에 해변에서 얼어 죽는 꼴 나겠어." 정호가 어깨를 떨었다.

신도비를 지나자 간이식당과 연탄가게와 생필품을 파는 잡화점이 나섰다. 잡화점은 담배포를 겸해, 정호가 담배를 사러 안으로 들어갔다. 사내애 둘이 플라스틱 이티 장난감을 들고 아낙에게 값을 묻고 있었다. 세뱃돈이라도 탄 모양이었다.

"담배 전할 사람이 생길지 모르니 서너 갑 사라." 윤기가 점방 안에 대고 말했다.

"이장님 댁이 어딥니까?" 담배 네 갑을 넘기는 주인 아낙에게 정호가 물었다.

아낙은 밖까지 나와 골목 안쪽 푸른 기와집을 가리켰다.

"정초에 내려오길 잘했어. 우리가 세배꾼으로 보이잖아." 정호가 골목길을 걸으며 말했다.

"여기만 해두 신정 쇠는 것 같진 않군. 정초 기분이 안 나."

"비망록에 나오는 칠득이란 사람 말야. 그 사람 한번 만났으면 싶군. 박씨 가족이야 여기 살지 어떨지 모르지만, 칠득이란 그 사람은 여기 떠나 살 수 없을걸."

"박씨 직계 가족 아니면 공연히 만나 의심 살 이유야 없지."

"만약 우리가 취재기자라면 문제적 인물은 역시 김칠득이지. 그는 박씨와 달리 북한 생활을 접해본 전형적인 프롤레타리아 출신이니깐."

박씨 비망록에 나오는 김칠득 씨는 박씨보다 서너 살 수하로, 예전 박씨 집안 머슴이었다. 비망록에 의하면, 그는 48년 박씨가 입산 투쟁할 때부터 그를 따른 끝에 박씨 따라 동반 월북했던 인물이었다. 그런데 김칠득 씨는 박씨가 소속했던 제5태백정치학원에서 육 개월간 대남 밀봉교육을 받고 66년에 간첩으로 남파되었다. 박씨는 비망록에서 그를 두고 기술하기를, "김동무가 남조선 수사기관에 투항했다는 소식이 여기 정보망에 포착됨으로써 내 신상에도 결정적 영향을 미쳤다. 나는 열흘 동안 특수보안대에 감금당해 자아비판을 받았고, 이듬해 숙청당할 때 내 죄목 중 하나인, 부르주아적 사상에 동조한 반동분자란 락인도 김동무 배신에 따른 책임에서 비롯된 것이다"라고 적었다.

이장 집은 안이 들여다보이는 낮은 블록 담장에 마당 넓은 기역자 기와집이었다. 대문에는 문패가 없어 이장 성씨를 알 수 없었다. 둘은 사람이 얼씬 않는 마당으로 들어섰다. 헛간 앞에는 경운기와 자전거가 있었다. 한눈에 보아도 중농 가세였다.

"이장 어르신 계십니까?" 정호가 사람을 찾았다.

안방 문이 열리고 처녀가 얼굴을 내밀었다.

"누구시니껴?" 스웨터에 스커트 차림의 처녀가 마루로 나섰다.

"이장 어르신 뵈올까 하고요." 정호가 말했다.

"어무이 아부지 다 마실 갔니더."

멀리 가셨냐고 묻자, 한동네 사는 작은삼촌네 집이라고 했다. 아버지를 좀 불러달라는 윤기 말에, 처녀가 그러겠다 했다. 방에서 나온 남자 중학생이 아버지를 데리러 신발을 꿰고 나갔다. 건

년방에서 기다리라는 처녀 말에 윤기와 정호는 들고 온 선물을 마루 귀에다 놓고 마루로 올라섰다. 안방과 건넌방 사이 벽에는 시골집에 흔한 가족사진 액자가 걸렸고, 시속의 변화를 보여주는 크고 작은 사진들이 사진틀 안을 빼꼭히 채웠다. 액자 옆에는 66년도 엄민영 내무부장관 명의의 표창장도 걸렸다. 표창장 수상자 이름은 김한동으로, 이장 이름 같았다. 수상 내용은, 지역 사회 개발에 앞장선 모범 지도자로, 투철한 반공정신을 기려 표창한다고 적바림되어 있었다. 반공정신이 투철하다는 표현에 윤기는 이장 앞에서는 말조심하기로 했다.

건넌방은 중학생 공부방인 듯 책상과 의자가 있었고, 한켠에 쌓인 쌀부대에 메주를 띄우는지 쿰쿰한 냄새가 났다. 아랫목에 이불이 깔렸으나 둘은 찬김을 면한 윗목에 앉았다. 북창은 기우는 해로 반쯤 그늘이 졌고, 뒤란 대숲이 바람에 서걱이는 소리를 냈다.

"아무래도 귤 박스는 이장 댁에 놓구 가야 되겠어. 박씨 가족 이외 비망록 사실을 털어놓을 자리는 여기뿐 아냐." 윤기가 말했다.

"그러지 뭘. 그런데 이장한테 사본까지 보일 필요는 없을 것 같애."

"물론. 우릴 믿어준다면 가족에게두 보일 필요가 없어."

"이장한테는, 부산에 친구 만나러 가는 길이라며, 박씨 가족에게 그 소식 전해주는 게 도리일 것 같아 들렀다구 둘러대자."

둘이 말을 맞추며 한참을 기다리자 바깥에서 기침 소리가 나더니, 타지에서 온 사람이라모 누군가 하는 굵직한 목소리가 들렸다. 정호가 방문을 열고, 둘은 엉거주춤 마루로 나섰다. 허리 굽은 노인일 거라는 둘의 예상을 깨고, 이장은 중년 나이였다. 정초라고 양복 말쑥하게 차려입은 마흔 중반의 이장이 둘을 쳐다보았다.

"뉘시더라?" 댓돌에 서며 이장이 머리를 갸우뚱했다.

"말씀드려도 잘 모르실 겝니다. 차차 얘기 올리지요." 정호가 말했다.

구리색으로 그을려 농사꾼 티가 나는 이장이, 추븐데 어서 들어가십시더 하며 둘을 몰아 건넌방으로 들어왔다. 체격 좋은 이장은 아랫목의 이불을 걷고 손님에게 자리를 권했다. 둘이 사양했으나 이장의 말에 못 이겨 아랫목으로 옮겨 앉았다. 시골이라 방석도 없어 체면이 말이 아니더, 하며 이장은 문께에 앉았다. 반공정신이 투철하다는 데 긴장했던 윤기는 이장을 대하자 순박한 촌사람이란 인상을 받았다. 둘은 정초이니 절부터 받으시라며 세배를 했다. 나이도 얼마 안 되는데 세배는 무슨 세배냐며, 이장은 은 맞절을 했다. 초대면이라 서로 이름을 밝히자, 이장은 예상대로 장관 표창장을 수상한 장본인이 맞았다.

"우리는 속초에서 왔습니다." 윤기가 서두를 꺼냈다. "사실은 이장님께 볼일이 있어 찾아뵌 게 아니구, 아무래두 마을을 대표하는 분이라 뭘 좀 여쭙자고 들렀습니다." 윤기가 자신은 중학교 선생이고, 같이 온 친구는 은행원이라고 덧붙였다.

"이장님은 여기 사신 지 오래됐습니까?" 정호가 물었다.

"여게가 배태고향 아니껴. 전쟁 통에 영천으로 두어 달 피난 내리간 거 빼모 거무역을 떠나본 적이 읎으니까예. 그런데 무신 일로 먼 길을 왔니껴?" 이장이 눈을 껌벅이며 물었다.

"거무역이 예전에는 영해 박씨네 마을로 알구 있는데, 아직 영해 박씨가 더러 삽니까?" 정호가 물었다.

"영해 박씨예? 예전도 집안이 넓지사 않았지마는, 해방 때만도 근동에 내로라하던 문벌 아니껴. 그러나 인자 씨가 마른 형편이 됐니더. 여게가 백여 호 되는 대촌이지마는 타성바지 마실이 됐니더."

"우리가 찾아온 목적은 다름이 아니라 육이오 때 월북한 박중렬이란 사람 때문입니다." 윤기가 조심스럽게 본론을 꺼냈다.

이장은 박중렬이란 이름에 바짝 긴장하며 허리부터 곧추세웠다. 윤기는 어부인 아버지가 바다에서 박씨 노트를 건진 데서부터 그 노트를 속초경찰서에 신고하기까지, 그간의 전말을 대충 들려주었다.

"박중렬 그 사람 아직까지 살았었구먼. 원래부텀 명줄 하나는 질긴 사람이었으니까……" 이장이 뭘 알겠다는 듯 머리를 주억거렸다. 그는 잠시 방바닥을 내려다보다 얼굴을 들고 의심스럽다는 듯 물었다. "그런데 그 노트에 그 사람이 머라고 썼디껴?"

"기밀 같은 건 밝히지 않았구, 자기가 암으로 죽게 되었다며, 죽는 마당에 당도하니 남한에 둔 가족이 그리워 몇 자 적는다는 푸념조 내용이었어요."

"인자사 그 사람도 죽긴 죽구먼. 사람은 다 한 분은 죽게 마련이니까. 보자, 그 사람 나이가 올해 육십하고도 칠팔 세쭘 됐을걸."

굳었던 이장의 안면 근육이 그제야 풀어졌다. 그는 허탈하게 웃었다. 놀라운 소식이 실감이 나지 않는 듯 헛기침 끝에 말했다. "이거 증말로 오래 살지도 않은 나인데 희한한 소문을 다 듣니더."

"소식을 빨리 전하고 싶은 마음에서…… 반가운 소식은 아니겠지요. 그러나 여태 그분 소식에 애태웠을 가족 입장을 생각하면, 아무래도 입 다물고 있기가 뭣해서 정초 연휴에 찾아뵙게 되었습니다." 윤기가 말했다.

"그게 증말로 사실이 맞니껴? 그 사람 이바구라면 믿기지 않아서 그러니더. 박씨 그 사람이 이북서 인제사 죽었다는 게 맞는 말 맞아예?" 김이장이 여지껏 다른 데 정신이 흘려 있었던지 같은 말을 되풀이 물었다.

"거짓말 아닙니다. 노트에 그렇게 쓰인 걸 저나 친구 눈으로 확인했으니깐요. 그러니 우리두 사실로 믿을 수밖에 없잖습니까."

겁먹은 이장 표정이 아버지가 학교로 찾아왔을 때와 흡사하다고 윤기는 생각했다. 그 점이 전쟁을 체험한 세대와 자기 세대와의 차이가 아닐까 싶었다.

"이장님도 박중렬 씨와는 잘 아는 사이였겠군요? 물론 나이 차야 있겠지만, 한마을에 사셨으니 말입니다." 정호가 물었다.

"물론이지예. 마실으 누구보담 가깝게 지냈니더. 박씨 그분이 왜정 말기에 대구 감옥소에 있을 때 사식 차입하러 그 집 어르신 따라 어린 저도 두 분이나 대구까지 댕겨왔니더." 이장이 무심결에 박씨를 두고 그분이란 존칭을 썼다. "올해로 내가 마흔여덟이니 내 나이 열다섯이었나 열여섯이었나, 그쯤 돼서 휴전 앞두고 군대 징집에 뽑힐라다가 용케 면했니더." 이장이 엉뚱한 말까지 달았다.

"박중렬 씨가 일제 말에 옥살이를 하다니요. 처음 듣는 말입니다." 윤기가 말했다.

"마실에서 적색 농민운동인가 먼가, 그걸 하다가 사상범으로 몰리서 삼 년간 옥살이를 했니더. 다 해방 덕분에 나왔지예."

"이장님이 보시기에 박중렬 씨는 어떤 사람이었습니까?" 정호가 물었다.

"일본 가서 대학 댕겼으니 학식이 풍부했고…… 머랄까, 한마디로 대단한 사람이었지예. 영해 바닥서는 알아주던 좌익 고수였응께예. 몬사는 사람 편익 너무 들다 눈 밖에 났지만, 지금도 늙은이들은 더러 그 사람 이바구를 쑥덕거립니더. 너무 똑똑하다보니 지 손가락으로 지 눈 찔렀다고 말입더. 아매 전쟁 전이지예. 한분은 마실 사람이 무슨 급한 볼일로 저 아래 신기리로 나갔다 밤질에 돌아오다가 산으로 들어간 공비를 만내뿐 기라예. 곱다시 산으로 끌리가면 죽기 아이모 저들처럼 산사람 될 처지가 됐니더. 그래서 얼른 짚이는 대로 거무역 박중렬 그분 집안으로 늙고 병든 양친을 모시고 있다 카잉께 그냥 돌려보내줬다는 이바구도 있니더" 하더니, 이장은 실언을 했다는 듯 입을 다물고 둘의 눈치를 살폈다. 처음의 의젓한 태도가 허물어져 어깨를 떨며 몸을 옴츠렸다. 이어, 중언부언 혼잣말을 중얼거렸다. "이상하구먼. 지난 그믐날 지서 순경이 마실로 들어와서 작은삼촌 신상을 두루 파악해 갔는데, 무슨 곡절이 있었구먼……"

"작은삼촌이시라면 그분 성함이 김칠득 씨 아닙니까?" 정호가 유도신문하듯 이장 말을 다잡았다. "박중렬 씨와 함께 전쟁 때 월북했다가 간첩으로 내려와 자수한 분 맞죠?"

"이거 증말로 내가 도깨비한데 홀린 기분이네. 중렬이 그분 노트에 작은삼촌 이름자도 나오디껴?"

그렇다고, 윤기가 잘라 말했다. 그의 생각으로, 아마 속초경찰서에서 이곳 지서에 김칠득 씨의 근황을 조회해달라는 협조 요청이 있었던 모양이었다.

"이거 난리 났구먼. 성치 몬한 몸에 무신 날벼락 맞지나 않을는지." 무릎에 놓인 이장 손이 가늘게 떨리더니 장탄식을 늘어놓았다. "박중렬 그 사람이 자기 집안 망쳐묵더이 인자 혼백조차 가만 있지를 몬하는구먼. 작은삼촌을 공비로 맹글어 그만큼 이용했으모 됐지, 무신 철천지원수가 졌다고 또 이름을 들먹거려……" 이장이 불안한 눈길로 윤기를 보았다. "또 다른 사람은 언급 읎었니껴?"

"가족 얘기 말곤 칠득씨 그분 이름만 거론되었습디다." 좌불안석인 이장의 조증에 윤기가 오히려 머쓱했다.

"난 또 육니오 때 케케묵은 이바구를 다 털어놨나 하고……" 이장 얼굴이 펴져 조금은 안심이 된다는 눈치였다.

윤기는 이장의 과민 반응에서 과거 박중렬 씨와 당사자 간에 어떤 내막이 있었던 듯한 느낌을 받았다. 김칠득 씨가 예전 박씨 집안 머슴이었다면, 이장 역시 그 집안의 머슴 자식이었거나, 아니면 박씨 문중의 작인 자식쯤이 아닐까 여겨졌다.

"칠득씨 그분은 요즘 생활이 어떻습니까?" 정호가 물었다.

"농사짓고 묻혀 사니더. 그런데 갑재기 지서 순경이 찾아와 이것저것 묻고 가자, 억시기 놀랬던지 몸져누웠길래 내가 쪼매 전에 문안 갔다 오는 길이니더."

"그분, 정착금은 꽤 받았을 텐데요?"

"그랬겠지예. 마실 뒷산에 숨어 이틀 밤낮 고향 마실만 내려다보며 궁리하다가, 한밤중 마실로 내려온 기라예. 우리 집부텀 들렀습디더. 십수 년 만에 삼촌을 보는 순간, 나는 대번에 북에서 내리온 줄 짐작했지예. 사흘을 광에 숨가놓고 자수해야 살길이 생긴다고 설득했니더. 감옥소서 평생을 썩지 않고 펜하게 사는 질이 있다고 말임더. 삼촌이 어데 그 말을 믿겠니껴. 자꾸 그라모 가족을 몰살하겠다느니…… 거게다 어처구니없게 나를 꼬아 지하망 구축하겠다고 나서이 내가 어데 저놈들 하는 짓에 넘어가겠니껴" 하더니, 이장이 긴 숨을 내쉬며 윗도리 주머니에서 담배 한 개비를 뽑아 물고 라이터를 켰다. 정호가 얼른 밖으로 나가 재떨이를 찾아왔다. "이바구하자모 깁니더. 어쨌든, 내가 지서 근무하는 집안 종제한테 대강 귀띔해놓고 자수시킬라고 갖은 소리를 다 한 끝에, 일주일 만에 내캉 지서로 가서 자수했니더. 두 달쯤 뒤지예. 삼촌이 자유으 몸이 돼서 고향에 왔는데, 보복이 두렵다미 한사코 여게서는 안 살겠다고 타지로 나갔니더. 서너 해 소식 읎더마는 숙모를 얻어 알라꺼정 데불고 다시 환고향한 기라예. 그동안 대구서 가게 차리고 살았는데, 여게저게 돈을 띠이자 집칸 정리해서 들어온 기라예. 저 앞들 논 열 마지기쯤 사서 십몇 년

벨 탈 읎이 땅에 묻혀 살고 있니더." 긴 말을 마치자 이장이 의혹 서린 눈길로 윤기를 보았다. 그가 얼굴을 붉히며 더듬는 목소리로 물었다. "실례지마는 혹시 속초 거게⋯⋯ 이거 머 의심 나서 하는 말이 아이라, 수사기관 같은 데서 찾아온 거 아이껴?"

"그건 오햅니다. 아까 말씀드린 대로 우린 그저 박중렬 씨 노트에 적힌 소식이나 전해주러 왔을 따름입니다. 이장님이나 마을 누구에게 누를 끼치지 않을 테니 안심하셔도 돼요."

"박중렬 씨 직계 가족으로 지금 여기에 누가 삽니까? 장본인 말로 거무역에 자식으로 이남 일녀를 뒀다고 썼던데요?" 정호가 방문 목적의 핵심을 찔렀다.

"박씨 그분 안사람하고 큰아들네가 사니더. 신정이라고 작은아들 식구도 그저께 내리오고예."

정호와 윤기의 눈길이 약속이나 한 듯 마주쳤다.

"가족이 육이오 후 계속 여기서 살았단 말입니까?" 윤기가 물었다.

"휴전되고 집안이 망하자 남은 가족이 고생깨나 했니더. 그라다가 중렬씨 딸이 서울로 시집가 자리 잡자, 모두 서울로 솔가했지예. 그때가 아매 십구 년 전인가, 이십 년 전인가, 박정희 씨가 대통령에 처음 당선됐을 때니더. 그러더이 이태 전에 큰아들이 부인과 함께 내려와가꼬 퇴락한 사랑채를 개수해서 사니더. 중렬씨 큰아들이 몸에 병을 얻어 뱀이나 잡아 묵으며 일 년쯤 휴양하겠다고 내려오더니, 아예 눌러앉아 살 눈치 같습디더."

"종우씨라고, 나이 마흔두 살인가, 그럴 텐데요?"

윤기가 박씨 가족을 찾았다는 마음에 안도의 숨을 쉬었다. 이북 홍원에 살고 있을 이복형제라도 만난 듯한 흥분이 온몸을 저릿하게 했다. 그는 빨리 박중렬 씨 부인을 만나 북으로 간 지아비 소식을 전하고 싶었다. 부인과 자식들이 어떤 반응을 보일지 궁금하기도 했다.

"큰아들 종우 맞니더. 방학 때라 서울서 공부하던 자슥들도 내려왔니더. 서울서 잘사는 성제간들이 돈 부쳐주이까 여게 사는 기사 마실서 그중 낫지예."

"그렇다면 박중렬 씨 부인 되시는, 예전의 종택 새댁은요?" 윤기가 물었다.

"올 여름에 중렬씨 안부인께서 성치 못한 몸으로 내리와서 같이 사니더."

"이장님, 죄송합니다만 우리를 그 집으로 안내 좀 해주십시오." 정호가 말하며, 자리에 더 앉아 있을 수 없다는 듯 일어섰다.

이장은 박씨 집 안내만은 달가운 청이 아니라는 듯 심란한 표정으로 담배를 태우며 일어설 채비를 않고 미적거렸다.

"우리가 그 집에 직접 찾아갈 수도 있지만 아무래도 이장님이 동행해주시면 좋겠습니다. 증인 삼아 그 자리에 계셨으면 해서요" 하며 윤기도 자리에서 일어섰다. 이장이 박씨 가족과 상면할 현장에 동석한다면 자기들이 거무역을 찾아온 목적의 순수성을 이해할 터였고, 그래야만 여기를 떠난 뒤에 따를 구구한 추측을 증언자로서 대변해줄 거였다.

"작은아들이 와 있으이 어떨지 모르지만, 종우 그 사람 성질내미가 괴팍해놔서……" 이장이 담뱃불을 끄고 마지못해 일어섰다.

"괴팍하다니요?" 마루로 나선 정호가 물었다.

"술만 묵으모 입에 거품 물고 자기 부친 욕을 해대지예. 그런 마당에 북으 아부지가 죽었다 카는 청천벽력 같은 소식을 전하모 모친이며, 종우 그 사람이 그 충격을 우예 감당하고 우떤 반응을 보일란지……"

"어차피 한번은 당하게 될 사실 아닙니까." 윤기는 마루 귀에 놓아둔 귤 박스를 가리키며 말했다. "빈손으로 들르기 뭣해서 싼 걸로 가져왔습니다."

"멀 이런 것까지. 귀한 손인데 음력설 제사를 모시다 보이까 대접할 끼 읎네예. 사이다라도 사로 아들을 보내겠니더." 이장이 겸양조로 말했다.

"곧 저녁때가 될 텐데, 우리도 갈 길이 바쁩니다." 정호가 말했다.

정종 병은 윤기가 들고 나섰다. 마당에는 벌써 그늘이 내리고 멀리 바다 쪽에만 햇살이 부챗살로 퍼지고 있었다. 윤기와 정호가 거무역 농로로 들어설 때보다 바람이 한결 드세었다. 바람은 산맥 줄기가 층을 이루며 올라간 북쪽 칠보산 쪽에서 내리닫이로 불었다.

집을 벗어나 고샅길로 나서자 그제야 이장이 큰 걸음으로 앞장섰다. 윤기가 앞쪽을 살폈으나 한 시절 대갓집이 있었을 법한 번듯한 터는 보이지 않았다. 마을 뒤 산자락은 대밭이 병풍을 치고 있었다. 대숲에서 이는 바람 소리가 쏴쏴 하고 파도 소리를 냈다.

환멸을 찾아서 179

저주가 붙은 탕자의 유골을 안고 유골의 본가를 찾아가는 기분이기도 해서, 윤기는 성미가 괴팍하다는 종우씨를 만난다는 게 찜찜했다.

"종우 그 사람 모친 있잖니껴. 증말 대단한 분이니더." 이장이 말을 꺼냈다.

"대단하다니요?" 윤기가 물었다.

"서울 작은아들네 집에서 살다가 죽을 터 찾아간다미 올 여름에 내리왔는데, 오래 살지 못할 것 같니더."

"무슨 병인데요?"

"고혈압으로 반신불수니더. 말도 제대로 몬하지예. 서너 해 전만 해도 모친이 한식과 추석이모 누구든 데리고 서울에서 여게까지 내리와 저 담운산 골짜기 영해 박씨 유적인 추원제 아래 있는 시댁 선산에 성묘하고 갔니더. 영해 박씨 거무역 집안 종부로 시댁 섬기는 정성이 일편단심 대단해예. 그래서 모두들 신라 시절 박제상 부인을 그대로 빼다 박았다고 말하지예. 반신불수가 됐지마는 안주인은 바로 살아 있는 망부석이니더."

"아직두 부군이 살아 돌아오길 기다린단 말입니까?" 정호가 이장 말에 감복한 듯 물었다.

"삼촌한테 중렬씨 그분이 북에서 살아 있다는 소식 듣고는 더 철저하게 믿고 있니더. 큰아들이 여게 내리오기 전에 서울 사실 때는 노부인이 해마다 한지에 붓글씨로 저한테 편지를 보내왔지예. 제가 명색 이장이라고, 거무역 안부를 묻고 서울 주소를 적어, 만약 종우 아부지가 고향에 오모 여게로 연락해달라고 말이니더."

"칠득씨 편에 남편 소식을 들었다면, 박중렬 씨가 거기서 결혼해 처자식 두고 있다는 사실두 아실 텐데요?" 윤기가 물었다.

"다 알지예. 그러나 일편단심은 변함이 읎니더. 그러이 살아 있는 망부석이라 부르지예. 근래 들어 자식들이, 인자 아부지는 북에서 별세했을 끼라며 집 마지막 떠난 날을 잡아 제사 지내자 카지마는, 자기 눈감기 전에사 어림읎다 안카니껴. 작년 한식 때는 반신불수 몸으로 작은아들 등에 업혀 기어코 선산에 성묘를 댕겨왔니더."

"그럼 여기엔 종우씨와 모친 외에 친척은 아무도 살지 않습니까?" 정호가 물었다.

"아무도 읎니더. 중렬씨 그분 큰제씨는 피난길에 폭격으로 죽고, 작은제씨는 장교로 군에 나가 전사하고……"

"부모님은요?"

"휴전 전후에 두 분이 다 화병으로 돌아갔니더. 중렬씨가 좌익질로 나서고부텀 액운이 집안을 망친 기라예. 그걸 다 종우 모친이 감당해냈으니…… 휴전 후로는 일꾼 하나 둘 형편이 몬됐지마는 손수 들에 나가 농사 지어 자식들 높은 학교꺼정 공부를 시켰니더."

어느새 셋은 야산 자락 개울 앞에 당도했다. 이장 말을 듣는 동안 마을을 빠져나와 야산 배향이 둔덕을 이룬 지점까지 왔던 것이다. 개울 옆 빈터에는 검정색 자가용 한 대가 주차해 있었다. 서울 번호판이었다. 이장이, 중렬씨 작은아들 종근이가 몰고 온 차라고 말했다.

"서울 무신 종합병원 의사라니더. 큰아들 종우 그 사람만 술로 폐인이 됐을까, 딸네는 서울 큰 건설회사 전무 부인이 됐고, 둘째는 의학박사가 됐으이 중렬씨 그분이 저쪽 땅에서 죽었어도 원은 읎이 끼니더. 인물은 역시 당대에 안 난다 카더이, 좋은 집안이라 자식들은 잘됐니더."

골이 깊게 파인 개울둑 고샅길로 잠시 내려가자 개울을 가로질러 돌다리가 나섰다. 장방형 화강암을 깐 돌다리는 난간까지 세워 격식을 갖췄는데 아래에는 선단석을 둥글게 붙여 고풍스런 운치를 내었다. 장중한 돌다리만 보아도 한 시절 영해 박씨의 영화를 짐작할 만했다. 다리를 건너자 돌계단이 나섰는데 그 위에는 골기와에 푸른 이끼 낀 솟을대문이 조금 기운 채 의연한 자태로 서 있었다. 대문 양쪽 행랑채는 사람이 기거치 않는지 창문이 떨어져나가 컴컴했고, 기와 얹은 토담도 허물어져 개구멍이 나 있었다.

"몰락한 종갓집이 한눈에 완연하군." 정호가 윤기에게 말했다.

"큰아들보다 작은아들을 먼저 만나 대충 귀띔해두는 게 좋을 것 같니더." 이장이 윤기에게 말했다. 그는 처마귀가 내려앉아 통발이로 괴어놓은 행랑채 앞으로 들어가며, "계시니껴?" 하고 사람을 찾았다.

"이장님이시군예."

행랑채 부엌에서 머릿수건 쓴 아낙이 나오며 이장을 맞았다. 뒤따라 아낙보다 나이 젊은 여인이 얼굴을 내밀었다. 수건 쓴 아낙은 수수한 옷매무시라 시골티가 났으나, 젊은 여인은 허리띠

맨 고운 한복으로 치레했고 살색이 깨끗했다. 박씨 두 아들 처로 동서끼리 저녁밥을 준비하던 참이었다.

"손님이 찾아와 제가 안내 나섰니더" 하며 이장이 여자들보고, "이거 박박사님이라 불러야 되나, 종근이 있지예?" 하고 물었다.

"사랑에 계시니더." 수건 쓴 아낙이 말하곤, 뒤에 선 손아래 동서에게, 동서가 들어가보게 했다. 젊은 여인은 물 묻은 손을 털며 부엌에서 나와 사랑채 쪽으로 돌아갔다. 셋은 젊은 여인을 따라 시든 잡초가 어수선한 앞마당으로 들어섰다. 사람이 다니는 발줌한 외길을 빼곤 넓은 마당이 시든 풀더미로 덮여 있었다. 사랑채는 연못 옆에 있었는데 두 벌 지대 위는 주춧돌이 널려 불에 탄 본채 흔적을 남기고 있었다. 토담 옆으로 향나무·은행나무·감나무·목련·진백을 심고, 바위를 붙여 연못을 만들었고 그 주위로 회양목이며 주목·철쭉을 심어 한 시절은 정원의 운치를 살렸겠으나 이제 가꾸지 않아 대갓집 흔적만 보여주고 있었다. 사랑채는 앞뒤가 트여 통풍 잘된 마루를 가운데 두고 양쪽으로 방이 있었다.

젊은 여인이 사랑채 마루로 올라가 안방 문을 열고 서방에게 손님이 찾아왔다고 알렸다. 한복에 조끼 걸친 서른 중반의 남자가 마당으로 내려섰다. 박씨 작은아들 종근씨로 둥글넓적한 인상이 호인다웠다.

"이장님이시군요. 방으로 들어가십시다."

"자네, 내 좀 보세." 이장이 종근씨를 연못 쪽으로 이끌었다. 그가 낮은 목소리로 말을 꺼냈다. "자네가 증말로 믿을란지 모르고, 나도 사실 긴가민가하네만…… 그래도 자네가 덜 놀랠 것 같아 먼첨 불러냈네."

"저 사람들은 누굽니까?" 종근씨가 윤기와 정호 쪽을 보았다.

"저 사람들이 북쪽으 자네 춘부장 소식을 가주고 왔다네."

"뭐라고요?" 종근씨가 질겁하여 안경 콧등을 눌렀다.

"수사기관 사람은 아니라지마는, 그것도 알 수 읎고, 이북으 자네 춘부장 소식을 가주고 왔능 기라. 내가 이장이라고 내부텀 찾아왔더만."

"그, 그래서요?" 종근씨가 놀란 입을 다물지 못했다.

"듣고보이, 자네 춘부장은 이북 거게서 별세했다더구먼."

"이장님이 도대체 지금 무슨 말씀을 하고 계십니까?"

"이 사람 보게. 내 말을 증 몬 믿겠거던 직접 물어봐. 내 어제 마님께 정초 문안 왔을 때 말 안하던가. 작은삼촌 집에 순경이 댕겨갔다고. 그기 다 자네 춘부장과 연관이 있었던 기라." 종근씨가 윤기와 정호 쪽으로 다가가자, 이장이 그의 팔을 낚아챘다. "집안 시끄럽구로 떠벌릴 끼 아이라 저 사람들 이바구부텀 차근차근 들어보게." 이장이 저만큼 서 있는 윤기와 정호를 보고 손짓했다. "속초 분들, 이리로 오시이소."

"드디어 일이 터질 순간이군. 네가 가봐. 난 소변도 볼 겸 집 구경할 테니. 한곳에 서 있었더니 발이 시려." 정호가 윤기에게 말했다.

윤기가 정종 병을 들고 연못 쪽으로 걸었다.

"아버님 소식을 형씨가 어떻게 알았어요? 아버님이 별세하신

게 사실인가요? 아니, 형씬 무얼 하는 사람이오?" 종근씨가 흥분하여 윤기에게 물었다.

윤기가 오윤기라고 이름을 밝히자, 종근씨가 저는 박종근이라고 말을 받았다.

"제 부친은 강원도 북단에서 어업에 종사하지요. 작년 연말, 고기잡이 나갔다 연안 바다에서 이상한 노트 한 권을 건졌어요……"

윤기는 여러 사람에게 같은 말을 되풀이했기에 막힘없이 박씨 비망록 입수 경위, 경찰서에 신고한 과정, 비망록의 내용 따위를 간추려 설명했다. 종근씨는 윤기 말을 들으며 흥분을 억누르지 못한 채 한동안 어깻숨을 내쉬었다.

"이럴 게 아니라 방으로 들어가십시다. 방에서 자세한 애기를 듣도록 해요." 종근씨가 사랑채로 걷다 안방 댓돌 앞에 영문을 모른 채 우두망찰 서 있는 처에게 말했다. "여보, 얼른 술상 봐서 내오시오." 그리고 그는 주위를 둘러보았다. "손님 한 분이 더 계셨는데 어디 갔어요?"

윤기가 정호를 찾았다. 대숲 쪽 채전을 어슬렁거리던 정호가 이쪽으로 왔다.

"이장님도 들어가십시다. 형님을 건넌방으로 부를게요. 병환 중인 어머니는 충격이 크실 테니 천천히 알리도록 해야겠어요." 종근씨가 들뜬 목소리로 말했다.

윤기는, 변변치 못한 선물이라며 술병을 종근씨에게 넘겼다. 종근씨는 정종 병이 눈에 들어오지 않는지 고맙다는 빈말조차 없었다. 정호까지 건넌방으로 들어가자, 종근씨가 안방문을 열었다.

환멸을 찾아서 185

박중렬 씨 부인은 이불을 덮고 아랫목에 누워 있었다. 백발에 입술이 한쪽으로 돌아간 그네는 얕은 잠에 들어 눈을 감고 있었다. 그네 큰아들 종우씨는 발치 요 아래 발을 넣고 비스듬히 누워 텔레비전 신정 장기자랑 프로를 보는 참이었다.

"형님, 건넌방으로 좀 오세요." 어머니가 깰세라 종근씨가 조용히 말했다.

"누가 왔어?" 종우씨가 몸을 일으켰다. 그 역시 신정이라 한복을 차려입었다. 마른 얼굴에 검누른 안색이 병기가 있어 보였다.

"형님, 빨리 건너와요. 중요한 손님이 찾아왔어요."

"누구냐니깐? 한서방 말이 들리더니, 또 누가 왔어?" 고의춤을 추스르며 종우씨가 자리에서 일어섰다. 아우와 달리 몸피가 말랐다. 종근씨는 마루를 거쳐 건넌방으로 들어와 형광등을 켰다. 뒤따라 건너온 종우씨가 이장을 보자 눈살을 찌푸렸다.

"자넨 날마다 뭣 하러 찾아와?" 대뜸 시비조였다. 나이로 보아 네댓 살 연장자인데 이장에게 낮춤말을 썼다.

"이 사람아, 내가 어데 몬 올 데 왔나. 섰지 말고 앉아봐." 이장이 멋쩍게 웃었다.

"안면이 없는데 누구냐구?" 종우씨가 앉으며 낯선 객을 보고 아우에게 물었다.

"형님, 이분들이 속초에서 아버지 소식을 알아왔어요. 원산 부근 요양소에서 작년 말에 돌아가셨다는……" 종근씨가 말을 맺지 못한 채 안경을 벗고 눈꼬리를 훔쳤다.

"영감 소식을?" 종우씨 목소리가 쇳소리로 튀었다.

"박중렬 선생이 남쪽 가족에게 쓰신 비망록을 봤으니깐요." 윤기가 말했다.

"나이 새파란 당신네들이 어떻게 그걸 알아요?" 종우씨는 부친 별세 소식이 믿기지 않는다는 듯 윤기와 정호를 쏘아보았다.

"괜히 허튼 소식 전하겠다구 우리가 예까지 찾아왔겠어요?" 기분이 상한 정호가 볼멘소리로 말했다.

"오형께서 직접 자세한 얘기를 들려주세요." 종근씨가 윤기를 보았다.

윤기는 자기네 신분을 밝히고 종근에게 들려준 말을 되풀이했다. 큰아들 성격이 괴팍함은 몇 마디 말로 안 만큼 윤기는 그의 오해를 사지 않으려 성실하게 박씨 비망록 내용을 설명했다. 그가 설명할 동안 종우씨는 굳은 표정을 풀지 않았고 동요하는 내색을 보이지 않았다. 검누렇게 뜬 얼굴이 돌덩이같이 굳어 있었다.

"······별세한 날짜는 알 수 없지요. 돌아가시기 전에 쓴 비망록이니깐요. 내용은 조금 전에두 말했듯 참회록에 가까울 정도로 이북서 겪은 어려움을 적었구, 반성하는 내용이었습니다."

"영감이 죽었다는 게 믿기지 않아. 아무리 긴 사설을 달아도 당신 말을 믿을 수 없소." 종우씨가 허탈하게 중얼거렸다. 맥 풀린 멍한 눈길이었다. 다시 윤기를 쏘아보았다. "지금 세상이 어떤 세상인데, 내가 정초부터 도깨비한테 홀린 말을 듣고 앉았는지 영문을 모르겠소. 휴전선으로 꽉 막힌 판국에······ 도대체 어디까지가 참말이오?"

"우리가 공연히 헛걸음한 생각이 드는군요. 여러 가지 내키지 않는 점두 있었지만, 좋은 일 한다구 찾아왔는데……" 정호가 생감 씹듯 말했다.

"사실은 사실인 것 같애. 거무역에 첫걸음 하는 분들이 집안 내력을 어떻게 그토록 소상히 알 수 있겠는가. 점쟁이라 캐도 그렇제, 우예 집안 내력을 그래 잘 알겠노 말이다." 이장이 참견했다.

"이거 정말 미치고 팔짝 뛰겠구먼." 종우씨가 갑자기 자기 가슴을 쳤다. "비망록인가 나발인가, 경찰서에 넘겼다니 따질 말도 없지만, 도무지 말 같잖은 소리라서…… 내가 지금 내 정신이 아니라네." 종우씨가 몸을 틀어 앉았다. 그는 다락 문짝에 벽지로 붙인 색 바랜 사군자 묵화를 보며 무슨 생각인가 골똘히 간추리는 듯했다.

"술상 준비해왔어요." 밖에서 종근씨 처 목소리가 들렸다.

문께에 앉았던 종근씨가 방문을 열고 처로부터 통영반을 받았다. 차례를 지내 먹을거리가 푸짐했다. 갈비찜도 올라 있었다. 종근씨가 통영반을 방 가운데 놓고 종지잔마다 술을 따랐다. 데운 정종이었다.

"한 잔씩 드십시다. 한겨울에 여기까지 오시느라 수고 많았겠습니다. 이장님도 가까이 오세요." 종근씨가 말했다.

종우씨를 제외하고 모두 엉덩이를 당겨 상 앞에 앉았다.

"그 소식 전하겠다고 천릿길을 이래 찾아주이 일편단심 바깥어른 소식 기다린 마님 영험이 하늘에 닿은 모양이니더." 이장이 너스레를 떨었다. 그는 술잔을 들며 윤기와 정호가 잔 들기를 재촉했다. "두 분은 언 속이나 녹이시구려."

종우씨가 잔을 들더니 술잔을 단숨에 비웠다. 기분을 잡쳐 시무룩해져 있던 정호도 술잔을 비웠다. 윤기가 술잔을 들자, 종우씨는 떨리는 손으로 자기 잔에 두번째 술을 치고 있었다. 안주에는 젓가락을 대지 않았다.

"속초경찰서 정보과에 비망록이 있겠군요. 그걸 무슨 수를 써서라도 입수해야겠어요." 종근씨가 잔을 비우며 말했다. 그는 형과는 달리 두번째로 부친 소식을 새겨들은 참이라 사뭇 들뜬 표정이었다.

"그걸 입수하자면 경찰서에다 우리 얘길 해야 할 텐데, 우리가 여기까지 찾아와 소식을 알렸다고 구설수에 안 오를는지 모르겠습니다. 비망록에 별다른 정보는 없었지만……" 윤기가 종근씨에게 말했다.

"제가 궁리해보죠. 형씨들한테 누 안 끼치고도 무슨 수가 있겠지요. 서울엔 그 계통에 제가 알만한 사람도 있으니 상의해본다면……" 종근씨는 부친 별세 소식을 기정사실로 받아들이고 있었다. 그는 아버지의 생사 여부보다 소식을 들었다는 사실만도 꿈만 같은지 만면에 홍조를 띠고 있었다. "그건 그렇고, 이 소식을 어머니께 어떻게 전해야 할지, 새 걱정거리가 생겼네요. 아무래도 서울 누님을 불러야겠어요."

"나는 안죽 이분들 말이 진짜로 안 들려" 하더니 이장이 갈비찜부터 뜯었다.

"비망록을 입수한다면 우리 집안 가보가 되겠습니다." 종근씨가 윤기에게 말했다.

환멸을 찾아서 189

"가보? 가보 좋아하네. 그 영감 탓에 우리 집안이 어떻게 됐어? 내가 이 꼴이 된 게 다 누구 때문이야? 미친놈의 영감태기. 살아서 내려왔다면 멱살 쥐고 경찰서로 끌고 가려 했는데!" 몇 잔째 자작으로 거푸 술잔을 비우던 종우씨가 내뱉었다. 그는 매서운 눈길로 아우를 보았다. "철없을 때 겪은 네가 뭘 안다고 나서서 지껄여. 그 영감 얼굴도 기억 못하면서 말야. 난 내 눈으로 집안 망하는 꼴을 똑똑히 봤고, 철저히 당하며 살아왔어. 빨갱이 사상? 그 문제에는 이 세상이 얼마나 냉혹한지 안 당해본 넌 몰라!"

"형님, 그건 다 지난 시절 얘기 아닙니까. 지금 와서 새삼 곱씹어야 뭘 어쩌겠다는 겁니까. 어차피 이젠 별세하셨는데, 형님이 아버님을 그렇게 매도한다고 우리 집안에 이로울 게 뭐 있어요? 시절을 잘못 만나 엇길로 가신 분을 언제까지 그렇게 욕질만 하실 겁니까? 어머니 보세요. 형님 그 주정으로 관격에 걸리셨고 그길로 저렇게 되시지 않았습니까." 종근씨가 제 형에게 목소리를 높였다.

"영감 친필을 봤다니 말이지만, 영감이 자기 스스로 개자식이란 말은 안 썼소? 인간 구실 못하고 살다 죽는다구, 그 말은 안 썼더랬소?" 종우씨가 아우 말을 무시하고 윤기에게 턱받이해서 물었다.

"형님, 왜 이러세요? 이분들이 뭘 어쨌다고 자꾸 시비줍니까."

"그런 말은 없었어요. 가족에게 면목 없다는 말씀은 있었어두." 윤기가 말했다. 그는 큰아들 얼굴에 타오르는 적의를 보며, 구랍 바다식당에서 친구들이 토론에 부쳤던 시「어떤 싸움의 기록」을 연상했다. 분명 이 분위기 속에도 가해자와 피해자의 싸움이 있고, 그 싸움에 아무 역할도 하지 못하는 방관자가 있었다. 아니면, 가해자는 이데올로기란 거대한 환영이고, 시에 나타난 '아버지'와 '그'가 박씨의 두 자식이라면, '나'는 방관자로 묘사된 자신일는지 몰랐다.

"나 이거. 당신네들 불러다 점치는지 뭘 하는지 알 수가 없군." 종우씨가 공허한 웃음을 웃어젖혔다. 그의 검누른 얼굴이 술기로 붉어졌다.

"선생은 아직두 우릴 못 믿으시는군요?" 정호가 종우씨에게 대들 듯 말했다.

"못 믿을 수밖에. 통일됐으면 모를까, 지금이 어느 세월인데 당신네들 말이 귀에 똑바로 박히겠소."

"그럼 그 증거를 보일까요?"

갑자기 방 안에 긴장기가 서렸다. 윤기는 정호를 보며, 이 친구가 무슨 꿍꿍이 속셈으로 이러나 싶었다. 정호와 동행하고부터 마음 한구석이 찜찜했는데 그 느낌이 섬뜩하게 가슴을 쳤다. 다혈질 친구가 드디어 일을 낸다 싶었다.

"제가 확실한 증거를 보이리다. 박중렬 씨가 남긴 비망록 중에 딱 한 쪽만을 복사해 왔으니깐요." 정호가 점퍼 지퍼를 열더니 안주머니에서 지갑을 꺼냈다. 그는 지갑에서 꼬깃꼬깃 접은 종이를 빼냈다. 박씨 가족사진 복사지였다. 그는 그 사진을 큰아들 얼굴 앞에 들이밀었다. "이래도 못 믿겠어요?"

복사된 사진을 빼앗듯 낚아채어 들여다보던 종우씨 얼굴이 일그러졌다. 손이 풍을 맞은 듯 후들거리자 복사지까지 떨렸다. 종근씨와 이장이 목을 빼고 복사된 사진을 들여다보았다.

"이게 어머니가 그렇게 찾고 싶어하던 바로 그 사진 아닙니까!" 종근씨가 울먹거리며 탄성을 질렀다.

"증말일세. 바로 그, 그분 얼굴이 맞구먼." 이장이 탄복했다. 그는 사진 속 박씨 처를 가리키며 종근을 보았다. "종택마님이 안은 이 아아가 바로 자네 아닌가베."

"전쟁 통에 사진첩이 불타버려, 제 백일 때 찍은 사진이라도 한 장 남았으면 하고 어머니가 늘 애타했지요." 중얼거리던 종근씨가 사진을 다시 뚫어지게 들여다보았다.

정호와 윤기는 사진을 노려보는 일그러진 종우씨 얼굴을 지켜보고 있었다. 한참 뒤, 종우씨가 사진을 힘없이 떨어뜨렸다.

"맞소. 당신네 말을 믿을 수밖에. 영감 죽음까지도……" 종우씨 목소리가 허탈했다. 그는 탈진한 사람처럼 술상에서 물러앉더니 벽에 등을 기대었다. 그의 얼굴이 핼쑥해졌고 온몸을 떨어댔다. 그가 헛소리처럼 중얼거렸다. "죽었어. 그래 맞아. 악령이 이 지상에서 이제사 사라졌어…… 영감 시대가 철저하게 막을 내렸어……"

"형님, 진정제나 청심환 가져올까요?"

"관둬, 됐어. 마음이 후련해서 그렇다."

종우씨가 벌떡 일어섰다. 그가 방문을 열어젖히고 마루로 나섰다. 방 안의 심상찮은 대화를 축담에서 귀 기울이던 두 동서가 갑자기 열린 방문에 화들짝 놀라, 종우씨에게 길을 내주었다. 그는 땅거미 내리는 마당을 비틀걸음으로 질러갔다.

"죽었어! 영감이 이제야 죽었다는구나!" 종우씨가 하늘에 대고 두 팔을 쳐들고 미친 사람처럼 외쳤다.

"형님, 어디 갑니까?" 사진을 주머니에 넣은 종근씨가 마루로 나섰다. 종우씨는 돌아보지 않고 행랑채 모퉁이를 돌아 사라졌다.

"형수님, 따라가봐요." 충격으로 형이 무슨 일을 저지를 듯싶어 종근씨가 말했다.

"진짓상 올릴까요?" 종근씨의 처가 남편에게 물었다.

"그러지. 손님 먼 길에 시장하실 거야."

"벌써 어두워졌군요. 우린 이제 그만 떠나겠습니다." 정호가 말했다.

"나서다니요. 날씨가 아주 추워집니다그려."

"갈 길이 멀어 우선 거무역을 벗어나야겠습니다." 윤기가 말했다.

"무슨 섭섭한 말씀을 하세요. 아무리 가세가 기운 집이기로서니, 손님을 이렇게 대접하는 법이 우리 집안 법도에는 없었다고 들었습니다. 형님 때문에 기분이 상했더라도 진지 드시고 잠자리가 불편하더라도 주무시고 아침에 떠나십시오." 종근씨가 황급히 윤기 팔을 잡았다.

"그러니더. 오늘은 여게서 주무셔야 하니더. 귀한 손인데 선걸음에 나서서야 어데 되겠니껴." 이장도 말렸다.

"성의는 고맙습니다만 우릴 그냥 놔두십시오. 기회가 있으면 또 뵙게 되겠지요." 윤기가 정색하며 말했다.

뒤란 대숲에서 이는 바람 소리가 세찼다. 윤기는 하룻밤 쉴 잠자리 찾을 일이 아득했으나 할 일을 끝냈으니 박씨 댁을 떠나야 할 것 같았다. 젊은 시인이 쓴 시 「영동행각(嶺東行脚)」에는 이런 구절이 있었다.

  명절날 같은 밤에는 집집마다의 제상에 모여 / 조상들조차 함께 웃고 떠들거나 낯선 사람같이 / 키 낮은 처마 밑을 기웃거리는데 / 아주 잊혀진 이름은 하나도 아니면서 / 좀처럼 말꼬리에 얹혀지지 않는 사람들……

그러나 오늘 오후, 좀처럼 말꼬리에 얹혀지기에는 차마 두려워했던 사람의 이야기를 이만큼 언급했다면 더 들려줄 말이 없다고 윤기는 생각했다.
"여기 제 명함이 있습니다. 설악산도 들를 겸 속초로 오시는 걸음 있으면 한번 들러주십시오." 정호가 종근에게 자기 명함을 건넸다.
"갑자기 왜들 이러십니까. 우린 아버지나 형님 세대와 다르잖아요. 전쟁을 모르는 세대 아닙니까. 술이나 들며 얘기나 나누십시다." 정호 명함을 받은 종근씨가 말했다.
"폐를 끼치고 싶지 않아 그러니깐 달리 생각 마십시오. 버스 타고 우선 울진까지라도 올라가야겠습니다." 윤기가 완곡히 사양했다.
그동안 준비해둔 듯 종근씨 처와 서울에서 신정 맞아 선대의 고향을 찾은 고등학생이 교자상을 맞잡아 들고 마당을 질러왔다. 윤기와 정호는 어쩔 수 없이 다시 자리에 주저앉고 말았다. 넷이 식사를 마칠 동안도 종우씨와 그의 처는 오지 않았다.

"정 저희 집에 주무시기 불편하시다면 제 차로 백암온천까지 모셔다드리겠습니다. 거기 호텔에서 하루 쉬시다 가시지요." 숭늉으로 입을 헹군 종근씨가 말했다.

"자꾸 권하니 뭣합니다만, 그러시면 우리를 울진까지만 태워주십시오. 한 시간쯤 걸리겠죠?" 정호가 말했다.

"울진이 아니라 속초까지라도 밤새워 모셔드리겠습니다. 걱정 마십시오." 종근씨가 더 잡을 수 없겠다 싶은지 양보하고 말았다.

식사를 마치자 윤기와 정호는 방을 나섰다. 마루로 나오니 바깥이 어둑했고, 멀리 바다 쪽 하늘에만 비늘구름에 스러지는 놀이 실려 있었다. 윤기는 박중렬 씨 부인 모습이라도 보고 떠났으면 싶었으나 차마 그 말이 입 밖에 떨어지지 않았다. 반신불수라니 앉을 수조차 없으리란 생각이 들었다. 그런 환자에게 차마 소식을 전할 수는 없을 것 같았다. 종근씨가 안방으로 건너가더니 두루마기를 입고 목도리를 두르고 나섰다.

일행은 종근씨 내외와 집안 아이들의 배웅을 받으며 솟을대문을 나섰다. 밤바람이 차가웠다. 정호와 이장이 앞서 걸으며 김칠득 씨를 두고 말을 나누고 있었다. 한번 뵙고 갔으면 좋겠다는 정호 말에, 공연히 생사람 심사를 발칵 뒤집어놓을 그 말을 왜 또 꺼내려 하냐며 이장이 말렸다.

"종우 그 사람 봤지예? 똑똑하던 사람이 와 저래 삐뚤게 됐는지 말이니더. 지 삼촌도 마찬가지니더. 신문에서 간첩 잽힜다는 기사만 봐도 그날은 밥도 제대로 몬 묵어예. 들일도 안 나가니더. 나도 육니오전쟁 전후로 하도 빨갱이들한테 들뽁히서 그 이바구라 카모 다리 뻗고 잠도 몬 자니더. 그기 다 머겠니껴. 자라 보고 놀란 가심 솥뚜껑 보고 놀란다고, 그 시절에 얼매나 언슨시럽게 당해놨으모 우리 같은 촌사람이 수십 년이 지난 아직도 떨고 살겠니껴."

"앞으로는 그런 세월이 또 와서야 되겠습니까" 하며, 정호는 박씨 비망록 끝부분에 있는 한 구절을 떠올렸다.

―내가 대남사업에 종사하며 남조선에서 발행되는 신문을 보았을 때, 남과 북의 현실이 정치와 경제는 물론이고 사회의 구조적인 형태에서부터 가정생활까지, 심지어 사용하는 언어도 엄청나게 달라졌음을 알았다. 우리 민족이 48년까지만 해도 한솥밥 먹는 한 핏줄이었다는 동질감이 이십 년 사이 그렇게 변해버릴 줄은 상상도 못한 일이었다. 그로부터 또 흘러온 십 년 세월, 앞으로 분단이 장기화될 때 나는 그 훗날을 상상할 수 없다. 강대국을 등에 업고 그들의 정치적 경제적 속국이 되어 총칼과 증오로 인민의 적개심을 충동질하는 자가 그 누구냐. 그렇게 인민을 속이며 총칼로 방패막을 세워 생활과 풍습의 변화를 이대로 방치해둔다면 겨레의 만남은 그만큼 더 멀어지게 될 것이다. 우리가 지금이라도 찾아야 할 길은 73년 북남조선 공동성명이 리념이나 정권 차원에 리용되지 않는, 민족 순수

의 만남을 통해 공동 체험의 자리를 넓히는 것일 텐데, 굳어진 이 장벽을 지금 누가 어떻게 허물겠느뇨. 우리 세대가 남의 장단에 춤을 춘 어릿광대로서 총칼로 피를 불렀다면, 이제 내 자식과 손자 세대에서는 그 일이 백두산을 허물어 평지를 만드는 로력만큼 어려운 일일지라도 기필코 한 핏줄로서의 사랑을 회복해야 함이리라……

종근씨가 차에 시동을 걸었다.
"이장님, 공연히 폐만 끼치고 갑니다. 우리가 여기 와서 실수했거나 잘못한 점은 없었나요?" 윤기가 두 손을 내밀어 이장에게 악수를 청했다.
"잘못되다니예. 먼지 모르지마는 오래 묵힌 한 가지 일이 인자사 겨우 끝난 거 같니더. 종우 그 사람 말맨쿠로 후련하게 매듭지어졌심더."
"이쪽으로 지나치는 걸음이 있으면 다시 들르겠습니다." 정호가 말하곤, 사양하는 이장에게 사온 담배가 남았다며 담배 두 갑을 건네주었다.
윤기가 승용차 조수석에 앉고 정호는 뒷자리에 올랐다. 종근씨가 히터를 넣었다. 이장이 떠나는 차를 보고 손을 흔들었다. 차는 천천히 골목길을 빠져나갔다. 멀어지는 차 꽁무니를 따라 이장이 느린 걸음을 옮겼다. 그는 그제야 편안한 긴 숨을 내쉬었다. 박중렬 그 사람이 마침내 사망했다는 소식은 묵은 체증이 내려가듯 마음을 후련하게 했다. 그가 박씨댁 머슴 살았던 전쟁 터진 이듬해,

박중렬 씨가 마지막으로 집에 들렀던 그날 밤, 그는 십 리 밖 영해 지서로 달려가 자기 신분을 숨기고 입산 공비 박중렬의 출현을 밀고했던 것이다. 거무역에서는 아무도 모르는 그 비밀을 그는 여지껏 마음 한 귀퉁이에 간직한 채 살아왔다. 작인들과 집안 머슴들에게 농지를 무상으로 나누어주었는데, 미성년자라고 자기에게만은 한 마지기 농토도 떼어주지 않자 그 앙갚음으로 주인을 밀고했던 것이다. 철없던 나이에 저지른 그 실수를 두고 지나온 세월 동안 그는 두고두고 후회했다. 박중렬 씨가 간첩으로 내려와 반드시 복수할 것이라는 불안감에 다리 뻗고 잠자지 못했던 긴 세월이었다. 어린 날의 그 기억이 터지지 않은 지뢰로 가슴에 묻혀 있었는데, 박씨가 이제야 유명을 달리했다는 소식을 접했던 것이다.

차가 마을 입구로 빠져나가자, 창밖을 내다보던 윤기 눈에 간이식당 안 풍경이 들어왔다. 환한 유리창 너머로 박중렬 씨 큰아들 종우씨와 그의 처가 술상을 마주하여 앉아 있었다. 종우씨가 울부짖으며 주먹으로 술상을 내리쳤고, 그의 처가 서방을 달래는 참이었다. 운전을 하던 종근씨도 힐끗 식당을 넘겨다보았다.

"저는 저런 형님을 이해합니다. 자랄 땐 명민한 분이셨는데 한창 감수성이 예민하던 열서너 살 전후 경찰서로 끌려다니며 너무 가혹한 시련을 겪었지요. 그 결과 정신이상 징후를 보이더니 성인이 된 후 알코올중독자가 되고 말았지요. 족보가 밥 먹여주는 세상이 아닌데도 형님은 이 거무역에서 어느 누구한테도 존댓말을 안 씁니다. 예전에는 마을 사람 대부분이 우리 집안 논을 부쳐 먹었거나 등 기대고 살았으니깐요. 이젠 다 지나간 옛 얘기지요."
 차가 널찍한 농로로 나서자 속력을 내기 시작했다. 윤기는 속주머니에 넣고 온 박씨 비망록 사본을 둘째아들 종근씨에게 넘기고 떠날까 어쩔까 망설였다.
 "사실 이번 귀향길에 어머님 모시고 올라가려 했더랬습니다. 입원 치료를 시켜보려고요. 두 분을 만나뵈니 이번은 그냥 올라가야겠군요. 누님과 상의해서 함께 다시 고향으로 내려와야겠습니다. 누님도 아버지 얘기만 꺼내면 얼굴이 하얘져 쉬쉬하는 분이지요. 형님과 달리 누님의 아버지에 대한 그리움은 차마 말로……" 종근씨가 끄윽 울음을 삼키곤 말했다. "상경길에 누님과 함께 속초에 들러 우선 두 분께 인사부터 차리도록 하겠습니다."
 윤기는 종근씨의 말에, 당분간 비망록은 보관해두어도 좋으리라 생각했다. 충격은 시간을 두고 조금씩 나누어 받는 편이 부담을 줄일 터였다. 그는 어둠 속 겨울바람이 매서운 저문 들녘에 눈을 주었다. 바다 쪽 하늘에는 놀빛도 스러져 붉은 여운이 긴 띠를 이루고 있었다. 밤바람을 타고 동해 바다는 이제 물결을 더 일으켜 세우리라. '영동행각'이란 제목으로 일곱 편의 시를 썼던 울진 출신의 젊은 시인은 전쟁을 기억하지 못하는 세대였으나 시대의 앞뒤를 두루 살펴 그 불가해한 상처의 뿌리를 노래했다. 그는 「다시 영동에서」란 시의 마지막 연을 이렇게 썼다.

 한 생애가 눈물 가득 찬 물결로도 출렁이고
 서러울수록 그 위에 엎어져 함께 흐느껴 가면

어둠 속 더욱 넓어지는 소리의 한없는 두런거림
여기서 자라 이 물결에 마음 붙인
사람들의 오랜 고향을 나는 안다.

(『문학사상』 1983년 10~11월호. 1984년 제16회 동인문학상 수상작)

잃어버린 시간

잃어버린 시간

1

 흙먼지 이는 신작로로 떼를 지어 남으로 내려오던 피난민을 날마다 하굣길에 만나던 50년 7월 8일을 소년은 잊을 수 없었다.
 선생님의 교무실 조회가 오래 끌어 첫 시간부터 공부가 늦게 시작되었지만, 셋째 시간 수업을 마치는 종소리가 다른 날과 달리 빨리 쳤다. 금이 간 무쇠종이 땡땡거리며 쉼 없이 울리자, 왁자지껄하던 교실이 조용해졌다. 반 애들은, 무슨 종소리가 저래, 누가 장난으로 치겠지 하는 눈치였다. 이어, 바쁜 발소리가 복도를 질러오더니 언청이 사환애가 숨이 턱에 닿게 전교생의 운동장 조회 소식을 알렸다. 사학년 소년네 반은 셋째 시간을 자습으로, 끼리끼리 모여 전쟁 이야기로 부산을 떨고 난 뒤였다. 둘째 시간 수업을 마치자 고물 가죽가방을 들고 운동장을 질러 교문을 빠져나가던 담임선생의 허둥대던 걸음을 반 애들이 보았기에 셋째 시간은 으레 자습이려니 했으나, 담임선생의 조퇴 이유를 아는 애는 없었다.
 소년은 앞뒷문으로 몰려나가는 반 애들 꼬리에 붙어 맨 나중에 교실을 나섰다. 교실 문을 나설 때 애들에게 어깨와 팔다리를 부딪히기 싫어서였다. 발소리가 소년을 앞질러 갔다. 소년은 땡볕 아래로 나섰다. 운동장은 쨍한 햇살 아래 번철에서 굳어지는 장떡 색깔이었다. 뜨거운 햇살은 눈이 부셨다. 전에 없던 비상조회라 무슨 소식이 떨어질까, 소년은 침이 말랐다.
 "퍼뜩 열을 맞춰." "급장은 앞으로 나와." "차려, 열중쉬어, 앞으로 나란히." 선생들이 열 앞뒤로 오가며 말했다. 반 아이들에 비해 키가 껑충한 소년은 자기 반 줄 꼬리에 섰다. 열이 겨우 맞춰졌을 때에야 교장선생이 운동장으로 나왔다. 전교생이라 해봐야 피난 떠난 아이들을 제외한 이백 명 남짓한 학생을 모아놓고 조회대에 선 교장선생은, 여러 학생들도 알다시피 전쟁 상황이 심각해 더 공부를 계속할 수 없어 조기 방학을 하게 되었다고 말했다. 평소 조회 때와 달리, 했던 말을 다시 곱씹지 않았으나 교장선생은 이마와 목덜미 땀을 훔치며 다리를 떨었다. 늘 당당하던 교장선생의 허둥거림이 소년은 위태해 보였다. 전쟁과 조기 방학, 소년은 그 말을 입에 굴렸다. 전쟁이란 말에는 소의 생지라가 떠올랐다. "묵어여. 어지름증 심하고 심기가 약한 아이들한테는 용한 약이래여. 도살장으 갓 잡은 소에서 짐서방이 에렵게 구해왔어여." 할머니가 말했다. 잘게 썬 핏덩이에서 김이 올랐다. "메슥메슥할 테이께 참지름 소곰에 찍어 묵어여. 퍼뜩 안 묵고 멀 보고만 있나." 소년은 핏덩이 한 점을 소금에 찍어 입에 넣었다.

뭉글한 살덩이를 씹기가 끔찍해 삼켜버렸다. 비린내가 나고 구역질이 받쳤다. 소년은 생지라를 토해냈다. 소년의 상기된 얼굴을 보고 할머니가 말했다. "아무래도 꾸버 묵어야겠구나. 우째 저래 비우 약한 것조차 지 아부지를 닮았는지."

교장선생은 갑자기, 공산군 놈들 하고 다른 말을 시작했다. 공산군이 이 강토를 짓밟고 내려온다. 세상이 온통 피바다다. 소년은 빨간 군복을 입은 아버지를 상상할 수 없었다. 아버지는 부끄럼을 잘 탔다고 할머니가 말했다. 교장선생은, 전쟁은 홍수보다 무섭다고 말했다. 집과 전답과 사람을 불로 쓸어간다. 많은 사람이 피를 흘리며 죽고 집과 산의 나무는 불에 탄다. 생지옥이 따로 없다. 이제 조만간 여기까지 공산군이 들이닥칠 것이다. 교장선생의 흥분에 들뜬 말을 듣자 아버지가 불과 함께 총을 쏘며 여기까지 오는지 모른다는 생각이 들었다. 그런데 교장선생은 왜 전쟁을 홍수보다 무서운 불이라고 말할까. 물은 불을 끄고, 불은 물을 끓여 없애버리는데, 물과 불은 반대되는 말이 아닌가. 홍수를 없앨 불이라면 얼마만큼 불을 지펴야 많은 물을 증기로 말려버릴까. 소년의 귀에 교장선생의 말이 점점 멀어졌다. 햇살이 너무 따가웠다.

사실 그해 여름의 전황과 관련해서는 남쪽 군대가 생각보다 허약하다는 점과, 남쪽 군대를 도우러 온 미국 군대도 힘을 쓰지 못해 밀린다는 소식 외에, 떠도는 말이 도무지 중구난방이었다. 소년 또래들이 어른들 말귀를 이해할 수 없는 경우가 적잖았다. 이제 겨우 7월 8일이니 방학이 되려면 아직 보름은 학교를 더 다녀야 했다. 어쨌든, 전쟁으로 방학이 빨리 시작되었다. 그러나 학생들에게는 전쟁의 확대 소식이 무섭지 않았다. 전쟁은 어른들의 신나는 놀이였다. "어른들은 진짜 총을 쏠 수 있어." 옆 아이가 쑥덕거렸다. 소년은 기계충으로 머리칼이 빠진 앞 아이 뒤통수 사이로 조회대에 선 교장선생을 보았다. 교장선생 얼굴이 일그러져 있었다. 교장선생은 면내 부자인 방앗간과 술도가를 겸한 정주사 맏아들로, 아우 되는 분은 서울의 경찰청 간부였다. 군청 관리나 군의 경찰서장이 출장 나오면 면장이나 지서장을 만난 뒤 교장선생에게 인사를 차리고 갔다. 이태 전 남로당 한다는 사람들이 야밤에 횃불 행진을 하고 나서 습격한 집이 지서와 방앗간과 교장선생 사택이었다. 교장선생과 식구들은 몸을 피해 집만 불에 탔다. 이튿날 학교 남선생 둘이 지서로 잡혀갔고, 갈래머리 여선생은 학교에 출근하지 않았다.

교장선생이 목청 높여 말하는데도 소년은 그 말이 귓바퀴에서 모기 소리를 내며 맴돌다 증발되어 말뜻을 제대로 새겨들을 수 없었다. 소년은 왠지 교장선생이 말을 다 끝내지 못하고 단상에서 쓰러질 것 같아 조바심이 났다. 전쟁·공산당·공산군·국군·유엔군·이승만 대통령, 나라가 적화되면 큰일이다, 집에서도 평소대로 공부를 하고…… 토막토막 끊긴 말이 귓바퀴에서 왱왱대다 하늘로 올라가 뙤약볕에 깨 볶듯 끓는다고 소년은 생각했다. 그 낱말을 주워 모으려 눈부신 하늘을 바라보았다. 말들은 파편이 되어 떠돌았다. 하늘에는 구름 몇 덩이가 떠 있었다. 현기증으로 교장선생이 아니라 자기가 먼저 쓰러질 것 같았다. 교장선생의 육중한 몸은 쿵 소리를 내며 쓰러지겠지만, 자기가 쓰러질 때는 몸이 가벼워 빨랫줄에 걸린 옷이 바람에 떨어지듯 아무 소리도 나지 않을 것이다. 다시 교장선생에게 눈을 주자 얼굴은 보이지 않았고 양복만 어른거렸다. 깜부기 같은 교장선생의 검은 양복이 허수아비처럼 보였다. 할머니한테 배운 허수아비 노랫말이 생각났다. "앞논에선 허수아비 참새 쫓는 허수아비 / 하루 죙일 팔을 벌려 위여위여 위여위여 / 니도 한상 채리주마 우리 논에 앉지 마라 / 말 몬하는 허수아비 바람결에 너울대며 / 목 터져라 위여위여……"

 갑자기 학생들이, 와 하며 함성을 질러 소년은 상념에서 깨어났다. 할머니가 고추를 조몰락거릴 때처럼 얼굴이 달아올라 주위를 살폈다. 벌어진 입들만 보였고 함성은 쉬 그치지 않았다. 내일부터 학교는 문을 닫을 것이며, 방학 동안 숙제는 없다고 교장선생이 말했던 것이다. 한참 뒤, 학생들의 탄성과 동동거리던 발길이 멈추었다.

 "가을이모 공부를 할 수 있을지, 학교 문을 그때꺼정 못 열지 모를 일이여. 다행히 이학기를 제때 시작하게 되면 등교 날짜는 마을마다 따로 연락하겠어." 교장선생은 안경을 벗어 손수건으로 눈자위를 닦았다. 그동안 몸 성히 잘 지내라는 말을 할 때는 울먹이기까지 했다. 소년은 코끝이 찡해와 교장선생을 더 바라볼 수 없었다.

 소년은 엄마를 생각했다. "몸 성히 잘 있거라. 엄마는 너와 떨어져 있어도 자나깨나 네 생각만 해." 네 해 전이었다. "어디 있든 간에 종종 편지하마. 널 남겨두고 가게 되었으니 마음이 놓인다. 종렬아, 둥근 달이 뜨면 이 엄마를 생각해. 나는 그 달을 보며, 네가 편케 있겠거니 하고 생각할 테니." 엄마는 무슨 말인가 더 하려다 울먹였다.

"……그라모 잘 가여. 여러 학생들을 언제쯤 보게 될란지." 교장 선생 끝말에 소년은 얼굴을 들었다. 뙤약볕 속에서 갑작스런 소식을 전하느라 기진해서 교장선생이 조회대를 내려갔다.

□ 인민군이 파죽지세로 밀고 내려와 선산 땅을 해방시키고, 일주일 뒤였다.

"이제 미 제국주의 앞잡이 남조선 괴뢰정권이 쓰러지고 새 나라가 되었습니다. 아무리 방학이라지만 우리가 결정한 방학이 아닙니다. 영감님, 그러니 종렬이를 학교에 보내주셔야겠어요." 담임선생이 말했다.

할아버지는 입을 다문 채 대답이 없었다.

"종렬이 아버지 한서동무는 이제 인민의 영웅이 됐어요. 그런 한서동무를 봐서라도 종렬이를 학교에 보내야지요. 공부는 오전 서늘할 때만 하고 귀가시킵니다."

"아무리 우리 한서를 받든다지만 그 이바구는 입에 담지 말아여." 옥님이 아범이 해다 놓은 봉당 인전초 더미에 눈을 주던 할아버지가 담임선생을 쏘아보았다. "이 불볕 더부에 아이들한테 멀 가르치겠다는 거여?"

"썩어빠진 자본주의 교육에 세뇌된 남조선 학생들에게 새 교육을 시작하려는 겁니다. 북조선 학생들이 남조선 학생들을 위해 쓰던 책을 보내줬어요. 썩은 물은 퍼내고 깨끗한 새 물로 갈아줘야 하지 않겠습니까."

담임선생이 쥘부채를 펴 먼지와 땀에 찌든 얼굴에 바람을 날렸다. 소년은 담임선생 옆에 놓인 고물 가죽가방을 보았다. 소년은 담임선생까지 북조선 편드는 분인 줄 7월 8일 조기 방학 실시를 알린 마지막 조회가 있던 날까지도 상상하지 못했다. 날씨가 이래 무더븐데 그 먼 길을 어떻게 다니니껴. 소년은 담임선생에게 말하고 싶었으나 혀가 잘 놀지 않았다. 삼학년 때였다. 담임선생이 아버지를 들먹이며 말했다. "종렬이 앞으로 나와. 아직도 구구셈을 못 외다니. 넌 왜 공부 시간에 멍하니 딴전만 펴. 아버지가 네 공부하는 꼴을 봤다면 얼마나 실망이 크겠어. 도대체 무슨 생각을 해? 손 내밀어. 오늘은 따끔하게 맞아야겠어."

담임선생이 집을 방문하고 간 이튿날이었다. 학교 운동장에서 인민재판이 열렸다.

인민군이 선산 땅을 해방시킨 뒤 숨어 있던 좌익 패거리가 제 세상을 만났다. 학생들이 모두 등교해 있었으나 소년은 애들 가운데 섞이지 않고 따로 어른들 사이에 섞여 인민재판을 구경했다.

"쥑여! 썩은 반동 교육자는 처단해. 아비도 악덕 고리대금업자여. 성은 서울 사는데 애국지사 잡는 남조선 개(경찰)고." 단상 앞에 앉은 장정 중 하나가 외쳤다.

"그러면 다수 결정을 받들어 인민의 이름으로 판결 내리겠소." 조회대에 선 붉은 완장 찬 분주소장이 말했다.

소년은 단상 아래 섰다 뒤로 물러섰다. 머리에 수건 싸맨 장정이 조회대 앞으로 나섰다. 몽둥이를 든 장정이 조회대를 힐끔 보았다. 분주소장이 고갯짓을 하자, 장정이 몽둥이로 무릎 꿇은 교장선생 어깻죽지를 내리쳤다. 교장선생이 힘없이 쓰러졌다. 조회대 주위가 살기로 숨이 막힐 지경이었다. 장정들이 오라에 묶인 네 사람 앞으로 나섰다. 여러 몽둥이가 그들을 향해 달려들었다. 비명과 신음이 낭자했다. 지서 순경 아내도 꼬꾸라졌다. 오라에 묶인 넷을 몽둥이로 쳤다. 계집애가 달려나와 순경 처 위에 엎어지며 울음을 터뜨렸다. 소년은 그 광경을 더 볼 수 없어 사람들 사이에서 빠져나왔다.

"교장은 여태꺼정 잘 숨었는데 어짜다 들켰어여?" "누가 찔러바쳤겠제." "언청이 소사늠 짓이래여." 둘러섰던 늙은이 셋이 낮은 소리로 말했다. 국기 게양대에는 인공기가 늘어져 있었다. 8월의 폭염이 따가웠다.

"인민의 적이 어떤 꼴로 최후를 마치는가 여러분 똑똑히 봤지요." 분주소장이 조회대에 세워둔 인민재판 푯말을 들고 말했다.

함성이 터졌다. 모여 섰던 사람들이 길을 터주자 장정 둘이 허리 뒤로 묶은 오라에 넷을 연결하더니, 교장선생부터 끌어냈다. 소년은 사람들 틈 사이로 흙먼지를 덮어쓴 교장선생을 보았다. 머리가 터져 피가 흘렀다. 다시 조회대에 선 교장선생을 볼 수 없을 것이다.

"학생들은 이쪽으로 모여요. 노래 연습이 아직 끝나지 않았어요." 갈래머리 여선생이 버드나무 그늘에서 소리쳤다.

사내애들과 계집애들이 그쪽으로 달려갔다. 소년은 가지 않고 어른들 사이에 숨었다.

"삼천리 아름다운 내 조국……" 여선생이 손뼉 치며 노래를 선창했다. 애들이 노래를 따라 불렀다. 노랫소리가 시원치 않았다. "내 조국의 조자부터 힘껏 불러요."

애들이 그 소절을 합창하는데 목소리가 힘차지 못했다. 태반이 아침 끼니조차 못 먹고 나왔다. 아이들 눈길이 교문으로 쏠렸다. 반동분자 넷이 끌려가는 참이었다.

"시키는 대로 따라 부르면 되는데 왜들 이래요. 그렇게 기운이 없어요? 노래 연습만 끝나면 집으로 가도 돼요."

여선생은 집으로 돌려보내줄는지 모르지만, 다른 선생이 돌려보내주지 않을 터였다. 위문편지를 쓰게 할 테지. 아니면 폭격으로 무너진 다리를 고치는 데 노력봉사를 시킬 거야. 소년은 구경꾼 사이에 섞여 교문을 나섰다.

2

"열아, 인자부터 방학이여." 옆에 선 반 애가 말했다.

소년은 정신을 차렸다. 교장선생이 어깨를 늘어뜨리고 교장실로 걷고 있었다. 소년은 조회대 주위에 늘어선 선생들 속에 담임선생이 없음을 알았다. 담임선생만 아니라 다른 선생 서너 분도 보이지 않았다. 소년은 이태 전 지서로 잡혀간 남자 선생 둘과 종적을 감춘 여선생 얼굴이 떠올랐다. 그때는 가을이었다. "몰랐어. 증말 갈래머리 땋은 여선상이 그런 짓 할 줄이사." "구미역에서 새북차 타는 걸 누가 봤데여." "서울깍쟁이니 공산군 맞으러 갔겠제." 풍금 잘 치던 여선생이었다.

"죙렬아, 퍼뜩 가자." 강정 마을에 사는 반 애가 말했다.

소년은 책보를 허리에 둘렀다. "종렬이 넌 따로 남아 구구셈 팔단 구단 외우고 집에 가. 갈 땐 꼭 교무실에 들렀다 가야 돼." 삼학년 적, 담임선생 목소리가 귀에 쟁쟁했다. 환청에 놀란 소년이 교실 뒷문으로 서둘러 빠지려다 책상 모서리에 부딪혔다. 옆구리의 아픔을 겨우 참고 복도로 나왔다.

운동장으로 몰려나온 아이들이 교문 쪽으로 줄을 이었다. 소년도 그 속에 끼었다.

"잘 가여." "피난 갈 때 신작로서 만날지 몰라." "우리는 피난 안 간데여." "가실에나 만나여." 아이들이 외쳤다. 애들은 손을 흔들며 헤어졌다.

소년은 교문을 나서며 학교를 돌아보았다. 운동장 건너, 수양버들과 단층 목조건물이 뙤약볕에 녹아내렸다. 기와지붕만 유독 아지랑이가 가물거려 기왓장들이 콩깍지처럼 튀었다. 국기게양대에 늘어진 태극기가 눈에 띄었다. 조회 때마다 부르던 애국가를 태극기는 한동안 들을 수 없을 것이다. 그때, 누군가가 태극기를 내리고 있었다. 언청이 사환애였다. 이젠 정말 학교에 안 나와도 될까. 소년은 학교 다니기를 싫어했지만 떫은 마음으로 가만히 중얼거렸다.

"인자 학교 안 나와도 되이까 식놀이 하며 질탕 놀아여." "외밭하고 수박밭도 뒤지고. 선생들도 좋겠다, 공부 안 갈쳐도 되이까." 아이들이 말하더니 까르르 웃었다. 교문 옆 아름드리 느릅나무에 앉았던 참새 떼가 웃음에 놀라 하늘로 날아갔다. 그 모양이 그저께 학교 운동장에 해딱해딱 떨어지던 삐라 같았다. 점심시간이라 아이들이 삐라를 서로 많이 줍겠다고 길길이 뛰었다. 소년은 겨우 한 장을 주웠다.

―자유 대한민국 애국국민 여러분! 절대 동요하지 말 것. 국군과 미군이 침략자 공산 괴뢰도당에게 맹공격을 가하며 실지 회복코 북진에 돌입했음.

삐라를 읽었으나 소년은 글 내용이 사실인지 풍인지를 알지 못했다. 하굣길에 삐라를 들고 가자, 국민복에 보릿짚모자 쓴 어른이, 나 좀 보자며 소년의 삐라를 낚아챘다. 어른이 삐라를 읽었다. "거짓말도 잘해여, 한강을 지가 먼첨 건너놓고는." 어른이 삐라로 코를 풀곤 가던 길을 갔다. 소년은 할아버지께 보여줄 삐라를 잃은 채 혼자 걸었다. 반 아이들은 그를 앞질러 먼저 가버린 뒤였다. 학교가 있는 면소에서 강정까지는 십 리 채 못 되는 거리였다. 소년은 상급생 둘, 반 아이 하나, 하급생 하나와 건어물상점 앞을 지나 면사무소를 건너다보며 걸었다.

"종렬이구나, 벌씨러 공부가 끝난 거여? 안죽 오포 불 때도 멀었는데." 서류철을 든 점박이 재종형이었다.

소년이 대답을 못하고 머뭇거리자, 반 아이가 대신 말했다.

"오늘부터 방학이라여. 공산군이 쳐들어온대여."

"이 시국에 공부나 제대로 되겠나. 종렬아, 할아부님은 안죽 자리에 누버 계시여?" 면서기 재종형이 물었다. 소년이 조그만 소리로 예, 하고 대답했다. "큰일이여. 세상이 이런 판국에 안죽 누버 계시다이. 내가 강정에 드가본다 카면서도 바빠서 몬 드가여. 종택 큰할부지한테 안부 전하고. 내가 모레쯤 성님 모시고 걸음한다고 전해여." 재종형이 소년의 어깨를 다독거려주곤, 면사무소로 바삐 들어갔다.

소년은 기다려주던 반 아이와 함께 걸음을 빨리했다. 상급생 둘과 삼학년 계집애는 저만큼 장터거리를 지나고 있었다.

"새벽에 나섰으니 세 마장은 걸었을 게야. 발에 물집이 터져 더 걸을 수 없구만. 내일 오후면 대구에 도착되겠지." 아이들과 나란히 걷던 피난민이 하는 말이었다.

왜 저렇게 생고생하며 집 떠나 피난을 갈까 하고 소년은 생각했다. 저쪽도 같은 나라 사람인데. 어느 쪽이 여기를 차지하든 제 집에서 눌러 살면 될 텐데. 소년은 피난 가는 사람들 마음을 알 수 없었다. "우리는 한 핏줄인 거라. 이렇게 남북이 나누어져 있으면 안 되고 반드시 통일돼야 해. 너들은 잘 모르지만, 서로 간에 조금 피를 보더라도 삼팔선을 허물고 통일부터 시켜야 해." 전쟁 전에 담임선생이 말했다.

다섯 아이들은 상주와 구미를 잇는 국도로 남행했다. 볕이 얼마나 뜨겁든지 자갈길이 후끈 달아 있었다. 바람 한 점 없어 국도변 버드나무 잎사귀는 미동도 하지 않았다. 소년의 고무신 바닥은 땀으로 차서 자꾸만 신발이 벗겨졌다. 모난 자갈이 발바닥을 찔러 맨땅을 골라 딛느라 코앞만 내려다보고 걸었다. 상급생 둘은 지칠 줄 모르고 전쟁 이야기를 했다. 소년과 계집애는 열 걸음쯤 뒤에서 따라갔다. 소년은 목이 말랐고 숨이 가빴다. 혼자 남아 나무 아래 쉬어 갔으면 싶었으나 그럴 수 없었다. 단발머리 계집애가 땀에 젖은 얼굴로 옹골차게 따라붙기도 했지만, 남으로 내려가는 피난민 행렬을 보자 그들보다 뒤처질 수 없어 힘을 냈다.

 피난민은 등짐을 지고 가재도구를 머리에 인 채 길을 걸었다. 또래 애들도 짐을 지고 있었다. 땀에 찬 그들의 무심한 얼굴을 볼 때마다 소년은 그들과 눈이 마주칠까봐 겁났다. 어디로 저렇게들 내려갈까. 저 남쪽으로 가면 살 집도 없을 텐데. 소년은 낯선 곳의 땅을 상상할 수 없었다. 네 해 전이었다. 소년은 어머니와 함께 이 길을 따라 강정으로 갔다. 서울역에서 하루 낮을 꼬박 기차를 타고 구미역에서 내렸다. 해가 서산 너머로 기울었다. 소년은 옷가지와 그림책 담은 소풍가방을 멨다. 엄마는 흰 저고리에 검정 당목치마를 입고 보퉁이를 머리에 이었다. "열아, 우리가 아주 살게 될 곳으로 간단다. 네가 내 등에 업혀 두 번 할아버지 댁에 갔지만 그때는 어려 기억이 안 날 거다. 할아버지 할머니 뵈오면 인사드려야 해. 네가 귀여움 받아야 엄마가 쫓겨나지 않게 돼." 같은 말을 다짐하며 엄마는 코를 훌쩍거렸다. 모자는 이십 리가 늘어진 밤길을 걸었다. 늦봄이라 바람은 부드러웠고 꽃향기가 묻어왔다. 소년은 낮 동안 차창으로 보았던 복숭아밭 배밭을 떠올렸다. 작은 동산마다 복사꽃 배꽃이 튀밥을 뿌린 듯 발갛고 뽀얗게 피어 있었다. 점심을 굶어서 그런지 엄마 걸음이 더 느렸다.

푸른 달빛 아래 먼 마을의 불빛이 별무리 같았다. "무슨 팔자가 이렇게도 드센지" 하며 엄마가 한숨을 쉬었다. "엄마는 할아버지 집에 가기 싫은가봐?" 느린 엄마 걸음을 보다 못해 소년이 말했다. "너랑 날이 새도록 하염없이 걷기만 했으면 좋겠다." 달빛에 젖은 신록의 푸나무가 뿜어내는 내음에 취한 듯 엄마가 말했다. 국도 양편의 모를 내지 않고 물만 대놓은 논에서 개구리가 귀따갑게 울었다. 모자가 삼십여 호 남짓한 낙동강 강변 마을 강정에 다다랐을 때는 밤이 깊었다. "저기 동네 끝머리에 보이는 기와집 있지, 저기가 할아버지 집이야." 민둥한 동산 아래 골기와 지붕이 여러 채 있었고 용마루가 높았다. 모자는 발소리 죽여 마을 고샅길로 들어섰다. 소년은 한 번도 본 적 없는 큰 솟을대문 앞에 섰다. 대문은 닫혔고 간살을 세운 컴컴한 천장에서는 왕거미가 줄을 치며 내려올 것 같았다. 소년은 엄마 치맛자락을 꼭 잡았다. 엄마가 솟을대문 쇠문고리를 잡더니 고리장식으로 대문을 쳤다. 한 번 두 번 세 번, 쉬었다 두드렸다. 소년은 사람이 살지 않는 빈 집이 아닌가 싶었다. 엄마가 사람을 부르지 않고 그렇게 여러 번 대문을 두드리자 안에서 인기척이 났다. "이 밤중에 누구여?" 아낙네가 나왔다. 대문은 빗장이 질러 있지 않았다. 행랑어멈 김서방댁이 대문을 열었다. 그네는 달빛을 등지고 선 소년의 엄마를 한참 보더니 그제야 누군지를 알아보았다. 김서방댁이 안으로 종종걸음 쳤다. 잠시 뒤, 마늘등을 든 김서방댁을 뒤따라 사람들이 몰려나왔다. 모자 앞을 가로막고 둘러선 네 사람은 행랑아범 김서방을 빼곤 여자들이었다. 그들은 아무 말도 하지 않았다. 누군가를 기다리듯 대문 안을 뒤돌아보곤 했다. 정자관을 쓴 수염 기른 노인이 대문 앞으로 나왔다. 두루마기를 입은 노인은 키가 여섯 자는 될 듯 컸다. 소년의 할아버지였다. "내 그때도 말했잖았어. 우리 문중에는 그런 종법이 읎다고. 재작년 댁네가 왔을 때 문회(門會)에서 그렇게 결정 본 일이여. 댁네는 물론이고, 장적(長嫡)이 아닌 자식도 불천지위(不遷之位)를 모신 종택에 한 발짝도 들일 수 읎어여." 엄마가 할아버지 앞 땅바닥에 무릎을 꿇었다. 저고리섶을 들치고 치마말기에서 접은 백지 한 장을 꺼내더니, 엄마가 울먹이며 말했다. "평양에서 지아비가 인편으로 이 서찰을 보내주었습니다. 저 소련 땅 어디로 공부를 떠나니 당분간 종렬이를 데리고 환고향해 있으라는 전갈이기에……" 할아버지가 뒷짐 진 손을 내밀어 엄마가 건네준 서찰을 받았다. "종손이 그렇게 되었다니, 소식만 접해두겠어여. 댁네로서는 섭섭할 테지만 예부터 지켜온 종법(宗法)이 그러하니. 난들 인지상정을 모르는 바 아니나 도리가 읎는 일이여." 할아버지가 헛기침을 하곤 창공에 뜬 만월에 눈을 주었다. "제발 이 길로 돌아가여!" 할아버지가 몸을 돌렸다. "아버님, 아버님…… 저와 손주를 받아주세요." 엄마가 머리를 땅에 조아리고 울음을 터뜨렸다. 이제 할머니가 나섰다. "내 재작년에 귀에 못이 박이도록 말 안했더나. 자네 같은 드난꾼을 종부(宗婦)로 앉힐 수 읎다고. 어쨌든, 가봐여. 지금도 늦지 않았으이 역에 가모 서울 가는 차편이 있을 거여." 할머니 말이 냉담했다. 엄마가 땅에 박았던 머리를 들고 할머니에게 울며 말했다. "올해 열이가 학교에 들어갈 나인데 아직 호적이 없어 다른 애들다 입학하는 학교도 못 넣었습니다. 어머님, 저야 어쨌든 이 손자라도 거두어주세요. 오죽하면 제가 또 이렇게 걸음했겠습니까." 소년은 엄마 치맛자락을 잡고 떨기만 했다. 마을 사람들이 솟을 대문 앞으로 모였다. "어무이, 아무려모 하룻밤이라도 쉬어 가게 하시어여." 맏고모가 할머니에게 말했다. "내가 용쓴들 뭘 해여. 내 자슥 몬 보는 것도 원통한데, 이 사람을 종가에 재울 수는 없어." 할머니가 치맛귀를 싸쥐고 몸을 돌렸다. "니는 와 그렇게 섰어여. 아부님한테 불호령을 들을라고." 할머니가 뒤돌아보며 맏고모에게 말했다. 잠시 뒤, 등을 든 김서방댁을 마지막으로 육중한 대문이 닫혔다. 그동안 엄마는 땅에 이마 붙이고 울기만 했다. "우리 집에라도 좀 재아주고 싶우지마는 종택 어르신한테서 무슨 날벼락이 떨어질란지." 마을 아낙네가 말했다. 마을 사람들은 모자를 버려두고 혀를 차며 돌아갔다. 모자는 훌쩍이기만 했다. 기차에서 주먹밥 한 덩이로 점심 허기를 끈 소년은 배가 고팠다. 치마폭에 얼굴을 묻고 울던 엄마 울음이 더 절절해졌다. 소년도 딸꾹질하며 따라 울었다. 소년이 그렇게 울다 얕은 잠에 들었다. 닫힌 솟을대문이 삐꺽이며 열리는 소리가 났다. 소년이 눈을 뜨니 김서방이 앞에 서 있었다. "보이소여." 김서방이 엄마를 불렀다. 치마폭에 얼굴 묻고 울던 엄마가 얼굴을 들었다. "어르신이 저를 따로 부르시더마는 건너 마실 종모네 집에 두 분 잠자리를 마련해주라 그래여. 어서 일어나이소. 누가 보모 지 입장만 곤란해지니까여." 김서방이 모자를 뒤에 달고 어두운 밤길을 앞장섰다. 낙동강 은빛 물이 눈 아래 굽이치는 둑길을 한참 가자, 십여 호 마을 지붕이 버섯같이 어울려 있었다. 모자는 그곳 종모네 집으로 안내되었다. 이튿날 점심때까지 모자는 작은 골방에 갇혀 지내며 안주인이 들여보내주는 두 끼니 밥만 먹었다. 기우는 햇살이 뒤쪽 봉창을 비출 때쯤, 김서방이 다시 왔다. "데련님만 데불고 오라는 분부가 계셨습니다. 지금 사당에서는 종회가 열리고 있어여." 김서방이 엄마에게 말했다. 소년은 김서방과 함께 왔던 강둑길을 돌아오며, 종모네 집에 홀로 남겨진 엄마를 부르며 목놓아 울었다. 그날로 소년은 엄마를 다시 볼 수 없었다. 사당 정자에는 훈장어른 외에도 옥당목 두루마기에 갓 쓴 노인들이 줄줄이 앉아 있었다. "이 애가 한서 자(子)여?" 훈장 어른이 할아버지를 돌아보며 물었다. 훈장 선생 첫마디에 이어, 가부좌를 틀고 있는 어른들이 수염을 쓸어내리며 한마디씩 했다. "그러고 보니 이목구비가 한서를 빼어낸 듯 닮았어." "한서가 그렇게 정심으로 말했으니 핏줄은 틀림없겠고." "어린 나이에 적실(嫡室)이 그렇게 되고, 한서가 살아 있는 이 마당에 양자를 세울 수는 없는 일 아녀. 우선 쟈를 문중 누구 앞으로든 입적부터 시키도록 해여. 핵교 입학은 시키고 봐야 하니깐." "아이 어미는 불가(不可)로 결정을 봐여. 여비 후히 줘서 자기 살길이나 도모토록 해여." 소년은 이마로 마루창만 겨눌 뿐 어른들 말뜻을 헤아리지 못한 채 떨고만 있었다. 그해, 소년은 할아버지 손에 끌려 면소 초등학교에 다른 애들보다 달반 늦게 입학했다. 이듬해, 그 절기가 돌아왔다. 마을 아이들이 부르는 개구리 노래를 들으니 정말 개구리가 제 목청껏 내지르는 악다구니 같았다. 소년은 자기를 종갓집에 떨구고 어디론가 가버린 엄마를 그리며 그 노래를 배웠다. 오월은 때맞춰 보릿고개가 위통을 죄는 절기였다. "개골개골 보릿고개 개골개골 배고푸다 / 개골개골 니를묵고 개골개골 나를묵고 / 개골개골 서로묵고 개골개골 해골해골 / 어매묵고 자슥묵고 영감묵고 할매묵고 / 해골밭에 개골개골 다죽었다 뚝……"

□ 인민군이 대전을 점령했다는 소문이 파다할 때였다. 마을 사람들이 홰나무 아래 모여 쑥덕거렸다.

"그날 밤에 불러내서 데불고 간 기 마지막이라여. 등거리 바람으로 밥 묵거나 뒷간 갔다 나오다가 잡히갔대여. 수돌이 아부지도 보도연맹에 가입해서 그 변을 치랐지러." "순임이는 우쩨여. 재작년 지 오라비가 입산했을 때 양석 쪼매 날라줬다고 지서로 잡히가서 보도연맹 가입 장부에 손도장 찍고 나왔는 기라." "잡히간 사람들 보고 구뎅이를 파라 카고는, 등 뒤에서 그대로 총질해뿌린 기라. 그러이 지가 판 지 구뎅이에 마 꼬꾸라졌어여." "명부에 올란 사람은 골짝마다 찾아내 모다 면소에 모아서 쥑이뿌렸응께 그 사람들 제삿날이 모두 같은 날이 됐지여."

그런 말을 듣자 소년은 할아버지를 따라 읍내 한약방에 갔던 때가 떠올랐다. 한약방 처마 귀퉁이의 대못걸이에 무엇인가 매달렸기에 살펴보니 말린 지네와 개구리 묶음이었다. 소년은 사람의 해골은 본 적 없었지만 할머니 말을 빌리자면, 땅에 묻힌 사람 시신은 한약방의 말린 지네나 개구리 같다고 했다. 한 무리의 사람들이 땅속에 버썩 말린 지네나 개구리 꼴로 쟁이고 해골로 변했다니. 소년은 어깨를 떨었다. 약재용 개구리 다발 같은 해골밭이 생겼으리라. 조기 방학 실시를 알리던 마지막 조회 때 교장선생이, 전쟁이 홍수보다 무서운 불이라던 말이 생각났다.

3

"와따, 억시기 덥다. 목 깜고 가여." 상급반 아이가 말했다.
"오늘 방학도 했고 공부 빨리 마쳤으이께 목 깜아여." 상급반 다른 아이가 말했다.
 소년은 헤엄을 칠 줄 몰랐기에 겁부터 났다. 사내애들과 계집애는 도랑을 건너 논배미 따라 애기천으로 뛰어갔다. 소년은 버드나무 밑에 서 있었다. 작년 여름, 소년이 낙동강 모래펄에서 모래성 쌓기 놀이를 할 때, 멱 감던 한 애가 갑자기 물속에 잠기더니 다시 물 위로 올라오지 않았다. 처음은 다른 애들도 그짓이 장난이려니 여겼다. 잠시 뒤 물에 잠겼던 애 머리가 다시 물 위로 솟았다. 그 애는 어느새 물 가운데로 들어가 있었다. 소년은 두 팔을 허우적거리는 애를 보았다. 할머니 말을 빌리자면, 하얗게 질린 애는 이미 물귀신이 씌어 있었다. "장수가 물에 빠졌어!" 같이 멱 감던 애들이 물가로 뛰어나와 외쳤다. 아무도 그 애를 구하러 물속으로 들어가지 않았다. 물에 빠진 애 머리가 물속에 잠겼다. 그 애는 다시 물 위로 떠오르지 않았다. "아이고 아이고…… 물에 드가지 마라 캤더마는, 올개는 장수 토정비결에 수액(水厄)이

끼 있다더이, 이래 될 줄 우예 알았겠노." 가마니에 덮인 시신에 엎어져 통곡하던 그 애 엄마가 떠올랐다. 실성기가 있던 장수 엄마가 푸닥거리 굿 끝에 제정신이 돌아온 것은 추석이 가까울 무렵이었다.

"쵱렬아, 니는 와 거게 섰노? 목 안 깜을 끼여?" 반 애가 뒤돌아보고 외쳤다.

"열아, 목 깜으모 시원해여. 퍼뜩 와여. 니 안 오모 나도 목 안 깜아여." 계집애도 소리쳤다. 소년은 그 말에 도랑을 건너뛰었다. 난 목 안 깜아. 모래집이나 지을 테야. 소년은 모래밭으로 들어서자 머리가 어지러워 정신을 차릴 수 없었다. 더위는 더욱 쪘다. 모래땅이 끓는 번철 같았다. 애기천 건너 줄줄이 선 미루나무가 밑둥도 보이지 않은 채 하늘로 타올랐다.

사내애들은 모래밭에 책보와 옷을 팽개치고 물속으로 뛰어들었다. 애기천은 가뭄으로 물이 줄었다. 계집애도 삼베적삼과 몽당치마를 벗더니 알몸이 되었다. 발목을 물에 잠그고 몸에 물을 끼얹었다. 소년은 신발을 신은 채 물속에서 발목만 식혔다. 찬 기운이 종아리를 타고 올라 등줄기의 땀을 식혔다. 계집애는 정강이까지 오는 물 가장자리에서 땅을 짚고 발로 물장구를 쳤다. 바가지 같은 엉덩이가 물속에 잠겼다 떠올랐다 했다. 한 겹 강바람이 스쳤다. 소년은 바람이 불어오는 상류로 눈을 주었다. 백로 몇 마리가 낮게 날았다. 백로는 전쟁이 난 것도 모르는가봐. 소년이 중얼거렸다.

"이기 바로 공산군 모자라 카는 기여." 상급반 애가 상류에서 떠내려 오는 보릿짚모자를 건졌다.

"그기 어데 공산군 모자여." 반 애가 빈정거렸다.

"변장한 공산군 장교여." 상급반 애가 모자를 쓰고 양손을 허리에 걸쳤다.

"아쭈, 정말 같애여." 반 애가 킬킬댔다.

소년은 아버지를 생각했다. 아버지가 변장해서 보릿짚모자를 쓰고 있었다. 얼굴에 피가 묻었다. 보릿짚모자를 쓴 상급생이 송장헤엄을 쳤다. 소년은 상급생이 물속으로 가라앉을 듯싶어 불안했다. "쥉렬아, 물에 드가몬 물귀신이 발목을 꽉 잡아여. 손 귀한 집 아이들한테는 기를 써서 물로 잡아땡기제. 그라몬 아무리 헤엄 잘 쳐도 우짤 수 읎이 물로 딸리드가능 기여. 용왕님이, 그놈이 물에 왔구나, 오늘은 꼭 붙잡아 디리라. 영을 내리모 죽는 기여. 사는 재주가 읎어여." 여름만 들면 할머니가 하는 말이었다. 귀신만큼이나 할머니의 말이 무서웠다. 담임선생이 아무리 귀신이 없다고 말해도 할머니 말이 맞을 거라고 생각했다. 할머니 말은 위엄이 있어 소년을 옴짝달싹 못하게 했다. 소년은 물귀신한테 발목이 잡혀 물로 끌려들어갈까봐 얼른 뛰어나왔다. 허리에 동여맨 책보가 풀어졌다. 소년은 물에 떨어진 책보를 건졌다. 책과 공책을 모래에 늘어놓고 말리며, 소년은 방학이 시작되었으니 책과 공책이 물에 젖은 것쯤은 괜찮으리라 여겼다.

소년은 애들이 먹 감기를 끝낼 동안 물가에 자란 버들여뀌 줄기를 꺾어 물에 띄웠다. 강바닥에 뿌리만 남기고 강물 따라 흘러가는 버들여뀌는 낙동강으로 흘러들어, 언젠가는 바다에 닿을 터였다. 피난민도 길을 따라 걷고 걸으면 땅 끝에 닿아 여뀌풀을 만나리라. "우리는 어쩌다 뿌리내려 살던 곳 떠나 여기까지 오게 되었지." 피난 온 애가 여뀌풀을 건져들고 시든 흰 꽃을 보고 물을 는지 몰랐다. 물에서 배꼽을 내민 계집애가 떠내려오는 여뀌풀 줄기를 건져 모래밭에 던지며 깔깔거리고 웃었다. 버들여뀌를 뿌리째 뽑아 강 아래로 던졌다.

"등신, 이래 뽑으믄 새로 안 생겨나여."

소년은 생각에서 깨어나 계집애가 모래밭에 내던져 널브러진 여뀌풀을 보았다. 뿌리에서 떨어져 나왔으니 시들고 말 것이다. 며칠 전, 국도변 버드나무 아래 죽었는지 자는지 쓰러져 있던 피난민 노인이 떠올랐다. 꾀죄죄한 삼베바지의 장딴지 피고름 발린 상처에는 작은 벌레가 곰실거렸다. 송전 마을은 삼거리목이었다. 남으로 뻗은 국도로 내려가면 경부선의 작은 역 구미에 닿았고, 동북쪽 농로로 오 리쯤 들어가면 낙동강 강변에 강정 마을이 있었다.

삼거리목 정자나무 그늘 아래 한 떼의 피난민이 쉬고 있었다. 돌에 냄비를 걸고 주워온 삭정이로 밥을 끓이는 가족도 있었다. 피난민과 잡담을 나누던 수건 쓴 아낙네가 애들을 보고, "야들아, 좀 봐여" 하고 불렀다. 강정 마실에 사느냐고 물었다. 상급생 애가, 소년을 가리키며 그렇다고 대답했다.

"강정 종가댁 씨손이 뉘여?"

반 애가, "쟘더" 하며 나를 손가락질했다.

"데련님이구먼여. 면소에서 본 듯해여. 이름자가 뭐여?"

"죄, 죙렬이라여."

"갸, 말더듬임더." 상급생 애가 말했다.

아낙네는 일문의 장로로 종회 유사(有司) 일을 맡은 훈장댁 행랑어멈이었다. 아낙네는 훈장어른 심부름으로 강정에 더러 걸음했기에, 소년도 낯선 얼굴이 아니었다.

"데련님, 좀 따라와봐여. 훈장어르신께서 종택에 전할 서찰이 계신 모양이라여. 그래서 내가 핵교서 오는 질목에 데련님 기다린 참이여" 하곤 아낙네가 앞서 걸었다.

"죙렬이 니는 뒤에 온나. 우리 먼첨 가여." 반 애가 말했다. 애들은 정자나무 그늘을 벗어나 뒤도 돌아보지 않고 끓는 뙤약볕 길을 걸어갔다. 소년은 아낙네 뒤를 따라 마을길로 들어섰다. 훈장어른 댁은 할아버지를 따라 서너 번 와본 적이 있었다. 아낙네는 돌담 샛길로 돌아가 솟을대문 안으로 들어갔다. 소년은 멈추어 섰다. 아낙네가, 들어오라고 말했다.

"무는 개 읎어여?"

"데련님도 개는 억시기 겁내는구먼. 훈장어르신 개는 안 물어여."

소년은 좌우를 힐끔거리며 마당으로 들어섰다. 오랫동안 손을 보지 않아 폐기가 된 기와채를 몇 개 돌아 고산루(孤山樓)란 현판이 붙은 별당으로 갔다. 젖이 늘어진 늙은 암캐가 소년을 따르며 냄새를 맡았다.

"어르신, 데련님 데불고 왔어여." 아낙네가 지대 아래에서 말했다.

잃어버린 시간 225

"들여보내여." 학 무늬가 놓인 대발 저쪽의 방 안에서 훈장어른이 말했다.

소년은 댓돌에 신발을 벗고 마루로 올라섰다. 방문을 열어놓고 훈장어른이 서책을 보다 돋보기 너머로 소년을 보았다. 소년은 무릎 꿇고 큰절부터 했다.

"조부님은 안죽 누버 계시여?" 돋보기를 벗으며 훈장어른이 물었다. 탕건 아래 얼굴은 염소같이 말랐으나 흰 수염이 탐스러웠다.

소년은, 예 하고 대답했다. 조모님은 강령하시고 하고 묻는 말에도, 잘 계신다고 대답했다. 훈장어른이 왼쪽 귀를 쫑긋했다. 그쪽이 가는귀였다.

훈장어른은 집안 조항(祖行)으로, 선고께서는 판관 벼슬을 지내, 훈장어른댁이나 송진판관댁으로 부르기도 했다. 조선조 말기까지 은성했던 집안은 그 뒤 종가와 마찬가지로 쇠락의 길을 걸어, 이제 남은 전답은 문전옥답 댓 마지기와 뒤란 밭뙈기 여섯 두락이 모두였다. 훈장어른은 그런 몰락을 난세의 시절 탓으로 돌릴 뿐, 문회 일과 종가 관혼상례에는 정성이 지극했다. 일찍이 공맹에 통달하여 한 시절은 사방 삼십 리 안쪽의 동몽(童蒙)이 줄을 이은 적도 있었고, '영남인재반재선산(嶺南人材半在善山)'이란 고장 자랑 말도 있듯이, 군내 많은 인재 배출의 요람이었던 읍내 교동 향교의 서사 일도 서너 해 보았다.

"환가 운가 하며 서양 천학(淺學)의 주의주장이 혹세무민을 일삼더니 기어이 인륜을 배반해 동족흉살을 일삼아여. 이러한 난세에 사당이며 종가라고 어데 무고할 수가 있겠느냐." 훈장어른이 혼잣말로 자탄했다. "아직 물정에 어두운 자네를 두고 내 무슨 강론이 필요해여." 훈장어른이 한숨을 내쉬곤 문갑을 열어 한지 봉투를 꺼냈다. 종택에 전할 서찰이니 잘 챙기라는 훈장어른 말을 좇아 소년은 건네주는 봉투를 책 사이에 끼웠다. 책은 아직 덜 말라 눅눅했다. 소년은 책보를 싸 허리에 동였다.

물러가라는 훈장어른 말에 소년은 일어섰다. 훈장어른도 일어났다. 작은 체구라 등등거리에 걸친 풀 먹인 모시옷이 갑주같이 어깨를 살렸다.

"참이라도 먹여 보내여." 훈장어른이 마루에 서서 말했다.

지대 아래 섰던 아낙네가, 마님이 시원한 콩국을 만든다고 말했다. 소년은 신발을 신고 훈장어른에게 절을 했다. 소년은 안채가 아닌 대문 쪽으로 걸었다. 데련님, 어데 가느냐고 아낙네가 물었다.

"마 가보, 볼라꼬여." 소년이 얼굴을 붉히며 말했다.

"콩국 묵고 좀 쉬었다 안 가시고."

"하, 할무이가 기다립니더." 소년은 개가 무서워 바삐 걸었다.

"죙렬아, 내 좀 보고 가여!" 안채 쪽에서 훈장마님 말이 들렸다.

소년은 뒤도 돌아보지 않고 대문을 나섰다. 내가 왜 훈장어른 댁에서 콩국 먹어. 결국 엄마를 쫓아버리고선. 소년은 휑하니 한길을 내달았다. 양철갑에 든 연필이 달랑대는 소리가 났다. 네 해 전, 자기만 강정 땅에 남게 하고 엄마를 쫓아버린 종회만 생각하면 문중 어른들 두루마기 자락조차 보기 싫었다.

송전에서 강정까지는 오 리 길이었다. 소년은 길가에서 대나무

막대를 주워 막대 끝으로 땅바닥을 밀고 갔다. 땅에 박힌 돌이나 굵은 자갈을 피해 막대를 밀고 가면 재미났다. 백 보 걸을 때까지 한 번도 돌멩이에 걸리지 않으리라. 그러나 열 보도 못 가서 걸려, 하나부터 숫자를 새로 세었다. 소년이 등하굣길에 늘 하는 놀이였다.

소년은 강정에 도착할 때까지 포소리나 총소리는 못 들었지만 쨍한 하늘을 가르며 날아가는 비행기 편대는 볼 수 있었다. 비행기는 스무 대가 넘었다. "중국으 장자라는 이가 쓴 책을 보모 맨 먼첨 붕이라는 새 이바구가 나와여. 머리에서 꼬랑지까지 몇천 리가 되는 곤이라는 물괴기가 변해서 붕이 됐다 그래여. 그런데 붕이라는 새는 그 몸뚱이가 또 몇천 리나 되는지 날개를 활짝 펴서 날아오르모 하늘마저 검은 구름에 덮인 거맨쿠로 보인다 그래여. 바람이 불어 바다에 물결이 센 철이 되모 붕이라는 새는 그 큰 날개를 펴서 저 남명이라는 남쪽 땅을 향해 날아가여." 소년은 할아버지가 들려주던 이야기 속의 붕이란 큰 새는 상상으로도 그려지지 않았다. 그러나 붕이란 그 새가 날 때도 저 비행기만큼 귀청 떨어지는 소리는 내지 못할 거라는 생각이 들었다. 소년은 두 귀를 손가락으로 막고 눈을 감았다.

소년이 땀에 젖어 마을 어귀를 들어서니 타작마당 홰나무 아래에 마을 사람들이 모여 있었다. 어른 아이 합쳐 열댓 명도 넘을 듯했다. 어느 집에선가 피난 떠날 채비를 하고 있었다. 우리 마을도 피난 가는 집이 생겼구나, 하고 소년은 생각했다. 황소에 달구지 달았고, 달구지에 잡동사니 가재도구가 실려 있었다. 반달이

농짝과 이불, 장독 몇 개까지 얹혔다. 큰 기명통에 무언인가 담아서 이고 오던 아낙네는 소년의 종숙아주머니였다.

"어차피 떠날 낀데 서두르는 기 나아여. 종식이 봐서라도 이장댁은 피난 가야 돼. 북쪽 군대가 닥치모 가만 놔두겠나." 마을 사람 말이었다.

"우리 같은 농투성이사 어느 밥 묵어도 마찬가지요. 죽을 때꺼정 쌀밥 한 가마 몬 묵고 죽을 낀데. 어데서 당하든 팔자소관 아닌가여." 다른 사람 말이었다.

"그런 말 하모 점찍히여." 옆에 섰던 농군이 말했다. 삼식이 아버지였다.

"쬥식이가 마실 청년단장 일 보다가 군대에 드갔지러. 명보 어른은 해방되고부텀 쭉 이장일 봤으이께 밤만 되모 잠을 제대로 못 잔대여." 아낙네가 삼식이 아버지 말을 받았다.

"쬥렬이 인자 학교 갔다 오구나." 아주머니가 머리에 인 부엌용기가 든 기명통을 내리며 소년을 보았다.

"종구성도 피, 피난 가는 거여?" 소년이 물었다.

겨울철이면 연을 만들어주고 면소 장에 갔다 오는 길이면 구슬도 사다주던 형이었다. 자기 집도 피난을 간다면 종구형 식구와 같이 떠나고 싶었다. "읍내장에 가이까 말시마이(서커스) 떼가 들왔어. 몸에 착 달라붙은 옷을 입은 처자가 그네를 기가 차게 잘 타데여. 잘생긴 머스마는 입에서 불을 내뿜고, 동테 한 개뿐인 자정거를 을매나 잘 타던지." 종구형은 소년에게 면소 장터에서 보고 온 이야기를 들려주었다.

"우리 식구는 대구로 가여. 숙모네 집에 짐을 풀라꼬. 죙렬이니 우리 읎어도 할부지 할무이 말 잘 들어." 아주머니의 눈가가 젖어 있었다.

구경꾼들 사이에는 조카애를 업은 순님이도 섞였다. 재작년, 면내 지서에서 닷새간 있다 나온 뒤 벙어리가 된 듯 말을 잃어 실성기 있는 구첨지 딸이었다. 순님이가 소년에게 무심한 눈길을 주었으나 달리 말이 없었다.

ㅁ"다른 시상이 됐으이 무슨 날벼락 당할는지. 만세 불러야 안 해여? 이래 축구등신맨쿠로 서 있을 기 아닌 기여" 하고 아낙네가 학질 앓듯 떨며 말했다.

하늘에는 구름이 두꺼웠다. 비라도 몰고 오려는지 바람기가 축축했다. 바람 탄 홰나무 잎들이 바람 소리를 냈다.

"왜놈들 물러갈 때도 아인데 무신 말로 만세를 불러여?" 다른 아낙네가 물었다.

"그냥 만세만 해여." 중늙은이가 말했다.

"만세, 만세, 만세……" 세 사람이 손을 번쩍 들었다 내려놓으며 선창을 했다.

타작마당에 나와 있던 사람들이 그제야 만세를 따라 불렀다. 애들도 덩달아 손을 들며 만세, 만세 했다. 소년은 잠자코 있었다. 누군가 남자 목청이 만세란 말 사이에 '조선민주주으 인밍공화국'이란 말을 끼워넣었다. 모두 그 말을 따라 외쳤다. 서울을 사흘 만에 점령하고, 7월 23일에 전라도 남녘 땅 광주를, 사흘 뒤

남원을, 계속 동으로 옥죄어 이튿날 하동을, 7월 막바지에는 전주까지 무너뜨린 인민군이지만 유독 중부전선만은 지지부진했다. 대구 사수를 목표로 국군과 미군의 저항이 완강했던 것이다. 저들이 안동과 점촌을 민 것이 8월에 들어서였다. 소년은 8월 1일에야 온 산천을 무너뜨릴 듯한 포소리와과 뙤약볕 무더위를 찢는 총소리를 들었다. 온 식구가 사당 옆 대숲 끝에 판 토굴에 숨어 뜬눈으로 밤을 새우고 났을 때, 염탐 나갔던 김서방이 상주도 공산군 수중에 들어갔다는 소문을 듣고 왔다. 그때까지 아버지 소식은 없었다.

"기다리지 말아어. 제 편 사람도 목숨 부지가 어려분데 한서가 오기는 힘들 꺼여." 토굴 삿자리에 누워 할아버지가 헛소리같이 말했다.

이틀 뒤 오늘, 소년은 인민군 모습을 처음 보았다. 모두 셋이었다. 한 명은 누런 군복에 따발총을 멨고 둘은 붉은 완장 차고 보릿짚모자 쓴 농군 복장이었다.

"남자동무 날 따라오시오." 인민군 복장한 자가 마을 사람 중 한 남자를 지목했다. 만세 소리에 '조선민주주으 인밍공화국'이란 말을 처음 썼던 삼식이 아버지였다.

"동무를 리당 부책으로 임명하겠소." 인민군 복장한 자가 말했다.

"나, 나는 언문도 겨우 아는 처지여." 삼식이 아버지가 말을 더듬었다.

"명령이니 따라오시오." 인민군 복장한 자가 홰나무 앞을 떠났다. 완장 찬 두 농군이 뒤를 따랐다. 삼식이 아버지가 마을 사람들 눈치를 살피더니 저들 꽁무니에 붙었다. 저들은 누구에게 묻지도 않고 마을에서 가장 큰 집인 종가로 올라갔다. 만세를 부르던 마을 사람들이 무춤해져 들었던 손을 그대로 든 채 서 있었다. 더러는 손을 반쯤 내리고 있기도 했다. 몇 남자가 저들 뒤를 따랐다.

"종갓집 데련님은 해방되고 이북으로 넘어갔대여. 높은 사람이니더." 종가로 오르던 누군가가 옆 사람들에게 말했다.

"한서 데련님은 은제 와여?" 누군가 묻자, "아들 보고 싶어 빨리 오겠제" 했다.

소년은 한 번도 본 적 없는 아버지 만나기가 두려웠다. 엄마는 아버지를 빨리 만나고 싶을 터였다. 아버지는 전쟁이 끝나면 여기로 올까? 소년은 스스로에게 물었다. 멀리서 포소리와 달그락대는 총소리가 여리게 울려왔다.

4

소년이 집으로 걷자, 재종아저씨가 수건으로 땀을 닦으며 고샅길로 내려왔다.

"죙렬이군. 나 할배한테 인사 디리고 오는 참이여." 아저씨는 무슨 생각에선지 소년을 안아 들었다. 아저씨가 거친 턱을 소년의 뺨에 붙였다. 뺨과 아저씨 손이 끼인 겨드랑이가 쓰렸다. "니는 종손이여. 그렁께 누구보담 몸 성케 잘 커야 해여."

 소년은 아저씨 말을 듣자 할아버지와 할머니 말이 생각났다. "종손은 그래서 안 되여. 꿋꿋하고, 신중하고, 예으범절이 일문으 귀감이 돼야 해여. 뿌리 읎는 남구가 읎듯, 종손 읎는 집안은 읎어여. 나라가 망해도 종갓집은 남아. 왜늠들이 신사 짓는다고 그 발광 떨 때도 저 사당만은 허물지를 못했어여."

 아저씨가 타작마당으로 떠나자, 소년은 녹초가 되어 솟을대문으로 들어섰다. 훈장어른 서찰을 할아버지께 전하려 사랑채로 돌아갔다. 댓돌 아래 검정 고무신이 있었다. 사랑 댓돌에는 언제나 할아버지 흰 고무신만 놓여 있었기에 손님이 왔음을 알았다. 구두나 농구화가 아닌, 흙투성이 검정 고무신이었다. 지서장의 빤질빤질한 구두가 댓돌에 놓인 적이 있었다. 전쟁이 나고 열흘쯤 뒤, 지서장이 강정으로 들어와 할아버지께 하던 말을 소년이 엿들었다. "유사시 후방 봉기를 획책할 목적 아래 지하망 구축을 하러 선발대로 내려올 가능성이 커여. 만약 어르신이 그런 일을 숨 칸다모 집안이 고초깨나 당할 줄 아셔야 해여. 요즘으 급박한 시국을 어르신도 잘 아실 거 아니껴. 강정에도 자치대며 청년단이 조직되어 있어 보고가 들어올 테지만, 각별히 당부해두는 말이니 그리 아시도록." 지서장 내방 외에도 이따금 순경이 마을에 오면 소년네 집에 들러다 갔다. 소년의 아버지 때문이었다.

 소년은 배가 고프고, 목이 말랐다. 손님이 간 뒤 할아버지께 서찰을 전해주러 안채로 들어갔다. 마지못한 걸음으로 중문을 넘어서니, 할머니가 안채 대청 그늘에 앉아 청태콩을 까고 있었다. 느린 가락으로 청승맞게 '회심곡(回心曲)'을 읊었다. "……다섯이로다 오월 하늘 / 짝을 잃고 가는 기러기 / 우리 자슥 소식 있나 / 전해줄라나 전해줄라나 / 여섯이로다 육계 같은 / 그 자식을 고이 길라서 / 중학 대학 다 보내서 / 희망을 볼라나 희망을 볼라나 / 일곱이로다 일곱이로다 / 묵은 고목남구에 새가 앉아서……"

중문 앞에서 한참 기다려도 할머니 노래가 그치지 않아 마당에 들어섰다. 할무이, 내일부터 방학이라 핵교에 안 가도 되여. 소년이 그 말을 하려 침을 삼켰으나 혀가 잘 놀지 않았다. 발소리 죽여 부엌으로 들어가 동이물을 바가지로 퍼마셨다. 소년은 할머니와 눈을 마주칠까봐 살그머니 봉당을 질러갔다. 할머니가 소년을 보았다.

"죙렬이, 아무 탈 읎이 돌아왔어여. 배 많이 고팠지러." 머리칼이 하얗고 앞니가 두 개 빠졌지만 할머니 목소리는 늘 쟁쟁했다.

"오, 오늘은 공부 중간에 끝났고, 바, 방학했어여."

"인자 방학했다 카이 할매 걱정도 하나 덜었어."

할머니는 왜 벌써 방학을 했느냐고 묻지 않았고, 손을 털며 마루에서 축담으로 내려섰다. 키가 작고 몸이 여위어 행동거지가 날랜 할머니는 집안에서 누구도 감히 맞설 수 없는 종부였으나 소년에게만 정이 깊었다. 할머니는 허리에 동인 소년의 책보를 풀어주었다.

"땀으로 녹초가 됐어여." 할머니는 소년 이마와 콧등에 맺힌 땀을 손바닥으로 닦아주었다. "그래 거다믹이는데도 와 심이 읎어여." 할머니는 늘 하는 말을 되씹곤 부엌으로 들어갔다.

소년은 대청에 걸터앉아 집 안을 둘러보았다. 한낮 무더위 속에 눈에 띄는 모든 게 숨을 죽여 집 안이 괴이쩍었다. 누렁이조차 어디 갔는지 보이지 않았다. 향긋하면서도 씁쓰레한 한약 달이는 냄새가 났다. 어무이, 하고 소년은 어머니를 불렀다. 엄마는 보이지 않았다. 뒤란 채마밭, 사당 뒤 콩밭, 아니면 고산 뒷논, 세 곳 중 어디쯤에 있을 것 같았다. 부엌에서 그릇 달각이는 소리가 났다.

"우리 종손 죙렬이 장개가서 첫아들 볼 때꺼정 내가 꿈쩍여야 할 낀데." 할머니가 부엌에서 혼잣말을 했다.

대청의 괘종시계가, 탱 하며 한시를 쳤다. 잠시 뒤, 할머니가 밥상 차려 부엌에서 나왔다. 할머니는 앞니 빠진 컴컴한 입 안을 보이게 호물짝 웃었다. 소년은 어느 날 밤 할머니가 들려준 이야기가 생각나서 머리털이 쭈뼛 섰다. "……질 가던 나그네가 그만 산속에서 길을 잃아뿌리지 않았나. 깜깜한 밤이 돼도 길은 몬 찾고 산속에서 헤매쌓는데, 먼 데서 불이 빤한 거여. 허겁지겁 가보이까 오두막집이 한 채 있었어여. 새첩게 생긴 색시가 호문차 살아. 나그네가, 길을 잃아뿌서 그러이 하룻밤을 묵게 해달라고 청했어. 색시가, 편케 쉬시다 가시라 카미 나그네를 맞아들인 기라. 나그네가, 이런 짚은 산속에 여자가 호문차 살고 있다이 이상하다고 짐작하미 방에 앉아 있자니, 색시가 밥상을 채리서 들고 들어오는 기여." 할머니 오목한 입이 우산 끝같이 솟더니 여우 모습으로 둔갑했다. 주름진 눈도 찢어져 영락없는 늙은 여우였다. 지금은 대낮인데도 밤에 잠잘 때처럼 할머니가 무서웠다. 집 안에 할머니 말고 아무도 없었다. 어디로든 도망가고 싶었으나 둔갑한 여우에게 홀려 꼼짝할 수 없었다.

"뭘 그렇게 넋 놓고 바라바여. 어서 묵기나 해여."

소년은 할머니 말에 홀연히 깨어나 밥상에 눈을 주었다. 대청에 밥상을 내려놓는 할머니의 손에는 털도, 뾰족한 손톱도 없었다. 보리 알갱이가 섞인 밥에 완두콩이 박혔다. 열무김치에 호박잎 넣은 된장국, 할아버지 상에만 오르는 간갈치구이도 있었다. 마을에서 점심밥 먹는 집이 흔치 않았다. 기울어진 종갓집이긴 했으나 소년네 집은 점심 끼니를 거르지 않았다.

할머니는 청태콩을 까며 소년의 수저질을 보고 있었다. 소년은 할머니의 눈초리를 느끼며 숟가락 세워 완두콩을 한쪽으로 밀치며 밥을 먹었다. 밥 한 숟가락, 국 한 숟가락, 열다섯 번만 먹고 그만둬야지. 아니, 열 숟가락만 먹어야지. 마을로 들어설 때는 배가 고팠으나 밥과 국을 번갈아 입에 떠넣자 음식이 흙반죽 같았다.

"긴긴 해에 저래 묵어서야 우째 심을 쓰겠어여. 니 밥 묵는 거 보이까 할매 목에 까시라도 걸린 드키 애간장이 타여." 할머니가 혀를 찼다.

소년은 할머니 말을 듣자 초여름 어느 날 엄마가 했던 말이 생각났다. "네 아버지가 일본놈 형사한테 붙잡혀갔을 때, 내 배가 앞산만큼 불렀다. 재판 중에 너를 낳았지. 그때 애간장 태운 사연은 아무도 몰라. 너를 문간방에서 낳자 목에 가시라도 걸렸는지 미음조차 넘어가지 않더라. 원수놈의 땅덩어리여. 네 외할아버지가 북해도 탄광으로 끌려가고 다섯 해째 소식이 없자, 떡장사로 나를 키운 외할머니도 거리 객사하고 말았잖나. 그때 내 나이 열세 살이었다. 내 팔자도 어찌 이렇게 내림을 타 서방 복이 없는지 몰라." 이제 생각하니 엄마가 말한 장소는 뽕밭이었다.

"하, 할부지 방에 누가 왔어여?"

"검수골 옥님이 아범이 약초 한 짐 해가꼬 왔어여. 문안 인사 디리는 모양이라."

지난 늦봄, 농지개혁이 있기 전까지 옥님이네는 검수골 소년네 집안 논밭을 부치던 작인이었다. 옥님이 아범은 농지개혁 덕분에 검수골 종택어른 천수답을 물려받아 작인 신세를 면한 뒤로도 예전 상하 관계대로 절기마다 소출을 지게에 지고 왔다. 심지어 덫을 놓아 잡은 오소리까지 선물하기도 했다.

행랑채 봉당에는 황달에 좋다는 인전초가 수북이 쌓여 있었다. 할머니가 봉당에 눈을 주며, 갖은 약을 써도 소용이 읎다고 구시렁대며 치마를 털고 일어났다.

"이 까마구 정신 봐여. 내가 숭늉 안 가주고 왔더나?" 할머니가 부엌으로 들어갔다.

소년은 할머니 뒷모습을 보았다. 남색 치마 안에 꼬리를 감추고 있는지 어쩐지 알 수 없었다. "······나그네가 채리준 밥을 맛있게 묵고 방 안에 누버 있자니 아무리 생각해도 산속에 사는 색시가 이상한 기여. 그런데 바깥에서 쓱싹쓱싹하는 소리가 들리여. 나그네가 문구녕으로 바깥을 내다보이까, 색시가 숫돌에다 식칼을 갈고 있는데, 칼 가는 색시 얼굴이 불야시같이 매섭게 생겼어. 치마 뒤에는 털이 보송한 야시 꼬랑지가 나와 있는 기라······" 소년은 그 연상에 숨이 가빠져 얼른 책보를 풀었다. 훈장어른 서찰을 들고 중문께로 발소리 죽여 걸었다.

"땀 많이 흘리몬 물을 마시야 되여." 부엌에서 할머니가 숭늉 사발을 들고 나왔다.

"할아부지께 피, 핀지 전해주로 가여. 훈장할부지 핀짐더." 소년은 할머니 손에 잡힐까봐 걸음을 빨리했다. 뒤도 돌아보지 않고 중문을 나섰다.

"사랑에 갔다 안채로 들어와여. 개천에 목 깜으로 내빼모 안 되여. 물구신이 잡아땡기여."

"할부지한테 갔다가 어무이 찾으로 갈 낌더." 소년이 볼멘소리를 질렀다.

"불야시 같은 여편네가 그래도 핏줄이라고……"

엄마나 다른 사람들도, 핏줄이 뭔지 하며 넋두리하곤 했다. 삼년 전인가, 숙모가 먼 길 나들이 끝에 강정에 들렀을 때 말했다. 소년은 공기놀이를 하다 그 말을 엿들었다. "핏줄은 못 속여. 더욱 여게는 종갓집 아인가. 죽어도 핏줄을 이어놓고 죽어야 조선볼 면목이 서지. 한서 그믄이 저것을 핏줄이라고 남겼으이……" 할머니가 숙모 말을 받았다. "글쎄 말이여. 그믄으 신교육이 집안을 망쳤어. 재판 때도 죙열이 어멈이 나온 모양인데 인사가 읎었으니 몰랐어여. 한서가 서울서 여자 하나와 지낸다는 말을 이바구 중에 비쳤어도, 메누리 시집와 손도 몬 두고 죽자 객지서 공부하자이 외로바 금반 출입하미 기생을 사귀는 줄 알았지. 영감님이 종손 체통을 지켜 행실에 조신하라 이르시고, 아아 적부텀 배

238

아온 법도가 그랬으이 벨로 걱정 안했어여. 또 한서가 부끄럼 잘 타는 착한 애 아녀. 클 때도 입 댈 데가 읎었잖았어여. 그런데 사해주라든가 머라든가, 그런 독립군 죄목으로 오 년형을 받았잖아여. 배운 청년들 중에 순진한 청년들이 그 운동에 더 열성이람더. 그래 돼서 서대문감옥소로, 영감님과 면회 가서 저애 어멈을 첨 봤어여. 가늘아(아기)를 안고 면회를 왔대여. 처음은 얼매나 억장이 무너지는지. 면회 마치고 밥집에 가서 꼬치꼬치 물어보이까, 이실직고하데여. 아비는 관방 객사 머슴질하다 일본으로 건너가 소식 읎고, 에미는 장바닥서 반티에 떡장사 하다 죽고, 지는 어린 나이에 한서 하숙집 정지아아로 컸던 모양이라여. 하숙집 주인장이 경성전기회산가 댕겨 글깨나 읽었던지, 애 에미도 그 집 자슥들 어깨너머 언문은 깨쳤던가봐여. 그런 처지에 순진한 한서와 눈이 맞았던지, 덜렁 애를 뺐으이 기가 찰 노릇 아니여. 아무리 새 시상이 도래했다 카지마는 이 집안 핏줄이 어데 보통 핏줄이여. 친가 외가를 따져 조선 바닥에 우리 같은 문벌 집안이 어데 있어여. 더욱이 종갓집 체신에. 그런데 쥥렬이 에미가 찰거머리맨쿠로 붙어 안 떨어지이, 종갓집 대들보 뽑아낼 짓이지 머여. 남사스러버서 어데 대놓고 이바구할 처지도 몬 되고, 근심 덩어리 아닌겨."

소년이 사랑마당을 걸어가자, 열린 사랑 방문의 늘어진 대발을 걷으며 옥님이 아범이 문턱을 넘어 나왔다. 소년이 대추나무 그늘 아래 걸음을 멈추었다. 서쪽 하늘에 여러 덩이 검은 구름이 몰려왔다. 소나기가 한줄기 퍼부을 기세였다. 바람기가 있어 대추나무 잎사귀가 흔들렸다.

"잘 건너가여. 옥님이 아범도 그 말은 풍문에 돌리고, 내 아까 말했듯이 각별하게 말조심해여. 사실 여부가 밝혀질 때꺼정." 침통한 할아버지 말이었다.

"여부 있겠습니꺼. 집식구는 모르는 일입니더. 그 일로 너무 상심하지 마세여. 지도 들은 이바구라 어르신께 전할까 우짤까 망설였어여. 어르신도 지한테 그 이바구 들었다는 말씀은 마시고예. 만약 지서에서 알모 억시기 욕볼 낍니더."

 소년은 할아버지와 옥님이 아범이 전쟁 이야기를 나눈 모양이라 생각했다. 할아버지는 저녁때면 날마다 김서방을 불러 면소나 마을에서 귀동냥하고 온 시국 이야기를 전해 듣고, 문병 온 사람들에게도 전쟁 소문을 경청했다. 그럴 때마다 사랑에서는, "강토가 쑥밭이 되고 마는군" "그렇다면 살아남을 사람이 읎잖아여" 하는 탄성이 터져나왔다.

"어서 옥체 쾌차하셔서서 검수골에도 한분 나들이하셔여."

 옥님이 아범이 신을 신고 사랑을 향해 꾸벅 절을 했다. 대문으로 걷던 옥님이 아범이 소년을 보더니, "핵교는 잘 댕기여?" 했다.

 소년은 머리를 끄덕이며 옥님이 아범의 짚신 신은 맨발을 보았다. 거머리 생각이 났다. 작년 모내기 때, 할아버지와 꺼멍재산 아래 있는 대망리 검수골에 갔다. 온 누리가 연초록으로 푸르던 맑은 날이었다. 소년은 논배미를 따라 뛰는 방아깨비를 쫓았다. "거무리한테 물리겠심더. 논에 드가지 말고 못줄이나 잡아여." 옥님이 아범이 모를 쪄 나르다 말했다. 소년은 논에 들어가기도, 못줄 잡을 마음도 없었다. 그러나 방아깨비를 쫓다 논배미에서 미끄러져 한쪽 발을 뻘에 빠뜨렸다. 품앗이 나왔던 마을 사람들이 논배미에 엉덩방아를 찧는 소년을 보고 껄껄거렸다. "아무리 사람이 읎기로서니 종렬이가 와 못줄 잡어여." 뒷짐을 짚고 논둑에 섰던 할아버지가 말했다. "귀한 집 종손이 못줄 잡으모 논에 풍년 든다 캅디더." 옥님이 아범이 말했다. "그래도 그렇지, 갸가 어데 못줄 제대로 잡겄나." 햇발도 쨍쨍했고 바람도 싱그러운 날이었다. 김서방이 바지게에 가득 새참을 지고 갔으므로 먹거리도 넉넉했다. 품앗이꾼들이 열심히 모를 심으며 「이양요」를 불렀다. "이질논에 모를 숭가 가지벌에 장해로다 / 만첩산중 싸리남구 이슬맞아 호아졌네 / 책상앞에 데련님은 붓대들고 호아졌네 / 새야 새야 뿌궁새야 니어데서 자고왔노 / 수양청청 버들가지 이리흔들 자고왔네 / 능긍시라 채석남구 이슬겉은 저처자야 / 누구간장 녹이자고 저리곱게 생겼는가……"

 대망리 검수골은 꺼멍재산 골짜기에 들어앉은 열댓 가구가 사는 산촌이었다. 복숭아나무와 감나무가 많았고, 다랑이 천수답이 계단을 이루었다. 천수답 건너편은 기암절벽이었다. 절벽 틈에는 반송과 들꽃이 어우러져, 햇살 아래 빛났다. 절벽 아래는 냇물이 흘렀다. 소년은 옥님이와 입술이 붉도록 산딸기를 따먹었다. 물에 가라앉은 돌을 뒤집으며 가재도 잡았다. 가재잡이는 나이 한 살 많은 옥님이가 가르쳐주었다. "돌을 살째기 뒤집으모 가재가 가만있어여. 그때 퍼뜩 덮쳐야제." 옥님이가 말했다. "가, 가재가 집게손으로 무, 물모 우예여? 물어도 안 아파여? 가재 잡아서 머 해여?" "불에 꾸버 묵제. 씹으모 꼬솜해여." 그 말에 소년은 헛구역질을 했다. "죙열아, 와서 국시 묵거라." 소년을 찾는 할아버지 말이 들렸다. 소년은 두 시간 넘게 돌 밑을 뒤져 새끼가재 두 마리를 겨우 잡았고, 옥님이는 열한 마리를 잡았다. 소년은 잡은 새끼가재를 물에 놓아주었다. 옥님이도 하는 수 없다는 듯 소년을 따라 고무신에 넣어둔 가재를 물에 돌려보냈다. 소년은 그날 저녁 옥님이네 집 감나무 아래 평상에서 할아버지와 겸상으로 밥을 먹었다. 마당에는 감꽃이 쌀튀밥같이 깔려 있었다. 씨암탉 백숙에 산나무 반찬으로 소년은 맛난 식사를 했다. 옥님이가 마루에서 제 식구들과 밥을 먹다 훔쳐보아 숟갈질이 다부졌는지 몰랐다. "니는 검수골에서 살아야겠어. 그렇게 밥을 잘 묵는 거 보이." 할아버지가 말했다. 검수골에서 강정까지는 십 리 길이었다. 돌아오는 길에 옥님이 아범이 옥님이와 함께 구들재까지 배웅을 해주었다. "자주 놀러 와여. 다음에는 감꽃 목걸이를 해주꾸마." 옥님이가 재 마루턱에서 말했다. 산 아래 못에서 안개가 피어올랐다. 못물이 희미하게 떠올라 둘째고모 방의 명경 같게 번득였다. "감히 어느 앞이라고 쪼맨헌 가시나가 말을 놓고. 철읎는 것이라 그냥 됐다마는 꼭 미구 같아여." 재 아랫길로 걸음을 떼던 할아버지가 뒤를 돌아보며 혼잣말을 했다. 그 뒤로 소년은 검수골에 가본 적이 없었으나 꺼멍재산 아래 검수골만 그려보면 평화롭던 산골 경치와 산딸기로 곤지를 바른 듯 입술이 붉던 옥님이 모습이 떠올랐다.

옥님이 아범이 대문 옆에 세워둔 빈 지게를 지더니 대문을 나섰다. 문턱을 넘다 옥님이 아범이 걸음을 멈추고 소년을 돌아보았다.

"우리 옥님이가, 데련님 잘 있는지 우짠지 하며……"

"옥님이는 와 하, 학교에 안 보내여?" 소년이 신발코로 흙을 차며 물었다.

"가시나가 공부해서 멀 할라꼬."

소년은 설움 덩이가 목구멍을 막아 몸을 돌렸다. 옥님이 아범은 마을 아랫길로 가고, 소년은 댓돌에 올라섰다. 소년은 대발을 밀치고 방으로 들어갔다. 할아버지가 삼베 깐 요에 앉아 벽에 등을 기대고 있었다. 모시옷 속에 앙상한 어깨가 드러났다. 어깻숨을 쉬던 할아버지가 소년을 보았다. 소년은 서찰을 든 채 넙죽 엎드려 할아버지께 큰절을 했다.

"학교는 잘 댕겨왔어?"

"오늘 바, 방학했습니더. 고, 공산군이 쳐들어온다고여."

그건 성적표인가 하듯 할아버지가 소년이 쥔 서찰에 눈을 주었다.

"이거 훈장 할부지가 갖다드리라 캐서 가주고 왔어여."

할아버지가 피봉을 열고, 붓글씨로 내리쓴 한문 글을 읽었다. 저승꽃이 감물같이 번진 여윈 손이 떨렸다. 할아버지가 서찰을 읽으며 머리를 주억거렸다. 할아버지는 몇 시간 동안 가사 상태로 있다 우황청심환과 사향가루 덕분으로 깨어난 적도 있었다. 집 안팎 나들이마저 중단하고 자리에 눕게 된 게 전쟁 소식이 있기 전 초여름부터였다. 두 달째 자리보전하고 있었다. 대소변도 할머니가 요강으로 받아냈다.

"그래야지. 그래야 하고말고. 난을 피할라모 광에 묻어야지."
할아버지는 서찰 쥔 손을 무릎에 놓으며 중얼거렸다. "그렇게 되었다모 살길이 읎어여. 천운이 아니모 살길이 읎어." 할아버지가 머리를 흔들었다. 불거진 목뼈가 오르내렸다.

"머가 그렇습니껴?"

"열아, 퍼뜩 매학정 할부지 모시고 와여."

소년은 훈장 할아버지 서찰에 중요한 내용이 적혔음을 짐작했다. 사랑을 나와 마을 고샅길로 내려갔다. 타작마당 홰나무 아래 아직도 마을 사람이 모였고 소달구지도 있었다. 마을 들머리로 내려가니 방앗간에서 맏고모가 함지를 이고 나왔다.

"어데 가여?"

"할부지 심부름 가여. 매하, 학정에여." 소년은 명절이나 제사가 아닌데 함지에 뭘 빻아오나 싶었다. "그기 머, 멉니껴?"

"미싯가루여. 난리가 심해져 양석 삼아 묵을라고." 전쟁 통에 맏고모도 근심이 많은지 목소리가 시들했다.

"우리도 피, 피난 가여? 피난 가는 집은 미숫가루를 보, 뽀사서 가여?"

"우리 집은 피난 안 갈 거여. 절대로 안 갈 거여. 그라모 심부름 가봐여."

소년은 마을을 벗어나 강으로 걸었다. 강을 따라 산 하나가 홀로 솟았다. 모양새가 외롭다 해서 예부터 고산(孤山)이라 불렸다. 산마루에는 매학정(梅鶴亭)이 있었다. 작년 가을에 학교가 매학정으로 소풍을 왔다. 매학정은 낙동강의 물굽이와 어울려 경치가 좋기로 근동에 알려져, 읍내 중학교도 자주 소풍을 왔다. 매학정 둔덕 아래에는 매학정을 관리하는, 소년의 조항인 학봉어른 집이 있었다.

　소년은 삼대 겨릅으로 엮은 학봉어른 댁 바자 삽짝으로 들어갔다. 토담 옆을 돌며 모이를 쪼던 닭들이 소년을 보자 장독대 쪽으로 홰를 치며 달아났다. 달구 새끼야, 내 밤똥 안 누게 해도고. 소년은 할머니가 시키는 대로 입속말을 했다. "닭집이나 닭을 보모 그래 빌거라. 그라모 밤똥 안 눈대여." 할머니가 말했다. 밤똥을 누러 뒷간에 가기가 무서웠다. 호박 덩굴이 담장에서 하늘로 꼬리를 쳤다. 학봉어른은 마루 그늘에 앉아 부채로 바람을 날리며 장죽을 빨고 있었다.

　"죙렬이 오나. 무슨 일이여?" 학봉어른이 재떨이에 담배통 꼭지를 떨며 물었다.

　학봉어른은 풍기가 있어 체머리를 떨었다. 학봉어른 댁은 강정 근동 소년의 집안으로는 그중 생활이 어려워 매학정을 관리하며 종답 몇 마지기를 부쳐 먹고 살았다. 젊은 시절에 대처로 나다니며 한량 생활을 한 탓에 반반하던 재산을 날렸다. 조강지처가 서방 바람기에 속병으로 죽자 재취로 들어온 원동댁이 살뜰해 노후 호구는 그렁저렁 버팀하는 처지였다. 소년은 학봉어른에게 절을 했다.

　"할부지가 퍼, 퍼뜩 건너오시라 해여."
　"날이 더버 해거름녘에 올라갈라던 중이여. 무슨 일이 있어?"
　"훈장 할부지 편지 보시더마는 의논 드, 드릴 기 기신 모양이라여."

"문중 들보가 저렇게 숫기가 읎어서야." 혀를 차며 학봉어른이 일어섰다. "니 먼첨 올라가여. 내 뒤따라갈 테이까."

등거리에 고쟁이 바람으로 학봉어른이 안방으로 들어갔다. 다른 식구는 들일 나갔는지 집 안이 조용했다. 소년은 땀을 닦으며 살짝 밖으로 나왔다. 뙤약볕이 단 열기로 정수리를 팠다. 소년은 마을로 걷다 매학정에 올라 바람이나 쐬려 고산 가풀막으로 접어들었다. 아름드리 노송에서 매미가 귀 따갑게 울었다. 소년이 노송 그늘 아랫길로 반쯤 오르자 돌계단이 나섰다. "매학정에 올 때는 항상 마음을 정케 가지고 옷깃을 여며야 해여. 죙렬이 니 시제(時祭) 때 어르신들 몸가짐 봤지러. 대님이며 갓끈도 고쳐 매어 조선님 숭모하는 정성을. 할아부지 말 명심해여." 언젠가 할아버지가 말했다.

소년은 정자 동쪽 댓돌에 앉아 낙동강을 바라보았다. 강물은 뙤약볕 아래 강정 땅에서부터 동남으로 허리 틀며 흘러내렸다. 강 상류와 하류 유역을 살펴도 둑과 강둑 너머 들판뿐 조막산이나 삿갓봉 하나 눈에 띄지 않았다. "자연으 이치가 신비하지 않아여. 천년만년 흘러내린 이 강을 끼고 널린 게 들판인데, 신선들 놀이터인 양 유독 여게만 봉우리 하나가 솟았잖여. 그래서 이 산을 고산이라고 부르는 기여. 마을 관명이사 예기동(禮記洞)이지만 예부터 불려온 강정(江亭)이란 지명도 강기슭에 솟은 고산과 고산으 자랑인 유서 깊은 정자를 뜻함이여." 강 건너, 모래톱 건너, 갈대숲 건너, 둑 넘어, 점점이 모여 앉은 해평 마을 쪽은 구름이 끼었다. 바람막이 해평 숲이 검은 띠 같았다. 그쪽은 번개가 번쩍거려 비가 오는지 몰랐다. 시원하게 불어오는 강바람이 소년의 젖은 땀을 식혀주었다. "매학정에 올라오면 정자 앞에서 손 모으고 절부텀 해야 해여." 소년은 할아버지 말을 좇지 않고 댓돌에 앉아 있었다. 깎아지른 절벽 대신, 할머니가 들려준 이야기가 생각났다. "내사 니 왕고모할무이를 보지 몬했어여. 내가 시집오기 여섯 해 전에 돌아가셨으니깐. 그분은 용모가 빼어나고 화서에 능했다 해여. 저 문경 땅 전주 이씨 참으댁으로 시집갔는데, 그 집안으로 말할 것 같으면 대단한 문벌이여. 운강어르신이라고, 이강년이란 분이 기셨단다. 일찍이 무과에 급제해 선전관이 되셨는데, 조선이 망하려 하자 동학군을 이끌고 왜늠군과 싸우다 붙잡혀 순국하신 으병장이여. 바로 그분 문중에 왕고모할무이가 시집갔어여. 그런데 신랑 되는 분이 이강년 어르신 따라 동학군에 드갔다 제천싸움에서 왜병 총에 맞고 돌아가셨어여. 그러자 자슥 하나 읎이 청상이 되신 왕고모할무이는 여게 친정에 와 계시다 매학정 절벽 아래 몸을 던져 지아비 뒤를 따랐어여. 갸륵한 일편단심이 두고두고 이바구가 되어, 내가 시집왔을 때 시어머님이 들려줬어여." 소년은 댓돌에서 일어나 몇 발 나아가 절벽 아래를 내려다보았다. 까마득한 저 아래, 산 그림자가 강물에 어렸다. 눈앞이 아찔하고 다리가 후들거렸다. 여기서 강으로 뛰어내려 죽다니. 소년은 왕고모할머니의 뜻은 헤아릴 수 없어도 강물로 뛰어내린 용기에는 머리를 내둘렀다. 절벽 앞을 떠났다.

  소년이 매학정 앞으로 오자, 할아버지 말을 좇아 세 번 절을 했

잃어버린 시간 247

다. 매학정은 전면 네 칸, 측면 단칸이었는데 앞쪽에 툇마루가 있었다. 팔작지붕으로 두 칸은 방을 꾸몄고 나머지 두 칸은 마루였다. 소년은 뜰을 지나 맞배지붕 단칸 대문을 나서서 돌계단을 내려갔다. 할아버지 목소리가 뒤쪽 매학정에서 따라왔다. "황씨 성에 기자, 노자 어르신은 이 선산 땅이 낳은 천하명필이여. 젊어선 진사에 합격했으나 나이 드셔서 벼슬을 마다하고 시와 서를 벗 삼아 일생을 보내셨다 그래여. 그분은 어릴 적에 할부지 상전공에게 글씨를 배웠는데 집안이 구차해 종이와 먹을 살 형편이 못 돼 솔잎에 숯가루 묻혀 나뭇잎이나 방구에 글을 썼다 해여. 문중 종답이 있는 검수골은 어르신이 어릴 적에 나뭇잎이나 방구에 숯가루로 글씨를 써서 비만 오모 글씨가 씻겨 검은 숯물이 흘렀대여. 그래서 검수골이라 불러. 그분은 만년에 할부지 상전공이 휴양하시던 고산 마루에 정자 짓고 호를 고산이라 하며 매화를 심고 학을 기르셨대여. 그래서 이 정자를 매학정이라 부르는 거여. 그분은 초서를 잘 써서 이름이 중국 땅에까지 퍼져 왕희지 이래 첫째 간다 하여 초성(草聖)이라는 별칭까지 얻었다 해여. 그분은 아드님을 두지 못해 사위한테 모든 걸 물려주셨는데, 사위 되는 분이 우리 문중 중시조이신 이, 우자이시여. 죙렬이 니도 핵교 책에서 배았지러. 중시조이신 그분이 저 유명한 신사임당 넷째아드님이시요. 율곡 이, 이자 어르신 제씨이시니라. 중시조 어르신은 거문고·바둑·시·서에 두루 뛰어나 사절(四絶)이라 했대여. 중시조 어르신은 장인 어르신과 함께 이 매학정에 은거하시며 고산 별칭인 옥산(玉山)을 호로 삼고 글공부만 하셨어여. 매학정은 그로부터 운세가 기구해 임진왜란 때 불타버렸다가 효종임금 5년에 다시 짓고, 다시 지은 지 이백여 년 뒤 철종임금 13년에 또 불타버려, 다시 지었어여. 만약 또 불에 탄다 캐도 다시 지을 것이여. 그래서 영영세세 우리 문중으 후손과 같이 고산 마루에 우뚝하니 서서 낙동 장강을 굽어볼 것이여."

소년이 마을 어귀로 들어서니, 면소에 나가는 농로 저편에서 양산 쓴 처녀가 걸어왔다. 소년의 막내고모였다. 막내고모는 읍내 나들이하고 오는지 미색 세모시 저고리에 까만 주름치마로 치레했다. 한 손에 물건 가득 담은 왕골 큰 백을 들었다.

"열아, 이거 좀 같이 들자."

양산의 분홍색 얇은 천이 막내고모를 발갛게 물들여 살찐 얼굴이 수박 속 같았다. 소년은 교장선생 말이 생각났다. "조만간 여게까지 공산군이 들이닥칠지 몰라여." 소년은 막내고모 백 손잡이 한쪽을 마주 들었다. 막내고모 몸에서 향긋한 내음이 났다. 작년에 대구에서 고녀를 졸업한 그네는 몸이 부했고 유독 젖이 컸다. 연시같이 익은 뺨을 타고 흐르는 땀이 저고리 동정깃 사이를 거쳐 가슴께로 줄을 이었다. 소년은 막내고모 체취를 긴 숨으로 들이켰다. 소년은 눈을 감고도 집안 식구를 체취만으로 알아맞혔다. 막내고모 몸에서는 국화꽃 향기가, 맏고모는 젖내 섞인 비린내가, 엄마는 쿰쿰한 쉰내가, 할머니는 앓는 이에서 풍기는 썩은 내가, 할아버지 몸에서는 단내 섞인 누린내가 났다. "은옥 아씨는 활짝 핀 모란이여. 복스럽게 살이 쪄 맏며누리감이여. 혼약을 맺은 신랑감이 서울서 공부한다 그래여. 거게서 편지가 자주 와여." 김서방댁과 마을 사람들이 막내고모를 두고 말했다.

"오늘도 우체부 안 왔어여?" 막내고모가 물었다.

"모르겠는데여." 지가 편지 받아뒀어여, 하면 좋겠으나 소년은 우체부를 만나지 않았다.

"우체부도 안 댕길 모양이여. 벌써 일주일 넘이 연락이 끊기뿌리고. 서울은 공산군 천지가 됐다는데. 그쪽 군사로 안 뽑히나갔는가 모르겠어." 막내고모가 혼잣말하며 나직이 한숨을 쉬었다.

소년은 부드러운 숨결이 자기 머리에 모란 꽃잎같이 내려앉는 듯 느꼈다. 소년은 막내고모한테 온 편지를 우체부로부터 여러 번 대신 받아 전했다. 학교 다녀오는 길에 우체부를 만나면, "종가댁 씨손 잘 만냈어여. 이 핀지 한 장 때문에 강정까지 갈 뻔했지러" 하며 우체부가 소년에게 편지를 넘기곤 뒤돌아간 적도 있었다. 솟을대문 앞에서 기왓장 조각을 갈아 만든 공기로 공기놀이를 하다 우체부로부터 편지를 받기도 했다. 편지봉투 글씨는 대개 한문이었으나 보낸 주소 첫 두 자는 언제나 '서울' 하고 한글로 시작되었다. 두 글자만 보면 소년은 서울에서 살던 시절이 아슴푸레 떠올랐다. 남산 뒤쪽, 해방촌 언덕배기 판잣집 문간방에서 엄마와 둘이 살던 때였다. 유년 시절은 앞뒤 순서 없이 한 토막씩 떠올랐다. 아버지를 만난 적은 한 번도 없었다. 엄마는 미군부대에서 나온 헌 옷을 사다 빨고 기워 남대문시장에 내다팔았다. 소년은 해저물녘이면 엄마가 돌아오기를 남산 정자에서 기다리곤 했다. "네 아버지가 처음에는 불쌍한 내 처지를 동정했지. 나한테 글도 가르쳐주고, 호떡 사오면 먹으라고 몰래 주기도 했어.

밤마다 무슨 집회니 독서회에 네 아버지가 뛰어다닐 때였어. 비밀 편진가 그런 걸 남산 정자 아래 기다리던 사람한테 전해주는 심부름도 자주 하게 됐지. 가진 자 못 가진 자 없이 모든 사람이 공평하게 살아야 한다고, 누르는 자 눌리는 자 없이 모두 평등하게 살아야 한다고, 많이 배운 자 적게 배운 자 나누지 않고 사람 대접 받아야 한다고, 그런 말씀도 하셨지." 엄마가 푸념 삼아 말했다. 마을 사람들은 막내고모 신랑감을 두곤 이런 말을 했다. "좋은 집안이라 그래여. 증조부가 함창 현감을 지냈고, 부친은 큰 광산을 한대여. 큰애기씨 시댁에서 중매를 섰으니 이목구비가 오죽 반듯해. 다 끼리끼리 그렇게 맺는 기여. 우리 같은 작인붙이사 어데 감히 넘볼 수 있는 자린가."

"이기 다 머, 머할 끼라여?" 소년이 백 속에 든 물건을 보며 물었다.

"피난이사 가든 우짜든 우리도 준비해야지. 여게도 언제 당할지 모르는데. 옷하고 신발하고 다른 물건을 좀 샀어."

"증말 저, 전쟁이 여게꺼정 미, 밀리온다 그래여?"

"여게는 어데 조선 땅 아녀? 전쟁 통에 읍내장도 난장판이고, 물건 값이 비싸 살 수도 읎어. 장꾼도 피난짐 챙긴다고 정신 읎고……" 막내고모가 한숨을 내쉬었다. 타작마당에 마을 사람이 모여 있자 그들 눈을 피해가려는 듯 샛길로 꺾어들었다.

"종구네가 피난 가, 간데여. 대구로."

"난도 들었어" 하더니 막내고모가 낮은 소리로 말했다. "우리 집은 피난 안 갈 거여. 아부지 어무이가 오빠를 기다릴 테이께.

니 아부지 말이다."

소년은 솟을대문 앞까지 오자 집으로 들어가기 싫어 백 손잡이를 막내고모에게 넘겼다.

"전 콩밭에 가볼 텡께 고모 먼첨 드가여."

"콩밭에는 와?"

"어무이가 거게 있을 거여."

소년은 돌담을 끼고 밋밋한 경사 길을 올랐다. 대밭머리에는 축대를 쌓아 이백여 평 터를 닦았는데, 그 중앙 세벌장대 위에 사당이 있었다. 사당 오른쪽에는 팔각정 정자가 있고, 왼쪽으로는 뒤로 물러앉아 고방이 있었다. 소년은 처마조차 보기 싫은 사당을 곁눈질하곤, 잡목으로 숲이 짙은 에움길로 들어섰다.

지난 늦봄이었다. 그날 초저녁, 소년이 안방 마루 끝에 나앉아 하늘의 수많은 별무리를 보고 있을 때, 대문간이 시끄러웠다. "봐여, 죙열이 엄마가 나타났어여!" 김서방댁의 외침이었다. 사랑에 나가 있던 할머니가 대문간으로 쫓아나갔다. 맏고모, 막내고모도 대문간으로 우르르 몰려갔다. 소년도 너무 놀라 대문께로 달려갔다. 솟을대문 앞에 그렇게 그렸던 엄마가 보퉁이를 안고 널브러져 있었다. 강정 땅에서 쫓겨난 엄마를 소년은 여섯 달 만에 다시 보았다. 꿈에까지 나타나 늘 보고 싶던 엄마였다. "이 무슨 집안 망칠 징조여. 이 여자가 우리 집 문전에서 죽다이." 할머니가 말했다. 소년이 엄마 위에 엎어져 소리쳐 울었다. "지 자슥 얼굴 몬 보게 하고 대문 잠가뿌이 이런 변고가 생긴 게 아녀?" "아들 만내로 기차 타고, 걸어서 예꺼정 왔다가 그만 실신했나 봐여." "죽지 않았어여. 안죽 숨질은 붙은 모양인데." "집 안으로 들어야겠어요. 동네 남사시럽잖아여." 집안사람들과 마을 사람들이 솟을대문 앞에서 한마디씩 했다. 할머니가 소년을 제 어미로부터 한사코 떼어냈다. "얼른 안채로 옮기도록 해여." 할머니가 말했다. 김서방과 김서방댁이 엄마 어깻죽지와 다리를 맞잡아 들고 행랑채 쪽마루로 옮겼다. 맏고모가 마을 의원 반구영감을 부르러 갔다. 이튿날 정오 때야 탕약을 달여 먹은 엄마가 실눈을 떴다. 그로부터 엄마는 겨우 종갓집 행랑아낙 신세로 눌러 살게 되었다. 할아버지 허락이 떨어졌던 것이다.

▢ "죙렬이를 종손으로 하자모 문서 앞으로 된 호적부터 바로잡아 한서 앞으로 정식 입적시켜야 해여. 그러자모 죙렬이 에미를 적실로 맞을 수밖에 읎잖아여. 애비 읎는 자슥이 읎듯, 에미 읎는 자슥이 어데 있어여." 체머리를 떨며 학봉어른이 말했다.

"적실로 맞다이. 세상에 그런 법도가 어데 있어여. 여민(黎民)들도 혼례 올리지 않고 쪽머리를 틀지 몬하는데, 어디 허락 읎이 지 먼첨 감히 비녀를 꽂고는……" 큰기침 끝에 훈장어른이 말했다.

"제가 나설 자리는 아닙니다만……" 무릎 꿇어 어른들 눈치를 살피던 수리조합장 한명아저씨가 훈장어른과 면서기인 재종형을 보았다. "다급한 마당에 그러면 어떻게 하시자는 말씀이십니까. 만약 한서한테 변고라도 생긴다면 번히 있는 종손을 두고 대를 끊게 하는 결과가 되지 않습니까. 현실대로 일을 처리하셔야지여."

"죙호, 자네가 분명 확인했지여?"

"팔음산에서 화전민 신고로 무장유격대 일당이 발견돼서 군경 합동작전을 폈다 안캅니꺼. 일곱은 사살되고, 다섯은 생포되고, 나머지 열댓쯤은 산지사방 도망갔다 그래여. 잡힌 자들은 신문받고 있을 거라던데여. 거게가 어딘지 위치는 알 수도 읎고 알려주지도 않는 비밀이라네여. 지서주임이 읍 경찰서에 연락해서 확인한 정보니 믿을 수밖에여." 꿇어앉은 점박이 재종형 말이었다.

"그렇다고 생포된 자 중에 한서가 꼭 있다고 일언지하 단정 내리기엔……" 머리를 틀어 한쪽 귀를 기울이던 훈장어른이 더 말을 잇지 못했다.

소년의 할아버지는 장침에 비스듬히 기대어 눈을 감고 있을 뿐 말이 없었다.

"도망친 자 중에 둘이 검수골로 흘러들어 강정에 있는 한서 집 아는 사람을 찾더라 안카나. 옥님이 아범이란 자가 전한 말이라 이 이치가 맞잖아여. 그중 하나는 고향이 군위 중구라 월북하기 전부터 한서를 잘 안대여." 훈장어른과 사촌간인 옥계어른의 말이었다.

"이거 증말 종손으 대가 끊길 불상사로군. 이 일을 어찌해여." 훈장어른이 무릎을 치며 자탄했다.

"한동이한테 연락을 취해놓았으이 무신 기별이 오겠지여." 한명아저씨의 자신 없는 말이었다. 그는 한명아저씨와 내종간인데, 육군 소령으로 대구 모 보급부대 참모로 있었다.

"급박한 시국에 좌정하고 소식이나 기다리서야 될 일이여. 문중을 소집하모 무신 묘책이 서겠지만, 시절이 시절이니 연락도 안 되고." 훈장어른도 고개를 꺾고 눈길을 떨구었다.

"어차피 대종보에는 죙렬이를 종손으로 올려야 할 끼 기정사실이니, 우선 한서부터 살리놓고 봐야 해여. 죙렬이 에미 입적은 다음 문제라여." 옥계어른의 말이었다.

"이라고 있을 때가 아이라여. 벌써 정오가 다 되어가여. 퍼뜩 일을 시작해도 빠르잖아여. 안채에 아아들이 기다릴 낀데." 학봉어른이 말했다.

종가 사랑에서의 임시소집 문회는 아무런 결론도 없이 마무리되었다.

"참말 답답도 하네. 지금 시국이 어느 때여. 상투 틀고 앉아 법도나 따질 땐가 말이여. 민주주으도 그렇지만, 공산주으는 문중이고 족보고 머고 그런 건 인정 안한다잖아여." 어른들을 뒤따라 사랑마당으로 나온 한명아저씨가 재종형에게 소곤소곤 말했다.

"경찰서에 잡히 있다 카모 종택아재는 대통령 특명으로나 살릴 수 있을까. 이런 시국에 살질이 읎어여." 점박이 재종형이 침통한 어조로 말을 받았다.

사당에 진설된 불천지위 위패며, 교의(交椅), 고방에 가득 찼던 여러 행장(行狀), 시제 때마다 통풍하며 말려도 곰팡이가 스는 문집 더미, 그 문집을 박아낸 판목들, 손때 닳은 지필연묵(紙筆硯墨), 여러 의관·의장에서부터 신발, 심지어 칠대조 정은공이 쓰던 말안장에 이르기까지, 이런 조선들 유물을 옮기는 작업은 시간을 물쓰듯 더디었다. 하나하나 고이 다뤄 먼지를 털고 마른걸레질하며 정성을 들였기 때문이다. 사당 뜰에 의자를 내놓고 앉은 소년 할아버지는 옮기는 순서와 갈무리 방법을 지시하고, 훈장어른은 돋보기를 끼고 물목책을 들여다보며 실물을 확인했다. 문중 장정 다섯은 유물을 옮기느라 방 마루청 밑을 다람쥐같이 들락거렸다. 정조 3년, 고방을 중건할 때 고방 아래에 화재나 풍수해에도 끄떡없이 견딜 석재 지하실을 따로 만들었기에 전란의 화를 면키 위한 단속이었다.

"정랑 갈 때 말곤 내 옆을 떠나지 말아여."

할아버지 영이 있고부터 소년은 집안 어른들이 조선 유물을 털고 닦고 옮기는 일을 지루함을 참으며 지켜보았다.

"봐라, 저것은 팔대조 묵은 어르신이 쓰시던 궁시(弓矢)여. 또 저 서책은 그 윗대 윗대부터 가례(家禮)를 기록한 것이고, 저기 꺼내놓은 향나무 연상이사말로 정은공 이후 사대에 걸쳐 종손이 써온 귀한 유물이여." 할아버지는 숨길을 가누며 소년에게 이것저것 유물을 설명했다.

해거름녘에야 빨래판 크기의 석재 여섯 장을 아(亞)자형으로 물려 서고(書庫) 마루 아래 입구를 봉했다. 작업을 끝내자 모두 한 걱정은 덜었다는 얼굴로 사당을 떠났다. 소년은 낡고 퇴색한 유물들이 무슨 쓸모가 있을까 싶었다.

5

 소년이 한적한 숲 샛길로 걷자, 부엉이 울음이 내딛는 발걸음을 따라왔다. "떡 해묵자 부엉, 양석 없다 부엉 / 걱정 말게 부엉, 꿔다 하지 부엉 / 언제 갚게 부엉, 갈에 갚지 부엉……" 소년은 걷는 걸음과 부엉이 울음에 맞추어 노랫말을 따라 불렀다.
 "엄마 있나 부엉, 엄마 있다 부엉. 아부지 있나 부엉, 아부지 읎다 부엉. 할부지 있나 부엉, 할부지 있다 부엉. 할무이 있나 부엉, 할부이 있다 부엉. 누부야 있나 부엉, 누부야 읎다 부엉. 동상 있나 부엉, 동상 읎다 부엉. 성님 있나 부엉, 성님 읎다 부엉……" 그러자 옥님이 차돌같이 야문 얼굴이 떠올랐다. "동무 있나 부엉, 동무 있다 부엉……"
 소년은 어느새 종답 콩밭 어귀에 와 있었다. 너른 콩밭을 둘러보며 엄마를 찾았다. 콩밭머리 콩잎 사이로 희끔한 게 눈에 띄었다. "여기 있다." 머릿수건 쓴 엄마가 허리 펴 일어서며 외쳤다.
 소년이 콩밭 고랑을 내달았다. 엄마가 넘어질 듯 달려오는 아들을 껴안았다.
 "공부 열심히 하고 왔지?"
 "오늘 바, 방학했어여. 전쟁 때문에 시, 신작로가 피난민들로 난리라여."
 "전쟁이 점점 더 커져야 해. 공산군이 여기까지 와야 해. 그래야만 아버지를 만날 길도 트여." 엄마 말이 의외로 옹골찼다.
 소년이 깜짝 놀라 엄마 얼굴을 쳐다보았다. 수건을 벗어 땀을

잃어버린 시간

훔치며 사당 쪽을 건너다보는 엄마의 퀭한 눈이 야멸찼다.

"점심은 먹었냐?"

"어무이는 저, 점심 안 묵어여?"

"한 가지 생각만 골몰하면 배고픈 줄도 몰라."

"좀 쉬어가며 해야지여. 이, 일사병 걸린다 그래여."

"아침 먹고 빨래 해다 널고, 저 아래 첫 고랑부터 매어왔으니, 세 고랑 남았다."

"지하고 조, 쪼매 쉬었다 매이소." 소년은 어머니의 손을 끌었다.

엄마는 호미를 들고 소년을 따라왔다. 아카시아나무 그늘 아래 모자가 앉았다. 무명치마 아래 드러난 엄마 종아리가 뱀허물 같았다. 몰려오는 구름 덩이를 바라보는 엄마의 깡마른 얼굴은 표정이 없었다. 소년은 엄마의 검게 탄 마른 얼굴을 보자 왠지 서러웠다. "너 잘 크는 것만 보면 엄마는 아무렇지도 않다. 할머니한테 눈총 받으니 엄마 자주 찾아오면 안 돼. 엄마는 어떤 고생을 하더라도 너 하나 이 집안에서 사람 취급받으며 잘 크면, 그게 낙이다." 엄마가 자주 하던 말이 소년의 눈에 눈물이 되어 괴어올랐다.

"또 울려는구나. 엄마만 보면 그렇게 눈물이 나와? 용감해야지, 자꾸 울면 못써."

전쟁 소식이 있고 어느 날, 먼 들녘에 이내가 자욱했던 저녁 무렵, 그때까지 돌아오지 않던 엄마를 찾아 소년은 강기슭 빨래터로 나갔다. 마을 아낙네들이 우물가에서 말했다. "열이 에미는 무서버여. 퀭한 눈을 보라모, 살기가 뚝뚝 떴잖아여. 원한에 사로잡힌 무당 같애여." "중머슴 둘 내보내고도 집서방한테 질세라 그 험한 논밭 매기에다 빨래일, 부엌일까지 다 해내이 사람 꼴이 그래 안 되게 생겼어여. 꼭두새벽부텀 자정까지 마소같이 자청해서 일을 하이 실한 황소 두 몫이여." "우짜든동 종갓집 종부로 인정 받을라꼬 종택 마님으 모진 멸시와 시댁 식구 눈총을 견디는 기 가상치도 않아여." "본 바 있는 집안도 아이고 정식 혼례도 안 올렸다 카지마는 사람을 그래 부리묵을 수 있어예? 죙렬이 에미는 마소라여." 엄마도 빨래를 하고 있었다. 엄마는 빨랫감이 무슨 원수라도 되듯 방망이질이 하도 힘차 소리가 메아리로 울렸다. "어무이, 어서 가서 밥 묵어여." 소년이 말했다. 엄마는 무슨 생각이 깊은지 말이 없었다. 빨래를 다 마치자 엄마가 말했다. "아까 보이까 열이 너 때가 많이 끼었더라. 여름에는 몸 자주 씻어야지. 사람도 없으니 옷 벗고 앉거라." 엄마는 소년을 알몸으로 벗기고 빨랫돌에 앉혔다. 가지 씻는 소리 나게 소년을 씻겨주며 엄마가 말했다. "아무도 모르는 일이다. 아무도 모르고말고. 그러나 너도 컸으니 너한테 새겨두는 말이다. 여자 원한이 하늘에 맺히면 오뉴월에도 서리가 내린다는 말이 있느니라. 예전에 어느 떠돌이 끈목장수가 어린 네 외할머니를 봉놋방에 맡긴 뒤 소식이 없었단다. 외할머니는 천덕꾸러기로 주막 부엌데기가 되었지. 처녀꼴이 났을 때, 네 외할아버지가 외할머니를 꾀었어. 외할아버지는 처자까지 됐는데 말이다. 자기 앞 간수도 힘든 지지리도 어려운 처지에 외할머니가 나를 배었으니 세상 눈총이야 오죽했겠냐. 외할아버지는 큰댁 작은댁 눈치 보며 마음을 못 잡던 차에, 일본 땅 북지탄광으로 끌려가버렸대. 그 후 외할머니는 봉놋방을 나와 나를 업고 저잣거리를 돌며 떡장사를 했지. 족두리 한번 써보기가 평생소원이었단다." 말하는 엄마 목소리가 다른 사람 목소리 같았다. 엄마는 무슨 분풀이라도 하듯 소년 등판을 피가 나게 밀었다. 엄마의 매운 손길이 따갑기도 했지만 저녁 강바람에 한기를 느껴 소년은 쪼그려 앉은 알몸을 움츠렸다. 엄마는 계속 주절거렸다. "어린 딸년 머리채를 땋아주며 외할머니는 늘 말씀하셨지. 분임아, 분임아, 너는 절대 이 어미 꼴 되지 말아라. 곰배팔이든 앉은뱅이든 총각한테 족두리 쓰고 시집가서 일부종사하거라. 서방이 일찍 죽어도 재취로 가지 말 일이며, 딸자식 키우거든 자나 깨나 몸단속 잘 시켜. 찬물 한 그릇 떠놓고 혼례 올릴 적빈한 집이라도 족두리는 얹어 시집 보내거라. 그러나 사람팔자가 어디 뜻대로만 되던가……" 그제야 소년은 엄마 넋두리가 자기에게 하는 말이 아님을 알았다. 늘 말이 없던 엄마가 긴 사설을 늘어놓기도, 소년이 그런 긴 말을 듣기도 강정에 살게 된 뒤 처음이었다. "내가 어디 네 아버지와는 무엇으로나 견줄 수가 있나. 집안으로 보나 배운 바로 보나 하늘과 땅 차이지. 그런데 세상일이란 알고도 모를 것이며, 안다고 다 아는 대로만 되지 않으니, 내 팔자에 엄마 내림귀신이 씌고 말았어. 내 너를 여기다 맡기고 쫓겨나서 이판사판 맹세를 했다. 북으로 떠난 네 아버지를 찾아나서, 그때만 해도 막히지 않았던 삼팔선을 넘었지. 소련이 아니라 땅 끝까지라도 아버지를 찾겠다고 말이다. 다섯 달을 저 함경도 청진이란 데서부터 평안도 신의주까지 방방곡곡을 뒤졌지. 그러다 평양에서 네 아버지 친구를 만났지. 친구분 말씀이, 수만리 길인 모스크반가 어딘가 거기 당(黨) 학교로 공부하러 갔다더라. 이태는 있어야 돌아온다고, 고향으로 내려가 기다리라고 그러데. 거지꼴로 내가 다시 삼팔선을 넘었지. 남한으로 내려와 내 또 한번 결심을 했니라. 이제 내 살길은 자식 얼굴 한번 보고 죽어 이 집 귀신 되는 길 밖에 없다고 말이다……"

"너 먼첨 내려가거라. 내 콩밭 매고 내려가마." 엄마가 호미를 들고 일어섰다.

"지는 여게서 기, 기다리께여."

"너랑 같이 집에 들어가면 너까지 할머니 눈총 받는대두. 어서 내려가!"

소년에게는 쏘아보는 엄마 눈초리가 여우로 둔갑해 산속에 사는 색시로 비쳤다. 할머니가 늙은 여우인데 엄마도 여우가 될라나, 하고 생각하며 소년은 콩밭 고랑의 푸석한 흙을 차며 사당 쪽으로 걸었다. 부엉이 울음과 매미 울음이 따라왔.

소년은 솟을대문 문지방에 앉았다. 구름이 하늘을 덮었는데 비는 오지 않았고 무더위가 쪘다. 소년은 마을 아이들과 놀지 않고 공기놀이나 하며 늘 혼자 놀았다. 아이들과 어른들이 쑥덕거리는 소리가 듣기 싫었다. "긴긴 해에 우리는 굶는데 죙렬이 집은 요새도 점심밥 묵어여." "저 자슥은 말더듬이에다 겁보고 하는 짓이 똑 기집아아 같아여." "죙렬이 아부지는 빨갱이래여. 순경이 잡으러 댕기여." "지 어무이는 서울서 종질하다 예식도 안 올리고

잃어버린 시간 261

저 자슥을 낳았대여.""죙렬이 어무이는 종택집 종이여. 쌔가 빠지라 죽도록 일만 해여." 소년은 갖은 험구를 귓바퀴에 새기다 문설주에 기대어 꾸벅꾸벅 졸았다.

□ "여기서 졸다니. 종렬이 맞지?"
 소년이 놀라 눈을 떴다. 등산모를 눌러쓴, 구레나룻이 시커먼 남자가 눈앞에 버티고 섰다. 농구화와 누런 국방복은 흙투성이요, 걷어붙인 한쪽 팔에는 피 배인 붕대가 감겼다. 정신을 차려보니 본 적 있는 사람이었다. 막내고모 약혼자 근우씨였다. 소년은 막내고모가 기다리던 서울 편지가 떠올랐다. 한달음에 집으로 뛰어들었다.
 "마, 막내고모 그, 그 사람이 막 왔어여!"
 대청에 넋 놓고 앉았던 할머니가 벌떡 일어났다. 막내고모는 뒷골방에서, 엄마는 부엌에서, 모두 중문으로 몰려나갔다. 할머니와 막내고모는 신발 신을 겨를도 없어 맨발이었다. 근우씨 앞에 선 막내고모가 울음부터 터뜨렸다.
 "함창 사람이 웬일이여. 인민군이 청장년은 모두 잡아 전장터로 끌고 간다는데. 어데서 오는 길이여?" 할머니가 물었다.
 "아버님 뵙고 말씀드리지여."
 엄마만 우두커니 섰고, 할머니와 막내고모가 근우씨를 싸고 사랑으로 갔다.
 "배고플 낀데, 빨리 상 안 보고 멀 그래 서 있어여!" 할머니가 돌아보며 엄마를 다그쳤다.

소년은 할머니를 흘겨보곤 사랑으로 갔다. 누웠던 할아버지를 할머니가 부축해 요에 앉혔다. 8월 중순에 든 뒤 할아버지 근력이 더 떨어졌다. 배낭을 벗은 근우씨가 할아버지와 할머니에게 큰절을 했다.

 "살아서 만나니, 고마워. 그동안 딸애가 자네를 두고 노심초사했어여." 할아버지가 근우씨 손을 잡았다. "집안 어른들은 어떻게 됐어여?"

 "함창도 쑥대밭이 됐지여. 즈이 집은 부산으로 피난 가 비었습디더. 큰집에 가니 거기도 피난 떠나고 할머님만이 집을 지키고 있더만여. 하룻밤 자고 밤중에 나섰어여. 죽는 한이 있더라도 여게까지 와서 죽겠다고 말입니더."

 "서울서는 언제 떠났어여?" 할머니가 물었다.

 "서울이 그렇게 빨리 무너질 줄 몰랐어여. 저는 하숙집 마루 밑에 숨어 열흘을 견뎠어여. 호구조사가 심해져 더 배겨낼 수가 읎습디다. 아무래도 남행해야겠는데 한강을 건널라 캐도 도강증(渡江證)이 있어야지예. 증명서 읎으모 한강을 건널 수 읎어여. 그래서 밤중에 집 나서 남한강 따라 걸었어여. 이틀 만에 팔당인가, 그 어데 도착해서 시계를 풀어주고 떼를 빌렸심더. 그 후 밤에만 산길을 탔는데, 죽을 고비도 여러 분 넘겼지여. 여름철이라 먹을 것이 흔하고 잠자리가 쉬워 다행이었니더."

 "하늘이 도운 일이여. 천 리 길 걸어 여게까지 탈읎이 오다이." 할아버지가 머리를 끄덕였다.

 "우리집 짐서방도 송전에 심부름을 나갔다가 내무서원한테 붙

들리 갔어여. 그러이 전쟁 끝날 때꺼정 여기 숨어 있으여. 사당 옆 구뎅이에 숨어 있으모 감쪽같아여. 유학산 다부골에서 하루 멫천 명씩 죽고 다치는 판국 아니여. 인민군이 대구를 해방시킬라고 발버둥쳐도 다부골을 안죽 몬 뚫었대여. 그 쌈터 넘어 부산 꺼정 갈 생각은 아예 말아여." 귀동냥 덕분에 아는 게 많은 할머니가 말했다.

6

"데련님, 드가서 자지, 여게서 와 자불고 있어여."
 소년은 눈을 떴다. 김서방댁이었다. 소년은 개신거리는 걸음으로 집 안에 들어왔다. 힘이 없고 어지러워 눈을 제대로 뜰 수 없었다. 대청에 눕자마자 등줄기가 시원했다. 소년은 낮잠에 들었다. 오늘 밤은 절대 할머니 이야기를 안 들을 테야. 소년은 밤이면 잠이 든 체 코를 골았고 입맛 다시며 잠투정 흉내를 내었다. 그러나 할머니는 소년의 잠자리 버릇을 꿰고 있었다. 소년이 자는 체해도 할머니는 혼자 이야기했다. "옛날 옛적에 봉사 어무이 모시고 사는 심성 고운 아들이 있었어여. 살림살이가 어려운 중에서도 아들 효성이 지극했던지라 어무이 밥상에 괴기반찬 떨군 날이 읎었대여. 아들이 집을 비울 때도 여편네한테, 어무이가 앞을 못 보이 잘 보살피고 괴기반찬을 꼭 해드리라고 당부를 잊지 않았으이. 어느 날, 아들이 먼 질을 떠나게 됐제. 심보 고약한 메누리는 서방도 읎는데 시어미한테 괴기반찬 해줄라 카이 아까분 생각이 든 기라. 그래서 지렁이를 잡아다 반찬해주미 시어미한테 괴기라고 속였대여. 봉사 시어무이는 메누리가 끼때마다 괴기반찬을 해주니 고마버서, 니가 무신 돈이 있어 날마다 괴기를 사와여 했대여. 그 말을 들은 메누리가, 남으 길쌈해주고 번 돈으로 사왔어여 하고 거짓말을 했대여. 시어무이는 집 떠나 객지서 지내는 아들이 생각나서, 아들 돌아오모 줄라꼬 지렁이반찬을 쪼매씩 몰래 싸두었대여······" 할머니가 이야기를 멈추고 소년을 돌아보았다. "죙렬아, 이바구 듣고 있지여?" 소년은 일부러 코고는 소리를 더 크게 냈다. "니가 자는 체해도 나는 다 안다. 자는 체하민서도 이 할무이 이바구 듣는 줄을." 할머니는 이야기를 계속했다. "얼마 뒤에 아들이 집으로 돌아오자 어무이가 아들한테 말했제. 착한 메누리가 늘 괴기반찬 해줘서 얼매나 고맙던지, 그래 니 오모 줄라꼬 남가뒀지러 하미, 숨카뒀던 지렁이반찬을 꺼내줬대여. 그러이께 아들이 얼매나 놀랬겠어여. 앞 몬 보는 시어무이한테 지렁이를 괴기반찬이라고 드렸으이. 그때, 갑재기 하늘에서 천둥 번개가 치더마는 베락이 떨어졌대여. 베락이 며누리한테 떨어진 거여. 맘씨 고약한 메누리는 천벌받고 죽어서 두더지가 됐대여. 두더지가 돼서 땅속만 기어댕기며 지렁이를 묵고 살게 된 거여······"

   소년은 한기를 느껴 눈을 떴다. 밤이 아니었고, 할머니 이야기는 꿈이었다. 대청에서 얼마를 잤는지 몰랐다. 베개를 베고 삼베 홑이불을 덮었다. 천장 서까래 사이 회칠이 침침해 저녁때쯤 된 모양이었다. 대숲의 바람 소리가 들렸다. 시계 초침이 울리고 부엌에서 그릇 달각대는 소리가 났다. 소년은 잠을 털고 일어나 앉았다. 할머니는 안방 문 앞에 앉아 할아버지 모시옷에 물을 축이고 있었다.

"실컨 잤어여? 그래 잤으모 또 밤잠이 안 올 끼여." 할머니가 말했다.

소년은 꿈 생각이 났다. 오늘 하룻밤만이라도 할머니와 자지 않고 엄마 옆에서 자고 싶었다. 할아버지는 사랑, 맏고모와 엄마는 건넌방, 막내고모는 뒷골방을 혼자 썼다. 자기는 안방에서 할머니와 함께 잤다.

"또 꿈꿨어여?" 할머니가 물었다.

"꾸, 꿈 안 꿨어여."

"얼굴 빨개지는 거 보이 꿈꿨구마. 낯 씻고 와여. 정신이 번쩍 들게."

소년은 댓돌에 놓인 신을 신었다. 하늘에는 검정 구름이 두꺼워 사방이 침침했고 바람이 불었다. 제비가 행랑채 처마와 마당 사이를 분주히 날았다. 소년은 몇 시쯤인지 시간을 분간할 수 없었다. 마루 괘종시계를 보았다. 여섯시 이십오분이었다. 부엌엔 엄마가 보이지 않았고 김서방댁이 그릇을 씻고 있었다.

"한줄기 속 시원케 퍼부었으모 좋겠는데 날씨가 왜 이래여." 김서방댁이 하늘을 보며 말했다.

소년은 부엌 뒷문을 빠져 우물가로 갔다. 두레박질로 물을 퍼 내 세숫대야에 부어 낯을 씻었다. 낯을 씻고 대청에 엎드려 연필로 새·다람쥐·토끼 그림을 그렸다. 눈두덩에 무엇인가 희끗한

게 스쳐 중문께 눈을 주었다. 어둠침침한 마당으로 늙은이가 지팡이를 짚고 들어섰다. 순간, 소년은 피난민이거나 할머니 옛이야기에 나오는 귀신이 아닐까 싶었다. 하얀 모시옷에 수염 하얀 노인이었다. 소년은 얼른 일어나 앉았다. 할아버지였다.

"할부지가 나, 나오셨어여!"

할아버지가 영원히 다리를 못 쓸 줄 알았는데, 소년의 착각이었다. 다림질할 옷을 밟던 할머니가, 머라꼬 하며 마당을 내다보았다. 뒤란 채마밭에서 상추를 솎아서 건넌방 모퉁이로 돌아오던 엄마가 소쿠리를 놓고 부리나케 쫓아갔다. 엄마는 할아버지의 한 팔을 끼고 부축했다. 할아버지는 다른 때와 달리 그 손을 뿌리치지 않았고, 엄마 옆모습을 멀거니 보았다.

"어르신이 나오셨어여." 부엌에서 김서방댁이 쫓아나왔다.

"영감님!" 하며 할머니가 달려갔고, 건넌방에서 아기 젖을 물리던 맏고모와 뒷골방의 막내고모도 마당으로 나왔다. 죽은 사람이 살아나기나 했다는 듯 모두 놀라 할아버지를 에워쌌다.

"불야시 같은 꼴이라이. 니는 마 니 일이나 보거라." 할머니가 엄마에게 쏘아붙이곤 할아버지를 넘겨받았다.

무르춤해진 엄마는 상추 소쿠리를 챙겼고, 할머니는 할아버지를 대청 끝에 앉혔다. 할아버지는 긴 숨을 내쉬며 부엌으로 모습을 감추는 엄마를 보았다. 할아버지가 거처하는 사랑은 엄마 출입이 금지되었기에 오랜만에 보는 자태였다. "죽을 구신에 씌모 사람이 변한대여. 저승 구신이 사람 마음을 요상시레 돌려놓제. 평소에 안하던 말도 시키고, 안하던 짓도 하게 해여. 집안 식구가 어리둥절해하모 모 월 모 시에 숨을 덜컥 끊어뿌려." 언젠가 할머니가 말했다.

할머니는 부채로 할아버지에게 바람을 끼었었다. "참말로 우짠 일로 심든 걸음 하셨어여. 이카다가 넘어지모 우짤라고 이래여."

"누버만 있자이 영 다리를 못 쓸 것 같애여. 집안 둘러볼까 하고 나왔어여."

소년은 할아버지 허리뼈가 삭아내려 뒤로 자빠질까 불안했다. 잠을 자다 눈을 뜨면 대들보가 무너진다든지, 삭은 나무다리를 건널 때면 내려앉지 않을까 걱정되었다. 잠이 오지 않는 밤 해가 떠오르기를 깜박 잊고 밤만 계속되면 얼마나 답답할까, 신작로 맞은편에서 먼지를 일으키며 화물차가 달려올 때 자기를 칠 것 같은 조마조마함, 그런 불안한 예감은 번번이 어긋났다.

사당 쪽에서 잿빛이 짙어왔다. 대숲은 벌써 컴컴해졌고 잠자리 찾아 대숲으로 날아드는 새 떼 지저귐이 요란했다. 할아버지는 천천히 집 안을 둘러보았다. 누워 지낸 두 달 동안 안채는 예전 그대로였다. 안채 건너편, 기둥이 삭은 행랑채며 봉당, 광과 외양간, 감나무와 대추나무도 그대로 있었다. 그것들이 어둠에 잠겨갔다.

할머니가 마루 상기둥에 걸린 석유등잔에 불을 댕겼다. 유리 갓 안에서 불꽃이 피어나 상기둥 주위를 밝혔다. 하루살이가 등잔 주위로 몰려들었다. 잠시 뒤 하루살이가 떼를 이루었다. 소년은 하루살이 떼를 보았다. "저늠들은 불만 보모 쫓아와 저렇게 날다가 심이 다하모 땅에 떨어져 죽어. 하루밖에 살지 몬해여." 작년 여름 어느 밤, 할아버지가 말했다. 그 뒤 소년은 하루밖에 살지 못하는 곤충이 있나 싶어 하루살이를 자세히 살핀 적이 있었다. 땅에 떨어져 기는 하루살이가 죽기 직전 얼마나 아프면 저렇게 정신없이 헤맬까 싶었다. 태어남과 죽음 사이가 하루뿐이라 너무 바빠 죽음을 슬퍼할 겨를도 없겠지. 하루살이는 하루만 사니 제 아버지와 자식도 못 보고 죽을는지 몰랐다. 등잔 아래 마루나 땅바닥은 언제 보아도 하루살이 주검이 민들레씨같이 깔려 있었다. "사람도 따지고 보모 똑같어여. 아무리 오래 살아야 칠팔십 살 아닌가베. 먼 옛 조상 적부터 먼 훗날 후손까지 따지자모 사람 한평생은 하루살이와 다름없어여. 또 우리가 사는 땅덩어리를 생각해도 그래여. 쥥렬아, 저 하늘을 봐여. 이 땅도 멀리서 보모 넓고 넓은 우주에 좁쌀보다 작은 별 하나여. 작은 땅에 많은 사람이 복작거리며 살아여. 서양 사람, 흑인, 동양 사람, 그중에도 조선 사람…… 우리는 또 뭐여, 조선 사람 중에도 우리 문중 아녀? 지 핏줄을 천 년 만 년 이어 족적을 남기겠다는 뜻은 또 무엇이여? 인간사는 오묘하제." 자리보전하기 전, 밤하늘을 보며 할아버지가 말했다. 소년은 별의 태어남과 사라짐 사이의 길고 긴 영겁의 시간은 상상으로도 가늠이 되지 않았다. 다만 하루살이 일생이 너무 짧아 애석했다.

맏고모가 보리짚단을 봉당 앞 타다 만 등겨 더미에 붓고 모깃불을 피웠다. 한약 달이는 냄새로 찼던 집 안에 매캐한 등겨 짚불 냄새가 섞여들었다. 소년은 코에 스미는 등겨 타는 냄새가 좋았다. 날이 어두워 그림을 그릴 수 없었기에 공책을 덮었다. 책과 공책을 챙겨 쌀뒤주 위로 치우며 당분간 그림 그리기를 뺀 다른 공부는 하지 않기로 했다.

어미제비가 안채 처마 아래 집으로 바삐 들락거렸고, 새끼제비들의 재잘거림이 요란했다. 해질 무렵과 비 오기 전이 제비에게는 대목이라고 할머니가 말했다. 날벌레들이 많이 잡힐 시간이라 했다.

넋 놓고 앉았던 할아버지의 여윈 목이 제비집으로 기울어졌다. 새끼제비 세 마리가 어미제비가 물고 온 먹이를 서로 받아먹겠다고 노란 부리를 한껏 벌렸다. 할아버지가 보는 처마를 소년도 올려다보았다. 할아버지는 어미제비와 새끼제비를 보고 무엇을 생각할까. 아버지와 엄마, 또는 아버지와 할아버지. 아니, 아버지와 나. 소년은 아버지를 사진으로만 보았을 뿐이다. 대청에 걸린 두 개의 사진틀에는 여러 사진들 중 중학교 교복 입은 아버지 독사진이 있었다. 소년은 엄마가 가진 사진을 본 적이 있었다. 엄마가 소년을 안고 앉았고 아버지가 옆에 선 사진이었다. '광복의 감격을 기념하여.' 사진 아래에다 쓴 글씨였다. 아버지는 빡빡머리였다. "광복이 되고 감옥소에서 풀려나 찍은 사진이지. 이 사진이 우리를 묶어주는 도민증 같은 거야." 엄마가 말했다. 강정에 내려오기 일 년 전이니 여섯 살 때 찍은 사진이었다. 소년은 사진 찍을 때를 떠올리려 해도 기억나지 않았다.

"오늘은 여게서 죙렬이하고 저녁밥 묵을 거여." 할아버지가 제비집을 보느라 젖혔던 목을 바로하며 말했다.

할머니는 대청에 꽃자리 깔아 할아버지를 부축해서 앉혔다. 소년에게 안방 장침을 가져오라 일렀다. 소년은 장침을 가져와 할아버지가 한쪽 팔을 기대게 놓았다.

"인자 눈치가 늘어 하는 짓이 어른 같아여." 할머니가 지대로 내려서며 말했다.

할머니 말에 소년은 엄마가 했던 말이 생각났다. "언제쯤이나 눈칫밥 먹는 신세를 면할꼬. 그날이 언제일꼬. 네 아버지 오시기 전에는 가망이 없어." 엄마가 소년 얼굴을 가슴에 품었다.

할머니는 세숫대야에 물을 떠와 할아버지 손발을 씻기곤, 부엌으로 들어갔다. 할아버지 진지상 보기는 엄마나 김서방댁에게 맡기지 않고 할머니가 손수 했기에, 부엌 안에서 할머니 잔소리가 끊이지 않았다.

드디어, 마른번개가 하늘을 가르고 뇌성이 쳤다. 소년은 깜짝 놀라 할아버지 등 뒤로 몸을 숨겼다. 낮꿈 생각이 났고, 전쟁터가 떠올랐다. 마당은 더 어두워졌다. 하루살이 떼가 기를 쓰며 불빛으로 달려들었다. 땅에는 하루살이 떼 시체가 수북이 쌓여갔다. "돌격, 돌격!" 어느 쪽인지 모르지만 고함소리가 들렸다. 총소리와 포소리가 고막을 찢었다. 시체가 수북이 쌓여갔다. 사당 뒤쪽 하늘에서 번개가 쪼개져 내렸다. 행랑채 지붕 위에서 천둥이 으깨졌다. 할아버지는 장침에 기대어 앉아 꿈쩍 않고 하늘을 보았다.

"할부지, 무, 무섭잖아여?" 소년이 물었다. 할아버지는 대답이 없었다. "할부지는 처, 천둥 번개가 무, 무섭잖아여?"

"뭐라 그랬나?" 할아버지가 힘들게 턱을 돌렸다.

□ "할부지, 종택 첫째할부지. 제 말 들립니껴?" 점박이 재종형이 말했다.

할아버지는 숨을 헐떡일 뿐 눈을 감은 채 대답이 없었다.

"인민군이 들어오고부텀 할부지가 정신을 몬 채리여. 이래 몸이 편찮은데 무신 답을 듣겠다고." 할아버지 베갯머리에 앉았던 할머니가 소매로 눈물을 닦았다.

"첫째할무이, 의용군에 끌리가모 생목숨 잃을 끼 뻔합니다. 대전에 집결시켜 일주일 정도 총 쏘는 거만 갈쳐서는 최전방으로 내몰아여. 지금 대구를 뺏느냐 몬 뺏느냐 공방전이 한참임더." 점박이 재종형이 진땀을 닦았다.

"니가 면소에 있으니 그런 멩단 맹글 텐데 니를 끌어내다이." 할머니가 말했다.

"그러니 죽일 늠들 아입니껴." 재종형도 할아버지만큼 숨이 찬지 헐떡였다.

"근우 그 사람도 숨어 있기사 해여." 할머니가 낮은 소리로 말했다.

"송전 할부지한테 들었심더. 의용군에 빠질라모 지도 방도를 강구해야 되겠심더."

재종형이 소년을 힐끔 돌아보았다.

"갸는 갠찮다. 입이 무거분 아이여." 할머니도 소년을 보았다.

"내 나이 서른넷에 큰늠이 이학년인데, 군대에 잡히가다니예. 첫째할무이, 방도 좀 강구해주이소. 숨을 데라고는 여게밖에 읎어여. 그래도 여게는 들어앉은 마실인데 놈들이 여게까지사……"

재종형이 할머니 손을 잡고 애걸했다.

"강정이사 집안사람들하고 소작붙이들잉께 찔러바칠 사람은 읎지마는, 우리도 양석이 넉넉잖아여."

"지가 안사람 편에 마련하겠어여. 그러이 근우 그 사람 숨은 데지도 끼아주이소. 세상이 우째될지 모르지마는 발등에 불부터 끄고 봐야지예. 한서 성님 면목을 봐서라도 안전한 데라고는 여게밖에 읎습니다."

헐떡이는 할아버지가 숨이 막히는지 받은기침을 했다.

"쬥렬아, 어서 냉수 한 사발 뜨와여." 할머니가 소년에게 말했다.

7

"할부지, 버, 번개가 무섭지 않냐구여?"

소년의 물음에 할아버지가 머리를 끄덕였다. 할아버지는 하늘을 가르며 쪼개지는 번개를 처연히 쳐다보았다.

"하늘이 저런 심판을 내려야 하는데…… 무서분 심판으로 인간으 마음을 선으로 돌려 참회케 해야 해여. 순자(荀子)께서 말씀하셨듯, 오늘으 인간은 천성이 악해 하늘으 심판을 믿지 않아여. 앞 이익만 따질 줄 알았제, 하늘으 순리를 몰라여."

할머니가 쪼그락진 입에 미소를 머금고 밥상을 날랐다.

"저녁 드시구려. 조손이 모처럼 겸상하셔서." 통영반을 할아버지 앞에 놓고 할머니는 하늘을 보았다. "김서방은 와 안죽 안 돌아와여. 도롱이도 안 쓰고 나갔는데."

 소년과 할아버지는 겸상으로 저녁밥을 먹었다. 할아버지가 사랑에서 따로 식사할 때도 할머니는 손수 밥상을 날랐고, 밥상을 들고 나올 때까지 늘 상머리에 앉아 있었다. 나머지 식구는 할아버지 밥상이 나온 뒤에야 안채에서 할머니를 모시고 먹었다.

 할머니는 할아버지 옆에 앉아 찬에 곁들인 집안 이야기를 들려주곤 했다. "그 짐치 심심하게 잘 담갔지여?" "올개는 고치농사하고 마늘농사가 괜찮을 거 같애여." 할아버지 젓가락이 간갈치구이에 머물면 갈치 말을 곁들였다. "내일 해평장이니 장에 나가서 열 마리쯤 사올까 하는데, 시상이 어수선해 장이 제대로 설랑가, 해물이나 제대로 나올 동 모르겠네여."

 할아버지 반찬은 간이 맞지 않게 싱거웠으나, 특별히 오른 쇠고기볶음이 있어 소년의 젓가락이 자주 그리로 갔다. 할아버지는 수저질을 멈추고 한동안 손자를 건너보았다. 소년은 할아버지와 눈길이 마주칠 때마다 눈칫밥이란 말이 생각났다. "인자 할배 할매 귀염 받아 눈칫밥 안 묵을 낀데 종택어른 저 손자는 와 저래 꼬치꼬치 말라여." "귀한 집안 종손이 어데 튼튼한 걸 봤어여. 쟈 삼춘도 젓가락맨쿠로 마르더마는 열아홉에 폐병으로 죽었제." 마을 아낙네들이 우물가에서 했던 말이었다.

 "우째 저래 째작째작 묵는 것조차 아비를 닮았을꼬." 할머니가 말했다.

 할머니는 무엇이든 소년을 통해 아들의 어린 시절을 말하는 습관이 있었다. 소년 옷 색깔을 두고, 갸는 검정물 들인 옷을 좋아 했다든가, 손자가 여름에 강풀 먹인 옷을 입기 싫어하는 것도 지아비와 똑같다고 말했다. 심지어 마당의 감나무를 보고도, 갸가 열이 니만할 때 감나무에 기대서 엿 사달라 칭얼대다 풀쐐기한테 쏘였지러 하며, 잠시 그 추억에 젖기도 했다.

할아버지의 특별 분부로 그날은 맏고모와 막내고모가 따로 상을 차려 같은 시간에 밥을 먹었다. 그 자리에 소년의 엄마는 끼일 수 없었다. 할아버지는 물론 맏고모와 막내고모조차 엄마에게 같이 식사하자는 말을 하지 않았다. 맏고모가 할머니에게, 그라모 우리 먼첨 묵어여 하고 말했을 뿐이다. 사실 할머니가 밥을 먹지 않고 있었기에 엄마가 감히 먼저 먹을 수 없었다. 식구가 같이 밥 먹을 때라도 엄마는 바가지에 담은 눌은밥을 부엌 부뚜막에서 따로 먹었다. 밥만 그렇게 먹는 게 아니었다. 집안의 누구로부터도 며느리 대접을 받지 못했다. 맏고모와 막내고모도 할머니 앞에서는 엄마에게 언니란 말을 못하고 열이 엄마라 불렀다.

"아부지가 진지 드시는 거 보이 저녁밥이 더 맛있어여." 상추쌈을 싸며 맏고모가 말했다. 보름 전 첫아기를 낳아 젖을 빨려서 그런지 식구 중 맏고모 식성이 걸었다. 맏고모는 늘 한 그릇 밥을 다 먹었고, 살이 찐다고 밥을 조금 남기는 막내고모 밥까지 먹어치웠다. 어둑한 행랑채 쪽마루에는 김서방 어린 두 딸이 안채 마루 식사 광경을 눈총 세워 보고 있었다. 그 눈길만 받으면 소년은 목이 메었다.

안채 용마루를 흔들며 천둥이 쳤다. 번개가 행랑채 지붕 위로 떨어졌다. 굵은 빗방울이 후드득 쏟아졌다. 봉당 앞에 피운 모깃불이 푸른 연기를 뿜으며 사그라들었다. 건넌방에 재워둔 맏고모 아기가 울었다. 맏고모가 상추쌈 싸던 손을 털며 건넌방으로 갔다. 빗줄기가 세차게 쏟아져 내렸다.

"우박이라도 쏟아지모 밭농사가 큰일이여." 할머니가 말했다.

"마 들어올 일이제, 머 한다고 여태 꾸물대여. 태영이도 안죽 안 왔네." 김서방댁이 부엌 앞에서 하늘을 보며 말했다.

먹장구름과 쏟아지는 소나기로 마당이 금세 컴컴해졌다. 그때, 김서방이 빈 지게에 삽을 얹어 중문으로 들어섰다. 그 뒤로 김서방 아들 태영이 암소 고삐를 잡고 뒤따랐다. 암소 뒤에는 송아지가 따라왔다. 사람과 짐승이 비에 흠뻑 젖었다. 행랑채 쪽마루에 앉았던 김서방 어린 두 딸이 제 아버지와 오빠를 맞으러 비를 맞으며 마당을 질러갔다.

"일찍 좀 안 들어오고 와 이래 비를 맞고 와여." 김서방댁이 아들을 나무라곤 소고삐를 낚아채 암소를 외양간으로 몰았다.

"공산군이 천안 시내까지 들왔다는 소문이 파다하던데여. 단양하고 청주도 저쪽 수중에 떨어지기가 오늘낼 칸다 그래여." 딸애 손을 잡고 행랑채 처마 아래로 들어서며 김서방이 말했다.

할아버지가 잠시 숟가락질을 멈추고 김서방을 보았으나 달리 말이 없었다. 다른 식구도 김서방 말에 묵묵부답이었다. 대청은 무거운 침묵과 빗소리에 눌려 수저질 소리조차 들리지 않았다. 소년은 어미 소를 따라 외양간으로 들어가는 송아지를 보고 있었다. "피난 갈 때 큰 소는 달구지를 끌고 가지만 송아지는 아무짝에도 쓸데없어 잡아묵고 떠난데여." 며칠 전 반 애가 말했다. 막내고모가 한숨 끝에 숟가락을 놓더니 밥상에서 물러앉았다.

"아니, 어르신이 웬일이시여. 안채에서 진지를 드시다이. 날이 어두버 지가 깜박 몰라뵈었군여." 김서방이 식구 사이에 섞인 할아버지를 알아보곤 지게를 벗더니 한달음에 안채로 쫓아왔다. "검수골에서 이분에 가져온 약이 효험이 많았던 모양입니다. 마님, 어르신이 은제 일어나싰어여?"

"난도 영문을 모르겠어여."

"인자 기동하기로 작심했어. 전쟁이 코앞에 닥쳤으이 누버만 있을 수 읎고. 참, 오늘 못물 뺀다 카더마는 비 올 줄 알았나?" 할아버지가 물었다.

"말도 마시어여. 전쟁 통에 지 곡석 될지 우짤지 모르는 판국에 지 논에 물 많이 댈라꼬 목에 핏대 올려 쌈질하미 난리가 났어여. 못도 바닥이 나서 뺄 물도 없었고여. 그런데 저녁답이 돼서 비 올 징조가 보이자 농사꾼 인심 한분 푸짐합디더. 서로 물꼬를 터준다고 또 난리여." 보릿짚모자를 벗고 삼베 바짓가랑이에 괸 빗물을 짜며 김서방이 말했다. "어르신이 기동하셨으이 다행이라여. 오늘도 그런 이바구가 있었지마는, 아무래도 잠시 피난 떠나야 될 것 같습니더. 서로 간에 총질하는 틈새에 오도가도 몬하고 앉아서 목숨 베릴 필요야 읎을 것 같애여. 마님, 안 그렇습니껴?"

"언걸증 나는 전장 이바구는 그만 하게. 앉은자리서 당했으모 당했지 우리는 피난 안 가여. 큰 죄 안 짓고 살았으모 어느 편이나 다 사람 사는 시상 아이겠나. 농사꾼이 나락 놔두고 고향 떠나

잃어버린 시간 277

어데로 가. 객지서 굶어 죽기보담사 여게가 낫지러." 할머니가 김서방에게 쏘아붙이곤 할아버지를 보았다.

"마님, 무슨 말씀이십니꺼. 공산군이 여게를 쓸고 지나갈 때사 몸 숨겨야지여. 시상이 조용해지고 벨 탈 읎으모 집으로 들어오더라도예. 앉은뱅이 용쓰드키 지자리서 포탄에 폭격꺼정 당할 수는 읎잖겠어여."

"그만큼 하고 몸이나 씻으소." 부엌으로 들어가며 김서방댁이 서방에게 말했다.

할머니도 더는 말없이 할아버지 눈치를 살폈다. 할아버지는 천천히 밥을 꼭꼭 씹고 있었다.

공산군이 여기까지 쳐들어온다면 아버지도 그들과 함께 온다는 엄마 말을 소년은 되새기고 있었다. 아버지가 온다면 할머니는 춤을 추고, 맏고모와 막내고모는 아버지 손을 잡고 뛸 터였다. 엄마는 부엌 문설주에 기대어 오랜만에 함박웃음을 깨물 것이다. 나는 부끄러워서 뒤란이나 엄마 뒤에 숨을 테야. 숨어서 아버지를 봐야지. 아버지는 내가 없는 줄 알고, 종렬이 어딨어 하고 찾겠지. 그래도 나는 나타나지 말아야지. 또 다른 생각이 소년의 머릿속을 스쳐갔다. 할머니는 아버지가 돌아왔으니 늘 하는 말로, 문벌 좋은 집안에 새장가 들라고 말할 것이다. 엄마를 단박 내쫓고 말 테지. 어쩜 나까지 쫓겨날지 몰라. "인자 니들은 니들대로 나가서 살아여. 내 눈에 흙이 드가기 전에 한 지붕 밑에서 몬 살아여." 할머니의 그런 악퍼지름이 떠오르자 소년은 아버지 만날 일이 겁났다.

□ 마을 장정 셋이 관을 실은 손수레를 끌었다. 그 뒤로 인민군 복장의 내무서원 둘, 면소 인민위원회 위원 셋, 초등학교 선생 넷, 붉은 완장 찬 한 무리의 청년동맹 장정과 마을 사람들이 손수레 뒤를 따랐다. 선생 넷 중에는 전쟁 전 소년 담임선생과 갈래머리 여선생도 있었다. 면소 초등학교에서 이한서 동무의 성대한 인민영웅장을 치르고 돌아오는 길이라, 뙤약볕 아래 모두 땀에 젖었다. 일행은 강정 타작마당을 거쳐 종가댁으로 올라갔다. 토담 너머로 일행을 내다보던 마을 사람들이 쫓아나와 뒤따랐다.

"쵱렬이 아부지가 우짜다가 저래 된 거여?" 인민영웅장에 동원되었다 돌아오는 마을 사람에게 마을에 남았던 사람이 물었다.

"선발대로 내리와 인민봉기를 지도할라 카다 잡혔대여. 시신은 짐천경찰서 뒷마당에서 찾아냈다 그래여. 후퇴 직전에 남한 경찰과 군 씨아이씨(특무대) 대원들이 좌익을 한군데 모아놓고 싸그리 다 쥑였대여. 그저께 시체를 파냈는데 데련님도 거게 끼여 있었어. 날이 너무 더버 얼굴이 다 문드러졌는데 용케 목에 개패(명찰)를 달고 있었다 그래여."

소년의 할머니는 머리에 수건을 동이고 안방에 누워 어제부터, "한서야, 한서야" 하며 헛소리로 아들 이름만 불렀다. 훈장어른·학봉어른·옥계어른은 인민영웅장에 참석하지 않은 채 대청에 가부좌 틀고 앉아 종갓집 장자 시신이 돌아오기를 기다리는 참이었다. 한쪽에 점박이 재종형이 소년 할아버지를 부축했는데, 앉아 있는 할아버지는 재종형 가슴에 윗몸을 묻고 가쁜 숨만 헐떡

잃어버린 시간 279

거렸다.

"그래 고대하고 기다렸건만 이래 죽어 돌아올 줄이야." "젊디 젊은 목숨이 그래 허무히……" "그래도 씨손은 하나 남가뒀으니……" 서너 마디씩 나누던 말도 김서방댁이 중문으로 들어오며, 이제 도착했다 하자 대청은 다시 침묵했다. 그늘이지만 찐득한 더위만 쪘다.

"객사했으이 시신을 집 안에 들여놓을 수 없고, 그럼, 나가들 봐여."

훈장어른 말에, 학봉어른과 옥계어른이 일어섰다. 소년 할아버지도 몸을 일으키려 용을 썼다. 재종형이, 큰아부님은 계시이여 하고 말렸다.

"애비보다 먼첨 간 불효자식 시신은 봐서 안 되여." 옥계어른이 댓돌의 흰 고무신을 신으며 말했다.

"봐야 해여. 한서가 진짜 죽었는지 내 눈으로 똑똑히 봐야 해여." 소년 할아버지가 헐떡이며 소리쳤다.

재종형이, 참으시여, 큰아부지는 병중이시여 하며 소년 할아버지가 내두르는 팔을 잡았다. 소년은 중문 앞에 서서 눈물을 닦으며 훌쩍거렸다. 엄마는 어디 있는지 오전 내내 보이지 않았다.

"한서야, 내 자슥 한서야!" 할머니가 맨발로 마당을 질러왔다. 중문 문지방에 걸려 넘어진 할머니가 엉금엉금 기며 아들 이름을 목 놓아 불렀다.

8

"김서방여, 그라모 상주도 조만간에 당하겠네여? 학교는 우째 됐는지, 이 일을 우짜모 좋아여." 젖을 물려 아기를 재웠는지 맏고모가 건넌방에서 나오며 김서방을 보고 울먹였다.

맏고모는 작년 봄 상주로 시집을 갔었는데, 지난달 전쟁 소식이 알려지기 전, 배가 만삭이 되어 친정으로 왔다. 딸을 순산하고 몸조리가 끝나자 곧 시댁으로 가려 했으나 그쪽에서, 공산군이 수원·오산으로 밀려 내려오니 당분간 친정에 눌러 있으라는 기별이 와서 전전긍긍하던 참이었다. 상주에서 강정까지는 새벽밥 먹고 나서야 하는 하룻길이었다. 거기 농잠학교 선생으로 있는 소년 고모부가 한 번 다녀가기도 했고, 며칠 전에는 북상하는 군 트럭에 얹혀 김서방도 상주 맏고모 시댁을 다녀왔다. 그런데 그쪽 맏고모 시아버지가 지주에 부읍장이라 피난을 떠나야 한다며, 내려가는 길에 며느리를 데리고 떠나야겠다는 소식만 가지고 돌아왔다.

"모르기사 해도 지 생각으로는 메칠 안에 그쪽 집안이 여게를 거쳐갈 낍니더." 김서방이 몸을 씻으러 부엌 뒤꼍으로 가며 맏고모에게 말했다.

"김서방, 좀 봐여." 할아버지가 숟가락을 상에 놓으며 비를 피해 부엌 처마로 걷는 김서방을 불렀다. "저녁밥 묵거덩 사랑으로 건너와여."

"모레쯤 종회 열 것 아니시여?" 할머니가 할아버지에게 물었다.

"송전에서 서찰이 왔어여. 사당으 조선님 유품을 마루 밑 고방에 모다 옮기자고. 그라고 또 으논할 것도 있고."

할머니는 할아버지에게 더 묻지 않았다. "아녀자가 아무리 궁금한 게 있더라도 지아비는 물론 다른 남정네한테 무엇이든 한 분 이상 물으모 안 되며, 물을 떠다 바칠 때도 쟁반 받쳐 손을 감춰야 해여. 아랫것들이 마당에 비질을 할 때 그 마당을 밟지 말아야 하고, 시상이 달라져 아녀자으 문밖 출입이사 막지 못하지마는 길을 갈 때 눈을 바로 들지 말 것이며, 사람이 모인 데는 피해 가고, 걸을 때 몸을 흔들거나 신발 바닥을 보여서는 안 되여." 할머니가 고모들에게 자주 이르던 말이었다.

"오늘은 많이 자셨구려." 나붓이 담은 밥그릇을 반 남짓 비운 할아버지를 보고 할머니가 흐뭇해했다. 할아버지 안채 나들이를 건강에 좋은 징조로 여겼던지 할머니 말은 김서방의 전쟁 이야기와 상관없이 기쁨에 들떴다.

할아버지가 식사를 마쳤기에 소년은 자리를 떴다. 댓돌에 놓인 고무신을 신고 부엌으로 갔다. 앞뒷문을 열어놓았는데도 부엌 안은 찜통이었다. 호롱불 아래 김서방댁은 제 식구 밥상을 차리고 있었다. 엄마는 중간 아궁이 앞에 부지깽이를 든 채 짚방석에 쪼그리고 앉아 뒷문 밖을 내다보고 있었다. 빗발이 직선으로 쏟아져 내렸고 우물가 석류나무가 세찬 빗발에 후들거렸다. 천둥이 한차례 치자, 바깥이 하얗게 드러났다 어두워졌다.

"할부지 지, 진지 다 드셨어여. 어무이도 어서 밥 잡숴여." 소년이 부엌 문설주에 기대서서 말했다.

소년을 보는 엄마의 여윈 얼굴은 표정이 없었다. 호롱불빛에 떠오르는 엄마 얼굴은 병든 염소 같았다. 눈동자만 살아 퀭하게 번득였다.

"밥 많이 먹었냐?"

"어무이도 밥 자시야 힘이 생기여."

"나는 먹고 싶은 마음이 없다. 양식 떨어진 마을 사람들은 두 끼 죽도 양껏 못 먹구 여름 전쟁을 견디지 않냐."

□ "한서 동무의 영웅적 죽음을 생각한다면 우리가 이럴 필요가 읎어여. 그러나 이 종가는 대대로 지주였어여. 소작인과 고용머슴 고혈을 빨아 고대광실 높은 집에서 배부르게 살아왔잖아여. 춘궁기에 부황 걸려 우리 새끼들 곯아죽을 때 이 집은 포식하고 남은 밥은 개한테 줬어여." 삼식이 아버지가 댓돌에서 말했다.

사랑 마당에는 죽창 든 청년동맹 장정들이 섰다. 할아버지는 숨을 헐떡이며 누웠고, 할머니는 물수건으로 풀어헤친 할아버지 가슴을 닦아주고 있었다.

"자네 보다시피 우리 집이 쌀밥 은제 개한테 믹여. 그래서 우짜자는 기여. 우리가 지주라고 여태껏 자네들한테 무슨 몬할 짓 했어여." 할머니가 삼식이 아버지에게 대거리를 놓았다.

"할망구 지랄하네. 인자 지주나 우리나 똑같은 인민이라여. 그러니 양석 좀 나눠 묵자 말이여!" 뒤에 섰던 칠봉이가 호통을 쳤다.

"큰 소도 끌고 가고 송아지도 잡아묵고, 인자 또 뭘 내놓으라는 기여. 우리가 양석이 어데 있다고. 점심밥 안 묵은 지 오래됐고,

죽으로 때우여. 자네들도 우리 집에 와서 조석으로 보잖는가." 칠봉이 서슬에 할머니 목소리가 떨렸다.

소년은 두려워 숨을 할딱이며 사랑 마당 대추나무 그늘 아래 섰다.

"하루를 멀죽 한 끼로 넘기는 우리보담사 헹핀이 낫겠제. 새 시상은 묵어도 같이 묵고, 굶어도 같이 굶자는 주으란 거 종택 할무이 동무도 아실 테지여?" 삼식이 아버지가 농구화 신은 한쪽 발을 마루에 걸쳤다.

"그래서 어쩌자는 거여!"

"광은 비었을 끼고, 양석은 숨캈을 테이까 집 안을 몽땅 뒤지겠어여!" 삼식이 아버지가 말했다.

소년은 숨을 멈추고 눈을 감았다. 사당 옆 대밭 끝머리 토굴에 숨어 있는 근우 씨와 종호형의 떨고 있을 모습이 떠올랐다.

"양석을 숨카다이? 양석이 어데 있다꼬. 차라리 날 쥑여라. 너거들 손에 죽는 기 나아여!" 할머니가 마루로 나서며 쏘아붙였다.

할아버지가 무어라고 한마디 하려 입술을 움직였는데 말이 되어 나오지 않았다. 삼식이 아버지가 뒤에 선 장정들에게 눈짓했다. 장정 넷이 안채로 뛰어갔다. 소년도 그들을 뒤따랐다. 어느 날 초저녁, 소년은 분을 하얗게 바른 막내고모가 뒤란으로 발소리 죽여 돌아가는 모습을 우연히 본 적 있었다. 종호형이 토굴에 숨기 전이었다. 대숲 끝머리 토굴로 하루 두 번 음식 나르는 일은 막내고모 몫이었지만 그날따라 소년은 이상한 생각이 들었다. 소년은 고모 뒤를 밟았다. 그날 초저녁, 소년은 막내고모와 근우씨가 한 몸으로 엉겨 대밭에 엎어지던 장면을 엿보았다. 둘은 오랫동안 떨어지지 않았다.

장정들은 신발을 신은 채 외양간 짚북데기, 부엌 솥가리 더미, 안방 다락, 건넌방 장롱, 막내고모 방까지 뒤졌다. 부엌, 큰솥 아궁이 속, 봉당 바닥, 마루 밑까지 죽창으로 쑤셨다. 소년은 막내고모와 근우씨가 합쳐진 몸이 떠올라 얼굴이 화끈해 사당 뒤 대숲을 보았다. 장정들은 끝내 양식을 찾아내지 못했다.

"이렇게 씨가 말랐다모 머로 조석을 끓여. 저 자숙을 조지뿔자. 씨종자가 알고 있을 거여!" 칠봉이가 광에서 나오며 소년을 가리켰다.

"어무이, 어무이!" 겁을 먹은 소년이 엄마를 찾았다. 들일 나갔는지 엄마도 김서방댁도 보이지 않았다.

"말해, 양석 어데서 퍼내오는강 니늠이 퍼뜩 불어!" 재작년까지 종갓집 중머슴이었던 일근이 소년 멱살을 거머줬었다.

소년은 숨이 막혀 말을 할 수 없었다.

"증말 말 안할 거여!"

일근이 소년 숨통을 죄자, 소년 동공이 위 눈꺼풀에 붙었다.

"사당 쪽도 찾아봐여." 삼식이 아버지 말에 장정 둘이 사당 쪽으로 올라갔다.

"쬥렬이를 놔! 야는 집안 종손이라여!" 할머니가 일근이 팔을 잡고 늘어졌다.

"양석 숨카둔 데를 말 안하모 이 자숙을 쥑일 끼여."

일근이 소년 목을 더욱 죄자, 소년은 숨을 쉴 수 없어 의식을 잃어갔다.

"우리 손주를 놓아줘. 내 말할 테여. 양석 있는 데를 말할 테여!" 할머니가 울며 소리쳤다.

그제야 일근이 소년 목을 죄던 손을 풀었다. 소년이 그 자리에 쓰러졌다.

9

"열아, 정지서 머 해여. 남자가 정지에 드가모 안 된다고 말해도 또 거게 있어여. 대체 누굴 닮아 그래여." 대청에서 할머니가 소년을 불렀다.

소년은 얼른 부엌에서 나왔다. 귀신맨쿠로 용하기도 해여. 저 쪼그락진 입을 벌이 쏘아뿌라. 소년은 속으로 할머니를 욕질하며 부엌 앞 쪽마루에 앉았다. 그러나 그런 말을 속으로 뇌까린 자기 마음까지 늙은 여우가 들여다볼까봐 겁이 났다. 할머니는 소년이 엄마와 함께 있는 걸 보면 눈에 쌍심지를 켰다.

저녁밥을 먹으면 마을 아이들이 놀이 동무를 불러내려 집집 토담을 돌며 불러대는 노래가 오늘 저녁은 들리지 않았다. 천둥과 번개가 치고 비까지 쏟아지기에 모두 마루에서 하늘만 쳐다보며 비 구경을 하고 있을지 몰랐다. 할머니가 소년의 밤마을을 단속하기도 했지만 소년은 밤마을을 나가고 싶지 않았다. 그러나 사랑으로 건너가 할아버지 앞에서 무릎 꿇고 앉아 선대어른 율곡선생이 지은 『격몽요결(擊蒙要訣)』을 졸음이 눈썹에 붙을 때까지 읽어야 하는 공부만은 싫었다. 더욱 오늘 저녁은 할아버지께서 안채로 건너와 밥을 자셨기 때문이었다. 언제 사랑으로 건너갈지 알 수 없었다. 조만간 할머니가, 죙열아 사랑으로 건너가야지여 하고 말할 것이다. 소년은 아이들의 노랫소리를 입속으로 가만히 따라 불러보았다.

"동무동무 어깨동무 어디든지 같이가고 / 동무동무 어깨동무 언제든지 같이놀고 / 동무동무 어깨동무 해도달도 따라오고 / 동무동무 어깨동무 같이살고 같이죽고……"

"나는 마 사랑으로 건너갈라여." 할아버지가 말했다.

할머니가 할아버지를 부축했고, 밥 먹기를 덜 끝낸 막내고모가 고비다락에서 지우산을 꺼내 펴들었다. 강 쪽에서 번개가 번쩍이고 우레가 연달아 굉음을 터뜨렸다. 건넌방에서 맏고모가 나오더니 신방돌에 놓인 할아버지 고무신을 신기 편하게 가지런히 놓고, 할머니와 함께 할아버지를 부축했다.

"괜찮다 그래여. 내 심으로 걸을 테여." 할아버지가 말했다.

"그냥 가만 계셔여. 비도 이래 오는데 말여. 얼매나 반가분 비여. 곡석이 좋아서 풀풀 살아 뛰겠어여." 할머니가 말했다.

소년은 얼른 기둥에 세워둔 지팡이를 할아버지 손에 쥐어드렸다. 할아버지가 기우뚱 마당으로 내려섰다. 허리를 펴고 깜깜한 하늘을 보았다.

"이 비가 무신 비여. 곡석이야 좋겠지마는 이 종가에 무신 말씀을 전할라꼬 이래 천지가 요란한지……" 할아버지가 꺼져가는 목소리로 말했다.

 □연 이틀째 초가을 쉼 없이 늦장마비가 부슬부슬 내렸다. 바깥은 어둠이 깔렸다. 사랑 안은 할머니와 막내고모의 소리 죽인 흐느낌이 고즈넉이 흘렀다. 석유등잔 두 개가 불을 밝힌 가운데 할아버지는 얇은 이불을 덮고 누워 있었다. 오후를 넘기면서부터 정신이 오락가락하더니 할아버지가 말문을 닫은 지 댓 시간이 넘었다. 할아버지 머리맡 양쪽으로 학봉어른과 훈장어른이 앉아 있었다. 옥계어른에게도 연락을 취했으나 시오리 빗길이라 아직 도착하지 않았다. 학봉어른 옆에는 마을 의원 반구영감이 앉아 할아버지의 장작개비처럼 마른 손목을 진맥했다. 소년은 훈장어른 옆에 무릎을 꿇고 있었다. 사랑 안에는 직계 가족 중 소년의 맏고모만 빠져 보이지 않았다. 인민군이 마을로 들어오기 엿새 전, 피난길에 들른 시가댁 가족에 섞여 대구로 떠났기 때문이다.
 방문이 활짝 열린 마루에는 문중의 젊은이들이 숨을 죽인 채 방 안 동정에 귀를 기울였다. 남녀 합하여 스무 명에 이르러 마루가 비좁았다. 그중 할머니 친정 남동생도 옷갓해 가부좌하고 있었다. 할머니 친정은 강정에서 시오리 길로, 조선조 초기 심덕부·심온·심회 삼대에 걸쳐 영상(領相)을 낸 문벌 집안이었다. 할머니 친정 마을 예강동 앞산에는 심회 양아버지 강거민 내외의 묘가 있었고, 영의정 심회가 자기를 길러준 양아버지를 육 년간 시묘(侍墓)했다는 유적지 거류암(居留岩)이 있었다. 소년 엄마도 마루 끝 축담에 쪼그려 앉아 초췌한 모습으로 비가 오는 사랑마당을 바라보고 있었다.

"아무래도 자꾸 기력이 더 떨어지이." 반구영감이 머리를 흔들며 학봉어른에게 소곤거렸다.

소년은 할아버지 얼굴을 보았다. 할아버지는 고르지 못한 숨길로 된숨을 내뿜었다. 동공은 천장에 고정되었고 입은 반쯤 벌어져 있었다. 얼굴은 이미 꺼멓게 변했다. 얼굴색이 먹물에 녹두죽을 푼 것 같다고 소년은 생각했다. 갑자기 할아버지 입이 씰룩거렸다. 무슨 말을 할 듯했으나 말이 되어 나오지 않았다. 이불 밖으로 나온 손가락이 곰지락거리며 떨렸다.

"누구를 찾는 모양이여." 훈장어른이 말했다.

"쥉렬아, 네가 할부지 손 좀 잡아드려여." 학봉어른이 체머리를 떨며 말했다.

소년이 조심스럽게 할아버지 손을 잡았다. 힘없는 할아버지 손이 찬 땀에 젖었다. 이불을 덮었는데 복수가 차 동산같이 솟은 할아버지 배가 잠시 들썩거렸다.

"죄, 죄……" 하고, 할아버지가 가쁜 숨길로 숨차게 내뱉었다.

주위 사람이 모두 할아버지 입을 보았다. 할머니만 눈을 감고 무슨 주문인가 외며 합장한 손을 열심히 비비고 있었다. 할머니의 눈물로 얼룩진 얼굴은 오히려 평온했다. 그러나 할아버지는 숨길만 거칠어지고, 머리가 뒤로 젖혀졌다. 목울대가 개구리 울음 울 때처럼 꺼졌다 부풀었다 했다.

"고비여, 이 고비를 넘겨야 하는데……" 반구영감이 할아버지 양 어깨를 가벼이 눌렀다.

잃어버린 시간

절정으로 치닫던 할아버지의 숨결이 차츰 낮아졌다. 소년은 할아버지가 그대로 숨을 멈출까 싶어 조마조마했다.

"죽마고우로 한 마실서 클 때는 어깨동무해서 온 산천을 뛰댕기며 놀았건만 떠날 때는 이래 호문차 가는가뵈여." 학봉어른 말이었다.

할아버지의 벌어진 입술이 다시 달싹였다. 훈장어른이 한쪽 귀를 할아버지 입에 가져다 댔다.

"뭐라고 말을 하는 모양인데 알아들을 수 없어여." 훈장어른이 말했다.

"한서 시신이 돌아오고부텀 잿불 사그라지듯 기운을 잃더마는. 내가 와서 말을 붙여도 무슨 생각이 깊은지 멍해져서. 다 종가으 장래를 걱정하는 눈치였어여." 학봉어른이 체머리를 떨며 말했다.

"조, 조용해여." 윗몸을 할아버지 안전에 숙인 훈장어른이 손을 내저었다. "에미를 찾는 모양인데, 뉘여?"

훈장어른이 주위를 둘러보았다. 할머니는 눈을 감고 여전히 주문을 외고 있었다.

"죄 카는 걸 보이 죙렬이 에미를 찾는 게 아니여?" 학봉어른이 물었다.

할머니가 감았던 눈을 떠 학봉어른을 보았다. 학봉어른이 지분대는 말이 듣기 싫던 차에 종렬이 에미까지 들먹이자 할머니 눈길이 곱지 못했다.

"죄, 죙렬이 에미, 에미를 호, 호적, 호적에……" 할아버지는 더 말을 잇지 못한 채 양미간을 찌푸렸다.

잠시 뒤, 평온했던 숨길이 다시 가빠지더니, 컥 하며 재채기하듯 한 번 숨을 내쉬었다. 이어, 할아버지의 입과 눈, 그리고 표정이 돌덩이같이 굳어졌다.

인민군이 선산 땅에서 퇴각한 날이 9월 22일이니, 열흘 전이었다.

10

할아버지를 부축하거나 지우산을 들고 할머니·맏고모·막내고모가 사랑으로 나가자, 소년은 외양간으로 가보았다. 송아지가 무얼 하나 싶어 궁금했던 것이다. 행랑 앞을 지나자 등잔걸이에 호롱불을 밝혀 둥근상을 가운데 놓고 김서방네 식구가 저녁밥을 먹고 있었다. 소년은 외양간 앞에 쪼그려 앉아 희미하게 드러난 어미소와 송아지를 보았다. 몸을 비스듬히 눕혀 앉은 어미소는 되새김질을 했고, 송아지는 어미소 배 아래 머리를 박고 있었다.

"마, 많이 묵고 어서어서 크거라. 우리 집은 피, 피난 안 간다 카이 니는 안 잡아묵힐지 몰라여." 소년이 비에 젖은 송아지 등을 쓸어주며 말했다.

어미소가 채찍같이 꼬리를 휘두르자 소년은 놀라 일어나 외양간을 떠났다. 그새 소년은 모기 떼한테 종아리며 팔을 여러 군데 물렸다.

설거지 따위의 집안일이 대충 끝나자, 안채 대청에는 할머니·

맏고모·엄마가 제가끔 일감을 들고 모였다. 할머니는 내일 아침에 다림질할 할아버지 겉옷을 광목보에 싸서 자근자근 밟았고, 엄마는 할아버지 모시옷을 시침질했고, 맏고모는 빨아 말린 아기 기저귀를 갰다. 늘 그 자리에 끼였던 김서방댁은 열무김치를 소금에 재워놓곤 마을 갔는지 보이지 않았다. 막내고모는 자기 방에서, 띄워도 닿지 않을 서울로 부칠 편지라도 쓰는지 꼼짝을 않았다. 저녁 식사 뒤면 막내고모 방에서 곧잘 흘러나오던「아베마리아」나「봉선화」같은 노래가 끊긴 지도 벌써 열흘이 넘었다.

　소년은 마루에 앉았다 안방으로 들어와 찬 방바닥에 누웠다. 줄기차게 내리는 빗소리에 귀를 기울였다. 구름이 품었던 화약을 다 써버린 듯 천둥과 번개는 더 치지 않았다. 포소리와 총소리에 쫓겨 내려왔는지 7월 들고 부쩍 잦았던 산짐승들 울음도 비 탓에 들리지 않았다. 대청에는 할머니와 맏고모가 도란도란 말을 나누고 있었다. 엄마 말소리는 들리지 않았다. 할머니는 엄마에게 말을 붙이지 않았기에 엄마는 언제나 있는 듯 없는 듯했다. 엄마는 벙어리가 된 듯 자기가 먼저 무슨 말을 꺼낸 적이 없었다. 엄마는 마음대로 잠도 못 잤다. "인자 자야지. 너들도 자여." 할머니 말이 떨어져야 모두 제가끔 잠자리로 돌아갔다. 할머니가 다림질할 때도 맞잡아줄 김서방댁이 없으면 맏고모나 막내고모를 찾았지 엄마를 부르지 않았다. 할머니는 엄마와 마주 앉아 있기조차 싫어했다.

　소년은 낮꿈은 물론, 날마다 밤이면 꿈을 꾸었다. 하룻밤 사이 세 가지나 다른 꿈을 꿀 때도 있었다. 꿈 종류도 여러 가지라, 이튿날 아침에 깨면 기억도 못하는 토막꿈에서부터, 이치에 맞지 않는 황당무계한 꿈, 할머니 옛이야기가 되풀이되는 꿈, 낮에 있었던 일이 다시 나타나는 꿈, 엄마와 신기하고 이상한 세계로 돌아다니는 꿈을 꾸기도 했다. 꿈은 언제나 무섭고 아슬아슬한 장면으로 치달아, 그럴 때는 몸이 식은땀에 젖어 헛소리를 내지른 적도 있었다. "오늘도 밤똥 마려울지 모르니 밤똥 안 누게 해주이소. 할무이 옛이바구도 안 듣고 잠자게 해주시고. 무서분 꿈도 안 꾸게 해주이소." 소년이 입속말로 중얼거렸다.

"내 처자 적만 해도, 부모님 별세하시모 머리 풀고 사흘 안에는 상제들이 상복을 안 입어여. 밥도 안 묵고. 먼첨은 미음을 쪼매 묵고 다음에는 죽을 줘. 염하고 나서야 상제들이 밥을 묵어여. 머리 풀고 있으모 밥상에 밥을 안 주고 쟁반에 찬도 종지 간장만 묵었어여. 요새는 시월이 달라져 누가 그걸 지키여. 모다 서양식이 좋다미 안할라 카제. 우선 귀찮거덩."

소년은 대청에서 들리는 할머니 말을 들으며 어렴풋이 잠에 빠졌다. 오늘은 다행히도 사랑으로 건너가지 않아도 될 모양이었다.

□ 안채 마당에 병풍을 치고, 신랑 대신 교의(交椅)에 이한서 사진을 올려놓았다. 소년 엄마는 빨간 다홍치마 노랑저고리에 족두리 쓰고, 얼굴에 연지 곤지를 찍었다. 모든 격식을 법절대로 갖춘 그 이상한 대례(大禮)를 문중 사람들과 마을 사람들이 구경한 것이 이틀 전이었다.

소년은 안채 마당에서 공기놀이를 하고 있었다. 아침볕이 다사

잃어버린 시간 293

로웠다. 김서방댁이 팔을 내두르며 헐레벌떡 중문을 뛰어들었다.
"마님여. 서당 서, 서까래에 열이 어무이가, 죙렬이 어무이가 목을 매었어여!"
"누가, 죽었어여? 또 누가 죽었어여?" 대청에 앉았던 할머니가 그 말을 알아듣지 못해 김서방댁에게 물었다.
"노망 드셨나, 마님이 와 이래여!" 김서방댁이 발을 동동 굴렀다.

11

소년은 눈을 떴다.
"또 꿈을 꿨어여?" 부채로 바람을 날리던 할머니가 물었다.
소년은 악몽에서 채 깨어나지 못하고 멍해져 있었다.
"일어나거라. 요 깔고 바로 자야제." 할머니가 등바닥에 손을 넣어 소년을 일으켜 앉혔다.
늘 그렇듯 문고리가 채워져 방문과 창문이 닫혀 있었다. "아녀자가 자는 방은 아무리 더분 염천삼복이라도 방문과 창문을 열어 놓으모 안 되여." 할머니가 늘 하는 말이었다. 소년은 방 가장자리로 옮겨 앉았다. 할머니가 장지를 열고 두 사람이 쓸 요와 삼베 홑이불을 꺼냈다. 소년이 요에 눕자, 할머니가 머리에 베개를 받쳐주었다. 몇 시쯤 됐을까. 소년은 마루 괘종시계에 귀를 기울였다. 이제 빗발이 약해져 주룩주룩 내리는 빗소리만 들렸지 시계 초침 소리는 들리지 않았다. 할머니가 소년 몸에 홑이불을 덮어주었다.

"똥 안 매려버여?" 할머니가 물었다.

소년은 똥이 마렵지 않아 가만있었다. 호롱불 일렁거림에 따라 천장 도배지 마름모꼴 연속무늬가 흐려졌다 밝아졌다 했다. 어느새 잠이 달아난 소년은 불안했다. 또 할머니가 불알을 쓸며 옛이야기를 들려줄는지 몰랐다. 할머니가 호롱불을 껐다. 방 안이 깜깜해졌다. 이제 자기는 없어지고 할머니와 귀신만 방 안에 가득 찬 밤이 되었다. 할머니 치마 벗는 소리에 이어 속치마 벗는 소리가 들렸다. 할머니는 여름철에도 치마 안에 속치마, 속치마 안에 고쟁이를 입었다. 할머니가 어둠 속에서 벗은 옷을 개었다. 옷을 차곡차곡 다 개어놓곤 소년 옆에 누웠다. 소년은 귀신이 옆에 눕기라도 한 듯 진저리를 쳤다.

"열아, 잠 안 오제?" 할머니가 물었다. 소년은 대답하지 않고 눈을 감았다. "너 아부지도 잠이 읎었어여. 유별나게 새북잠이 읎었제. 긴긴 동짓밤은 물론이고 오뉴월 한철에도 새북이모 일어나 글을 좔좔 읽었어여."

소년의 귀에 할머니 말이 음험하게 들렸다. "여자가 한을 품으면 오뉴월 한철에도 서리가 내린다." 엄마가 말했다. 엄마는 무슨 생각을 하며 잠자리에 들었을까. 잠을 자며 무슨 꿈을 꿀까. 족두리 쓰는 꿈을, 아버지와 만나는 꿈을 꾸고 있을까. 그때, 할머니의 손이 소년 홑이불 안으로 슬며시 들어왔다. 소년은 바짝 몸이 오그라들며 숨을 죽였다. 할머니의 껄끄러운 손이 허리춤 고무줄 안으로 들어왔다. 소년은 몸을 떨었다. 온몸에 소름이 돋고 가슴은 가위눌린 듯 쿵쿵 뛰었다.

"불알 밑으 굵은 대롱이 쪼매 꿋꿋해졌는지 우째 됐는지, 어데 한분 보자."

소년은 참았던 숨을 어쩔 수 없이 내쉬었다. 건넌방에서 맏고모 아기 우는 소리가 들렸다. 할머니 손이 소년 고추를 쪼물락거리다 불알을 쓸기 시작했다. 소년은 부끄러움으로 죽고 싶은 마음이었다. 감은 눈앞에 꼬리 달린 뭇별이 춤을 추며 너울거렸다. 소년은 차마 할머니 손을 떨쳐버리거나 고함을 지를 수 없었다.

"내가 죙렬이 니 담력 키아줄 이바구나 한차례 해줘여?"

안 들을 테여. 할무이 이바구는 안 듣고 잠잘 테여! 소년이 속으로 외쳤다. 건넌방 아기 울음소리가 그치자, 주룩주룩 듣는 빗소리만 들릴 뿐 사위가 조용했다.

▫ 가을 끝 무렵, 그루터기만 남은 빈 들에서 찬비를 맞던 허수아비가 제풀에 쓰러졌다. 늦가을 비를 맞으며 엄마가 미친 듯 빈 논을 헤매고 다녔다. "여보, 이제 내 소원은 풀었어요. 나를 이 집 종택 며느리로 앉히겠다고 문중회의에서 결정을 보았어요. 종렬이하고 당신 사진하고 같이 살라고 그렇게 결정을 보았어요. 나도 이 집 귀신이 되었으니 죽어도 원이 없어요. 종렬이를 뿌리로 박아놓았으니, 내 소원을 풀었어요. 어디 있소? 이제 나를 데려가요!" 팔을 너울대며 천방지축 뛰던 엄마가 끝내 고꾸라졌다. 엄마는 너무 야위어 비에 젖은 옷 속에는 살도 뼈도 없는 듯했다. 진창에 박힌 엄마 얼굴은 해골이었다. 산발이 된 젖은 머리칼이

얼굴을 가렸는데, 머리카락 사이로 보이는 검은 동공이 고정되어 있었다. "죙렬아, 어서 돌아가거라. 여기 있으면 할머니한테 꾸중 들어. 모자 사이를 떼어놓으려 또 날 쫓아낼지 몰라. 그러니 어서 가!"

소년은 눈을 떴다. 꿈속에 엄마가 살아 있었다. 그러나 꿈이었다. 할머니를 깨워 밤똥을 누러 갈까, 좀더 참을까. 소년은 이불을 머리끝까지 덮어쓰고 뭉그적거렸다. 마루 괘종시계가 치지 않아 시간을 가늠할 수 없었다. 만약 배가 고프고 똥이 마렵지 않았다면 아직도 악몽에 시달릴 것이다. 멀리서 난장질하듯 포소리와 총소리가 들렸다.

소년은 눈을 감았다 떴다. 눈앞에 삶은 국수타래같이 가닥가닥 엮인 푸른 힘줄 덩어리가 피를 떨구었다. 피를 뚝뚝 떨구는 힘줄이 꿈틀댈 때마다 무리로 엉긴 지렁이 같았다. 머릿속이 점점 뜨거워지더니 여러 총소리가 고막을 치고 나갔다. 총소리에 놀라 마구 요동쳤다. 미꾸라지를 담은 통에 소금을 뿌린 것 같았다. 소년은 총소리를 듣지 않으려 귀를 막았다. 숨을 헐떡였다. "할무이, 할무이!" 소년은 할머니를 외쳐 불렀다. 익은 벼가 고개를 떨군 논에 외로이 섰던 허수아비가 제풀에 쓰러졌다. "어데 가여, 할무이 어데 가여!" 소년은 놀이 타는 강 쪽으로 갈팡질팡 미치듯 뛰는 할머니를 뒤따랐다. "한서야, 한서야, 니는 종택 종손인데 어데 있어여! 영감, 마 날 데불고 가여!" 할머니가 강둑 넘어 갈대밭으로 달려갔다. "강을 봐여, 이 유구하게 흐르는 강물도 똑같은 강물은 아니여. 늘 새 물이 흘러내리지마는 사람이 보기엔, 똑같

잃어버린 시간 297

은 강물이여. 집안도 마찬가지여. 한 사람이 죽고 다시 한 생명이 생겨나지마는 혈통은 멈추는 법 읎이 이어져서 흘러내리여." 저 물어 자주색 어둠에 누운 강을 보며 할아버지가 우렁우렁한 목소리로 말했다. 소년이 목소리를 찾아 두리번거릴 때, 할머니는 한 사코 어두운 갈대밭 뻘창을 헤집고 들어갔다. "할무이, 거게로 가모 죽어여. 죽으모 안 되여. 무서버서 호문차서는 몬 살아여. 허구헌 긴긴 날 밤을 내 호문차 우째 살라꼬 가뿔라 캐여!" 소년은 소리쳐 울며 갈대밭으로 할머니 뒤를 따라갔다. "종택 마님이 실성하고부텀 죙렬이 쟈가 말을 덜 더듬어여. 꼭 지 할무이 뒤만 따라댕기여." 마을 사람들이 강둑에 몰려서서 쑤군거렸다. 할머니는 입에 거품을 뿜으며 갈대밭에 쓰러졌다. 소년이 할머니를 업었다. 할머니 몸이 가벼운데도 기운이 없어 걸을 수 없었다. 발은 뻘창으로 자꾸 빠져들었다. 그때, 총알이 머리 위로 날아갔다. 소년은 할머니를 업은 채 앞으로 고꾸라졌다. 지네 떼, 지렁이 떼, 뼈만 남은 개구리들이 소년과 할머니에게 덤벼들었다. 참새 떼까지 달려들어 살을 마구 쪼았다. 소년은 고함을 질렀다. 꿈인지 생시인지 분간할 수 없었다. 꿈인데도 꼭 생시 같았다.

   그때 마루 시계가 탱 하며 몇 시인지 삼십분을 알렸다. 시계 소리와 함께 갈대밭이, 할머니가, 징그러운 모든 것이 순간적으로 사라졌다. 사위는 고즈넉해졌다. 멀리서 총소리와 포소리가 들렸다. 꿈이 아닌 생시였다. 엉덩이 밑이 축축했다. 낮에 있었던 일과 몽상이 뒤섞여 시달릴 사이 소년은 또 설사를 해버렸다. 소년은 덮어썼던 이불을 눈 밑으로 당겨 내렸다. 깜깜했다. 눈을 감았나 싶어 눈까풀을 깜짝여보아도 아무것도 보이지 않았다. 소년은 할머니 자리 쪽으로 손을 넣어보았다. 자리가 비었다. 이 밤중에 어디로 갔을까. 장독대 터줏자리에 갔을까. 불타버린 사당에 올라갔을까. 아니면 낮처럼 아버지를 부르며 갈대밭을 헤맬까. 자세히 귀 기울이니 나뭇잎 떨리는 소리가 들렸다. 눈을 치켜뜨자 희미한 대청이 내다보였다. 할머니가 방문을 열어놓은 채 나가버렸다.

대문 두드리는 소리가 들렸다. 방학하던 날 운동장 조회를 알리는 종소리같이 요란했다. 쿵쿵, 쾅쾅! 누군가 주먹으로 대문을 힘껏 두들겨댔다. 공산군일까, 국군일까, 알 수 없었다. 어느 쪽도 다 무서웠다.

"마님, 종택 마님!" 할머니를 부르는 남자 목소리였다.

소년은 목소리 임자를 떠올릴 수 없을뿐더러 도무지 일어날 수 없었다.

"마님, 종택 마님!" 남자는 계속 대문을 두들겨댔다.

행랑 방문이 열리는 소리가 났다.

"이 밤중에 누구여?" 김서방댁이었다. 네 해 전, 소년이 처음 할아버지 댁에 왔을 때 솟을대문 앞에서 묻던 그 목소리였다. 그때보다도 더 겁을 먹었다. 신발을 끌며 김서방댁이 대문 쪽으로 가는 소리가 들렸다.

"나란 말이여! 마님이 어딨어여?" 중문을 거쳐 오며 헐떡이는 남자 목소리였다.

그제야 소년은 옥님이 아범이 왔음을 알았다.

"안 계시는가봐여. 마님이 실성하였어여. 밤만 되모 어데로 나간대여."

김서방댁 말을 들으며, 소년은 할머니가 반쯤 귀신이 되었다고 생각했다. 열어놓은 방문을 통해 찬바람이 밀려들었다. 가을이 닥쳐 홑이불만 덮으면 추운데도 할머니는 솜이불을 내놓지 않았다. "한서가 와야 새 솜이불 꺼낼 거여." 할머니가 하던 말이었다.

"옥님이 아범, 새북이 다 돼가는데 웬일이여? 어느 핀에 죽을지 몰라 막내 아씨도, 새신랑 될 사람도, 삼식이 아범도, 아아들만 남가두고 산지사방 흩어져 마실이 텅 비었어여. 옥님이 아범은 대체 어데서 오는 길이여? 검수골은 우째 됐어여? 국군이 올라온다 캐쌓던데." 김서방댁이 물었다.

"이 무신 원수가 졌다고!" 옥님이 아범 목소리가 울음에 차더니 봇물 터지듯 통곡이 쏟아졌다. "다 죽었어여, 마누래도 옥님이도 다 죽었어여!" 옥님이 아범의 장탄식이 늘어졌다. 마루청인지 땅바닥인지 무엇을 차는 소리도 들렸다. "지녁답부터 꺼멍재에서 국군하고 공산군이 맞붙더마는 마실이 박살이 나고, 마실 사람도 거지반 다 죽었어여. 공산군이 내리올 때 김천 치는 질목이 꺼멍재라 마실이 반쯤 불타고 사람도 많케 생목숨 잃더마는, 이분에는 상주 가는 질목이라 또 그 산에서 맞붙었지여. 도망질치다 죽고, 산에 숨었다 비행기 폭탄 맞아 죽고……" 옥님이 아범 말소리가 울음에 잦아졌다.

소년은 다시 이불을 뒤집어썼다.

"난도 내 정신이 아님더, 우짜다가 여게꺼정 왔는지 모르겠어여.

폭탄이 터지자 비명 한분 몬 지르고, 온 숲이 불바다 되고, 옆에 있던 마누래고 옥님이고 어데로 날아갔는지…… 시체고 머고, 구 뎅이만 파였고…… 무신 귀신에 쓰이서 내가 여게꺼정 왔노." 옥님이 아범 목소리는 헛소리 같았다. 김서방댁 말은 들리지 않았다. 소년도 정신이 가물가물해져 옥님이 아범 통곡을 더 들을 수 없었다. 몸이 뙤약볕에 바싹 말라 나풀거리며 하늘로 올라갔다. 식은땀이 숨구멍마다 배어나오고 할딱거림도 까무러졌다. 소년은 끝내 의식을 잃었다.

(『현대문학』 1984년 6월호)

세월의 너울
세
월
의

너
울

일 년 중에 챙겨서 기념해야 할 날이 있다. 어느 가정의 경우에나 해당되는, 못 박아 정해둔 어느 하루가 그런 날이다. 양력 새해를 맞으면 나와 안사람은 머리를 맞대고 열두 장 달력에 일일이 기념일을 표시해둔다. 우리 집안은 구정을 쇠기도 하지만, 돌아가신 윗대 어른들 기제사는 음력으로 지낸다. 어머니 생신과 우리 삼형제 생일도 음력을 따른다. 아랫대로 내려오면 생일과 결혼기념일이 양력으로 바뀐다. 경조사가 있는 날을 하루하루 표시하다 보면 달력에는 어느 달이든 한두 차례, 또는 두세 차례까지 기념해야 할 날이 꼭 박혀 있다. 윗대로는 증조부 대부터 제사를 모시니 다섯 차례 기제사가 있는 셈이다.

내 대에서는 남한에 살고 있는 형제가, 장남인 내 아래로 운식이, 청식이 이렇게 셋이다. 나는 아들만 셋을 두었다. 신경이 명주올처럼 가늘었던 큰아들은 대학 재학 중 연상의 여자를 사랑하더니 그 사랑이 이별로 끝나자 자살해버렸다. 나는 아들 둘을 둔 셈이다. 둘째였던 건모가 장자가 되었다. 건모는 어릴 적부터 무엇이든 만드는 데 손재주가 있어 대학도 미술대학 공예과에 입학했다. 졸업 무렵에는 어느 신문사에서 모집한 공예전에 문갑을 출품해 입선하기도 했다. 결혼을 한 뒤에는 시내 변두리에 살림집을 겸한 작업장을 차려 소목장(小木匠)으로 제법 이름을 얻었다. 건모는 석 달 전 가족을 데리고 미국으로 이민을 떠나버렸다. 건모 아래 둘째애 건욱이는 자기 식구 둘과 함께 나와 한 지붕 밑에 살고 있다. 내가 사는 집은 어머니를 정점으로 건욱이 아들 현화까지, 사 대가 사는 셈이다.

가운데 아우인 운식이는 아들 둘에 딸 하나를 두었고, 막내 청식이는 단출하게 남매를 두었다. 우리 삼형제 아랫대에서 남자가 다섯, 여자가 둘로 가지를 쳤다. 삼형제 손자 대에는 한창 가지가 벌어지는 참이라 앞으로 새 가지가 생겨날 것이다.

기념일은 내가 어머니를 모시고 있는데다 종갓집이므로 가족 모두 우리 집에 모이는 날이 많다. 그렇지 않은 날은 우리 내외가 어머니를 모시고 나들이 나가기도 하고, 따로 간단한 선물을 보내거나 전화로 안부를 묻는 날도 있다. 그런 날은 과거가 떠올려 주는 추억으로 기쁨이 되살아나기도 하지만, 사람이 무슨 뜻으로 이 세상에 태어나며 혈육이란 또 무엇인가 하는 생각을 되씹기도 한다. 어찌 되었든, 나 자신도 늙은이 축에 끼어든 나이가 되었으니 그런 기념일에 마음가짐이 한결 엄숙해지는 점만은 사실이다.

오늘도 달력에 표시가 있는 기념일 중 하루다. 오늘은 자식들

결혼기념일이나 손자들 생일과 같이 즐거운 추억을 떠올려주는 그런 날은 아니다. 그렇다고 울적한 마음으로 지난날을 돌아보게 되는 날도 아니다. 이제는 기쁨과 슬픔의 분명한 선도 무너져, 즐거웠던 기념일에 슬펐던 날을 떠올리기도 하고, 슬픈 추억을 되새김질하다 보면 언제인가 기쁜 날이 되어 돌아오려니 하는 기대를 가져보기도 한다. 오늘은 집안 식구가 모두 우리 집으로 모이는 날이다. 나는 이날만은 비교적 담담하게 맞아온 편이다. 이날이 떠올려주는 추억으로 말하면, 간절하게 사무쳐오는 그 무엇이 없기 때문일까. 하여튼 내가 생각해도 냉정하다는 느낌이 든다. 다만 우리 가문의 내력을 곰곰이 되짚어보게 되는 날로, 잊어서 안 될 중요한 기념일인 점만은 틀림없다.

오늘은 아버지 사십오 주기 기제사 날이다. 아니다. 정확하게 말한다면 아버지 기일은 내일인 셈이다. 삼대봉사(三代奉祀)를 하는 우리 집안의 경우, 제사는 늘 자정을 막 넘겨 모시기 때문이다. 언젠가 어머니가 별세한다면 내가 살아 있을 동안은 어머니 제사도 그 시간에 모셔야 할 것이다. 어머니는 요즘 사람이 아닌 옛 유가(儒家)의 규범 속에 살아 계시고, 당신 당대만은 그 전통을 굳게 지키려는 분이기 때문이다.

오래전 이야기이지만 통금이 있었던 시절의 오늘 같은 아버지 기제사 전날 저녁, 그런 말이 있었다. 그때는 어머니 슬하의 세 자식에게서 태어난 친손자들이 아래로 초등학교부터 위로 대학까지 줄줄이 학교에 다닐 무렵이었다. 아우 둘이 우리 집으로 오기 전에 의견을 맞추었는지, 그날 저녁 모임에서 그 건의가 나왔다. 앞으로는 어느 어른 기제사든 기일 당일 밤 아홉시쯤에 모시자는 것이다. 자정을 넘겨 제사를 모시니 통금에 걸려 집에 돌아갈 수 없고 맏형 집에서 잠을 자려니 잠자리가 불편하다는 둘째 운식이 말이었다. "자정에 제사를 모시다 보니 애들이 치르는 고역을 생각해보십시오. 애들 말로는, 큰아버님네 집에서 새벽밥 먹고 집으로 돌아가 가방 챙겨 허둥지둥 학교로 가자니 수업 중에 졸음이 와서 공부를 망친다지 않아요." 막내 청식이가 중형 말을 거들고 나섰다. "둘째형님 말이 맞습니다. 통행금지만 없어도 되겠는데, 애들이 제 방이 아닌 데서 잠을 자다보니 잠을 설쳐 학교에 가도 공부에 지장이 많답니다." 한마디씩 하고 난 두 아우가 어머니 눈치를 살피다, 나를 보았다. 맏형이 딱 부러지게 결정을 내릴 수 없겠지만 이럴 때 한마디쯤 강력한 발언을 보태라는 눈짓이었다. 시류를 좇는다면 아우들 말이 맞았다. 세월이 그런지라 자정을 넘겨 제사를 모시는 집이 도회에선 흔하지 않을 것이다. 그러나 나는 잠자코 있었다. 맏형님은 늘 왜 그렇게 우유부단한지 모르겠어요, 하는 막내의 힐책을 쏘아보는 눈길로 느꼈으나 이런 문제만은 나로서도 대책이 없었다. 마음속으로는 두 아우 의견에 일리가 있다고 긍정했지만 그 문제의 결정권은 내게 있지 않았다. 아우 둘도 그쯤은 알고 있었다. 모두의 눈길이 자연스럽게 어머니에게 옮아갔다. 주방 쪽에서 도마질 소리가 멎었다. 처를 포함한 제수씨 둘은 일손을 멈추고 멀찌감치에서 어머니를 바라보았다. 십수 년 전이니 그때 아마 어머니 연세가 회갑을 넘긴 지 몇 년은 지났을 터였다. 지금도 정정하시지만 그 시절이야말로 집안 살림 두량은 어머니 손에서 풀려나갔다. 심지어 처가 시장에서 찬거리를 사오는 일도 일일이 어머니에게 무엇을 사올까 여쭙곤 대문을 나섰으니깐. 어머니는 당신이 나설 차례임을 알고 입을 떼었다. "많지두 않은 집안이 이럴 때 하룻밤을 함께 보내는 게 무어 그리 어렵누. 집이 좁다면 모르지만 자구 갈 방과 이부자리두 넉넉허지 않느냐. 애들두 그렇다. 하룻밤 조금 늦게 재운다구 이튿날 공부에 지장이 있다면 그만한 손해가 과연 얼마만큼 손해겠누. 돌아가신 조선님을 기리는 정성이 학교 공부보다 더 중요하다는 게 이 할미 생각이다. 너들은 어디서 생겨나 뿌리를 내렸구 이다음에 어디루 가서 뉘 혼백을 만나게 될 거냐." 말씀하실 동안 어머니 표정은 근엄했고 목소리 또한 침착한 중에 위엄이 섰다. 말을 마치자 어머니는, 너희들 말은 더 듣지 않겠다는 듯 자리를 떴다. 자식들의 그런 말이 섭섭했던지 제사를 모실 동안 어머니는 손수건으로 눈 가장자리를 닦았다. 전에 없던 일이었다. 그 뒤부터 누구도 감히 다른 의견을 꺼내지 못했다. 우리 어머니가 보통 분이 아니지만 저 연세에 아직 저렇게 강단이 세시구나, 하고 섬뜩하게 느꼈을 뿐이었다. 나는 물론 처도 마찬가지였다. 그러나 돌아가신 조선님을 기린다는 어머니 말씀이 할아버지 경우라면 몰라도 아버지를 두고 말할 때는 꼭 해당이 된다고 볼 수도 없었다. 내 생각은 그랬으나 지아비를 사려하는 당신의 뜻이 그럴진대, 자식 된 도리로서 그 말씀을 감히 꺾어보겠다며 다른 이유를 둘러댄다는 게 부질없었다.

"옛 말씀은 새겨볼수록 하나 그른 게 없느니라. 이 할미를 박물관에나 모셔둘 노친네루 생각지 말구 들어봐. 음식을 두구 '곡례(曲禮)'에서 이른 말씀두 그러허다. 국은 훌쩍훌쩍 소리 내어 들이마시지 말라 일렀다. 또한 음식은 먹을 때 쩝쩝 소리 내어 먹지 말 것이며, 뼈까지 아삭거리며 갉아먹지 말 것이며, 먹던 어육(魚肉)은 도루 그릇에 놓지 말라 허셨다. 밥이 뜨겁다구 후후 불어 먹지 말구, 기장밥 먹을 때는 밥알이 찰지지 못해 흘리게 되니 젓가락으루 먹지 말라 했느니라." 방문을 활짝 열어놓은 어머니 방에서 들려오는 어머니 말씀으로 말의 높낮이가 없는 찬찬한 목소리다. 그 방에서는 무엇인가 기름에 튀기는 소리가 난다.

"할머니 말씀을 일일이 실천에 옮기려면 여간 조심스럽지가 않을뿐더러, 그걸 다 지키려면 오랜 수양이 필요하겠네요." 나와 한 지붕 밑에 사는 둘째애 건욱이 처가 말한다.

"늘 외구, 이를 행실루 옮기려 마음 쓰면 그리 어렵지두 않아. 얼마 안 있어 자연스럽게 몸에 익게 되느니라. 내가 같은 소리를 귀가 닳게 되풀이하는 연유두 다 아버님으루부터 물려받은 내림이지. 근검과 절약을 하루 스무 번씩 외면 마음이 청정하구 재물이 절루 모인다 말씀하셨지. 아버님께선 이를 잠자는 시간에두 잊지 않으신 분이셨다."

어머니의 그 말씀은 나 역시 수십 차례, 아니 셀 수 없도록 들어온 말이다. 내게 말씀하기도 했지만 종갓집 맏며느리인 처에게 하는 말을 곁귀로 들은 적이 더 많았다. 또한 어머니는 당신의 시아버지 자랑을 곧잘 내훈(內訓)에 섞어 넣었다. 어머니의 시아버지, 그러니 내게 할아버지 되는 그분은 견줄 만한 자가 쉽지 않은 대단한 어른이었다. 육이오전쟁 때 예순넷의 연세로 돌아가셨지만, 솟대어른이란 별칭대로 씨름선수같이 키가 장대하고 어깨가 딱 벌어진 몸집에다 범상〔虎相〕의 위엄찬 모습은 솟대처럼 우뚝해 지금도 눈에 선하다. 할아버지는 오랜 세월이 흐른다면 우리 가문의 중시조에 값할 만한, 오늘의 우리 집안을 일으키신 분이다.

내가 듣기로는 증조부 대까지 우리 집안은 저 충청도 땅 천안 삼거리목 역참거리에 살았다 한다. 증조부는 역참거리 역졸이었다 하니, 당시 신분으로 따진다면 한갓진 상민 계층이었다. 어릴 적부터 기골이 장대하고 영특했던 할아버지는 고조할아버지가 별세하자 을사강제조약이 체결되기 이태 전인 1903년, 열여덟 살에 청운의 뜻을 품고 집을 떠나 첫발을 디딘 곳이 저 갯가 소금밭인 수원의 화성군 우정면이라 했다. 두어 해 소금밭 일을 한 할아버지는 그동안 일한 새경이 모이자, 그 돈으로 나귀 한 필을 사서 안성과 양평 내륙 지방에 내다파는 소금장수 장삿길에 나섰다. 한일강제합병을 앞두고 일본의 조선반도 점탈이 본격화되어 세상이 한창 어수선할 때라, 내륙 지방은 소금이 품귀 현상을 빚었다. 소금은 내륙 지방의 농산물·약초·피륙으로 바뀌었고, 그것은 갯가의 더 많은 소금으로 교환되었다. 그렇게 몇 해를 오금이 닳도록 도다녀 밑천을 잡자, 할아버지는 천안 역참거리에서 그때까지 드난살이하던 증조할머니를 수원으로 모셔와 정착했다. 여수내골 중농 집안 규수를 맞아 장가를 들었다. 얼마 뒤, 증조할아버지 묘마저 이장함으로써 할아버지는 묘사(墓祀)가 아니면 천안으로 내려가지 않았다. 수원 땅에서 새로운 터전을 연 할아버지는 '경진상회'란 간판을 걸어 어물도가를 내었고, 어물도가가 성공하자 포목점과 정미소를 열었다. 그렇게 해서 모인 돈으로 할아버지는 화성과 용인 지방의 농토를 사들이기 시작했다. 아버지를 장가보낼 무렵에는 이미 오천 석 수확의 큰 재산을 이루었으니, 어머니가 자나깨나 할아버지의 그런 점을 두고 흠모하여 자녀들에게 교훈을 삼게 할 만도 했다. 재물복이란 운도 따라야겠지만, 당대에 그런 큰 재산을 이루기까지 할아버지의 근검과 절약은 수원 근동에도 평판이 나 이제는 전설이 되다시피 한 터이다. 보통 사람이 짚신 한 켤레 신을 동안 할아버지는 서너 켤레 짚신을 신을 만큼 부지런히 도다녔고, 재물을 크게 모아 교동골 솟대어르신이란 소리를 듣고 난 뒤에도 먼 길 출타 때가 아니면 고무신조차 아껴 짚신을 신은 분이라 했다. 일꾼에게는 쌀밥을 주어도 명절날이 아니면 식구들 밥은 반드시 잡곡을 절반으로 섞어 먹었고, 밥과 국을 뺀 찬은 아무리 잘 차려도 다섯 가지 이상 밥상에 올리지 못하게 했다. 어머니 말씀으론, 아녀자가 간장을 부을 때도 흘리지 않게 하려 종지 밑에 그릇을 받치도록 일렀다 한다. 자식이 공부할 때 외는 호롱불 심지를 높이지 못하게 할 정도로, 석유는 물론 지푸라기 하나 허술히 내버리지 못하게 한 분이었다. 길바닥이나 논두렁에 오줌을 누는 아이를 보면, 저 아까운 거름을 저렇게 내버리도록 자식 교육을 시키니 뉘 집안인지는 모르지만 가난을 면키 어렵겠다고 혀를 찬 분이셨다. 할아버지가 꼭 그렇게 구두쇠 노릇만 하지는 않으셨다. 어머님 말씀을 들어보면, 할아버지는 지극한 효자였다. 증조할머니는 어머니가 시집온 뒤

삼 년 만에 쉰 중반 연세로 별세하셨다 했는데, 할아버지가 아침저녁으로 증조할머니 방에 빠짐없이 문안인사를 드림은 물론, 그 밥상에는 늘 고깃국과 고기반찬이 떨어지지 않게 했다고 한다. 증조할머니가 별세하기 전 병석에 누워 지낸 넉 달 동안은 할아버지는 아예 잠자리마저 당신 어머니 방으로 옮겨 극진한 간병을 다했는데, 밥을 손수 떠먹여줌은 물론 똥오줌까지 스스로 받아내어, 보는 이가 그 지극한 효성에 눈시울이 뜨거워질 정도라 했다. 증조할머니가 돌아가시자 할아버지는 사흘 동안 곡기를 끊었고, 칠일장을 마칠 동안 몇 숟가락 미음 이외 음식을 입에 대지 않았다고 했다. 장례 또한 문상객이 수백 명이 넘었는데, 소 한 마리에 돼지를 여섯 마리나 잡았다니, 어느 촌로 말을 빌린다면 태어나 수원 땅에서 그토록 성대한 장례식을 보기가 처음이었다고 말했을 정도였다. 할아버지는 그렇게 재물을 쓸 때 쓸 줄 아는 분이었다. 무엇보다 할아버지가 당대에 모은 재물을 결정적으로 풀어놓았을 때는 팔일오해방 직후가 아니었나 한다. 해방이 되고 토지개혁이 여러 사람 입에 오르내릴 무렵, 선견지명이 있었던지 농토를 죄 정리해 학교 두 개를 세워, 돈을 어떻게 써야 하는지 호방함을 보이신 분이었다. 눈독 들였던 쉰다섯 칸 최참판 댁을 당시 시세보다 웃돈을 얹어 사들였다. 우리 형제가 태어났고 아버지가 별세한 집도 안채·사랑채·행랑채·곳간이 있는 대가였으나 할아버지는 거기에 만족하지 않고 일정 때부터 호시탐탐 최참판 댁 매입에 손길을 뻗었으나 그쪽 문중에서 쉬 팔지 않아 성사를 이루지 못했다. 그 점에서도 보자면 할아버지는 자신의 못 배운 한을 가슴에 늘 못으로 박아두어 장년 나이에 이르고도 서책을 가까이하며, 평생 일념을 사회적 신분상승에 걸었음이 분명했다. 할아버지가 가장 듣기 싫어했던 말이, 돈만 아는 장사꾼이었다. 할아버지의 그 일념은 하나뿐인 아들의 짝을 맞아들이는 과정에서도 집요했고, 거기서 태어난 손자 넷의 교육, 학교 설립으로 이어졌고, 끝내 최참판 댁을 매입함으로써 그 소원을 이루었다.

　나는 돋보기안경을 벗곤 보던 석간신문을 접는다. 안경을 문갑에 얹고 탁상시계를 본다. 저녁 일곱시 십팔분이다. 나는 담뱃갑과 라이터를 주머니에 넣고 안방에서 나온다. 거실에는 둘째 운식의 맏아들 건배 아이 남매가 텔레비전을 보고 있다. 접시 꼴로 생긴 비행기가 우주 공간을 누비며 로켓포를 쏘아대는 만화영화다.

　"떨어져 앉아서 봐야지." 내가 말했으나 두 아이는 화면에 정신이 팔려 큰할아버지 말을 들은 척도 아니한다.

　넓은 거실이 다른 어느 때보다 한결 쓸쓸하다. 아직 집안 식구가 다 모이지 않기도 했지만 내 장자 건모네 가족이 빠져버린 탓이다. 건모네 가족이 이민을 떠난 것이 당장 이렇게 표가 나는구나 하는 생각이 든다. 텔레비전을 보며 꽥꽥 기성을 질러대던 손자 녀석 완이의 천진스런 얼굴이 떠오른다. 텔레비전을 볼 때면 팔다리를 흔들던 녀석인지라 미국 텔레비전을 보면서도 그 짓을 되풀이하리라. 아둔한 머리라 여기에서 살 적에 우리말도 뜻을 제대로 새겨듣지 못했으니 미국 텔레비전을 보면서도 마찬가지리라. 한국에 남아 있다면 그야말로 종손이 될 완이 녀석을 생각하자, 마음이 휘휘하게 저물어온다. 그런 어두워짐이란 썩은 물이 마음을 채우는 불안이다. 그 불안이 스물네 시간 늘 마음을 채운다면 암의 전조이거나 노인성 심장병 징후이리라. 내 마음이 저무는 만큼 거실 창밖도 저녁 이내가 자욱 끼었다. 정원수들이 푸르름을 죽이며 어둠 속에 침잠한다.

 주방 쪽에서 아녀자들 말소리와, 끓이고 볶고 지지고 도마질하는 소리가 들린다. 음식 익히는 내음이 거실 안까지 찬다. 어머니 방을 제외한 다른 방은 다 비어 있을 터이다. 제수씨 둘과 운식이 자부인 건배 처가 아이 둘을 데리고 일찍 왔으므로, 주방만이 아녀자 대여섯이 제수 음식을 만드느라 훙청거리는 셈이다.

 "여자가 지닌 네 가지 행실루는 첫째가 덕이요, 둘째가 말이요, 셋째가 용모며, 넷째를 솜씨루 쳤다. 부덕(婦德)이란 반드시 재주와 총명이 남다르게 뛰어나야 헌다는 뜻이 아니니라. 여자란 늘 맑구 고요한 중에 절개를 지키며, 처신을 바르게 허구, 움직이구 움직이지 아니함에 법도가 있어야 한다구 했다. 말은 언사를 가려 쓰구 거친 말을 쓰지 않으며, 말을 헐 땐 반드시 깊이 생각한 연후에 해야 실수가 없는 게다. 말 한마디 잘못해 당하는 화가 오죽 많은가. 말은 약이기두 허구 독이 되기두 허느니라. 아녀자 말 한마디에 집안 형제 우의가 돈독해지기두 허지만, 입술 한번 잘못 놀려 지아비 형제를 이간시켜 집안의 분란을 일게두 헌다. 특히 현화 어미는 학동을 가르치는 선생이니 하는 말마다 보약이 되는 진실을 가르쳐야 학동의 우러름을 받는 훈도가 되느니라……" 말에 조리가 서고 그 조리가 무슨 판결문처럼 아퀴가 맞기론 팔순을 바라보는 노친네치고 어머니만한 여자도 흔하지 않을 것이다.

나는 어머니 방에 눈을 준다. 옥색 치마저고리를 곱게 차려입은 어머니는 증손자 현화를 무릎에 안고 있다. 하얗게 센 머리카락은 숱이 다 빠져 쪽찔 수 없었으므로 몇 년 전부터 간수하기 편하게 단발머리를 했다. 아버지 기제사인지라 잘 빤 순백색 머리카락이 형광등 불빛 아래, 미국으로 가버린 큰며느리 말을 빌린다면, 은총의 면류관같이 빛을 낸다. 돌배기 현화는 다리를 버둥거리며 열심히 우유통 꼭지를 빤다. 맑은 정신으로 증손자를 보살피는 노친네도 그리 많지 않으리라. 어머니는 친증손자 아홉을 두었다. 건모 아이 셋이 미국으로 건너갔지만, 삼형제 아래로 국내에는 친증손자 여섯이 남은 셈이다. 내 둘째며느리는 다소곳한 자세로 한쪽 무릎을 세우고 앉아 시할머니 내훈을 들으며 전기화로에 열심히 부침개를 부친다. 입에는 보일 듯 말 듯한 미소를 물었는데 그 미소 뜻을 짐작할 수 없다. 요즘 젊은 여자들이 케케묵은 옛 법도를 익힌다 한들 하루이틀도 아니고 허구한 날 자신의 오장육부를 파김치로 담그고 죽어지내기는 쉬운 일이 아닐 것이다. 시대에 맞지 않아 한갓 말 자체로만 남은 내훈도 많으리라. 그러나 손자며느리를 앞에 앉혀두고 토실한 증손자를 어르며 어머니가 찬찬하게 들려주는 그런 가르침이 보기에는 좋았다. 앞치마를 두른 채 다소곳이 귀 기울여 듣는 곱살스러운 며느리 태도도 귀엽다. 사실 처도 삼십몇 년을 그런 훈육 아래 시집살이를 해

오느라 주눅이 들어버렸다. 그러나 둘째며느리가 시할머니의 가르침 받을 세월은 그리 많이 남아 있지 않으리라. 늙은이 건강이란 가을볕과 같아 어느 날 하루 갑자기 쓰러질는지, 강녕하게 보일 때가 더욱 조마조마하다. 그와 더불어 나는 어머니 말씀에서 한 가지를 깨우칠 수 있다. 요즘 내 둘째며느리에게 부쩍 내훈의 가르침이 잦은 것으로 보아 어머니 심중에는 그 애를 종갓집 종부감으로 점찍고 있음이 분명했다. 장손인 큰애 가족이 이민 가버린 뒤 어차피 그렇게 되지 않을 수 없는 현실이기도 했다. 설령 완이 문제에 긍정적인 결과를 얻게 되더라도 큰애가 식구 이끌고 다시 귀국하지 않을 것이다. 그는 떠나며, 한국으로 돌아오지 않겠다고 말했다. 이민 갔던 이들이 다시 돌아오는 경우가 없는 것은 아니지만, 쉬운 일이 아니다. 또한 큰애는 분명한 이유가 있었기에 그로서도 눈물을 머금고 이민 결정을 내렸다. 그 점은 나와 처도 이해했다. 어머니만은 아직도 종갓집 대를 이을 맏손자의 그 불효를 용서하지 않는다. "나는 비행장에 안 나간다. 건모는 이제 이 집안 핏줄이 아냐." 큰애 가족이 떠나는 날, 어머니는 당신 방에 칩거하고선 손자와 손부의 마지막 작별의 절조차 거절하며 그런 말씀을 하셨다. 자살로써 청춘을 닫아버린 첫째애를 비롯해 큰애는 제 어미보다 제 할머니 손을 타고 자라 어른이 되었고, 완이 역시 증조할머니 품과 등에서 자랐기에, 그 혈육을 떠나보내는 어머니 마음인들 오죽 섭섭했으랴. 떠나는 큰애도 그런 정을 차마 떨치지 못했음인지 비행장으로 나가는 차 안에서도, 할머니 할머니 하며 손수건에 오열을 뱉었다.

"아범아, 박서방한테 병풍이며 교의를 내오게 해서 닦아둬야 허잖냐." 어머니가 방문 앞에 멀거니 섰는 내게 말한다.

"아직 시간이 남았습니다. 모두 모이고 일해도 늦지 않으니 걱정 마십시오."

나는 어머니와 둘째며느리의 대화를 깨지 않으려 천천히 거실을 떠난다.

"할머님, 예전에는 어디 여자가 사람다운 대접을 받았나요. 남자들 노리갯감이었고, 아들을 두어 대를 잇게 해야 겨우 한시름을 놓게 되고, 밤낮으로 얼마나 많은 일에 시달려야 했나요. 유학의 단점도 되겠는데, 그렇게 남자만 선호하는 풍습은 지금도 남았잖아요. 제가 무슨 여권운동가는 아니지만, 예전 우리나라 여자들은 한평생을 고생으로 살다 마친 일생이었어요." 고등학교 사회과 선생다운 둘째며느리 말이다.

현관으로 걷던 나는 잠시 걸음을 멈춘다. 어머니 대답 말을 들을 참이다.

"그런 주장두 지금이야 통허는 세상이 됐어. 예전 여자들은 정말 고생을 낙으루 알구 한평생을 살았지. 지금은 분에 넘치는 좋은 세월을 맞았구말구. 그러나 우리 때엔 참구 견디는 걸 여자의 보람으루 알았어. 언제나 언행을 조심허라던 친정어머니 당부 말씀두 계셨지만, 시집살이란 그저 순종의 미덕을 제일 윗길루 쳤다. 어른들이 모여 담론헐 땐 없는 듯 있구, 집안 가속 두량허여 일을 시킬 땐 목소리가 있는 듯 없게 허라구 친정어머니이 늘 이르셨지. 아녀자란 내 한 몸 겸손으루 낮추면 집안이 화목허구, 내 한 몸 범절에 모범을 보이면 자식이 다 그 어미 행실을 따르는 게야. 나는 그렇게 살아온 세월을 한 번두 서럽다거나 불행허다 생각헌 적 없었다. 아녀자란 작은 일에 기쁨을 찾구, 그 기쁨이란 집안에 있는 게지. 벗어 내어놓은 남정네 명주옷 한 벌두 햇솜 갈아 넣어 새 옷같이 잘 다듬어 만드는 기쁨두 느낄 따름이지만 소중하느니라. 남자들이야 바깥으루 나돌며 다른 낙을 찾겠지마는……"

백여 평 정원이 어둠 속에 펼쳐졌다. 차고 옆 대문에서 진돌이가 나를 보고 반갑게 짖는다. 대문은 잠겨 있지 않고 반쯤 열렸다. 나는 현관 벽에 붙은 스위치로 정원 외등을 켠다. 잔디밭이 불빛 아래 융단같이 살아난다. 정원 가운데는 잔디를 깔았고 담장 주위로 자연석과 정원수를 심었다. 담장을 타고 오른 장미 덩굴에 달린 꽃들이 숯불처럼 붉다. 나는 잔디밭으로 들어선다. 유월 저녁의 싱그러운 공기를 한껏 들이켠다. 외등 옆에는 우산 꼴로 퍼진 모양새 좋은 향나무 한 그루가 섰다. 향나무 아래 통나무로 짠 둥근 탁자가 있다. 둘레에는 플라스틱 의자 다섯 개가 놓였다. 나는 대문을 바라보며 의자에 앉아 담배를 피워 문다. 거실 텔레비전 소리와 한길의 자동차 경적이 여리게 들려온다. 외등 불빛을 받은 남빛 연기가 실타래 모양을 허물지 않고 탁자 주위를 맴돈다.

나는 해진 뒤의 이 시간쯤, 정원에 홀로 앉아 보내는 시간이 잦다. 특히 봄부터 가을까지가 그렇다. 담배 한 갑이면 이틀을 피웠는데, 식후 끽연을 즐기며 녹차를 마신다. 차를 마시며 어둠 속에선 정원수를 보면, 나무가 숨 쉬는 소리가 들리는 듯하다. 그렇게 정원수를 보며 이삼십 분을 보낸다. 사업에서도 한발 물러나 크게 바쁠 일도 없다. 그렇다고 건강을 염려할 만큼 아픈 데가 있지도 않다. 그랬다. 아무 생각 없이 앉아 있다고만 볼 수는 없다. 이것저것 떠오르는 잡념을 풀어놓고 저작한다고나 할까.

외등 뒤쪽 바둑판만한 선돌 옆에 모란 서너 그루가 꽃을 활짝 피웠다. 이파리가 크고 두꺼운 자주색 꽃을 보자 아버지 임종 생각이 나고, 한 송이 꽃처럼 토해내던 각혈이 연상된다. 잡념이란 그런 것이다. 한 가지 사물이 다른 한 가지 연상을 떠올려주면 그 생각이 이끄는 대로 따라간다. 한참을 그렇게 과거를 헤매다 전화가 왔다며 처가 부르는 소리, 개 짖는 소리, 골목길로 차가 지나가는 소리, 담배를 꺼야 할 순간, 이런 현실 앞에서 문득 깨어난다.

사십오 년 전 오늘, 오랜 방랑 끝에 돌아온 아버지는 분명 살아 계셨다. 그때 우리 네 형제는 할아버지 배려로 서울 남산 밑 필동에 한옥 독채 하나를 매입해 객지 공부를 하고 있었다. 막내아우 청식이마저 어머니 품을 떠나 보통학교에 막 입학했을 무렵이었다. 우리들 수발은 수원 본가에서 올라온 든침모 아주머니가 맡아 살림을 살았다. 한 달에 두세 차례 할머니와 할아버지가 번갈아가며 들렀다 갔다. 일제 말기로 창씨제도가 시작되던 무렵이었다. 아버지의 위독 전보를 받고 네 형제가 수원 본가로 우르르 내려갔을 때, 아버지는 말문을 닫은 상태였다. 핏기 없는 얼굴에 광대뼈가 도드라졌던 당신은 자식들 얼굴을 하나하나 새겨보기는 했으나 입을 뗄 기력마저 잃어버렸다. 절망과 회한으로 움푹 파인 아버지의 눈에 괸 눈물이 베갯가로 흘러내렸다. 머리맡에 앉앉던 할머니가 눈물을 손수건으로 닦아주었다. 행랑아범이 우리 형제들에게, 아버지가 어제도 피를 됫박이나 쏟았다고 귀띔했다. 방문을 열어놓은 후원에는 초여름 단 볕 아래 모란꽃이 활짝 피어 있었다. 벌과 나비가 후원 꽃밭으로 날아다녔다. 모로 누운 아버지는 모란꽃을 눈 깜박이지 않고 오랫동안 내다보고 있었다. 바람이 없어 가장자리 꽃잎이 무겁게 떨어졌다. 양의와 한의가 번갈아 솟을대문으로 들랑거렸으나 얼굴색이 밝지 않았다. 이튿날 아침, 우리 형제가 밥을 먹던 중에, 애들아 빨리 오너라는 할머니의 울음 찬 목소리가 건넌방에서 들렸다. 우리 형제는 숟가락을 놓고 대청을 건너 아버지가 누워 계신 방으로 갔다. 문병을 왔던 외삼촌이, 넌 여기 있거라며 어린 막내아우를 잡곤 놓아주지 않았다. 아버님은 힘든 숨을 내쉬고 있었다. 목구멍에서 두꺼비 우는 소리가 났다. 눈동자의 검은 동공이 위 눈꺼풀에 달라붙었다. 나는 차마 아버지의 얼굴을 볼 수 없었다. 온 집안에 울음소리가 낭자했다. 경진상회 점원 일을 보던 곰보아저씨가 사랑채로 나가 아버지의 화급함을 알렸다. 할아버지는 사랑에서 꼼짝을 않으셨다. 아비보다 먼저 세상을 하직하는 자식을 보지 않겠다는 완고함보다, 할아버지 마음에는 다른 맺힌 응어리가 있었다. 기관차의 출발같이 힘찬 숨을 몰아쉬던 아버지의 숨길이 한순간에 조용해졌다. 부릅뜬 당신의 눈을 할머니가 쓸어내려 감겨주었다. 나이 서른 살, 모란이 피었던 그 절기에 아버지는 운명했다. 할머니가 가장 서럽게 우셨다. 어머니는 울음소리를 밖으로 내지 않고 돌아앉아 치마폭에 얼굴을 묻고 있었다. 나는 울지 않았다. 울려 해도 울음이 나오지 않았다. 나는 아버지를 존경한 적이 없었다. 그 점은 아버지 쪽도 마찬가지였다. 아버지는 집을 자주 비워 미안했던지 다른 아버지와 달리 자식에게 여러 말을 들려주며 살가운 사랑을 보이지 않았다. 그때 심정이 그랬지만, 그 생각은 지금도 변함이 없다. 그런 마음을 갖고 있으면 큰 죄라고 어머니가 자주 말씀했으나 내 마음은 돌려지지 않았다.

아버지는 가정을 버렸던 사람이었다. 그때 나는 아버지를 이상한 사람으로 생각했다. 이상하다고 생각할 만큼 아버지는 정상적인 삶을 살지 않았다. 아버지의 삶은 어린 내게 많은 의문을 일으켰다. 아버지가 돌아가신 이틀 뒤, 나는 또 한번 놀랐다. 소복한 낯선 여인이 막내 청식이 나이 또래의 단발머리 여자애를 데리고 그림자가 들어오듯 소리 없이 집으로 들어왔다. 그 여자애가 이복동생 숙이었다. 내 나이 열세 살, 보통학교 육학년 때 일이다. 아버지의 삶에 관한 의문은 중학교를 졸업할 때까지 풀리지 않았다. 사진을 보지 않는다면 얼굴조차 아삼아삼해질 정도로 아버지 모습이 살아나지 않았다. 열세 살이 될 동안 내 기억으로 아버지가 수원 집에서 산 햇수는 사오 년이 채 되지 않았다. 젊은 시절에는 공부한다고 서울과 동경을 나다니며 객지살이를 했다. 대학 공부를 중도에 포기하고 일정한 직업 없이, 그렇다고 특별한 일도 하지 않은 채 마냥 떠돌아다녔다. 돈을 부쳐달라는 전보나 편지가 집으로 오면 할아버지는 독촉장이 두세 차례 날아들어서야 마지못해 돈을 보내주었다. 전보나 편지를 띄운 곳도 천방지축이라 평양·진주인가 하면, 동경·대판도 있었고, 어떤 때는 북경·상해와 같은 먼 중국 땅에서 보내오기도 했다. 아버지는 집에서 보내준 돈이 다 떨어져서야 피폐한 몰골로 귀가했다. 할머니는 갖은 보약을 달여 아들에게 먹였고, 지아비를 모시는 어머니 정성도 호들갑스럽지 않은 중에 정성을 다했을 것이다. 아버지는 두서너 달을 집에서 쉬며 망친 건강을 다스렸다. 그리고 기력을 회복하면 또 집을 떠났다. 떠날 때는 할아버지 문갑 속의 논문서나 할머니 장롱 깊이 보관된 패물을 저당 잡힌 돈으로 어디론가 줄행랑을 쳤다. 자식은 오복 중에 들지 않는다더니 자식만은 마음대로 되지 않는다고 할아버지가 속앓이를 했고, 외아들을 귀엽게만 키워 그렇게 되었다고 할머니가 자탄했다 한다. 그러는 세월 동안 어머니는 손 귀한 집에 들어온 복덩이처럼 사내아이만 셋을 낳았다. 동네 사람들은 솟을대문 새끼줄에 내걸린 고추를 볼 때마다 아버지를 두고, 재물을 길거리에 탕진하는 대신 집에 들 때마다 자식은 하나씩을, 그것도 기특하게 아들만 골라 만들어놓고 떠난다는 우스갯말을 했다고 한다. 당신이 독자였고 자식마저 독자였던 할아버지는, 밭이 좋은 그런 며느리를 애지중지했다.

  내가 직접 보았던 사실보다 들은 바에 의지하지만, 할아버지가 며느리를 귀엽게 여겨 사랑을 쏟기가 유독 각별했던 모양이다. 며느리 사랑은 시아버지란 말이 있다. 할아버지로서는 당대에 이룬 많은 재산의 관리를 마땅히 인계할 자리가 없었다. 하나 아들이 방탕으로 폐결핵을 얻어 일찍 타계하자, 어린 손자들보다 우선 눈에 띄었던 사람이 며느리일 수밖에 없었다. 할아버지는 며느리를 앞에 앉혀두고 치부책을 펼치고 주판알을 튕겼다. 수원 근방에 흩어진 논밭이 많다 보니 마름들과 셈을 할 때 며느리를 입회시켰다. 며느리를 뒤에 달고 너른 장토를 둘러보는 따위의 남의 이목 모으는 짓거리는 하지 않았다.

어머니는 아버지보다 연세가 두 살 위시다. 어머니 가계는 여흥 민씨로 숙종 시절 우의정을 지낸 남인(南人) 민문 집안 직계다. 갑술옥사로 민문을 비롯한 남인파가 사약을 받은 뒤, 어머니 윗대 집안도 몰락의 길을 걸었다. 남인은 갑술옥사의 된서리로 벼슬자리에 앉을 수 없게 되었다. 그럴수록 민문의 후손은 가문의 전통을 세워 선비 가풍을 전승시켰다. 여섯 형제 중 셋째딸이었던 어머니는 육십만세사건이 있던 병인년(1926), 열여덟 나이로 김씨 집안에 시집왔다. 개화 바람이 불었다고는 해도, 당시로서도 두 집안은 혼인이 성립되기 힘든, 계층이 다른 집안이었다. 여흥 민씨로 말하면 수원 근동의 명문이었고, 우리 집안은 내세울 조상이 없는 상민이었다. 냉수 마시고 큰기침하는 꼬장한 선비 집안이 외가 쪽이라면, 할아버지는 자수성가로 가세를 일으켜 당신 땅을 밟지 않고는 수원에 들어오기 힘든 대지주였다. 호협한 풍모에 세상 문리에 달통하던 할아버지는 하나 며느리를 꼭 민씨 집안에서 맞아들이기를 고집해서, 셋째딸은 따져볼 것도 없다는 옛말에 따라 어렵게 혼사가 이루어졌을 것이다. 그렇게 되기까지는 할아버지의 재력만이 아닌, 특수한 인품도 작용했음이 사실이리라. 당시 아버지는 서울에서 중학교에 다니고 있었는데 방학 때 고향으로 내려와 있다 집안 어른의 간택 아래 갑자기 혼례를 올리게 되었다. 호리한 몸매에 자그마한 키의 아버지가 치장한 말을 타고 신부 댁이 있는 의왕으로 친영(親迎)을 가서였다. 아버지는 전안상 앞에 있는 배석에 꿇어앉아 나무 기러기를 한 번 안았다 놓는 절차에서 나무 기러기를 떨어뜨리는 실수를 저질렀다 했다. 거기에 당황한 어린 신랑은 세 번 해야 할 절을 두 번만 하고 말았다. 하도 날씨가 추워 손이 시렸다는 뒷말이 있었지만, 어찌 되었든 혼례는 시작부터 불길한 조짐으로 받아들여졌다. 삼일신방(三日新房)을 마치고 어머니가 수원 시댁으로 와서 시부모 앞에 폐백을 드릴 때, 어머니에 관한 험구가 잔치 구경꾼 아녀자 여럿의 입에 오르내렸다. 눈에 정기가 서고 얇은 입꼬리가 위로 치켜 서방을 누를 상이라 했다. 나이보다 몸이 숙성하고, 귀가 소담스럽지 못하고 너무 커 팔자가 드셀 거라는 소리도 있었다 한다. 심지어 살결이 배추 속같이 흰 점도 게으르게 그늘만 찾아 그렇다며 흉이 되었다. 혼례가 끝나자 큰 시험이라도 치른 듯 아버지는 황망히 서울로 올라가버렸다. 방학이 끝날 무렵이기도 했다. 그로부터 지아비를 객지에 둔 어머니의 시집살이가 시작되었다. 어머니는 친정에서 익혀온 부도(婦道)를 곧이곧대로 실천하는 생활에 임했다. "시부모님의 존귀함은 그 높기가 하늘과 같으다. 모름지기 공경허구 공손히 잘 받들 뿐, 행여 자신의 현명함을 믿으려 해선 아니 된다." 어머니는 하루에도 수십 차례 친정어머님이 일러준 그 말씀을 외고 지냈다 한다. 모든 몸가짐을 예(禮)에 어긋남 없이 옮기고, 말이 없는 중에 부지런하고, 촌치의 틈이 없음으로써, 그 점이 보는 이로 하여금 숨 막히게 하여, 어머니에게는 오히려 흥으로 잡혔다. 모든 가솔로부터 범접치 못할 어린 여장부로 우뚝 섰으니 당신의 시어머니는, 어디 네가 양갓집 출신이라면 그 코가 얼마만큼 높냐 보자며 더욱 매운 시집살이를 시켰다. 어머니가 나에 이어 운식이를 낳자 할아버지조차, 역시 문벌 집안은 본 바가 다르고 손 귀한 집안에 아들만 낳아주니 우리 집안의 대들보라며 며느리를 종요롭게 여겼다. 그러나 할머니는 유약한 아들이 제 안사람을 두려워하는 눈치를 보이며 밖으로 나돌자 투기가 더 심할 수밖에 없었다. 어머니는 귀머거리 삼 년, 벙어리 삼 년이란 옛말 그대로 모든 어려움을 순종의 미덕으로 이겨내며, 죽어도 김씨 집안의 귀신이 되겠다는 뿌리를 내려갔다. "명식아, 네 어미야말루 보통 여자루 생각허면 안 되느니라. 이 할미가 네 어미를 이겨보려구 온갖 노력을 다투었건만 결국에는 내가 졌지. 셋째아들 낳구, 그 애가 돌이 지났을 때 나는 모든 고방 열쇠 꾸러미를 네 어미헌테 넘겨주었니라. 네 할아버지가 숨을 거두실 때두 한사코 네 어미만 찾더구나. 며느리한테 꼭 남길 말이 있었던지, 명식이 어미를 불러오라구만 외쳐대다 숨을 거두셨어." 휴전되던 해였으니 돌아가시기 이태 전에 할머니가 처음으로 어머니를 칭송하며 맏손자인 내게 하신 말씀이었다. 어머니는 할머니가 돌아가신 뒤 삼년상을 치르고 58년에야 수원 땅을 떠나 손자들을 거두어주려 서울 내 집으로 오셨다. 어머니야말로 할아버지가 일으켜 세운 가문을 튼튼한 그물이 되어 에두르고 지킨, 말 그대로 종부(宗婦)의 소임을 다한 여장부이다.

잠기지 않은 대문이 소리 나지 않게 열린다. 박서방 딸이 대문

안으로 들어온다. 수출용 완구를 만드는 공장에 다닌다는 처녀다. 머리를 숙이고 들어온 처녀가 나를 발견하지 못하고 까치걸음으로 차고 옆을 돌아간다. 지하실로 내려가는 계단이 그쪽에 나 있었다. 말이 지하실이지 절반이 땅 위로 노출된 아래층이다. 아래층은 방이 네 개, 차고, 보일러실이 있다. 방 세 개는 박서방네 일가가 썼고 방 하나는 집안 잡동사니를 넣어두는 고방인 셈이다.

박서방은 쉰 초반 나이로 내가 사는 집의 바깥일을 돌보고 있다. 정원과 온실의 나무와 화초를 손질하고 보일러실을 관리하며 집 안팎 남자 손이 필요한 자질구레한 일을 맡는, 이를테면 행랑아범이다. 그의 안사람 군포댁은 우리 집 부엌살림을 돕는 가정부이다. 결혼하여 한 지붕 밑에 사는 그의 큰아들은 내 차 기사다. 그들이 우리 가족과 함께 산 지도 십오 년이 넘어, 밥만 따로 해먹었지 한식구와 다름이 없다. 내가 수원 옛집으로 낙향할 때가 와도 그들 가족은 나를 따라올 것이다. 그들은 생활 터전을 우리 집에 옮기고 있을뿐더러 고향 역시 수원과 가까운 군포이기 때문이다. 내 나이 이제 쉰여덟, 나는 삼 년 뒤 회갑 나이가 되면 고향으로 내려가기로 마음을 정하고 있다.

잠시 뒤, 막내아우 청식이 아들 건규 가족이 대문 안으로 몰려들자, 진돌이가 사납게 짖어댄다. 개가 묶여 있으니 괜찮다고 내가 말해준다. 일가족은 모두 넷이다. 그는 강북의 고등학교 음악 선생이다. 성악이 전공으로 대학에도 출강한다. 올해 고등학교를 옮겼지만 작년까지 근무하던 학교에 있을 때, 지금 우리 집 며느리가 된 현화 어미가 동료 교사였다. 건규가 현화 어미를 내 둘째에게 소개해서 우리 집안 식구로 만들었으니 중매쟁이로서 한몫 했다.

"큰아버님, 그동안 안녕하셨어요." 내 쪽을 바라보며 성량 좋은 목소리로 건규가 인사말을 던진다.

건규는 한 손에 포장된 빵 상자를 들고, 한 손으로는 첫째아이 손을 잡았다. 둘째아이를 안은 그의 처도 같은 인사말을 한다.

"어서 들어가거라." 의자에서 일어서며 내가 말한다.

"아버지 오셨어요?" 건규가 현관 쪽으로 가며 묻는다. "아직 오지 않았다는 내 말에, 건규가 "둘째 큰아버님은요?" 한다. 역시 안 왔다는 내 말에, 건규가 가족을 앞세워 현관으로 들어간다. 잠시 뒤 집 안에서 왁자지껄한 인사말 소리가 들린다.

담배 한 대를 태우고 난 뒤 십 분쯤 더 앉아 있자, 대문 밖에 자동차가 멈추는 소리가 난다. 대문을 밀어젖히고 둘째아우 운식이가 활달하게 들어선다. 돌계단을 올라오다 정원 쪽을 바라본다.

"형님, 왜 거기 앉아 계십니까?" "이제 오는가. 요즘 바쁜 모양이군." 나는 의자에서 일어나 현관 쪽으로 간다.

"사는 보람이 뭔지, 이렇게 바빠서야 정신 차릴 수가 있어야지요." 운식이 말은 거저 해보는 소리가 아닐 것이다. 그는 서울시청 국장 자리에 있다. 아시안게임과 올림픽의 국제 행사를 앞두고 있어 시 행정 주무를 맡은 관리 자리가 바쁠 수밖에 없다. 내가 현관으로 먼저 들어가고 운식이가 뒤따라 들어온다. 대문을 닫는 소리가 나서 돌아보니 운식이 승용차 기사다. 문을 아주 잠그지 말라고 일러둔다. 기사가 짖어대는 진돌이를 피해 아래층으로 내려간다. 그는 내 승용차 기사와 안면을 트고 지낸다.
 운식이가 주방 안으로 고개를 들이밀자, 아녀자들이 일손을 멈추고 인사를 한다. 아래층에 사는 군포댁과 그네 며느리도 부엌일을 도우는 참이다. 그때까지 텔레비전을 보던 운식이 두 손자도 할아버지에게 인사를 한다.
 "이 녀석들, 이런 날이 아니면 얼굴도 잊겠구나." 운식이 막내손자 머리를 쓰다듬어준다.
 부엌에서 나온 운식이 며느리가 텔레비전 턱밑에 앉는 아이 둘을 나무라며 텔레비전을 꺼버린다. 운식은 며느리 인사를 받곤 양복 단추를 잠그며 매무새를 단정히 해 어머니 방으로 들어간다. 어머님 내훈을 익히던 내 둘째며느리는 주방으로 나가버리고 없다. 나도 아우를 뒤따라 들어간다.
 "어머님 그동안 평강하셨습니까. 자주 찾아뵙지 못해 죄송합니다. 자주 뵈시지 못하는 불효를 용서하십시오." 운식이 어머니 면전에 꿇어앉아 허리 깊이 숙여 절을 한다.
 현화를 안은 어머니가 그 절을 받으며, 내 바로 밑이었던 일식이가 아들 구실을 못한 지 오래된 터라, 둘째아들로 불러 마땅한 운식이를 그윽한 눈길로 건너본다. 만두꼭지 같은 입가에 미소가 머문다. 나와 운식이 책상다리하여 어머니 앞에 나란히 앉는다. 당신 말씀을 기다릴 차례다.
 "공무에 바쁘다더니 얼굴색은 좋구나. 그렇다구 건강만 믿지 말구 조심해야 한다. 방송에서두 그러더구나. 요즘은 쉰 중반에 많이 쓰러진다구. 그렇게 쓰러지는 사람은 일과 돈에 욕심이 많앉던 게지. 건강이란 모름지기 건강헐 때 잘 보살펴야 해. 호미루 막을 걸 가래루 막는다구, 무리해서 한번 다치면 회복이 안 되는 게 쉰 나이라잖냐." 둘째아들을 보면 일러주려 준비해둔 듯한 어머니 말씀이다.

내가 보아도 운식은 타고난 건강 체질이다. 어릴 적부터 나와 일식이는 병치레가 잦았으나 운식이와 청식이는 여지껏 큰 병을 앓아본 적 없다. 지금 나이까지 술과 담배를 모르니 주름이 별로 없는 얼굴은 혈색이 좋다. 훤하게 벗겨진 이마며 둥글고 넓은 어깨가 당당하다. 십몇 년째 테니스로 단련된 몸이라 허리에 군살이 없다. 그는 방 안이 더운지 넥타이 조임 부분을 조금 푼다.

"어버이날 뵈었을 때보다 어머니가 더 정정하십니다. 형광등 불빛 아래 뵈서 그런지 모르지만서도요." 운식이 낙천가답게 허허 웃는다.

"걱정이 없어 그렇다. 너들이 다 잘해주니. 노친네란 걱정이 없으면 그게 편한 게지 다른 뭐가 있겠냐." 어머니는 나를 본다. 그중에도 조석으로 나를 모시는 살가운 네가 으뜸이다, 하는 정이 담긴 눈길이다. 주름이 져 눈자위가 묽어졌으나 눈만은 노인네 눈빛이라 할 수 없을 만큼 정기가 머물러 있다.

"식사량이 적으시고 적당히 운동하시니 내가 보아도 어머니 건강이 좋으셔. 내 전화했잖아. 지난주엔 의왕에 내려가 외삼춘 집에 사흘 계시다 오셨다구." 내가 운식이에게 말한다.

"형님, 경기도에서 우리 집을 민속문화재로 지정한다는 말이 있던데, 그런 연락 받으셨나요?" "일차 조사는 해갔다더라. 예산

타령만 하니 그게 언제쯤 실현될는지. 그렇잖아두 내년부터는 내 힘으로 본격 중수를 시작할 작정이다. 관청 눈치 볼 것 없이 전문가 모셔다 고증도 하구. 본채부터 중수할까 하는데 춘양목도 주문해야 한다니, 준비는 빠를수록 좋을 것 같애. 그래야 삼 년 뒤 어머니 모시고 환고향할 거 아냐."

"형님, 회갑 때 아주 내려가실 작정입니까?"

"수원과 서울이 뭐 그리 멀다고. 고속도로에다 전철에, 삼십 분 거리 아닌가."

"예전 너희 할아버님이 젊으셨을 적엔 새벽밥 잡수시구 집을 나서시면 낮참에야 동작나루에 도착허셨다 했어." 어머니가 우리 말에 참견한다. "너들이 남산 밑에서 공부할 때야 기차가 생겨 기차루 나다녀 지척간이 됐지만, 그땐 너희들 다 떠나보내구 나니 왜 그렇게 밤이 길던지……" 어머니가 뒷말을 흐린다.

부실한 하나 아들을 못내 아쉬워하던 할아버지는 손자 넷을 일찍부터 서울로 올려 보내 공부시켰다. 당시 경성대학에 다니던 수원 출신 학생이 우리 형제 가정교사로 있었는데, 그는 할아버지와의 묵계가 있었던지 학과 공부보다 인륜 도덕의 유교적 규범을 더 열심히 가르쳤다. 아들이 되어 마땅히 효도하고, 백성으로서 나라에 충성하고, 올바른 예의범절로 가정을 지키고, 신의로 벗을 사귀며, 자기 몸가짐을 닦는 데는 반드시 삼가고, 무슨 일이든 작심해 일을 해낼 때는 성실을 윗길로 삼아야 한다는, 삼강행실도가 기본이 되는 가르침이었다. 그러니 우리들 공부방에는 사서삼경 같은 성현의 가르침을 적은 책이 많았다. 하나 아들 농사에서 수확을 단념한 할아버지가 손자 농사에서 네 배를 추수하겠다는 일심공력 배려 때문이었다. 할아버지는 한 달에 두세 차례 서울로 올라와 그동안 배운 글귀로 시험을 내어 상으로 학용품을, 벌로는 회초리 매를 내렸다. 할머니는 행랑아범을 앞세워 수원에서 서울로 들랑거리며 손자들 옷가지와 반찬감을 날렸다. 어머니에게만은 그런 나들이가 허락되지 않았다. 집 바깥출입조차 할머니 승낙을 얻어야 했기에, 어머니는 우리 형제가 대학을 졸업할 때까지 방학이 되어야 자식 얼굴을 볼 수 있었다.

"어린 청식이마저 서울루 떠나보내구 내가 그때부터 어쭙잖은 공부를 홀루 시작했잖는가. 너희 아버지두 늘 집을 비운데다 너희들마저 죄 어미 품을 떠났으니 긴긴 밤 객지서 공부헐 너희를 생각하며 나두 서책을 놓지 않았지. 내가 신식 교육을 받지 못해 네 아버지의 도타운 사랑을 못 받았구, 그나마 일찍 타계허시지 않았느냐. 나 또한 나이 먹으면 너희들 말상대두 못 되는 한갓 늙은 아녀자루 늙지 않으려 늦은 밤 다듬이질두 손 놓으면, 그때부터 두어 시간 바늘루 손가락을 떠가며 서책을 읽었다. 부디 너희들 강건한 중에 학업에 매진해달라구 빌면서. 너희 외삼춘이 날라다주던 서책을 이것저것 읽자, 비로소 세상의 이치를 얼마만큼 깨우쳤구, 사는 보람도 찾았느니라." 어머니가 예전에도 들려준, 가슴이 에어오는 말씀이다.

"수원으로 내려가면 학교 재단 일이나 보며 농장을 해볼 셈이다. 여기 사업이야 어디 내 손이 필요하냐. 제대로 돌아가는데. 수원 가면 여기 사업은 학교법인에 넘기려 한다." 내가 운식이에게 말한다.

"형님이 할아버님 유지를 본격적으로 받들려 하는군요. 법인체 수익금으로 장학제도를 더 개방하십시오. 공직에서 은퇴하면 저도 형님 따라 환고향하겠어요. 그동안 어머니가 강녕하셔야 할 텐데……" 운식이가 어리광 띤 얼굴로 어머니를 본다.

"큰애가 고향으루 내려가려는 결정 내린 건 잘헌 일 같으다. 사람의 욕심이란 끝이 없는데, 그런 마음을 갖기두 쉽지가 않지. 하늘은 그렇게 자신을 돌아보구 순리를 좇는 사람한테 장수를 허락하신단다. 내 언젠가 잠들게 될 고향땅으루 삼동만 넘기면 내려간다 허니, 내 마음두 그럴 수 없게 기쁘구나. 운식이 네가 고향으루 내려올 때까지 살아야지. 그런데 이 어린 증손자들이 보구 싶어 거기서 어이 사누. 손자며느리가 학교 선생이니, 수원까지 따라오겠느냐. 현화는 기력이 있을 때까지 내가 키워야 하는데. 이 자식이 어떤 자식인데."

어머니가 환하게 웃으시며 당신 제상에 밥그릇을 올릴 증손자 현화의 도톰한 손등에 입을 맞춘다. 어린 아기한테 다칠 것이나 없는지 방 안을 둘러보던 어머니가 현화를 풀어놓는다. 현화가 뒤뚱거리며 내게 걸어와 안긴다.

내가 서울에서 벌이는 일은 말이 사업이지 대단한 규모가 아니다. 종로 4가에 있는 소매와 도매를 겸한 약국 하나와 '진형물산'이란 약품 도매상, 두 가지다. 물론 선대로부터 물려받은 유산은 부동산이 적지 않지만 내가 착실하게 돈을 모은 시기는 50년대 중반이었다. 전쟁이 나던 해 약학대학을 졸업하고 곧 입대하여 군병원에서 장교로 복무한 뒤 오 년 만에 소령으로 예편하자, 종로 4가에 약국을 열었다. 신약국이 지금처럼 흔하지 않기도 했지만, 전쟁 뒤끝의 혼란기라 어느 집이든 전상자나 앓는 환자가 있게 마련이어서 약국이 잘되었다. 잘된다는 정도가 아니라 일주일 매출액이 당시로는 작은 집을 한 채 살 수 있을 정도였다. 자격증 가진 약사 둘을 고용했을 정도였으니, 돈이 빗자루로 쓸듯 몰려든다는 말이 실감이 갔다. 대학병원은 물론 지방 약국에서도 선불을 내고 주문한 약품을 기다릴 정도였다. 국내 제약회사가 미처 가동이 되기 전이라 수입 약품이 거래의 태반이었다. 나는 약국과 별도로 진형물산이란 도매업체 하나를 더 벌였다. "운이란 올 때 꽉 잡아야 한다. 운이 사람과 때를 알아보느니라. 운이 닥칠 때는 절대루 놓치지 말구 정신일도 사업에 매진을 해야 헌다. 그렇게 재물이 모일 때는 쓸 곳을 미리 정헐 필요가 없어. 그런데 정신을 팔면 운이 등을 돌리구 말지. 바쁜 시간과 늘어나는 재물에 늘 감사허며 근검절약으루 정진허다 보면, 하늘은 운에 덤까지 보태어준다." 그때는 이미 타계하신 뒤였지만 할아버지가 생전에 자주 들려주던 말씀이었다. 나는 그렇게 번 돈을 헛되이 쓰지 않고 저축했다. 운은 사일구학생혁명이 날 때까지 계속되었다. 그 뒤부터는 운도 내 손에서 천천히 벗어났다. 동업자가 많이 생겨났다. 나 역시 호황을 더 바라지 않았다. 허슬히 쓰지 않는다면 삼대까지 의식주와 자식 교육에 쓸 수 있는 돈이 모였던 것이다.

"건규두 왔는데 아비는 왜 오지 않누? 병원으루 전화라두 내보려무나." 막내아우 청식이를 두고 어머니가 내게 말한다.

운식이가 나를 본다. 눈빛이 어떤 의미를 담고 있다. 나도 대충 그 뜻을 짐작한다. 막내아우는 골칫거리 딸애를 두고 있었다.

"병원이 바쁜 모양이죠 뭘" 하며, 운식이 일어선다.

"제가 전화 한번 내보지요" 하곤, 나도 어머니 방에서 물러나온다.

"건배형은 바쁜 모양이죠? 바둑이나 한판 둘까 했는데……" 거실 응접의자에 앉아 신문을 보던 건규가 제 둘째 큰아버지에게 묻는다.

"서점이란 지금이 한창 장사 시간 아닌가. 그 애는 열시나 돼야 올걸." 아직도 오지 않은 맏아들을 두고 운식이 말한다.

운식은 아들 둘에 딸 하나를 두었다. 맏이 건배는 종로 1가에 서점을 내었다. 가운데가 딸로, 신문사 특파원인 남편 따라 일본에 건너갔다. 끝이 건부인데, 그도 결혼해서 자식 하나를 두었으나 직장이 창원공단에 있어 그곳으로 살림을 냈기에 기제사는 이태째 참석 못하고 있다.

거실 안은 아이들이 넷으로 늘어났다. 그림이라도 볼 줄 아는 세 녀석은 어느 방에서 빼내어 왔는지 미국 간 내 큰애 건모 아이들이 보던 동화책을 거실 바닥에 늘어놓고 제가끔 한 권씩 차지하고 앉았다.

"커피 한잔할 텐가?" 내가 운식이에게 묻는다.

"오늘 네댓 잔이나 마신 걸요."

"저는 한잔할래요." 건규가 나선다.

"그럼 우린 율무차나 한잔씩 하지." 나는 주방 쪽에 율무차 두

잔과 커피 한 잔을 내오라고 이른다. 이층으로 오르는 계단을 밟자 운식이가 따라온다. 이층은 막내 내외가 안방을 쓰고 나머지 방 두 개는 내 서재와 막내 서재로 사용한다. 대학에 다닐 때부터 소설을 쓴답시고 공부는 뒷전이던 막내 건욱은 졸업하자 출판사에 취직했다. 퇴근하면 날마다 술타령을 일삼더니 출판사도 서너 군데를 옮겨 다녔다. 결혼하자 그나마 직장을 아주 걷어치웠다. 약국 일이나 좀 도와주려무나, 하는 내 말에도 반응이 신통치 않았다. 학교 선생 일이 그렇듯 며느리가 아침 일찍 출근하면 건욱이는 자기 서재에 붙어 앉아 무슨 대작을 쓰는지 제 어미가 커피를 들여놓느라 방문을 열면 담배 연기가 자욱하다 했다. 그러더니 이제는 소설 쪽은 작파했는지 방송국을 들랑거리며 단막극 드라마를 쓴다고 열을 내는 눈치다. 낭비로 죽이는 시간이 아니니 나로선 지켜보는 일밖에 없었다.

　이층 거실의 응접의자에 앉자, 운식이가 진열장 칸막이 사이 모조 청자그릇 옆에 놓인 가족사진에 잠시 눈을 준다. 칠순을 맞아 어머니를 가운데 모셔 앉히고 우리 삼형제 내외가 찍은 사진이다. 어머니 연세가 일흔일곱이니 칠 년 전 사진이다. 그 시절에 비하여 어머니는 등이 조금 굽었을 뿐 얼굴 모습은 달라진 점이 없다. 나는 흰 머리카락이 늘었고, 앞에 앉은 운식이는 이마가 더 벗겨졌고, 청식이는 몸집이 불었다. 그 사진틀은 몇 달 동안이나 어머니 방 문갑 위에 있었다. 비바람이 몹시 어지럽던 그해 여름 끝 무렵, 어머니가 쓸쓸한 얼굴로 말씀했다. "큰애야. 이 사진을 다른 곳으루 옮겨두려무나. 나는 많이 봐서 깜깜한 밤중에두 눈에 익었다." 그렇게 말씀하는 어머니 속마음을 짐작할 수 있었다. 그 사진 속에는 당신 탯줄을 끊고 태어난 하나 자식이 빠져 있었다. 두 살 터울인 내 바로 아래 아우 되는 일식이는 육이오전쟁이 터지고 구이팔 서울 수복을 앞두자 후퇴하던 인민군을 따라 월북해 버렸다. 그때 일식이 나이 스물둘, 서울대학교 법과대학에 다녔다. 그는 혼자 월북한 게 아니라 당시 오년제 여중 졸업반이던 이복여동생 숙이와 함께 북의 노선을 택했던 것이다. 몇 년 전 이산가족 재회 장면이 텔레비전을 통해 전국민을 울렸을 때, 어머니는 그 통곡 장면을 외면했다.

"형님, 건옥이 말입니다. 제가 오늘 구치소로 면회 갔다 왔어요." 운식이가 조그마한 소리로 말한다.

"너가 왜?" 나는 막내아우 병원에 전화를 걸려 송수화기를 들다 말고 운식을 본다.

"형님, 말도 마십시오. 저도 그 애 때문에 시말서를 쓰지 않았습니까. 면회 가서, 제발 앞으로 공부에만 전념하겠다는 각서를 쓰라고 삼십 분이나 설득했지요. 그런데 막무가냅니다. 눈 똑바로 뜨고 나를 보며 한다는 소리가, 공무원이신 둘째 큰아버지한테 폐를 끼쳐 미안하지만 자기 소신을 굽힐 수 없다지 않아요. 무슨 애가 그렇게 독해졌는지. 대학 들어갈 때만도 오죽 착하고 수줍음 많이 탔어요. 그러던 애가 그렇게 변해버렸으니……"

"남학생도 아닌 여학생까지 투사로 자처해 거리로 나서다니. 이념이 도대체 뭔지. 노동야학운동이다, 서클활동이다 할 때 단속해야 했는데……"

이 사회의 뿌리 중에 어느 샛뿌리인가 된통 썩은 뿌리가 있으니 그 애들까지 기를 쓰고 나서서 그 뿌리를 뽑으려는 게지. 그 애들이 우민을 속이는 사교에 빠져 있지 않은 다음에야. 동생이지만 공무원이었으므로 나는 그 말을 운식이에게 하지 못하고 입 속으로 굴린다. 설령 그 말을 뱉는다 해도 그 말에 책임질 입장이 아니다. 만약 그 애들 주장을 그대로 받아들인다면 기성세대로서 나라는 존재 역시 이 땅에서는 삶의 가치가 퇴색되고 만다. 그 애들의 눈에는 내가 썩어버린, 정신개조가 불가능한 부르주아요 타락한 보수주의자로 보일 테니깐. 그렇게 취급당해도 나는 발끈해하거나 부끄러움을 느끼지 않을 것이다. 나는 정치가도, 매판 자본가도, 기회주의자도 아니다. 나는 그 애들이 추켜세우는 민중의 일원은 못 되지만 나 자신의 삶만큼은 성실하게 살아왔다고 자부한다. 그 애들도 그렇겠지만, 누구에게나 자신의 삶에는 그만큼 타당한 이유가 있고, 그 삶이 불의하거나 비도덕적이지 않다면 어느 계층으로부터든 존중되어야 하기 때문이다.

건옥이 단발머리 얼굴에 겹쳐 일식이와 이복 여동생 숙이 얼굴이 떠오른다. 이제 서른몇 해 세월이 흘러버렸으나, 두 얼굴은 아직도 젊디젊은 모습으로 머릿속에 앙금같이 살아 있다. 반듯한 흰 이마, 하관이 빤 홀쭉한 얼굴이 아버지를 찍어낸 듯 닮았던 일식이였다. 그는 몸이 약했으나 우리 형제들 중에 머리가 가장 명민해 어릴 적부터 할아버지의 주목을 받았다. 일식이가 법대에 수석 합격했을 때, 할아버지는 우리 집안에도 판검사가 나올 거라며 기뻐했다. 그러던 일식이는 대학 생활을 시작하면서부터 좌익 지하 독서서클에 끼이더니 그쪽 이론을 탐닉했다. 야윈 목에 핏줄을 세우며 미 제국주의 타도와 계급투쟁과 인민혁명을 내게 역설했다. 어느 날, 일식이가 내게 소리쳤다. "자본주의 법률은 더 이상 공부할 필요가 없어. 이 악법은 인민대중을 억압하는 부르주아 법률이야. 법률이 아니라 쓰레기지." 그는 자기 엄마와 함께 따로 살던 숙이를 자주 만나 동태형제처럼 핏줄의 정분을 도탑게 했다. 이복 여동생 숙이 엄마는 청량리역 앞에서 식당업을 했다. 그 기반은 당신 피붙이 하나를 거둔다 해서 할아버지가 도움을 주었다. 일식이의 과격한 생각을 할아버지가 알았을 때는 육이오전쟁이 나기 전해 겨울이었다. 믿는 도끼에 발등 찍혔다고 할아버지가 분을 못 참아했으나, 외곬으로 치닫는 일식의 생각이 바뀔 리 없었다. 전쟁이 나던 그해 이른 봄, 일식은 지하 남로당 일망타진 때 '과학동맹자' 조직원으로 체포되었고, 마포형무소에 수감되었다. 숙이는 몸을 피했다. 육이오전쟁이 터지고 서울이 인민군에 점령당하자 일식은 자유의 몸이 되었다. 수원에 계시던 할아버지는 피난 갈 짬도 없이 다른 세상을 맞고 말았다. 대표적 악질 지주계급으로 몰린 할아버지는 수원 내무서에 수감되었다. 할머니가 할아버지 옥바라지를 했다. 갇힌 지 보름째 되던 날, 인민재판에 회부되기 며칠을 앞두고 서울에서 일식이가 지프차를 타고 수원으로 왔다. 그는 서울시당 인민위원장이었던 남로당 출신 이승엽 아래 군사위원회에 복무하고 있었다. 일식이 도움으로 할아버지는 유치장에서 풀려났다. 풀려나올 때 할아버지는 장출혈이 심해 들것에 실려 나왔다. 9월 28일, 국군의 서울 수복을 앞둔 여름 끝물, 당신이 거처하던 사랑채에서 할아버지는 예순넷을 일기로 생을 마쳤다. 당시 나는 군장교로 입대해 부산 군병원에 있었고 아우들과 어머니는 의왕 외갓집에 몸을 피해 숨어 있었기에, 뒷날 할머니로부터 들은 말이다. 어머니는 할아버지 옥바라지는 물론 임종을 지키지 못한 불효를 마음 아파하며 삼년상을 마칠 때까지 머리 매무새나 모색을 꾸미지 않았고 무명 상복으로만 지냈다.

"청식이가 오늘 저녁에 변호사를 만나는 모양입디다. 제가 건옥이 면회하고 와서 병원으로 전화했더니 그런 말을 하더군요. 한 학기만 마치면 졸업인데 어떻게 집행유예로 빼내야겠다며. 그런데 함께 들어간 애들과 똘똘 뭉쳐 있으니 그게 큰일이에요. 재판정에서도 애국가와 운동가를 합창하며 소란을 떤다지 않습니까. 건옥이는 제 혼자 출감하면 배신자로 찍힌다는 강박관념에 사로잡힌 것 같아요." 운식이 말끝에 한숨을 내쉰다.

"해방 후부터 지금까지 우리나라에는 애국자도 민족주의자도 왜 그렇게 많은지. 난세가 영웅을 만든다더니, 그 짝인가."

"지금이 때가 어느 땝니까. 팔육 아시안게임, 팔팔 올림픽이 코앞에 닥치지 않았습니까. 우리나라가 유럽이나 미국 일본같이 태평성대 누릴 땝니까? 한 치 코앞을 내다볼 수 없는 남북 대치 상황 아닙니까." 운식이가 공무원답게 텔레비전 시사 해설자처럼 말한다.

이층으로 오르는 계단 밟는 소리가 난다. 물방울무늬 원피스에 앞치마를 한 내 막내며느리가 차반에 율무 찻잔 두 개를 얹어서 들고 온다.

"차 드세요." 건욱이 처가 말한다.

"건욱이도 제법이던데. 형님, 지난주에 그 단막극 봤지요?" 운식이가 내 막내며느리와 나를 번갈아보며 묻는다.

제 서방 이야기라 막내며느리가 찻잔을 세 사람 앞에 놓으며 귓불을 밝힌다.

"봤지. 그 애 첫 작품이라구 식구가 모두 둘러앉아서." "작은아버님은 감상이 어땠습니까?" 자기 남편 작품이라 관심이 가는지 찻잔을 탁자에 놓으며 막내며느리가 운식이를 본다.

"꽤 괜찮더구먼. 향토적이고. 그런데 그게 창작품이 아니라 섭섭했지만. 우리 집안이 대충 알고 있는 실화를 드라마로 옮겼잖아."

"우리 집에서도 그런 얘기였어. 어머님은 시종 손수건으로 눈물을 닦으셨지. 네 형수도 눈물이 글썽하더라."

"삼례가 친정 걸음한 뒤부턴 건욱이가 상상으로 얘기를 꾸몄더구만. 아주 서정적으로 잘 끝맺었어. 여운을 남기면서 말이야." 운식이 말이다.

나 역시 같은 의견이다. 막내는 우리 형제가 어린 시절 어머님이 들려주었던 옛이야기를 제 어미로부터 귀띔 받았는지, 그 내용을 토대로 텔레비전 단막극 한 편을 만들었는데, 그 작품이 지난주 토요일 밤에 방영되었다. 처가 친당·본당과 시친당·처당에 두루 연락을 해서 우리 집 안팎은 그 단막극 방영 시간을 놓치지 않은 셈이다. 김건욱이란 이름자가 처음으로 화면에 박힌 작품이었다. 타이틀이 「저문 江은 흘러가고」였다.

깊은 밤, 어느 사대부집 전경이다.

행랑채 삿자리 방에 아녀자들이 여럿 잠들었다. 첫닭이 길게 운다. 삼례가 살그머니 일어나 어둠 속에서 옷을 챙겨 입는다. 보퉁이를 끼고 마당으로 나와 솟을대문 빗장을 열고 밖으로 나선다. 머리를 한 가닥으로 길게 땋은 소녀 모습이다. 삼례는 먼동이 터 오는 동쪽으로 길을 잡아 집을 아주 떠난다. 동산을 넘고 들을 질러 숨 가쁘게 도망간다. 날이 밝아온다. 동산에 복사꽃이 만발한 봄날이다. 멀리로 아침바다 물너울이 높다.

삼례는 밤이면 풀섶에서 잠을 자고 날이 밝으면 걷고 또 걷는다. 사람을 만나면 머리 숙여 비켜가고, 마을이 보이면 멀리 에둘러 피해간다. 끼니때면 보퉁이를 풀어 깜조록한 미숫가루를 사발에 떠내어 쪽박에 뜬 냇물에 풀어 허기를 끈다.

사대부집에서는 도망간 삼례를 찾느라고 머슴들이 횃불을 들고 산야와 바닷가를 누빈다. 벼 열 섬을 현상금으로 건 방을 머슴들이 동네방네 붙인다.

며칠 뒤다. 집을 나설 때의 깔끔하던 삼례 모습이 피폐해졌다. 어느 날, 삼례는 강변길을 걷다 대궐같이 큰 집을 짓는 공사 현장에 이른다. 석수장이와 대목수들이 바쁘게 일을 한다. 삼례가 한 귀퉁이에 앉아 다리쉼을 하자, 일꾼들이 새참판을 벌인다. 삼례가 음식판을 기웃거리자 마음씨 좋아 보이는 도목수가 삼례를 부른다. 먼 길 나선 모양이라며 같이 한 숟가락 들자고 권한다. 삼례는 부끄럽고 두려워 먹자판에 끼이지 못한다. 일꾼들은 음식이 부실하다고 투정한다. 음식 수발하는 밥지기 여자들이 모자라서 그렇다는 말이 오고간다. 일이 다시 시작되었을 때, 아비 나이뻘 되는 도목수가 곰방대를 빨며 삼례 옆에 가까이 온다. 처녀는 어디서 왔수, 하며 도목수가 은근조로 묻는다. 저 갯가 쪽에서 왔어요, 하고 삼례가 머뭇머뭇 대답한다.

장면이 바뀐다. 내수사(內需司)와 각 관방이 노비문서를 불태우고 공노비를 해방한다. 노비들이 만세를 부르며 목 놓아 운다.

사대부집 주인마님이 삼례를 안방으로 부르더니 나직이 말한다. 너도 이제 해방이 될 때를 맞았으니 내 너를 몰래 풀어주겠다. 삼례 너는 어느 여종보다 똑똑하므로 어디로 가든 네 한 몸은 능히 간수할 것이다. 그러니 오늘부터 밥을 푸고 나면 누룽지가 남을 테니 그 누룽지를 잘 빻아 미숫가루를 만들어두어라. 그것이 엿새 먹을 양식이 되는 날 너를 풀어주겠다. 그러면 너는 엿새 동안 뒤도 돌아보지 말고 저 내지 쪽으로 부지런히 달아나거라. 그러면 아무리 걸음 빠른 장정도 거기까지 너를 쫓아와 잡지는 못할 것인즉.

장면이 바뀌어 삼례는 그날부터 그 공사판 밥지기가 된다. 삼례는 부지런히 일한다. 도목수가 삼례의 살뜰한 솜씨를 눈여겨본다. 삼례는 홀아비 도목수의 도타운 사랑을 받고, 그의 안사람이 된다. 나이 차이가 많은 만큼 도목수는 어린 처를 끔찍이 아긴다. 가난하지만 행복한 나날이 계속된다. 둘 사이에 사내아이가 태어난다. 마흔 중반에 첫아들을 본 도목수의 기쁨이 크다. 도목수는 아기 이름을 길대라 짓는다.

투실하게 잘생긴 길대는 무럭무럭 자란다. 빨래하러 강가로 나가는 엄마를 따라다니며 재롱을 피운다.

길대가 서당에 갈 나이가 되자 도목수가 아들을 데리고 자기가 예전에 지은 대궐집으로 간다. 사랑채 마루에는 아이들 글 읽는 소리가 낭랑하다. 도목수가, 길대에게도 글을 깨치게 해달라고 훈장에게 부탁한다. 훈장이 머리를 흔든다. 도목수가 무릎 꿇어 애걸하자, 훈장은 천민의 자식이 양반 자식과 섞여 글을 배울 수 없다며 끝내 거절한다.

길대는 자라 소년이 된다. 길대는 허리 굽은 아버지를 따라다니며 대목 일을 익힌다. 길대는 자주 제 어머니에게, 외갓집이 어디냐고 묻는다. 삼례는 운평 땅 먼 하늘만 바라볼 뿐 대답을 못한다. 그 눈에 맺히는 눈물의 뜻을 아들은 알지 못한다.

길대는 기골이 장대한 열일곱 살 난 젊은이가 된다. 도목수는 늙었고 삼례는 중년 아낙네가 되었다. 어느 날, 삼례가 길대를 앞에 앉혀두고 자신의 지나온 과거를 들려준다. 삼례가 말한다. 이제는 세상도 변했다. 아무도 다시는 나를 종으로 삼지 못할 것이다. 그러니 오늘의 나를 있게 하신 그 은혜를 갚을 겸 운평의 주인마님께 인사를 드리러 가자. 그곳이 바로 너의 외갓집이다.

늙은 도목수가 떡메를 친다. 삼례가 강정을 만든다. 삼례는 장으로 나가 고운 비단 한 필을 마련한다. 복사꽃이 만발한 어느 봄날, 삼례는 듬직한 아들 등에 큰 함을 지워 길을 나선다. 열아홉 살에 떠났던 운평 땅으로 걷고 또 걷는다.

십팔 년 만에 도착한 사대부집은 많이 퇴락했다. 집 안으로 들어갔으나 썰렁한 집 안에 오가는 사람들은 삼례를 알아보지 못한다. 늙은 침모가 겨우 삼례의 옛 모습을 알아본다. 늙은 침모는, 주인어른과 주인마님이 다 돌아가셨다는 말을 전한다.

 삼례는 주인마님 무덤 앞에서 흐느껴 운다. 아들에게는, 외할머니를 뵈듯 인사하라며 큰절을 시킨다.

 삼례는 옷고름으로 눈물을 찍으며 운평 땅을 떠난다. 동산의 복숭아 밭길로 오르자 멀리로 마을이 보이고 더 멀리 바다 물빛이 쪽빛이다.

 늙은 도목수가, 부디 못 배운 한을 네 자식 대에서는 풀라는 유언을 남기고 숨을 거둔다.

 어느 날, 길대는 십 년 안에 꼭 성공하여 돌아오겠다며 단봇짐을 지고 집을 떠난다. 나룻배를 타고 강을 건너는 아들을 삼례가 배웅한다. 배가 느릿느릿 강을 건넌다. 삼례는 오랫동안 나루터에 서서 뱃전에 선 아들의 먼 모습을 본다.

 길대는 경성으로 올라온다. 인력거가 다니는 번화가에서 눈이 휘둥그레진다. 길대는 종로통 어느 한약 건재상에 점원으로 취직해 열심히 일한다. 처음에는 일꾼 노릇을 하다 경리 보조원이 되어 주판알을 튕긴다. 월급으로 받은 돈을 차곡차곡 모으며, 밤이면 혼자 공부를 한다.

 강가 나루터 풍경도 춘하추동을 거친다. 세월이 흘렀다. 강가 나루터로 나와 뱃전에 내리는 객들을 바라보는 삼례는 허리 꾸부정한 파파 할머니가 되었다. 삼례는 오두막집에 쓸쓸히 혼자 살며 늘 나루터로 나와 집 떠난 아들 소식을 하염없이 기다린다.

건재상 주인 눈에 든 길대는 주인 딸과 혼례를 올린다.

어느 이른 봄, 양복을 차려입은 길대는 처를 뒤에 달고 귀향길에 오른다. 서울역에서 기차를 탄다. 시골 역에 내려 걷고 또 걸어 눈에 익은 나루터에 도착한다. 나룻배로 강을 건넌다. 사공도 젊은 사내로 바뀌었다.

예전에 어머니와 함께 살던 오두막집은 휑하니 비었다. 창호지가 찢어진 외짝 방문이 꽃샘바람에 저 혼자 덜컹거린다.

나루터가 보이는 양지바른 언덕에 초라한 무덤이 있다. 길대가 그 무덤 앞에서 큰절을 올린다. 두 눈에 눈물이 흘러내리나 그는 울음을 참는다. 무덤 앞에는 고개 꺾고 핀 한 송이 할미꽃이 꽃샘바람에 떨고 있다.

길대는 무덤 앞에 앉아 하염없이 강을 바라본다. 어린 자기를 귀여워해주던 늙은 아버지와 그때까지 얼굴 곱던 어머니의 자애스런 모습이 물너울 속에 떠오른다.

노을빛이 스러진다. 허연 갈대가 바람결에 너울거리는 사이로 흐르는 강물의 잔물결이 반짝인다.

어머니의 말씀을 곧이곧대로 따른다면, 그 단막극 속에서 여종을 해방시켜준 주인마님은 어머니 친정할머니로, 그러니 내게는 외증조할머니가 되는 분이시다. 외증조할머니는 독실한 불교도로, 그 이야기로 말하자면 실제로 있었던 일이라는 어머니 말씀이었다. 어머니는 당신이 시집오기 전 처녀 시절에 삼례가 장성한 아들을 데리고 집에 왔던 장면을 기억한다고 말씀했다. 물론 그때까지 외증조할머니는 살아 계셔서 삼례와 꿈같은 이승의 재회를 이루었다는 것이다. 막내는 흘러간 집안 이야기로 단막극을 만들었는데, 줄거리는 어머니 이야기와 별다른 점이 없었으나 뒷부분은 그의 창작인 셈이다. 왜냐하면 삼례가 아들을 데리고 옛 운평 땅 주인 댁으로 처음이자 마지막 친정 걸음하듯 다녀간 다음의 뒷소식은 어머니도 알 수 없었기 때문이다.

"우리 집안에두 인물 났어. 텔레비전에 이름이 다 나오고. 그런데 장본인은 어디 갔지?" 운식이가 막내며느리에게 묻는다.

"오후에 학교로 전화가 왔더랬어요. 지방으로 취재를 다녀온다면서, 조금 늦을는지 모르겠다고 말하던데요." 아래층으로 내려가던 며느리가 대답한다.

"건욱이야말로 자유업이니 누구 간섭 받으랴, 일정한 근무 시간이 있으랴. 팔자는 그 녀석이 늘어졌어." "오늘 할아버님 제사는 알고 있지?" 내가 며느리에게 묻는다.

"알고 있습니다. 너무 늦지 말라고 당부했습니다." 나는 청식이 병원으로 전화를 건다. 간호사가 전화를 받는다. 원장님은 약속이 있어서 다섯시 반에 퇴근했다고 간호사가 말한다. 창식이는 자기 집 부근 혜화동에 개인병원을 냈다. 전공은 이비인후과다. 나는 창문을 열어놓은 바깥으로 눈을 준다. 관악산의 비스듬한 줄기 위 깜깜한 하늘에는 아무것도 보이지 않는다. 산등성이의 울퉁불퉁한 선만 희미한 윤곽으로 경계선을 그었다. 눅눅한 바람기가 얼굴에 닿는다. 장년기까지는 초여름의 저녁 바람에서 자유로움과 평화를 느끼기도 했다. 그러나 이제, 지금과 같은 시간에는 적막이나 비애 같은 감정이 자연스럽다. 유성이 긴 꼬리를 끌며 사라질 때 다시 하나의 별이 태어난다는 믿음이 젊음이라면, 잠적과 소멸, 또는 무생명체로서의 긴 잠을 느끼는 게 노년이다. 긴 잠이란 희로애락이 멈춘 편안한 잠이리라. 나는 찻잔을 들고 차를 마신다. 같이 차를 마시는 운식이도 말이 없다. 딸애를 철창 속에 둔 청식의 수심 낀 얼굴이 어두운 하늘에 걸린다. 나는 갑자기, 이 세상에 근심 걱정 없이 행복한 자는 누구일까 하는 생각을 해본다. 현화와 같은 아기 시절을 넘기면 누구나 근심과 걱정을 한두 가지쯤 안고 살리라. 학생들은 자나깨나 공부가 걱정이요, 자라면 군에 갈 걱정, 사랑으로 인한 가슴앓이, 한편 건옥이처럼 나라를 걱정을 하기도 한다. 나이를 먹어 가솔이 늘면 더 많은 근심과 걱정을 안고 지낸다. 늙으면 기억도 쇠해 병으로 걱정이 늘어난다. 그렇게 사람들은 모두 크고 작은 근심 걱정을 가진 채 살고 있으리라. 삶의 본질이 그럴지도 모른다. 자식을 두고 말한다면 나는 첫째애를 다 키워서 잃었고, 둘째아들을 장자로 삼았더니 내 곁을 떠나 이민을 가버렸다. 막내 청식이는 딸아이로 하여 속을 썩인다. 그런 면에서 보자면 운식이 가정이 자식 문제에 따른 근심은 아직 없는 셈이다. 자식을 일류대학에 넣는 기쁨은 못 누렸으나 셋을 정상적으로 교육시켰다. 큰애는 서점을 내어 자립했고, 둘째애는 남편 따라 일본에서 살고 있으며, 막내는 공대를 나와 창원에서 제 생활을 꾸려나간다. 그러나 근심과 걱정이란 어디 자식에게서만 비롯되는 것이랴. 운식이도 남에게는 말하지 못할 걱정거리를 안고 있을 것이다. 나름대로의 지혜로 그런 근심과 걱정을 안으로 다스려 밖으로 표를 내지 않을 뿐이다. 고향으로 가면 토박이 늙은이들은 솟대어르신 댁 종부인 의왕마님이야말로 근심 걱정이 없는 복 받은 분이라고들 말한다. 세 자식이 다 효자고 사회적으로 성공했다는 것이다. 시쳇말로 나는 학교재단 이사장에 중소기업체 사장이요, 운식이는 고급 공무원이요, 청식이는 일가를 이룬 의학박사다. 그러나 일흔일곱 해의 어머니 생애를 따져볼 때 그 삶을 복 받은 삶이라고 말할 수만은 없다. 무엇보다 둘째아들 일식이만 하더라도 어머니 가슴에 대못을 박았다. 전쟁 통에 북으로 간 그가 살았는지 죽었는지 알 수 없으니, 말씀은 없으셔도 어머님 심중이 오죽 슬픔으로 찼으랴. 자나 깨나 오매불망 일식이를 생각하실 어머님 마음은 내 이미 육순을 앞둔 나이이니 헤아려 짐작이 간다. 그 한 가지를 빼곤 남들이 볼 때 어머니 생애는 평탄했으며 복 받은 노년으로 비칠 만하다. 아니, 꼭 그렇게 말한다면 어머니 삶은 그만한 복을 누리기 위한 인종의 자기희생 끝에 얻어진 작은 열매이리라. 그러므로 겨울 끝에 만나는 매화꽃이 돋보이듯, 환난을 이겨낸 자의 평화스러운 모습이 더 인자해 보이는 이치와 같다.

아래층에서 활기찬 인사 소리가 들린다. 다들 안녕하셨어요, 하고 말하는 목소리 임자는 운식이의 큰애 건배다.

"서점은 점원에게 맡기고 온 게로군."

운식이와 나는 아래층으로 내려가 건배의 인사를 받는다. 할머니 방에는 건규 처가 자기 둘째아이와 현화를 돌본다. 두 아이가 잠투정을 하느라 칭얼거린다. 어머니 목소리는 주방에서 들린다.

"포는 예부터 주로 일곱 가지를 썼다. 북어·건대구·건전복·건상어·암치·오징어·육포가 그렇다. 일곱 가지를 꼭 다 갖춰놓을 필요는 없지만, 예전에 아버님은 정성이 대단하셔서 제수(祭需) 물목은 빠뜨리지 않으셨느니라. 아버님이 경성으루 출타허실 때면 제사 때가 아니더라두 큰 건어물전에 들르셔서 그런 포를 고루 사오셨지. 시골장에서 급하게 구하려면 못 사는 일이 허다허구 물건이 달릴 때면 값이 뛰니깐."

"어머님, 이번에는 복어·오징어·문어·건전복을 준비했어요." 처의 조심스러운 목소리다. 시집온 뒤로 시어머니에게 눌려 지내 집안에서 기를 펴지 못하고 살아온 안사람이다. 그런 면에서는 복이 지지리도 없는 편이라 젊었을 때에는 내게 불평도 고시랑거렸다. 그러나 어느 때부터인가, 어머님이 계시니 그 그늘이 편하다는 말을 하고부턴 아예 벙어리가 되고 말았다. 사실 어머니 같은 분 옆에는 어느 누가 견주어 서더라도 빛을 내기가 힘들기도 하다. 어머니 빛이 홀로 너무 밝으니 모두 자기 작은 그림자나 만들 뿐이다.

"제수 음식이란 끼니때와 달리 음식마다 정성을 쏟아야 허지만 무엇보다 나물이 맛나게 무쳐져야 헌다. 장맛 보구 그 집 음식 맛 알듯, 나물 맛이 좋으면 다른 제수 음식은 맛 안 보아두 알지. 제사 모시구 음복상 받으실 때, 아버님은 젓가락으로 먼저 무나물부터 집으셨다. 그러면 어머님과 나는 바늘방석에 선 듯 어르신 안색만 살폈지. 아무 말씀두 안하시구 수저를 들어 탕국물루 입을 헹구시면 그제야 안심했느니라."

"증조할아버지께선 나물 맛이 없으면 타박을 줬나요?" 건배 처가 묻는다.

"타박 주진 않으셨지만 수저를 들지 않으시구 한참 음식상을 두루 살피셨지."

그때, 현관문이 열린다. 박서방이 아래층 고방에 두었던 병풍을 나른다. 거실에 병풍을 옮겨놓곤 제상·교의·향안도 들여놓는다. 먼지를 털고 초벌로 물걸레질을 했는지 나뭇결이 윤기를 낸다. 그것들과 제물 그릇은 할아버지 때부터 사용해오던, 이를테면 우리 집안의 손때가 묻은 유물이다. 주방에서 제기를 닦던 처가 행주를 빨아들고 거실로 나와 제상과 교의를 닦고, 운식이 처는 마른행주로 병풍 액자를 닦는다.

나는 거실의 괘종시계를 본다. 벌써 아홉시를 넘어섰다. 나는 안방으로 들어가 집에서 입는 허드레옷을 벗는다. 흰 와이셔츠를 입고 넥타이를 맨다. 양복을 입곤 거실로 나온다. 거실 정면 북쪽에는 여덟 폭 병풍이 펼쳐졌다. 병풍 글은 송나라 때 문장가 여홍숙(呂興淑)이 지은 「극기명(克己銘)」이다. 그 병풍 글씨는 일찍이 경기도 서편에서 명필로 이름이 났던 외증조부가 쓴 초서체이다. 할아버지가 살아 계실 때 제사용 병풍으론 역시 외증조부가 쓴 한퇴지(韓退之)의 「사설(師說)」이 있었다. 할아버지는 그 글의 뜻을 기려 기제사에는 늘 그 병풍을 사용하며 손자들에게 그 내용을 익히게 했다. 그 병풍은 육이오전쟁 때 사랑채가 비행기 폭격으로 무너져 소실되고 말았다.

내가 정장을 갖추고 나오자 처가 남자들 일감을 거실로 나른다. 밤과 대추를 치고, 포를 모양 있게 오리가리하고, 과실을 깎는 일은 남자들 몫이다. 나는 화장실에서 손을 씻고 나온다. 운식이도 나를 따라 관수(盥水)한다.

"오늘은 우리가 해볼까요?" 건배가 묻는다.

"아직 너들은 멀었다. 다 차례가 있어." 운식이가 빙긋 웃으며 아들 말을 받는다.

나는 가위로 오징어 머리와 아랫부분을 잘라내고 오리가리를 시작한다. 봉황이나 용을 만들 손재주는 없어 부채꼴로 가위질한다. 운식이도 배 꼭지를 도려낸 뒤 윗부분을 깎는다. 귀신이 와서 먹을 음식은 아니지만 이런 일을 할 때는, 제사가 언제부터 시작되었으며 누가 처음으로 창안해내었을지 더듬게 된다. 천·지·일·월·성신·산·천에 신령이 깃들여 있다는 생각으로 신의 재앙이 없는 안락한 생활을 기원하는 마음가짐에서 제사는 시작되었을 것이다. 우주의 드넓은 이치와 생명을 건사하는 신묘한 능력과 천재지변의 놀라운 위력을 가늠하다보면 인간의 한살이는 티끌과 같이 보잘것없어 보이고, 자신도 모르게 신의 존재를 긍정하고 거기에 의지하게 됨이 사람의 항심(恒心)이다. 고래로 부여의 영고(迎鼓), 고구려의 동맹(東盟), 동예의 무천(舞天)이 다 그렇게 시작된 제사라는 문헌 기록이 있다. 그렇다면 조상을 숭모하여 하늘에 드리는 제사 역시 그 뒤를 이어 시작되었으리라 짐작된다. 인간이 짐승과 달리 예(禮)를 생활의 바탕으로 삼았을 때, 조상을 숭모하는 이치야말로 당연한 귀결이다. 신라에서는 남해왕 때 혁거세 묘를 세우고 혜공왕 때 오묘(五廟)의 제도를 정했다 하니, 그 역사가 천 년 넘어 거슬러 올라간다. 조상의 은덕을 생각해 받들어 기리고, 후손의 평안을 염원하는 예식이야말로 인간이 창출한 것 중 심오한 뜻으로 말하면 으뜸자리에 오를 것이다. 그러나 정신적인 것과 마음으로 얻는 평안이 물질적인 것으로부터 배척당하고 오직 현시적인 것만 대접받는 시대에 당도하니 세상의 이치가 많이 바뀌었다는 생각이 든다.

거실로 나온 어머니가 뒷짐 지고 우리 형제의 솜씨를 내려다보며 음전케 미소를 띠고 섰다. 바둑판을 찾아낸 건규가 거실 한쪽에서 건배와 바둑을 둔다. 서로가 백돌을 잡겠다며 티격태격하다가 건배가 백돌을 한 움큼 쥐어 흑백을 가렸다. 그들의 급수는 2급이 되었다 4급으로 떨어지기도 한다. 건욱이까지 합쳐 셋의 치수가 비슷해 명절이나 제사 때면 곧잘 어울려 바둑을 둔다. 미국으로 이민 간 큰애 건모가 공인 아마 4단이어서 늘 해설자 노릇을 했더랬는데, 이제 바둑판 옆에 앉아 혀를 차던 그 모습을 볼 수 없다. 어쩌면 앞으로도 볼 수 없을 것이다. 우리 형제가 밤과 대추를 쳐서 그 일을 끝낼 때야 바둑도 한 판이 끝난다. 건배가 이겨 의기양양하게 백돌을 빼앗는다. 그렇게 돌을 바꾸어 새 판을 둔다.

할아버지 살았을 적이 생각난다. 그때는 우리 형제가 어리기도 했지만, 할아버지의 제사 모시는 정성은 대단했다. 증조부 기제사는 날씨가 푹푹 찌는 삼복이기도 했지만 할아버지는 아침부터 당목 두루마기에 갓으로 의관을 정제하다보니 땀을 뻘뻘 흘리며 남자가 해야 할 모든 일을 손수 처리했다. 잘 보고 배워두라는 할아버지 분부가 있었으나 우리 형제는 제사 따위에는 별 관심이 없어 장난치며 너른 집 안팎을 분탕치고 다녔다. 대청마루가 꺼져라 널뛰기도 했다. 그러던 세월이 반세기 가까이 흘러 이제 내가 그 당시 할아버지가 되고, 머리 큰 자식들은 그 당시 까까머리였던 나처럼 자기 놀음만 즐기는 셈이다. 물같이 흘러가버리는 세월, 앞으로 또 그만한 세월이 흐른다면 그때는 누가 밤과 대추를 칠까. 어쩌면 그 시절에는 제사가 없어질는지 모르고, 있다 해도 세월의 추이를 가늠하면 더 간소화되리라. 지금도 시장에 가면 기계로 깎은 밤을 포장지에 담아 파니 밤을 칠 필요가 없는 세상이 되었다.

박서방이 사다놓은 조선종이 한 장으로 나는 지방(紙榜)을 만든다. 할아버지 살아 계실 때만 해도 사당(祠堂)이 있어서 위패(位牌)를 만들어 그곳에 모셔두었다 제사를 지냈으나, 내가 서울 생활을 시작한 뒤 제사를 가져오고부터 위패를 대신해서 지방을 모셨다. 할아버지는 장손인 내게 지방 접는 방법을 가르쳐주셨는데, 그 까다로운 방법을 사십 년이 가깝도록 잊지 않았다.

먼저 백지 한 장을 옆으로 접고 또 한 번 접은 뒤 다시 삼등분해서 접으면 열두 칸과 열하나의 선이 생기게 된다. 그것을 오른쪽의 1, 2, 3선까지 왼쪽으로 접고 5선을 기준으로 종이 왼쪽을 오른쪽으로 접으면 종이 뒷부분이 앞으로 나오게 된다. 다음, 6선을 다시 왼쪽으로 접으면 종이 앞면인 7, 8, 9, 10, 11선이 보인다. 그대로 이것을 들고 뒤집어 7선을 기준하여 왼쪽으로 접고,

종이 위와 아래를 조금 접은 뒤 9선과 11선을 접어 남은 부분을 옆으로 끼워넣으면 직사각형 지방이 된다. 만들어진 지방 위 두 귀퉁이를 약간 눌러 이것을 교의에 세워두면 되는 것이다.

나는 가느다란 붓으로 먹잉크를 찍어 우선 헌 신문에 몇 차례 글씨를 연습한다. 어느 정도 체를 갖추었다 싶자 지방에 옮겨 쓴다.

顯考 學生府君 神位

아버지는 특별한 벼슬을 하지 않았기에 그렇게 쓸 수밖에 없다. 그렇게 쓰고 보니 사당에 위패로 모셨던 증조할아버지의 신위 글귀와 같다.

서투른 붓글씨로 지방을 쓰고 난 뒤, 안방 문갑 서랍에서 제사 때 늘 사용하는 기제축문을 꺼내 향안 아래에 둔다. 그러고도 한참의 시간이 흐른 뒤에야 대문께에서 진돌이 짖는 소리가 들린다. 막내 건욱인가 했더니 막내아우 청식이가 현관으로 들어선다. 한 잔을 마셔도 술기운을 타는 그인지라 눈 가장자리가 붉다.

"어머니, 절 받으셔야지요." 주방을 들여다보던 청식이 어머니 손목을 잡고 거실로 나온다. 청식은 겹으로 주름지는 턱에 과장기 섞인 미소를 띠었다. 어머니를 어머니 방으로 모셔 들어가는 그의 거동에 막내다운 익살기가 섞였다.

"너 한잔헌 게로구나. 삼 일 재계(齋戒)헌다는 말두 모르느냐. 세월이 변했기로서니 오늘만은 몸을 정결허게 씻구, 고기 음식을 입에 대지 말구, 술은 삼가야지."

어머니가 부드럽게 나무라며 방석에 앉는다.

"제가 뉘 손인데 그걸 까먹겠습니까. 부득이 그럴 일이 생겨 그랬지요. 뻔히 알면서도 한잔해야 하는 막내놈 타는 속두 알아주셔야지요."

"속탈 일을 왜 허구 다녀." 어머니는 손녀딸 건옥이가 시위사건으로 경찰서 유치장에 갇힌 줄을 모르고 하는 소리다.

"어머니, 절부터 받으세요." 청식이 어머니 앞에 무릎을 꿇고 넙죽 절을 한다.

"병원에서 곧장 오는 길이 아닌 모양이로구나?"

"대접할 자리가 있어 시내에 들렀다 옵니다. 제가 그중 늦었지요?"

"그렇긴 하다만 열시니 맞춤하게 왔다. 세수나 하거라." 청식은 현화와 제 손녀가 방 한 칸에 나란히 잠든 쪽에 눈을 주더니 거실로 나온다. 청식이 현관으로 들어설 때 건성으로 인사했던 건배와 건규는 바둑 두기에 여념이 없다. 청식은 윗도리를 벗어 응접의자 등받이에 걸쳐놓곤 화장실로 들어간다. 나와 운식이 안방에 앉아 있자, 수건으로 얼굴을 닦으며 청식이가 들어온다.

"변호사는 뭐라던?" 운식이가 낮은 소리로 아우에게 묻는다.

"건옥이 학과장과 같이 만났죠. 학과장이 담당검사 앞으로 각서를 쓰기로 했어요." 청식이 거실을 흘끗거리며 방문을 반쯤 닫는다.

"각서라니?"

"앞으로 학업에만 전념토록 책임지고 지도하겠다는."

"교수가 각서 쓰고, 나이 새파란 피고가 판검사를 훈계하는 마당이 됐으니, 만화경을 보는 세상이군."

"큰형님은 웃으시겠지만 저는 수술하는 의사가 아닌, 수술 받는 축농증 환자가 됐다니깐요. 답답해서 숨쉬기도 괴롭습니다. 그런데 닭장에 갇힌 애는 다리 뻗고 잠자니 적반하장이 따로 있습니까" 하곤, 청식이가 주방에 대고 얼음물 한 잔 달라고 외친다.

청식이 처가 보리차에 각얼음을 띄운 유리컵을 차받침대에 얹고 소반에 받쳐 들고 온다. 유리컵만 소반에 달랑 얹어 들고 왔다 간 어머니 꾸중이 떨어질 것임을 알고 조심하는 눈치다. 아녀자가 걸음을 걸을 때는 소리 내지 않고 사뿐사뿐 걷고, 남자 앞으로 가로지르거나 남자 신을 타넘으면 안 된다. 옷을 걸 때 남자와 같은 횃대를 쓰지 않으며, 남자 옷 위에 아녀자 옷을 걸어선 안 된다. 낯 닦는 수건을 남자와 같이 써도 안 된다. 토방에 오를 때는 반드시 소리 내어 알게 하며, 방 밖에 신이 두 켤레 있을 때 안에서 말소리가 들리거든 들어가고, 안에서 아무런 말소리가 들리지 않거든 들어가지 않는다. 방문이 열려 있을 때는 안으로 들어가도 그대로 열어두며, 방문이 닫혔다면 닫아두고, 뒤따라 들어올 사람이 있으면 닫아도 아주 닫지 아니한다. 그 외에도 어머니가 한번 쏟아놓으면 그 내훈은 끝이 없었다. 막내며느리가 막 시집왔을 때였다. 제 서방을 두고 어머님에게 무심결에, 아직 돌아오지 않으셨어요 하고 올림말을 썼다 꾸중을 들은 적이 있었다. 지아비를 손위 앞에서 말할 때는 존댓말을 쓰지 않는다는 어머님 말씀이었다.

"변호사는 만나셨어요?" 수심 낀 얼굴로 청식이 처가 제 남편에게 묻는다.

청식이 보리차를 마시며, 잘될 것 같기도 하다고 아리송한 답을 어물쩍 흘린다. 언제 들었는지 안방 방문 옆 거실 가장자리에서 바둑을 두던 건규가 제 여동생을 두고, 그 애는 고생 좀 해야 한다며 신둥부러진 소리로 한마디 거든다. 청식이 처가 아들 말버릇을 못마땅하게 여겨 눈을 흘긴다.

주방은 제수 음식 준비가 대충 끝났는지 조용하다. 주방 아녀자들 말소리가 도란도란 들리고, 어머니 방에서도 이야기 소리가 들린다. 그림책을 보던 운식이·청식이 손자들도 하품을 하던 끝에 건넌방으로 가더니 가로세로 누워 잠들어버렸다. 초등학교에 다닐 때까지는 제사와 무관했으나 중학생이 된 뒤부터 반드시 자시(子時) 제사 참례가 집안 관례였기에 그 애들은 그냥 자게 내버려둔다.

어느새 시간이 밤 열한시를 넘겼다. 이제 와야 할 사람은 내 막내애 건욱이만 남은 셈이다. 드라마 원고를 쓴다고 이틀 사흘 외출하지 않을 때도 있었는데 오늘은 제집 찾아들기에도 늦은 시간이다. 건욱이 처가 현관 밖으로 들랑거리는 눈치다.

"어느 집이나 그 집안에 내려오는 가훈을 들어보면 다 비슷하지만, 아버님이 우리 후손에게 이르시던 가훈은 대체루 여섯 가지였느니라." 어머니 방에서 들려오는 어머니의 차분한 목소리다. "우선 조선님 제사를 삼가 받들어 정성껏 모시구 선영을 잘 가꾸라 이르셨다. 두번째가 종갓집을 귀중히 여기구 친척이 화목하라 허셨느니라. 종갓집이란 나무의 뿌리니 나무란 뿌리를 잘 북돋워주지 않으면 가지와 잎이 절루 마르는 이치와 같으다. 친척은 비록 갈래가 다르더라두 핏줄이 서로 이어져 있으니 사랑하는 데 힘쓰구, 공경허는 마음으루 만나구, 정성껏 대접허구, 장점을 모아 단점을 보호해줘야 헌다. 병들 때 서루 위로허구, 외롭구 가난할 때 도와줌이 어찌 장헌 일이 아니겠느냐. 세번째가 세상을 살아가는 데 몸가짐이 구차스러워선 아니 된다구 했느니라. 반드시 의리를 분별허는 분수를 알아 옳구 그른 관계를 살펴 예의루 일을 처리해야 허느니라. 염치를 차려 스스로 욕심을 경계허구, 어떠한 경우라두 비루헌 일을 허지 말라 이르셨지. 이는 곧 남자란 위엄이 있구, 태도가 신중헌 중에 매사에 공명정대허며, 뜻이 넓구 굳세며, 근면허구 절약해야 헌다는 가르침이다……" 며느리들과 손자며느리들을 앞에 앉혀두고 어머니가 늘어지게 설교하는 참이다.

"어머님은 아버님 말씀은 별로 하지 않으셔도 할아버지 말씀만 입에 올리시면 절로 신이 난다니깐." 운식이 어머니 방을 본다.

"아버님이 일찍 별세하신 뒤 할아버님 공경하기가 하늘과 같았으니 그럴 만도 하지요. 언젠가 건욱이한테 할아버님 전기를 쓰게 하면 어떨까요? 어머님 기력이 더 흐려지기 전에." 청식이 나를 보고 묻는다.

"그 말 맞군. 우리 집안에선 그래도 건욱이가 문필가 아닌가. 그 녀석이 쓰면 제격이겠다. 사실 할아버지는 우리 집안뿐만 아니라 누구에게나 그 생애를 알릴 만한 분이시지." 운식이 맞장구친다.

세월의 너울 359

"그렇잖아도 내가 그런 말 했더랬지. 건욱이도 민속적인 것이나 전통적인 우리 얘기에 각별한 관심을 두는 것 같기에." 내가 담배를 꺼내 물며 말한다.

"큰아버님, 건욱이 말입니다. 어제 제 서점에 들렀습니다. 『지봉유설(芝峰類說)』과 『민담일화집(民譚逸話集)』이란 책을 가져가며 구비문학 관련 서적도 구해달라더군요." 바둑을 두며 건배가 말한다.

"『지봉유설』? 그건 이수광이 엮은 고래 기사일문집(奇事逸聞集) 아닌가. 그분이 우리나라에 천주교를 처음 소개했을걸." 운식이가 말을 받는다.

"맞아요. 선조 때 사람이지요. 그분이 처음 서학(西學)을 들여올 때야 천주교 수난 훨씬 전이라 임진왜란·정묘호란을 겪었지만 천수를 누렸지요." "형, 대마가 생사기로를 헤매는데 어디다 정신 팔고 있어요?" 건규 말이다.

"그런 걸 보면 사람은 때를 타고나야 돼. 지봉 선생도 이백 년만 늦게 태어났어봐. 당신 명껏 살기 힘들었을 테니. 형님, 그런 뜻에서 보자면 제 세대는 육이오전쟁 희생 세대요, 어머님은 봉건시대 희생 세대가 되겠지요. 뭔가 이름을 붙인다면 건욱이같이 급진적인 생각을 가진 애들도 어떤 의미에선 또 다른 희생 세대고요." 청식이 운식을 보며 말한다.

"어머니 세대가 여자들에겐 희생 세대에 해당된다는 말은 맞지만, 어머니 경우는 다르지. 어머니는 옛 부도(婦道)를 편안한 마음으로 받들며 살아오셨으니 희생 세대란 말이 어울리잖아. 누구한테는 그 길이 고행이 되겠지만 누구한텐 그 길이 기쁨의 길도 되는 법이니깐. 오히려 아버지야말로 봉건시대 마지막 희생 세대가 아닐까 하는 생각이 들어." 운식의 다른 해석이다.

청식이 뚱한 표정으로 둘째형을 바라본다. 납득이 가지 않는다는 눈치다. 나도 얼핏 그런 생각이 든다. 역마살이 낀 아버지는 스스로 수명을 잘라먹으며 방만으로 한평생을 보냈다. 아버지 쪽 입장에서 보자면, 짧은 한평생 천하를 주유하며 쓸 만큼 돈을 뿌린 호방함에 속세의 낙을 즐긴 유감없는 삶으로도 볼 수 있다. 그러나 그 반대, 할아버지 입장에서 해석하자면 자기 절제와 분수를 모른 오만하고 어리석었던 삶이라 치부할 수도 있다. 그런 점에서 돌아가신 할아버지 견해가 맞는 말이다. 아버지는 무엇보다 부모보다 먼저 타계함으로써 불효가 크고, 나라나 사회에 이바지한 공이 전혀 없고, 외도를 일삼아 어머니를 버려두었고, 자식에게도 아비다운 역할을 못했으며, 방탕에 젖은 무절제한 생활 끝에 건강을 갉아먹어 죽음에 이르는 길을 자초하고 말았다.

"아버지가 결혼했을 당시 이십년대 중반이라면 이 땅에 서구 문화와 서구 사상이 물밀듯 밀려들어오던 때 아니었나. 그 시대에 신교육 받은 개화 신사가 구식 중매결혼으로 조혼한 후 이혼이나 별거 안한 사람이 몇이나 되게. 어머니가 구식 여자라 내 하는 소리는 아니지만." 운식이 청식을 보고 어머니가 들을세라 목소리 낮추춘다. "바깥세상으로 나가면 온갖 신기한 문물과 조류에 눈이 둥그레지는데 집에 들어오면 어디 그런가. 엄격한 전통적인 유교식 생활을 해야 하니 갈등이 보통 심했겠어. 아버지야

야말로 열여섯 살에 장가든 후 공부한다고 객지 생활만 한데다 할아버지 자녀 교육 방법 또한 얼마나 보수적이었어. 방학 때면 수원 집으로 돌아온 아버지가 유성기 틀어놓고 이탈리아 가곡에 심취하며 커피 마시다, 하는 짓이 망측하다며 할아버지께 혼났다잖아. 그러니 심약한데다 낭만적이었던 아버지는 자연 집발이 붙지 않을 수밖에. 지방 토호 아들로 서울로 유학 와서 명월관이다 카페다 하고 들랑거리던 모던보이가 그 당시 어디 한둘이었어. 지금 시점에서 보면 겉멋 들린 객기라지만 그 당시야 그래야만 서양을 이해하는 식자로 행세를 하지 않았겠어? 쎄비루 양복에 중절모 쓰고 단장 짚고 흔들어야 종로나 명동 바닥을 누빌 수 있었을 테니깐. 결핵을 앓으며 주색잡기로 세월을 보냈으니 그 점도 그 시대 희생자랄 수밖에. 더욱 나라 잃은 설움이 가슴에 찼을 테니 허무가나 부르며 더 자학에 빠질 수밖에 없었을 테지. 청식이 너도 의사니 알겠지만 마이신이나 페니실린이란 항생제가 육이오전쟁 전후에 들어왔잖아. 그전에야 얼마나 많은 청춘이 결핵으로 쓰러졌어. 아버지가 만약 십 년 뒤에만 태어났어도 건졌을 목숨인데……"

어머니 방에선 다른 이야기로 어수선하다. 남편을 '자기'나 '아빠'라 부르는 요즘 젊은 세대의 호칭 문제를 두고 어머니를 비롯한 우리 형제 안사람들의 성토가 자못 높다. 며느리들의 목소리는 들리지 않는다.

"삼촌이란 말도 그렇지. 반드시 도련님으로 불러야 하는데, 이건 어떻게 돼먹은 세상인지 진짜 삼촌은 따로 두구 시동생을 삼촌이라 부르다니. 어린 도련님부터 혼인한 애 아비까지 그저 두루뭉수리로 삼촌, 그것두 빈정거리는 투루 사암춘이라 부르니, 내 딱해서 못 듣겠더구만. 고모란 말도 그게 뭐야. 시누이를 고모라 부르니 그런 말버릇이 어딨어. 그래도 친정 쪽 식구들 두곤 제편이라고 그런 말 안 쓰데." 무람없는 세태에 자못 분개한 처 말이다.

"아버님이 독자에다 너의 시어르신 역시 독자였으니 내게는 사촌 되는 분두 없었지. 나야 새댁 시절에 도련님, 하고 다정하게 불러보는 것두 작은 원 중에 하나였느니라." 어머니가 말씀한다. 모두들 입을 다물고 있자 어머님 말씀이 계속된다. "애기가 나온 김에 또 하나 생각나는 게 있는데, 자기 서방을 부르는 말이다. 집안사람이 아닐 경우에 서방을 입에 올려야 헐 땐 우리 집 바깥양반, 우리 집 바깥주인이라 해야 될 말을 요즘에는 그냥 아빠라거나, 철이 아빠, 순이 아빠라 애 이름을 앞세워 부르는데, 예전에 그런 말을 쓰면 상년이라 했어."

"할머님, 상년이란 말뜻이 무어예요? 년이란 상소리로 욕 아닙니까?" 교사답게 며느리가 묻는다.

"이제는 욕이 되구 말았지만 예전에는 상한여인(常漢女人)이란 말을 줄여 쓴 말루 알구 있다. 보잘것없는 사내의 아녀자란 뜻이지. 그러니 앞으루 말헐 때 주의들 하거라."

어머니 방에서 들려오는 말에 귀를 기울이는 동안, 청식이가 운식이 말을 반박하고 나선다.

"둘째형님 말씀도 일리는 있지요. 그러나 아버지처럼 그런 삶을 살지 않은 분이 훨씬 많지요. 큰형님, 그렇잖습니까. 아버님 경우는 예외겠지요. 만약 할아버지가 이루어놓으신 재산이 없었다면 우리들이 공부를 어떻게 할 수 있었겠습니까. 또한 우리 대에서도 일제·해방·육이오·사일구로 이어지는 첩첩산중 어려운 세월을 겪었습니다. 그러나 아버지와 같은 분은 없었지요. 아버지 기제사 날에 얘기가 이상하게 됐지만, 우리 형제는 사회적으로나 가정적으로 다 자기 직분을 성실하게 지켜 오늘에 이르지 않았습니까."

나는 문득 북으로 간 일식이와 숙이를 생각한다. 유전학상으로 같은 염색체의 대물림이라곤 말할 수 없지만, 아버지에서 시작하여 일식이와 숙이로 이어지다 자살한 내 첫째애 건명이를 거쳐 운동권 대학생인 건옥이, 그 아랫대에서 미국에 있는 내 큰애 건모 아들 완이가 순서대로 떠오른다. 그들은 모두 부모 가슴에 피멍자국을 남겼고 지금도 그런 못질을 한다. 자식을 두고 근심하지 않는 부모가 어디 있으랴만 세상살이란 즐거움이 있다면 슬픔이 있고 그 슬픔 또한 삶의 한 속성일 것이다. 바다의 너울 센 날이 있음으로써 잔잔한 수면이 더 평화스러워 보이고, 서방이 배를 타고 나간 너울 센 바다를 봐야 바다의 위력에 두려움을 느낀다. 세월이 늘 편안하지 않은 것처럼 인생 역시 늘 그 너울을 타며 살게 마련이다.

"그 얘긴 그쯤 하지." 운식이 청식이에게 말하며 일어선다.

"형님, 이제 촛불 켜야지요."

"그래" 하며 나도 담뱃불을 끈다. 안방 탁상시계를 보니 열한

시 이십분이다.

"너들도 바둑 치우려무나." 운식이가 거실로 나서며 건배와 건규에게 말한다.

우리 형제가 마루로 나서자, 어머니 방도 이야기가 그친다. 모두 거실로 나온다. 건배와 건규는 빨리 끝을 내려는지 바둑돌을 서둘러 놓는다. 짜인 판을 보니 끝내기 단계다.

"건욱이 애는 어떻게 된 셈인가. 시간이 이렇게 되도록 올 줄 모르니. 오늘 같은 날 술 마시며 늑장부리지도 않을 텐데, 전화 한 통 없어." 처가 부엌으로 가며 혼잣말을 중얼거린다.

그동안 식어버린 제수 음식을 데우느라 주방이 다시 소란스러워진다. 볶고 끓이는 음식 내음이 식욕을 자극하다. 나는 지방을 병풍 앞 정중앙에 놓인 교의 가운데 받침대에 세운다. 집사(執事)로서 마음가짐을 엄숙히 하여 돗자리 위 향안 앞에 무릎을 꿇고 우선 제상 양쪽에 놓인 촛대의 초에 라이터로 불부터 밝힌다. 응접의자 방석을 내려 돗자리 뒤쪽 정중앙에 정좌하여 앉는다. 내 양쪽에 운식이와 청식이가 앉는다.

"건욱이는 어찌 된 셈이야?" 건배가 제 아버지 옆에 주저앉으며 건규를 본다.

"글쎄요, 무엇 한다고 안 들어오는지" 하며 건규가 마루 괘종시계를 흘끗 본다.

시간은 자꾸 흘러 열한시 반을 넘긴다. 먼 한길의 차소리도 뜸하다. 주방에서도 아직 돌아오지 않은 막내애를 두고 소곤거리는 소리가 들린다. 제가 한길까지 나갔다 오지요, 하는 말에 이어 며느리가 부엌문을 통해 밖으로 나가는 모양이다. 아무도 말을 하지 않았지만 나부터 교통사고와 같은 불길한 생각이 머릿속을 스친다. 차를 모는 사람이나 길을 걷는 사람이나 교통법규를 너무 지키지 않는 현실이다. 그러니 교통사고율이 세계에서 으뜸이란 불명예를 쓰고 있지 않은가. 칠십 평생이라면 짧지도 않은 세월인데 우리나라 사람들은 뭐가 그리 급한지 쫓기듯 차를 몰고, 도망가듯 신호를 무시하고, 통행인조차 신호등을 보지 않고 네거리를 건넌다. 지난 정초 연휴 사흘 동안 눈이 좀 왔기로서니 전국적으로 교통사고에 의한 사망자가 쉰여 명, 중경상자가 일천오백여 명이란 통계가 떠오른다. 내 주위만도 교통사고로 죽은 사람, 또는 불구가 된 사람이 여럿 있다. 열흘 전에도 진형물산 사원이 교통사고로 중상을 입고 지금 대학병원에 입원 중이다.

"제삿날 이렇게 늦은 적이 없는데……" 내 처가 주방에서 얼굴을 내밀고 나를 본다. 표정에 불안기가 감돈다.

"좀더 기다리지 뭘." 나라도 느긋하게 말할 수밖에 없다.

어머니도 내 막내애를 염두에 둔 탓인지 제상 차리기를 지시하지 않는다. 곱송그린 자세로 주방에서 당신 방을 두 차례 왔다 갔다 하며 현관 쪽에 자주 눈을 준다. 언젠가 막내애가 내 대를 이어 집사가 될 것이기에 저렇게 신경을 쓰시리라 여겨진다.

시계바늘이 열두시 십 분 전을 가리킨다.

"안 되겠다. 제상을 차려야지. 음식을 옮겨놓도록 하거라." 어머니도 더 늦출 수 없다는 듯 주방에 말씀을 내린다.

그때였다. 전화벨이 요란하게 울린다. 막내애한테 무슨 사고라도 난 걸까, 하고 생각하자 가슴이 띈다. 전화벨이 두 번 울릴 때까지 거실의 모든 눈길이 응접탁자에 놓인 전화기에 쏠린다. 주방에서도 어머니를 비롯하여 아녀자들이 거실로 나서서 전화에서 들려올 소식을 기다린다. 모두의 얼굴이 좀 멍해진 채 두려움으로 붕 떠 있다. 전화기와 가까이 앉은 건규가 냉큼 송수화기를 집어든다.

"미국이래요." 건규가 나를 돌아보며 말한다.

주방 쪽에서 누구인가 안도의 한숨을 내쉬는 소리가 들린다.

"건모구나." 처가 엉겁결에 말한다.

건규가 미국이라고 말했을 때, 나 역시 큰애 건모부터 떠올랐다. 미국 동부와 한국의 시차에도 불구하고 그가 할아버지 기제사 날과 시간을 잊지 않음이 대견하다 싶다.

"큰아버님이 받으시지요." 일어서는 내게 건규가 손을 받쳐 송수화기를 넘겨준다.

"서울 거기 누구십니까?" 미국으로 떠난 지 석 달, 전화를 통해 네번째 듣는 건모 목소리다. "나야, 아버지다. 거기는 별일 없느냐?"

"아버님이시군요. 우리 식구는 모두 잘 있습니다. 여긴 아침 일곱시가 다 됐는데, 지금 할아버님 제사 모시잖습니까?"

"그래, 조금 있으면 자정이라 지금 막 모시려는 중이다." 가까운 거리같이 큰애 목소리가 또렷해 나는 큰소리로 말하지 않고 보통 목소리로 말한다.

처가 내 옆으로 다가와 송수화기에 귀를 모은다.

"아버지, 불효를 용서해주십시오. 장자가 이렇게 바다 멀리 떠나와 할아버님 제사에도 참례하지 못하게 됐으니……" 큰애의 목소리가 울음기에 잠겨든다.

내 목울대도 시큰해진다. 잊지 않고 이렇게 전화라도 걸어주니 네 성의가 가상하다. 너는 불효자가 아니다. 이런 말이 목울대를 치받고 올라왔으나 무엇인가 목구멍을 막고 있는 느낌이다.

"네 어미 바꿔주마." 나는 가까스로 말을 끊고 송수화기를 처에게 넘겨준다.

"건몬가? 그래. 어미다. 그래. 모두 모였다." 처가 큰소리로 말한다. "가게는 잘된다구? 다행이다. 암, 그래야지. 우리야 자나깨나 너들 걱정 아닌가. 여기는 아무 탈 없다. 할머님도 평강하시고. 어떻게 됐다구? 완이가 입학했다니…… 오냐, 그래. 다 조선님이 도우신 덕분이다. 알았다. 잠시 기다려라." 처가 송수화기를 가슴에 대고 거실 안을 둘러보더니 젖은 눈을 어머니 눈과 맞춘다.

"어머님, 건모가 할머니 바꿔달래요. 어서 오셔서 전화 받으세요."

"이 할미가 무슨 헐 말이 있다구" 하며, 어머니는 천천히 거실 가장자리로 둘러와 송수화기를 며느리로부터 받아 든다. 얼굴에는 아무런 표정이 없다. "그래, 나다. 잊지 않구 전화해주니 기특허구나. 오냐. 늘 건강 조심허구. 아이들 차 조심시켜라. 오냐, 고맙다. 이 할미야 이제 산다 헌들 얼마를 살겠느냐. 먼 객지지만 뿌리 없는 나무가 없듯, 너희들이 어디서 왔구 누구 자손임을 늘 명심허거라. 우리 순둥이 완이를 특별히 잘 돌보구. 그 애는 우리 집안에 귀헌 애다. 할미 그만 전화 끊는다." 어머니는 송수화기를 내려놓는다.

"상을 차려라." 어머니가 주방 입구에 선 며느리들과 손자며느리들에게 명령을 내린다.

"완이를 특수학교에 입학시켰대요. 자폐증 아이들만 모아 교육시키는 학교가 정말 있는가 봐요. 나라에서 하는 완전의탁 교육이라 토요일에 완이를 데려왔다 일요일 오후에 다시 맡기는 모양이에요." 처가 내게 조금 들뜬, 밝은 목소리로 말하곤 주방으로 잰걸음을 놓는다.

큰애 장남인 완이는 올해 열한 살의 사내아이로 겉으로 보기엔 정상아와 다를 바 없다. 오히려 허여멀쑥하고 이목구비가 또렷하다. 그런데 완이는 자폐아다. "어마, 어디 가." "하머니, 노자." "데레비 보자." 이렇게 두 단어의 맞춤만 어눌한 발음으로 말할 뿐 자기 의사를 이음말로 제대로 표현하지 못했다. 완이는 가족 눈만 피하면 빈방이나 집 뒤란 후미진 곳으로 가서 혼자 두 팔을 버둥거리며 우리에 갇힌 짐승처럼 꽥꽥 소리를 질러댔다. 얼굴과 온몸이 땀에 흠씬 젖을 정도로 격심한 단순 반복운동을 하고 나서야 간질병 뒤끝같이 순한 양이 되었다. 몇 시간 뒤면 다시 남이 보지 않는 사이 혼자 있을 자리로 찾아가 그 단순 반복운동을 되풀이했다. 남에게 해코지를 하거나 기물을 부수지는 않았다. 주위에서 무슨 충격음이 들리면 제일 먼저 움찔 놀랐다. 그 외에도 완이 자폐증 특징은 여러 점에서 정상아와 구별되었다. 언어 장애도 그렇지만, 흥분성이 우선 두드러졌다. 외부 자극이나 새로운 환경과 만나면 공포감을 나타냈다. 또래집단에 어울리지 못하고 혼자 있으려 했다. 머리가 무거운지 혼자 있을 때도 누워 놀았다. 불안감이 심하며 겁이 많았다. 침착성이 없었고 충동적인 행동을 했다. 편식이 심하여 자기가 먹어본 반찬 외에는 먹지 않았고, 먹여주어도 뱉어버렸다. 음식을 먹을 때 간섭하지 않으면 맨밥을 먹었다. 잠이 없어 자정을 넘겨도 재워주지 않으면 잠을 자지 않았다. 종이를 주어 그림을 그리게 하면 가분수 얼굴만 그렸는데, 그만두게 하지 않을 때는 같은 얼굴을 몇 시간씩 수십 명, 백 명까지도 그렸다. 물론 눈코입이 자기 자리에 붙어 있지 않은 조잡한 그림이었다. 옷의 단추를 잠그거나 열거나, 허리띠를 조르거나 푸는 방법을 몰랐다. 손가락 놀림이 둔하여 젓가락질을 못했다. 그 외에도 완이는 여러 점에서 정상아와 구별되는 괴이쩍은 행동을 했지만 정박아와 다른 점은, 완이가 삐뚤게나마 글을 쓸 줄 안다는 점이었다. 여섯 살 때 한번 가르쳐준 이름자의 글씨를 베껴낸 뒤, 개·소·말·어머니·아버지 따위의 획이 복잡하지 않은 말은 불러주는 대로 받아썼다. 받아쓰기도 완이의 기분이 좋았을 경우였다. 완이는 누구 말이든 모든 말에 우선 부정부터 했다. 청개구리 심사인지 빙퉁그러진 그의 부정 방법은 단 한마디, '안해'이다. 밥 먹어라. 안해. 옷 입어라. 안해. 이제 자야지. 안해. 그래서, 자지 말라 해도, 안해 했다. 그러므로 철부지 완이를 달래는 데는 식구가 다 동원되었고, 특히 제 증조할머니의 인내심이 극진했다. 완이가 "노하머니 죽어" 하며 천진스럽게 웃어도, "순둥이 널 두고 내가 어찌 눈을 감으랴" 하며 어머니도 따라 웃으셨다.

소리에 민감한 만큼 완이는 음에도 예민했다. 텔레비전 상품 선전 노래를 듣고 무슨 광고인지 알아맞힘은 물론, 안방에서 거실에 있는 텔레비전의 대화 몇 마디를 듣고 무슨 연속극임을 알아맞혔다. 가수 목소리만 듣고도, 김아무개 했다.

완이 처음 태어났을 때는 3.5킬로의 건강한 신생아였다. 산모도 별 어려움 없이 출산했다. 젖을 잘 먹고 잠 잘 자고 보채지 않아, 내 안사람과 어머니는 완이에게 순둥이라는 별명을 지어주었다. 우량아 선발대회라도 보낼 만큼 무럭무럭 잘 자랐다. 그러나 돌이 지나도 방바닥을 기기는커녕 전혀 의사표시가 없었다. 젖을 때맞춰 물리지 않아도 울지 않았다. 제 어미와 눈을 맞출 줄 몰랐다. 그러더니 일 년 육 개월 만에 벽을 짚고 일어서더니 대뜸 걸었다. 뒤집거나 기는 순서가 생략된 발전이었다. 그러나 아무래도 이상한 점이 있었다. 희로애락의 감정 표현이 없는데다 자극의 반응이 무디었다. 늦되는 아이도 있다는 어머니 말씀을 물리치고 청식이를 앞세워 대학병원에서 종합 진단을 받게 했다. 닷새 동안의 뇌파 검사 과정에서 정박아와 자폐아, 둘 중 하나라는 진단 결과가 떨어졌다. 스무 날을 입원시킨 임상관찰 끝에 자폐증이란 확실한 판정이 나왔다. 완이 자폐아로 판정 났으나 병원 당국조차 그 원인과 치료법을 알지 못했다. 약사 출신인 내가 듣기에도 입에 자주 오르내리지 않는 드문 병명이었다. 그 방면의 전문적인 책을 읽고서야, 자폐증이란 장애 명칭에서부터, 다른 정신적인 장애를 가진 아이들로부터 구별해 부르게 된 게 불과 이십 년이 채 못 된다는 사실을 알았다. 그 원인과 치료법을 세계

어느 선진국조차 아직 밝혀내지 못하고 있다는 놀라운 사실도 확인했다. 통계적으로 자폐아는 남자가 거의 대부분이며 여자는 드물다는 점과, 자폐아 부모의 교육 수준이 비교적 높다는 점도 알 수 있었다. 그렇지만 유전도 아닌 그 자폐 증세가 태아 때 어떤 과정을 거쳐 나타나게 되느냐는 점은 암의 병원체를 잡지 못하듯, 의학계의 숙제였다.

완이 아래로 몸과 마음이 다 건강한 남매가 태어났지만 가족이 모두 완이 문제에 매달릴 수밖에 없었다. 병원 전문의를 찾아다니고, 대학 유아심리 전공학자를 만나고, 심신장애아 특수교사에게 자문을 구했으나 별다른 효과가 없었다. 나이를 먹어도 완이의 정신발육은 제자리였으나 몸만은 정상적으로 성장했다. 겉만 보면 멀쩡하게 잘생긴 사내애였으나 완이는 정신의 병을 앓는 환자였다. 유치원에 입학시켰으나 또래집단과 어울리지 못해 자퇴를 시킬 수밖에 없었다. 입학 적령기가 되었지만 초등학교에 넣을 수 없었다. 그렇다고 심신장애아를 교육시키는 특수학교에는 자폐아를 위한 학급은 물론 어떤 계획표도 짜여 있지 않았다. 영국·미국·일본만 해도 유치원에서부터 중학 과정까지 나라에서 설립하여 운영하는 자폐아 학교와 그들의 성장 이후 사회보장 대책이 마련되어 있었으나, 우리나라에는 자폐아만을 위한 학급조차 없었다. 중증과 경증을 합하여 대충 십만 명으로 추산되는 우리나라 자폐아들은 겉으로 보기엔 정상아와 다를 바 없이, 그러나 이 세상의 지혜나 악을 배우거나 깨닫지 못한, 순진무구한 유아 마음 그대로 방치된 채 성장하는 셈이었다.

완이 어미가 기독교를 신실하게 믿기 시작한 것은 그즈음부터였다. 하나님만이 아는 비밀이기에 하나님에게 간구하고 매달리는 방법을 선택하더니, 그쪽 길로 아주 열성을 다했다. 눈비가 오는 날도 새벽 기도에 빠지지 않았고 양로원·고아원·무료급식소 방문과 봉사에 헌신하기 시작했다. 완이 어미는 기도를 할 때마다 하나님께 간절히 간구하는 말이 있다 했다. "주님, 저 양같이 착하고 풀잎같이 여린 어린 마음이 이 험난한 세상을 어떻게 살아나갈 수 있겠습니까. 내 비록 연약한 몸이지만 완이가 죽는 다음날 이 어미 눈도 감게 해주소서. 이 어미가 그의 몸종이 되어주지 못하곤 눈을 감을 수 없나이다." 의탁할 곳 없는 늙은이, 고아와 심신장애자를 위한 사회보장제도가 아직 밑바닥 수준인 이 나라 현실을 술만 먹으면 욕질하던 큰애가 미국 이민을 꼼꼼히 생각하기 시작한 게 재작년부터였다. 집안에서 그의 계획을 눈치 챘을 때, 반대가 자못 강경했다. 종손은 선산과 제사를 버릴 수 없다. 다른 자식은 몰라도 너만은 절대 이민을 못 간다며, 그중 어머니 반대는 결사적이었다. 순둥이 완이가 이 세상에 태어난 것도 다 하늘의 어떤 뜻이 있을 것이다. 그도 나름대로의 삶을 이 땅에서 살 자격이 있다. 부모가 정성을 다해 지도한다면 차츰 나아질 수 있다. 완이에게 평생 먹고 살 재산을 물려준다면 구태여 직장을 염려할 필요가 없다. 일찍 장가보내고 똑똑한 종부감을 맞아 후사를 도모한다면 장래를 그리 걱정하지 않아도 된다. 이런 점으로 어머니와 나와 처가 아들 내외를 설득시켰다. 그러나 건모 고집도 대단했다. 건모 말은 고집이라기보다 완이 아비로서 또 다른 설득력이 있었다. 아버지 대가 이승을 하직하고 우리 대마저 늙어 이승을 떠난다면 완이 문제를 지금처럼 걱정해줄 사람이 있는가. 윗세대 때문에 완이 자신이 희생되어선 안 된다. 부모는 최소한 자식 장래를 자신의 삶과 관계없는 터전에서도 살 수 있게 키워줘야 할 의무가 있다. 이 지구 안에 완이 문제를 책임질 땅이 없다면 지구 밖까지 찾아보아야 할 책임이 부모에게 있다. 만약 이 땅에 전쟁이라도 일어날 경우 완이 같은 유아 심성은 전쟁에 따른 직접 피해와 상관이 없다 해도 자력으로 생활할 수 없다. 지금의 재산이 완이 성장 이후 그대로 유지된다는 보장도 없다. 건모는 결단을 내리고 이민 수속을 시작했다. 자폐아가 살 수 있는 보다 좋은 환경을 미국 땅으로 선택한 것이다. 로스앤젤레스만 하더라도 한국인이 삼십오만 명이나 살고 있기에 건모는 그곳에서 전통가구점을 열면 자립할 수 있다고 계산한 모양이었다. 결국 그는 자기 자식을 위해 종손 자리를 건욱이에게 물려주고 떠났다.

 막내애는 자정이 다 된 지금 시간까지 돌아오지 않았다. 내가 헤아려보아도 제삿날 이런 일은 근래에 없었다.

 드디어 거실 괘종시계가 자정을 알린다. 시계는 정확하게 열두 번을 울린다. 주방에서 내 안사람의 소곤거리는 말소리가 들린다.
 "앞줄 음식부터 담아내야지."
 옷 스치는 소리까지 들릴 정도로 집 안이 조용하다.
 처가 책상반에 제수를 담아 내오기 시작한다. 나는 제상 앞에 무릎을 꿇어, 먼저 시접(匙楪)과 잔반(盞盤)을 교의 지방 앞에 놓은 뒤 메와 국을 수저 양쪽에 놓는다. 병풍 옆에 서서 어머니가 내 진설 방법을 내려다보고 있음을 의식하며, 나는 이럴 때 늘 입속으로 읊는 말을 다시 환기한다. 조율이시(棗栗梨柿) 좌포우혜(左脯右醯)하고, 홍동백서(紅東白西) 어동육서(魚東肉西)하고 두서미동(頭西眉東)이라.

내 처가 책상반에 계속 제수를 날라온다. 제수 그릇도 쓰임새에 따라 용도가 다르다. 젯메(祭飯)와 메탕(湯)은 은반기에, 채소류와 과실은 제기 접시에, 침채(沈菜 : 동치미)는 보시기에, 청장(淸醬)은 종지에, 제주(祭酒)는 주병과 제주잔에, 갱수(更水)는 대접에 담는다.

제물 진설이 끝나자 나는 제상 위를 두루 살펴본다. 삼탕(三湯)·삼적(三炙)·채소·포·유과류·전과(煎果)·시과(時果)가 두루 갖춰져 제상이 풍성해 보인다. 우리 집안 제수 진설은 할아버지 적부터 율곡 선생의 『격몽요결(擊蒙要訣)』을 따르는데, 형식에 끌려 허례가 되지 않는 범위에서 갖출 것은 반드시 갖추어왔다. 내가 제상을 둘러보자, 제상 옆에 서 있던 어머니가 넷째 줄에 놓인 식혜와 김치 자리를 바꾸어놓으신다.

주방에 있던 내 처를 비롯하여 제수씨들과 조카며느리들이 발소리 죽여 거실로 나오더니 남자들 뒤에 무릎 꿇어 늘비하게 앉는다. 막내애를 마중 나갔던 며느리도 어느새 돌아와 있다. 늘 그런 것처럼 운식이가 제상 옆으로 나와 우집사(右執事)를 맡는다. 내가 재배(再拜)를 하고 나자, 운식이 술잔에 칠 할쯤 술을 부어 내게 넘겨준다. 나는 잔과 잔대를 두 손으로 받아 향로 위에 세

번 두른 다음 왼손으로 잔대를 쥐고 오른손으로 잔을 들어 모사(茅沙) 그릇에 세 차례 나누어 부은 뒤, 빈 잔을 운식이에게 돌려준다. 그런 다음 향합에서 향을 세 개비 꺼내어 촛불로 불을 댕겨 향로에 꽂는다. 은은한 향내가 코끝에 스친다. 이로써 강신(降神) 순서를 마친다.

내 처가 주방으로 들어가 진찬(進饌)을 내어온다. 떡·국수·국·적·탕이다. 좌집사(左執事)로 청식이 나와 우집사 운식이와 함께 진찬을 제상 위 제수 그릇들을 조금씩 밀치고 끼워 넣는다. 초헌(初獻)과 독축(讀祝)을 위해 나는 신위 앞에 나아가 꿇어앉아 분향재배한다. 청식이 잔을 내게 주자, 운식이 두 손으로 받쳐든 잔에 술을 따른다. 나는 두 손으로 그 잔을 받아 왼손에 잔대를 쥐고 오른손으로 술잔을 들어 향로 위에 세 번 두른 다음 모사 그릇 위에 세 차례 나누어 조금씩 부어 청식이에게 준다. 청식이 그 잔을 받아 메 앞으로 옮겨놓는다. 그런 다음 나는 향안 아래에 둔 한지 봉투 속에서 기제축문을 꺼내어 예전 할아버지가 읽던 느린 목소리를 흉내 내어 독축을 시작한다. 기제축을 읽을 동안은 모든 참사자(參祀者)가 무릎을 꿇고 있다.

내가 기제축을 마치고 잠시 묵념을 올린 뒤 물러나오자, 운식이 아헌(亞獻)을 올릴 차례이다. 건배가 재빨리 제상 옆으로 나가 제 아버지를 대신하여 우집사 노릇을 한다. 거실은 기침소리도 없이 조용한 중에 엄숙하다. 운식이 잔을 올릴 동안 나는 현관 쪽에 잠시 눈을 준다. 분명 대문과 현관문이 열려 있을 터인데 건욱이 모습은 아직 보이지 않는다. 괘종시계는 어느덧 영시 이십칠

분을 가리킨다.
　운식의 아헌이 끝나고, 이제 참사자 모두 참신(參神)할 차례다. 종헌(終獻)을 올리려 청식은 빠지고 건배와 건규가 차례대로 분향 재배한 뒤 한 번 읍하고 물러나온다. 미국 간 건모 가족과 막내애마저 빠져버린 남자 참신 순서가 후딱 끝나버린다. 문득 완이 떠오른다. 자정을 기다리다 못해 다른 아이들은 늘 잠에 들었으나 잠이 없는 완은 제사 시간에 의젓이 깨어 있었다. 자정을 넘겨도 맑은 눈을 또록또록 뜨고 신기한 제사 의식을 보며 혼자 손뼉 치고 낄낄 웃기도 했다. "완아, 너 차례다. 앞으로 나가 절하거라." "아이구 우리 종손 순둥이 조선님께 절하는 구경 좀 하자." 뒤에 앉아 있던 제 할머니와 증조할머니가 이렇게 말하면 완이는 처음은, "안해" 했다. 제 아비와 삼촌들이 일으켜 세워 제상 앞으로 내보내면 마지못한 듯 다리를 벌리고 서서 뒤돌아보며 뺑긋 수줍은 웃음을 빼어 물다 절인지 절구공이 찍기인지 엉덩이를 번쩍 든 그런 절을 후딱 해치우곤 제자리로 돌아와 앉곤 했다. 참사자들이 소리 내어 웃지는 못했으나 모두 웃음을 머금었다. 내 처와 완이 엄마는 웃음과 눈물을 동시에 보였으니 입은 웃고 눈자위는 손등으로 훔쳤다. 그런 막간극도 이젠 다시 볼 수 없다고 생각하자 순둥이 완이의 그 재롱이 어린 시절 봄날 낮꿈처럼 아스라이 그리웁다.
　여자들 차례가 되자 어머니가 치마귀를 모으며 돗자리 위로 나선다. 어머니는 두 손을 모아 이마께쯤 올리고 허리 세워 천천히 주저앉더니 등을 굽혀 살포시 절을 한다. 네 번을 그렇게 일어섰다 앉으며 절하는 모습은 마치 학이 날개를 한 번 폈다 접으며 제 둥지에 살포시 앉는 기품 있는 자태를 방불케 한다. 그만큼 어머니의 그 의식은 신중하고 우아하며 조용한 가운데 절도가 있어, 보는 이로 하여금 제례의 신성함을 실감케 한다. 예식을 마치고 폐백을 올릴 때, 신부가 처음 시부모님한테 큰절을 올린다. 그때 신부가 긴장한 상태지만 주저앉았다 일어서는 절차에서 옆에서 팔을 부축해 도와주지 않으면 혼자 일어서는 데 여간 힘들지 않다. 그럼에도 팔순에 가까운 어머니가 남의 도움 없이 사뿐히 일어서는 것을 볼 때 그 점은 어머니의 강단도 강단이지만 외곬의 정성스러움과 오랜 숙련 때문으로 보아야 할 것이다.

어머니가 이마께에 올렸던 손을 떼고 물러나오자, 내 안사람과 제수씨들의 절이 이어진다. 청식이 처가 절을 하고 나자, 어머니가 "현화 어미가 먼저 나서거라" 하며 내 막내며느리를 내보낸다. 원래는 건모 처 차례였으나 어머니는 막내며느리를 종부감으로 점찍고 있어 순서를 바꾼 모양이다. 그 장면에 이르자, 미국으로 간 맏며느리가 기도하던 모습이 떠오른다.

예수를 섬기고 난 뒤부터 건모 처는 제사 때 절을 하지 않았다. 그 괘씸한 처사를 두고 어머니와 처가 번갈아가며 매우 엄하게 꾸짖었으나, 죽은 사람에게 절을 하면 우상숭배로 기독교 교리에 어긋난다 하여 한사코 반대했다. 그 고집이 얼마만큼 세었던지 제삿날은 숫제 금식한다며 물 이외에는 음식을 입에 대지 않았고 제수 준비를 끝내고 제사 모실 시간이면 자리를 떠 지하 보일러실에서 기도와 찬송으로 혼자 추모예배를 볼 정도였다. 보일러실은 건모 처가 늘 기도실로 사용했는데 전기장판 한 장을 깔아놓은 맞은편 벽에 건모가 만든 십자가에 못 박힌 예수 목제 조각품이 걸려 있었다. 그래서 한동안은 제삿날만 되면 집안에 먹구름이 끼었다. 종교적 견해차이란 민족과 국가를 갈라놓기도 하는 터라, 집안에서의 종교적 갈등 또한 작은 문제가 아니었다. 어머니는 맏손자며느리가 하나 입댈 데 없으나, 기도원이다 철야다 심방이다 하며 나다니는 꼴은 못 보겠다며 머리를 젓곤 했다. 결국 나와 건모가 중재를 나설 수밖에 없었다. 그 중재안이, 제사에는 참석하되 절은 하지 않고 기도로 대신해도 된다는 것이었다. 어머니가 그 중재안을 승낙하지는 않았으나 딱 부러진 반대가 없는 점으로 보아 나와 건모는 어머니 의중을 묵인으로 해석했다. 그래서 건모 처는 절을 해야 할 차례가 오면 신위 앞으로 나아가 무릎을 꿇었다. 두 손을 모든 뒤 눈을 감곤 이 분쯤 입속말 기도로써 조선님에 대한 예를 치렀다. 기도를 마치고 났을 때 완이 어미 얼굴은 온통 눈물로 얼룩져 있었다. 그만큼 마음의 짐이 무거웠으리라. 어머님은 맏손자며느리의 그 모습을 못마땅해했으나 어느 날 내 처에게, 이제 내 시대가 끝났으니 탓한들 무슨 소용이 있으랴 하시며 울적해했다 한다.

여자들 절이 끝나자, 청식이 종헌으로 마지막 술잔을 올린다. 잠시 대역을 맡은 우집사 건배가 그 잔에 칠 할쯤 술을 따른다. 청식이 그 잔을 메 옆으로 옮겨놓는다. 우리 집안은 술잔을 올릴 때 가적(加炙 : 술안주로 올리는 적)은 번거롭다 하여 생략한다.

이제 첨작(添酌) 차례다. 내가 영좌 앞으로 나아가 부복(俯伏)하자, 좌우집사로 청식이와 운식이가 양옆에 선다. 나는 우집사로부터 다른 빈 잔을 받는다. 우집사가 그 술잔에 술을 부어주자, 나는 그 잔을 좌집사에게 넘긴다. 좌집사 청식이 종헌례에서 자기 올린 잔에 세 번에 걸쳐 첨작하여 잔을 채운다. 급시정저(扱匙正箸)로, 나는 밥에 저를 건다. 바로 메그릇 뚜껑을 열고 숟가락을 꽂으며 젓가락을 고른다. 이렇게 신위께서 제물을 잡수어달라는 의미에서 베푸는 의식을 개반삽시(開飯揷匙)라 한다.

합문(闔門)과 계문(啓門)의 원래 순서는 이렇다. 제주 이하 모든 참사자가 제상 위 한쪽 촛불을 끄고 모두 밖으로 나가 문을 닫고 부복하여 고요히 십 분쯤 기다린다. 잠시 뒤 제주가 희흠삼성(噫歆三聲: 세 번 기침함)하여 문을 열고(啓門) 앞장을 서면, 참사자가 모두 뒤따라 방으로 들어간다. 그런 다음 오른손을 밑에 왼손을 위로 하는 공수(拱手)로 한참 동안 서서 기다린다. 그러나 서울로 제사를 모셔오고 난 뒤 내 대부터는 집 구조가 대청이 있는 수원 집과 달라 밖으로 나가 기다리는 대신 그 자리에 참사자가 모두 일어서서 오 분쯤 돌아가신 조선님을 생각하며 묵념을 올리는 방법을 취했다.

제주인 내가 자리에서 일어나 제상 위 한쪽 촛불을 끄고 공수하여 묵념을 올리자, 모든 참사자가 나를 따라한다. 한순간이 지나자, 뒤쪽에서 중언부언 입속말로 읊조리는 소리가 나지막이 들린다. 청식이 처다. 아마도 유치장에 갇힌 딸애 건옥이를 두고 무사 석방을 간구하는 모양이다. 나는 입속말로 읊진 않았으나 우리 집안의 평안과 어머니 장수와 미국에 있는 건모 가족의 안전과 아직도 돌아오지 않은 막내애의 무사함과, 특히 완이에게 총명과 지혜를 주십사고 신위에게 빈다.

그렇게 오 분쯤 지났을 때다. 갑자기 거실 안이 소란스러워진 느낌이다. 분명 누가 소리 내어 말하거나 움직이는 소리가 들리지 않았으나 눈꺼풀과 고막에 어떤 새로운 현상이 방금 거실 안에서 빚어지고 있음을 감지한다. 나는 숙인 머리를 들고 눈을 조금 떠 현관 쪽을 본다. 발소리도 없이 언제 돌아왔는지 현관 쪽 어머니 방 앞에 점퍼 차림의 막내 건욱이가 공수하여 머리를 조아리고 있다. 먼 길을 다녀왔는지 텁수룩한 머리카락에 거칫한 얼굴이다. 나는 자신도 모르는 사이에 안도의 한숨을 쉬고 눈길을 뒤쪽으로 돌린다. 그런데 나만 건욱이를 보는 게 아니라 어머니를 제외한 참사자 모두 눈을 가늘게 뜬 채 막내를, 마치 눈길로 그를 발가벗기기라도 하겠다는 듯 곁눈질한다. 막내도 자기에게 쏟아지는 많은 눈길을 의식했음인지 감은 눈꺼풀이 잘게 떨린다.

나는 다시 눈을 감는다. 제사를 마치고 나면 무슨 말로써 막내를 꾸짖을까. 그런 잡스러운 생각을 한다. 어디서 배운 못된 버릇인가. 하필 오늘 같은 날 그놈의 취재를 꼭 떠나야 했나. 한 번 더 이런 일이 있다면 그때는 네가 비록 애 애비이긴 하지만 내가 회초리를 들겠다. 그러나 읊어보는 내 이런 말이 자신에게도 따끔한 훈계로 느껴지지 않는다. 장가를 들어 자식까지 둔 아들에게 그런 훈계가 얼마만큼 효과를 내겠느냐고 생각하자 부질없다는 생각부터 앞선다. 이런 일만은 스스로가 깨우쳐야지, 비록 아비지만 타인의 충고가 실효를 거둘 것 같지 않다. 할아버지의 그

열성 어린 훈육을 받고 자랐어도 아버지는 집안 제사 의식을 낡은 유교 폐습이라 치부했던 것이다. 그러나 막내의 이번 처사가 괘씸하다는 생각이 지워지지 않는다. 나는 곁눈질로 막내를 다시 본다. 막내도 눈을 떴는데, 그의 눈이 내 뒤쪽을 쏘아보고 있다. 막내 눈빛에 어떤 비웃음이 흐른다. 누구를 저렇게 못마땅한 눈길로 보고 있을까 싶어 나는 고개를 돌린다. 분명 막내 눈길은 어머니에게 박혀 있다. 어머니의 하얗게 센 머리카락이 은백색으로 빛난다. 어머니는 눈을 감고 쪼그라진 입술로 무슨 말인가를 읊조린다. 정신일도(精神一到) 깊은 생각에 잠겨 손자가 도착한 사실조차 모른 채 간절한 기원을 드리는 참이다. 어머니 표정은 비록 눈을 감았지만 그 어느 때보다 심오하면서도 자비에 넘친다. 황홀한 빛이 얼굴 주위에서 달무리로 넘쳐나듯 느껴지고, 왠지 내 마음도 감동으로 찡해온다.

　내가 기침을 세 번 하는 것으로 묵념이 끝나자, 막내가 쭈뼛거리며 영좌 앞으로 나선다. 막내가 이마께에 손을 얹더니 절을 한다. 엎드렸다 일어서는데 다른 누구보다도 시간이 걸린다. 늦게나마 정성을 다하겠다는 티를 참사자 모두에게 보인다. 아니, 내 생각이 잘못일는지 모른다. 그는 종손으로서 할아버지 제사에 지각한 불효됨을 진정으로 사죄하고 있다. 그런데 조금 전 묵념을 할 때 그가 어머니에게 보낸 눈길은 무슨 뜻일까. 노안이라 내가 잘못 본 탓일까. 이런 생각을 할 동안 막내 절이 끝난다.

　이제 헌다(獻茶)를 할 차례다. 내 처와 제수씨 둘이 주방으로 들어간다. 안사람이 소반에 대접을 받쳐 숭늉 그릇을 내온다. 나는 제상 위 국그릇을 처에게 건네고, 숭늉 그릇을 국그릇 놓았던 자리에 놓는다. 그리고 메를 세 술 떠서 숭늉에 만다. 잠시 뒤, 수저를 물리고 메그릇 뚜껑을 닫는다. 이때에 제주가 꿇어앉아 술과 음식을 조금씩 맛보는 절차인 수저(受胙)는 할아버지 때 이미 생략해 지금은 지내지 않는다. 참사자들이 신을 전송한다는 뜻으로 재배하는 사신(辭神)을 마치자, 그로써 제사 순서는 모두 끝난다.

"왜 늦었니? 혹시 무슨 사고나 났나 하고 얼마나 걱정했다구." "이십 분만 빨리 왔으면 될 일인데 그 시간을 못 지켜?" "그래도 끝나기 전에 와서 다행이다." "건욱이 너, 할머니한테 벌 받아야 되겠어." "도대체 어디서 오는 길인가?" 모두 막내를 몰아세우며 한마디씩 했다. 그는 쑥스럽다는 듯 뒷머리만 긁적거릴 뿐 대답이 없다. 어머니는 끝내 아무 말씀도 하지 않고 당신 방으로 들어간다.

내가 나머지 하나 촛불마저 끄고 지방을 내리자, 막내 처와 건배 처가 제상을 맞잡고 주방으로 간다. 나는 지방과 아직 연기를 피우는 향로를 들고 현관으로 나간다. 박서방이 정원 가운데 우두커니 서서 청승스럽게 달을 바라보고 있다. 음력 스무하루 기운 달이 하늘에 말갛게 떴다. 새벽 한시가 가까운 시간이라 사위는 조용하고 알싸한 밤 기온이 느껴진다. 내가 기침을 하자 박서방이, 이제 마치셨습니까 한다. 나는 주머니에서 라이터를 꺼내 지방에 불을 붙인다. 화르르 피어나는 불꽃이 주위의 어둠을 조금 밀쳐낸다. 잠시 찾아왔던 아버지 영혼이 타오르는 불꽃을 따라 다시 하늘로 올라가는가. 나는 숙연한 마음으로 조선종이를

태우는 불꽃을 본다. 지방을 땅에 떨어뜨리자 시름시름 앓듯 불
꽃이 약해지더니 곧 재로 사그라든다.
　박서방이 내 뒤를 따라 거실로 들어온다. 나는 병풍을 접는다.
문득 초서로 쓰인 병풍의 글귀가 눈에 들어온다.
　　大人存誠 心見帝則 初無吝驕 作我蟊賊
　　志以爲帥 氣爲卒徒 奉辭于天 誰敢侮子
　그와 더불어 지난날 그 글귀를 풀이해주던 할아버지의 걸걸한
음성이 들리는 듯하다.
　—성현군자는 성실을 지녀서 마음으로 천제의 법칙을 본다. 그
리하여 천리가 어떤 것임을 알고 있으므로 처음부터 물욕에 얽매
어 인색하거나 남을 업신여기는 교만한 짓이 없으므로 자신의 마
음을 해하는 벌레를 만들지 않는다. 이러한 사람은 자신의 지조
로써 적을 막는 장수로 삼고, 신체의 활동은 장수의 지휘에 따르
는 병졸로 삼아 하늘의 뜻을 받들어 행동하게 되니, 누가 감히 이
런 사람을 업신여길 수 있겠는가.
　박서방이 병풍과 교의를 밖으로 내간다. 주방은 주방대로, 거
실은 거실대로 얘기가 분분하다. 남자들은 모두 윗옷을 벗는다.
　"……완이를 위해선 이민을 잘 간 것 같애. 심신장애자를 위한
사회복지제도야 북유럽 삼국과 미국이 완벽하잖아. 선진국이란
게 뭐 다른 것 있나. 그런 점에서 안정된 나라지." 응접의자에 앉
은 운식이의 느지막한 말이다.
　"정의·자유·평등·인권 개념이 우선되어야지요." 건배가 화
난 목소리로 제 아버지 말을 받는다. "그런데 미국은 눈에 안 보

이는 인종차별 정책으로 유색인종이 기를 못 펴잖아요. 평등이 그렇다면, 정의는 뭐예요. 강대국 지배논리로 분쟁국과 약소국가를……"

"그만큼 해둬. 누가 모르나, 그렇지만 엘에이야 어디 이제 외국 땅이라 할 수 있나. 코리아타운 시장에 가면 여기 남대문시장 뺨칠 정도로 물목의 구색을 갖추었다는데." 건규가 우렁한 목소리로 껄끄럽게 풀리려는 화제를 돌려 잡는다. 그가 여러 사람들에게 말한다. "한국인이 엘에이만 하더라도 삼십여만 명이나 사니 일찍 터를 닦은 부류는 고국이 그리워서라도 예스런 장롱이며 문갑이며 사방탁자를 들여놓고 복고취미에 젖겠지요. 건모형님 일감도 늘어날 테구." 건욱이 화장실에서 세수를 마치고 나온다. 수건으로 얼굴을 닦으며 그도 거실의 화제에 끼어든다.

"제가 택시 속에서 깜짝 놀랄 뉴스를 들었어요."

거실 안 눈길이 모두 막내에게 쏠린다.

"일본서 말입니다. 세계 최초로 자폐아 원인 규명에 성공했다는 소식이에요. 그게 신문마다 톱뉴스로 실렸대요. 일본 후생성 발표에 따르면, 태아가 모태에 있을 때 특정 산소가 부족하면 자폐아가 태어난다는 겁니다. 즉 효소, 그걸 뭐라 그러더라. 내가 어디에 적어뒀는데……" 하더니, 막내는 바지 주머니에서 메모쪽지를 꺼낸다. "여기 있군. 천연성 테트라하이드로 바이오프테린의 대량 합성에 성공해서 이를 자폐아에게 투약했더니 열일곱 명 중에 열다섯 명은 증상의 현저한 개선을 보았다는 겁니다."

"완이 경우는 너무 늦지 않을까. 유아기에는 몰라도." 청식이 표정이 저어하다.

"글쎄요. 어쨌든 획기적인 발견이지요. 형님한테 편지 낼 때 그 소식을 알리겠어요."

"듣던 중 반가운 소식이군." 운식이 말이다.

"그건 그렇고, 술도 안 마신 것 같은데 어디서 오는 길이야?" 건규가 막내에게 묻는다.

"수원으로 갔다 내친김에 천안까지 갔더랬어. 천안서 대절 택시를 타구 올라온 길이야. 다른 손님 셋과 합승해서 말이야. 열시에 출발했으니 가까스로 도착했지."

"할머니께 인사드렸느냐?" 내가 막내에게 정색해 묻는다.

"아참, 그렇군요" 하며, 막내가 어머니 방으로 들어간다.

건배 처와 며느리가 주방에서 제사 밥상을 마주 들고 나온다. 둘이 안방으로 가져갈까 어쩔까 하며 망설이자, 운식이 그냥 거실에서 먹도록 하자고 말한다. 다시는 이런 일이 없겠다고 사죄하는 막내 목소리가 들리는 어머니 방으로 청식이 들어간다.

"너도 알만한 나이인데 할머님 심기를 불편하게 해드려서야 되겠냐. 건욱이 넌 큰형님 대를 이을 이 집안 대들보가 아닌가." 어머니 목소리는 들리지 않고, 청식이가 막내를 나무란다.

이윽고 청식이 어머니 한 팔을 끼고 거실로 나온다. 어머니 얼굴은 표정이 없다. 막내로 인한 화가 풀린 것 같기도 하고, 막내로 인한 걱정이 풀린 것 같기도 하다. 어머니가 제사 밥상 가운데에 앉자 우리 형제도 자리를 잡는다. 어머니 옆에 내가 앉고, 맞은편에 운식이와 청식이가 앉는다. 건배·건규·건욱이는 제상

옆면에 자리 잡는다. 어머니가 상 위를 둘러본다. 제상에 올랐던 음식이 과일과 포 종류는 빼고 모두 올랐다. 데운 탕국에서 김이 오른다. 어머니가 주방 쪽으로 고개를 돌린다. 내 안사람과 며느리가 주방 앞에 다소곳한 자세로 섰다.

"박서방 댁에두 음식 보냈느냐?" 어머니가 묻는다.

"기사들 상까지 지금 준비하고 있습니다." 처가 대답한다.

어머니가 아들 셋과 손자 셋을 둘러보곤 비로소 입가에 미소를 띤다.

"모두 먹도록 하자." 어머니가 젓가락을 든다. 어머니 젓가락은 이럴 때 늘 그런 것처럼, 먼저 무나물부터 집어 간을 본다. 다음 차례는 숟가락을 들어 탕국을 뜰 것이다.

"선고께서 내리신 술을 한잔씩 합시다." 청식이 막내 옆에 놓인 호리병을 든다. 내가 제주잔을 들자, 청식이가 법주를 잔에 팔할 정도 채워준다. 청식이가 운식이 잔에도 술을 따르자, 그 호리병을 건규가 받아 제 아버지 잔에 술을 따른다. 나는 음복하고 젓가락을 들어 안주로 부침개를 집는다. 마침 부침개 접시가 건욱이 앞에 있어 그를 흘끗 보니 표정이 의외로 침울하다. 주방 쪽에도 식탁에 수저 놓는 소리가 들린다.

식사가 끝났을 때는 괘종시계 시침과 분침이 새벽 한시 이십분을 가리킨다. 주방에서 내온 숭늉을 마시자, 건규와 건배 처가 밥상을 주방으로 옮겨간다. 운식이가, 내일 일찍 등청해야 된다며 윗도리를 걸친다.

"빨리 가야지. 아침 보충수업 시험 감독을 맡았는데." 주방에서 제 처를 채근하는 건규 소리다.

건배는 건넌방으로 가서 깊이 잠든 제 아이 둘을 깨운다. 설거지를 남은 식구에게 물리고 제수씨 둘과 조카며느리 둘도 자기 물건을 챙긴다. 내 처가 일회용 나무도시락에 담은 제수 음식을 떠날 식구에게 나누어준다. 밖에선 차에 시동을 거는 소리가 들린다.

거실 응접의자에 앉은 어머니는 조금 쓸쓸한 표정으로 부산스러운 그런 장면을 바라본다. 어쩌면 어머니는 수원 시절 시집살이를 생각하는지 몰랐다. 안팎으로 드난꾼이 많았던 수원 집은 제사를 모시면 새벽닭이 울고 나서야 겨우 다리를 뻗고 앉을 짬이 있었다고 늘 말씀했다. 이제 그 시절은 먼 세월 저쪽으로 흘러가버려 한집안 식구들조차 잠시의 만남 끝에 이렇게 떠나기 바쁘구나, 하고 애잔히 여길 그 마음이 눈에 훤히 보이는 듯하다.

우리 집안 식구 모두가 골목길로 나가 배웅하는 가운데 운식이 차에 건배 가족이, 청식이 차에 건규 가족이, 그렇게 제 자식 권솔을 갈무리하여 싣고, 그들은 떠난다. 차가 저만큼 서 있는 가로등 불빛 아래를 거쳐 큰길 쪽으로 꺾어 돌 때까지 어머니는 차 꽁무니를 바라본다. 차가 시야 밖으로 사라지고 차소리마저 멀어지자 정적이 골목을 채운다.

"어머니, 들어가십시다. 찬 야기 마시면 건강에 해롭습니다." 처가 어머니 허리에 손을 두른다.

"이제 어머님 기제사 때나 모이게 되겠군" 하면서도 어머님은 텅 빈 골목길을 바라보며 섰다. 모두 떠나버린 썰렁한 집 안으로 들어서기가 못내 섭섭한 모양이다.

"어머니 들어가십시오. 이제 주무셔야죠." 내가 대문께로 몸을 돌리며 말한다.

나와 처가 어머니 양쪽 팔을 끼고 현관 안으로 들어선다. 막내와 그 처가 뒤따른다. 막내 처가 대문을 잠그곤 제 서방에게 낮은 소리로 늦은 이유를 묻는다. 막내의 대답이 없다. 내가 막 현관 안으로 들어섰을 때였다.

"아버지." 막내가 나를 부른다. 내가 돌아보자, "드릴 말씀이 있어서요" 하곤 정원 쪽으로 몇 발 내딛는다.

"무슨 말인데?"

나는 막내가 꺼낼 말을 짐작할 수 없다. 다만 아까 묵념할 때, 그가 어머니를 쏘아보던 비웃음 띤 곁눈질과, 제삿밥 먹을 때 침울하던 모습만 떠오른다.

우리 부자는 정원 잔디밭을 질러 외등 아래 의자에 마주보고 앉는다. 막내가 잠시 말을 잊고 외로이 빛을 뿜는 외등을 멍하니 본다. 온몸을 감싸는 한기에 나는 어깨를 움츠린다.

"말해보려무나." 내가 먼저 말을 꺼낸다.

"제가 증조할아버님 생애의 한 부분을 드라마로 각색해볼까 해서 자료 수집차 수원 집으로 내려갔더랬습니다. 아침에 떠날 때는 오후 서너시쯤 서울로 돌아오기로 작정했지요."

"그래서?"

"예전 증조할아버님이 경영하셨던 건어물 도매상 '경진상회'의 내력을 캐봤지요. 교동시장통을 뒤진 끝에 증조할아버님 가게에서 일하신 분을 만났습니다. 시장 안에 있는 복덕방에서 말입니다. 심불출 씨라고, 칠순을 넘긴 그 노인 기억하십니까?"

"그러고 보니 생각날 것도 같군. 그분은 소년 적부터 할아버님이 별세하신 육이오전쟁 때까지 경진상회 점원으로 일했었지."

할아버지가 살아 계실 때 집 안팎으로 드난꾼 남정네만도 열이 넘어, 나는 그들을 일일이 기억하고 있지 않다. 심불출 씨만은 이름이 특이했고 얼굴이 얽었기에 지금도 성품 무던한 그분이 머릿속에 남아 있다. 몇 년 전 수원에 내려갔을 때 매산초등학교 앞 한길에서 그분을 우연히 만났는데 그때까지도 기력이 정정했다.

"그 어르신이 예전 얘기를 들려주던 끝에, 증조할아버님은 효성이 지극한 분이었다고 말씀하더군요. 고조할머님이 병석에 누워 계실 때 얘기며, 만장이 수백 개나 날렸다는 성대한 상여 떠날 때 광경도 다 기억하고 있었어요. 그런데 고조할머님 장례식 때 천안에서 증조할머님 사촌 육촌뻘 되는 친척은 많이 왔는데, 응당 꼭 와야 할 고조할머님 친정 쪽은 한 명도 문상을 안 와 교동 골 사람들이 모두 그 일을 두고 뒷공론이 많았다더군요. 고조할머님은 광산 김씨 문벌 집안인데 말입니다."

막내가 말을 끊곤 나를 바라본다. 아버지는 그 이유를 알고 있겠지요, 하는 표정이다.

"나도 그 정도야 알고 있지."

"아버지, 이상하지 않습니까?" 대뜸 묻는 막내 질문이 날카롭다. 외등 불빛을 받은 그의 눈이 그 어떤 의혹으로 빛난다.

"네 할아버지나 증조할아버지가 독자여서 집안이 외롭고, 고조할머니 역시 무남독녀로 아산에서 천안까지 시집오신 외로우신 분이셨느니라. 내 어릴 적에 네 증조할아버지가 고조할머니를 두고 그런 말씀을 들려주셨지."

"그런데 아버지, 할머니가 증조할아버지의 훌륭하신 점은 입이 닳도록 외시구 더러 증조할머니 말씀도 들려주셨지만, 당신이 시집오신 후 삼 년 동안 모신 고조할머니 내력은 단 한 번도 들려주신 적이 없었습니다. 그래서……" 막내가 말꼬리를 뺀다.

"그게 어쨌다는 거냐?" 나도 모르는 사이에 목소리가 높다. 왠지 모르게 막내의 세모진 눈초리와 가계의 무엇인가를 캐려는 입 바른 어투가 형사나 세무서원 말씨를 닮아 화가 치받친다.

"무엇인가 짚이는 점이 있어 구청으로 가서 호적등본 한 통을 떼어봤지요. 그러나 그 등본은 멸실 우려가 있어 75년도에 가로 쓰기 서식으로 다시 만들어져 증조할아버지 윗대는 이름자조차 올라 있지 않더군요. 그래서 호적계원 말을 좇아 시청으로 찾아갔지요."

"시청에 무엇이 있던가?"

그때, 현관 쪽에서 내 처가 얼굴을 내민다.

"밤이슬에 젖겠어요. 뭣들 한다고 그렇게 앉았어요. 들어와 얘기해도 될 텐데."

"어머니, 곧 들어갈게요." 막내가 말한다. 처가 실내로 들어가자, 그가 나를 보고 말을 잇는다. "지하실 문서보관소를 뒤진 끝에 겨우 구 등본을 확인할 수 있었지요. 고조할머니 고향은 아산군 영인면이었습니다. 지금은 아산방조제가 막아버려 옥답이 되었으나 예전에는 아산호 바다가 훤히 보이는 구성리더군요."
 그제야 나는 막내가 추적하는 말의 전말을 유추해낼 수 있다.
 "바로 고조할머니, 내게 증조할머니 되는 그분 내력을 캐내었단 말인가? 그 이력을 증언해줄 사람을 만났다 그 말인가?" 굽죄일 필요가 없다 싶어 내가 다그친다.
 "아무도 만나지 못했습니다. 고조할머니를 기억하는 사람도 없었고요. 그러나 광산 김씨, 즉 고조할머니 집안이 그 면내에선 가장 문벌을 자랑하던 집안으로, 모두 김참판 댁이라 불렀다더군요. 왜정시대로 넘어가기 전만 해도 만석꾼 토호 집안이었음을 확인했습니다. 호적상으로 따진다면 그런 신분의 고조할머니가 저 먼 천안 땅 역참거리 역졸이었던 신분 낮은 고조할아버지께 시집갔던 것으로 되어 있어요."
 "으음." 나는 자신도 모르는 사이에 신음소리를 흘린다.
 "고조할머니는 그 집안 혈통을 이어받지 않았습니다. 광산 김씨도 아니고요." 막내가 단정적으로 말한다.
 "너는 그 점을 어떻게 증명할 수 있단 말인가? 글 쓰는 작가로서 추리인가?"
 "고조할머니는 광산 김씨라는 점에 확신이 서지 않습니다. 지금이야 뭐 족보 따지는 세상이 아니고, 어디 김씨라고 알아주지도 않지만 말입니다. 그러나 고조할머니가 김참판 댁에 살았다는 점쯤은 어쭙잖은 제 추리로도 분명합니다." 막내 목소리가 차츰 열기를 띠는 만큼 그 목소리는 어떤 확신에 찼다.
 "그래서 어찌 되었다는 거냐?"

"그뿐 아닙니다. 고조할머니는 홀로 천안 쪽으로 나가 도목수였던 나이 든 고조할아버지를 만났고, 아들 하나를 두었습니다. 고조할아버지가 별세하신 뒤 증조할아버지는 열여덟 살에 청운의 큰 뜻을 품고 천안 땅을 떠났습니다. 화성군 우정면 소금밭으로 말입니다. 그 이력을 천안에서 확인했습니다. 제 결혼식 때 올라오신 재종숙아저씨를 천안에서 뵈었거든요. 말씀 꺼내기를 꽤 어려워하시더니, 수원에서 자수성가한 증조할아버지가 워낙 집안의 인물인지라 선대로부터 들었다는 이야기를 꽤 알고 계시더군요. 그러나 고조할아버지께서는 천안 역참거리 역졸에서 시작해서 마방에서 젊은 시절을 목수로 보낸 뒤, 마방에서 나와 대목으로 집 짓는 공사판 일을 했다는 얘기도 들었습니다. 건모형님 나무 다루는 솜씨가 고조할아버지 내림인지도 모르지요." 막내는 이제 더 무엇을 숨길 게 있냐는 듯 득의의 눈으로 나를 본다.

"그렇게 해서 삼례가 어느 분이며 길대가 어느 분이란 사실을 확인했다는 건가?" 기어코 나도 이렇게 묻지 않을 수 없다.

"고조할머니가 홀몸으로 천안까지 나와 고조할아버지를 만나 족두리 한 번 써보지 못한 채 당신을 낳았다는 사실을 증조할아버지는 늘 가슴에 못으로 박고 지냈던 겁니다. 수원에서 일가를 이루자 증조할아버지는 당신 어머니를 모셔오곤 천안 땅에는 발을 끊었습니다. 묘사만 다녀오는 것 외에는 말입니다. 그리고 홀어머니께 지극한 효성을 다한 거지요. 선산에 있는 고조할머니 묘가 유독 장엄한 것도 다 증조할아버지께서 어머님 한을 풀어드리느라 그랬던 겁니다. 그러고선 외가 쪽 내력을 은폐하려 온갖 노력을 기울였으나 소문이란 꼬리를 달게 마련입니다. 증조할아버지는 당신 어머니 호적을 그 집안 주인이었던 광산 김씨로 고치고, 그 비밀을 종부였던 며느리한테만 말했습니다. 예학에 밝고 근엄하신 우리 할머니 말입니다. 그러자 할머니는 시가의 그 내력을 자식들이 혹시 어딘가에서 얻어 듣고 사실로 믿기 전에 각본 하나를 만들기로 작정했습니다. 아니, 어쩌면 증조할아버지께서 며느리에게 사주했는지 알 수 없지요. 어쨌든 할머니는 심사숙고 끝에 친정 배경을 빌려와 삼례와 그 자식 길대의 전설 같은 얘기를 만든 셈이지요." 막내 추리는 자기가 쓴 드라마 각본을 그대로 재현시킨다. 그러나 그 드라마 각본이 진실이든 허위든 내게는 설득력이 없다.

"건욱아, 그만큼 해두자. 그분들은 이미 옛사람들이다." 내가 타이르듯 말한다. 내 목소리가 공범자로 몰린 죄인처럼 힘이 빠진다.

"할머니는 우리 가계를 미덕으로 감쌌습니다. 어쨌든 할머니는 자식과 손자들에게 거짓말을 남긴 셈입니다. 그 점을 아버지도 알고 계시면서 모른 체하신 거지요? 천안 쪽 친척 입을 통해 그 말 후일담이 비칠 때, 아버지는 오히려 할머니 이야기 쪽을 믿고 싶어했지요? 두 분 작은아버지도 마찬가집니다. 친일파 자손이 선대 내력을 드러내기 싫어하는 그런 심정으로 말입니다."

"네 말은 편견에 사로잡혀 있어. 그걸 내가 알고 있었다면 어떻고 설령 모르고 있었다면 어떠랴? 그 얘기 진위가 무엇이 그토록 중요한가? 중요하다면 그렇게 해서라도 집안을 보란 듯 우뚝 세우겠다는 할아버지의 정신이겠지. 네가 쓴 드라마 한 부분이 설령 우리 가계의 한 부분과 일치한다 하더라도 나로선 그 점이 할아버지나 어머니를 달리 보게 될 어떤 결정적인 동기도 되지 못한다." 이제 내가 막내를 설득한다.

"아버지는 끝내 명쾌한 답을 들려주시지 않는군요."

"달리 네게 들려줄 말이 없기 때문이다. 네 가지 보기 중에서 하나 답을 찍어내는 객관식 시험으로 인생 자체의 모든 의문을 해결할 수야 없지."

"저는 오직 진실의 은폐를 확인했다는 애깁니다. 그러나 할머니 세대와 다른 저로서는 왜 꼭 그렇게까지 할 필요가 있었느냐고 묻지 않을 수 없습니다. 물론 윗세대로선 저의 따짐이 부질없겠지만 말입니다. 돌아오는 차 안에서 생각했습니다. 이런 허전함이랄까, 쓸쓸함도 잠시겠거니 하구요. 따지고 보면 진구렁텅이에서 몸을 일으켜 용으로 승천하신 웅혼이 수원 근동을 떠렁떠렁 울리신 솟대할아버지 아니십니까. 저는 누굽니까? 바로 그 솟대할아버지 증손자니깐요." 그제야 막내가 어설픈 미소를 깨물며 의자에서 일어선다. "아버지, 들어가시지요. 이슬이 내리는군요."

막내가 별이 총총한 하늘을 올려다본다. 미세한 분말이 하얗게 엉기어 떨어진다. 이슬이다.

"먼저 들어가거라. 난 담배 한 대 피우고 들어가마."

잠시 머뭇거리던 막내가 현관 쪽으로 걸음을 옮긴다. 나는 주머니에서 담배와 라이터를 꺼낸다. 담배에 불을 붙여 문다. 뿌유스름한 외등 불빛이 우유색으로 풀어진 밤의 눅눅한 공간에 숨

쉬듯 연기를 분다. 나는 이파리를 약간 오므린 목련꽃을 본다. 유월이면 해마다 탐스러운 꽃을 피우는 목련과 같이, 우리 집안의 가계가 물너울 아래 흘러가는 주마등의 밝은 불빛같이 스쳐간다.

산야에 자라는 한갓 들풀처럼, 흐르는 세월에 간난스럽게 부침해온 우리 집안을 할아버지는 솟대로 우뚝 서서 남보란 듯 일으켜세웠다. 그러나 심성이 유약했던 아버지 대에서 그 나무는 제대로 잎을 피우지 못하고 고사할 지경에 이르렀으나, 어머니가 우리 집안으로 들어와 튼튼한 뿌리가 되어 나무를 소생시키더니 잎 무성한 가지를 한껏 벌렸다. 그래서 우리 대에 와서 이 사회 중산층에 끼어드는 기반을 굳혔다. 그러나 우리 삼형제 자식 대로 내려가자 유약했던 아버지 피물림 탓인지, 머리가 좋은 반면 소극적인 예술가 성향의 그만그만한 여러 자식을 두었고, 감수성이 예민했던 내 첫애는 후사를 잇기도 전에 아비보다 빨리 스스로 이승의 삶을 닫아버렸다. 그렇다면 손자 대에서, 그들이 자라 어떤 유형의 인물로 이 사회에 뿌리를 내릴까? 그 점을 두고 나는 어떤 미래도 상상할 수 없다. 다만 완이 같은 아이의 고단한 훗날 삶이 우울하게 내다보일 뿐이다.

"큰애야, 밤이슬이 해로운데 왜 거기 앉았느냐. 들어와 자도록 하거라." 어느새 나오셨는지 얇은 스웨터를 걸친 어머니가 정원에 그림자를 드리우고 서서 근심 띤 목소리로 말씀한다.

"아직도 안 주무셨군요. 어서 들어가십시다." 나는 담뱃불을 끄고 일어난다. 어머니를 부축해 현관으로 걸음을 옮긴다. 얇은 옷을 통해 어머니의 정다운 내음이며 체온이 따뜻하게 전해온다.

내가 할아버지 소리를 들은 지 오래된 마당에, 내 윗대가 되는 어머니란 누구인가. 나이 들어 경제권을 잃고 기력이 쇠하면서 자식에게 얹혀 지내는 한갓 천덕꾸러기 신세의 팔순을 앞둔 늙은이라면 너무 지나친 비약일까. 고목 껍질처럼 쪼그라진 얼굴과, 같은 말을 되풀이 고시랑거리는 잔소리가 싫어 증손자들조차 상대하기 꺼리다보니 홀로 방 안에 갇혀 벌레처럼 꼼지락거리며 숨을 잇는 죽음의 그림자가 어디 한둘이랴. 치매를 앓는 노인들로 채워진 양로원을 연상하지 않더라도 그들은 이미 철저하게 잊혀진 세대이다. 그러나 노인도 노인 나름일 것이다. 그가 살아온 삶의 도정이나 기력에 따라 노인의 모습도 달라진다. 어머니 경우는 시아버지가 시할머니의 가계를 꾸몄음에도 이를 넉넉한 마음으로 감쌌음은 물론, 이를 넘어서서 스스로 본이 된, 그 생애가 아름다운 삶이었다. 그 아름다움이란 스스로를 겸손으로 감추는 가운데, 보는 이로 하여금 느끼게 하는 눈부심이다. 어머니는 바깥으로 널리 퍼지는 밝은 빛이라기보다 가까이 있는 혈육에게만 깜깜한 밤의 등불과 같이 주위를 밝혀주는 희망과 안식의 빛이다. 어머니는 다른 누구보다 후손에게만은 엄격한 스승이요 존숭의 의연한 모습으로 살아오셨다. 내 젊었을 시절에는 어머니의 서릿발 같은 훈육과 조금도 틈이 없는 바자위한 성정으로 꽤나 곤욕을 치른 것도 사실이다. 넉넉한 젖통이같이 부드럽고 따뜻한 그런 어머니 사랑을 그리워하기도 했다. 그러나 내 머리에 서리 앉은 나이가 되고부터 나는 어머니 앞에서는 어린아이가 되었다. 절로 머리가 숙여져 땅에 눈이 머물면 어머니 작은 발은 대지에 깊게 내린 뿌리요, 올려다보면 하늘과 같은 어머니 마음이 그 맑은 눈빛 속에 푸르게 머물러 있었다. 나는 종교를 갖고 있지 않다. 나로서는 어머니가 계시지 않는 우리 집안을 아직까지는 상상할 수 없다. 어머니가 동생네 집이나 수원 고향으로 내려가 며칠 집을 비울 때면 집 안이 텅 빈 듯하다. 외롭고 허전하여 불 꺼진 어머니 방에 형광등을 밤새 켜놓곤 한다. 그러므로 어머니는 오래전부터 내게 종교와 같은 절대적인 그 무엇이 되었다. 그 그늘이 아니고선 우리 집안은 물론 나라는 존재도 너울 센 바다에 떠도는 가랑잎이었으리라. 내가 그런 생각을 갖기는 오래전이고, 나는 다시 한번 그 고마움을 마음 깊이 새긴다.

(『소설문학』 1986년 5월호)

| 작품 해설 |

이야기와 운명

조연정(문학평론가)

1

 러시아 시인 만젤슈탐은 「소설의 끝」이라는 에세이에서 "소설은 독자를 개인의 운명에 관심 갖게 만드는 예술 형태"라고 말한 적이 있다.* 개인의 운명은 각기 다른 외적 환경이나 내적 성격에 따라, 아니 어쩌면 오로지 우연에 의해 천차만별의 양상을 띠게 되겠지만, 덧없는 시간의 흐름 속에서 스스로가 붕괴되는 모습을 절망적으로 지켜보아야 한다는 점에서 모든 인간은 동일한 운명을 공유한다고 할 수 있다. 이같은 고독한 운명에 맞서 '나'를 지켜내기 위해 고안된 인간의 본능 중 하나가 바로 '이야기하기'이다. "인간이 '이야기하는 동물'이라는 것은 무자비한 시간의 흐름을 '이야기하는' 행위를 통해 멈춰 세우고, 축적된 기억과 역사(공

---

*제임스 우드, 『소설은 어떻게 작동하는가』, 설준규 · 설연지 옮김, 창비, 2011, 156쪽에서 재인용.

동체의 기억)의 두께 속에서 자기 확인(identify)을 거듭하며 살아가는 동물이라는 것을 의미한다."* 우리가 소설을 통해 개인의 운명에 관심을 갖게 된다면, 이는 소설이 다루는 특이한 인물이나 기이한 사건과는 무관하게 '이야기하기'라는 소설의 형식 자체와 관련된 문제인지 모른다. 잃어버린 기억을 복원하며 '나는 누구인가'라는 질문에 답하고자 하는 인간의 본능은 이야기를 통해 가까스로 가능해지기 때문이다. 인간은 파편적 기억들을 그럴듯한 이야기로 엮어내며 허무라는 이름의 운명에 맞선다.

  다수의 기억인 역사도 만들어진 이야기이다. 엄밀히 말하면 역사란 다수의 기억이기 이전에 특정 이데올로기의 기억이라 할 수 있다. 사적 기억으로서 소설은 역사가 기억한 것을 오히려 망각함으로써 역사가 망각한 것을 복원해내는 역할을 한다. 역사와 소설이 만나는 장면은 그래서 흥미롭다. 뿐만 아니라 소설은 다수의 공적 기억이든 개인의 내밀한 기억이든 이야기되는 순간 모두 허구가 되어버리는 기억의 재현 불가능성을 몸소 보여주는 작업이기도 하다. 소설은 역사가 망각한 것을, 아니 시간이 파괴한 것을 쓰고 또 쓰면서 기억하려는 불가능한 시도를 되풀이하는 것이다. 한국 근대사에서 가장 충격적이고 불행한 사건인 한국전쟁이 개인의 삶에 어떤 방식으로 침투하였는지에 대해 지속적인 관심을 보여온 작가 김원일은 역사와 운명, 그리고 소설과 기억의 문제를 진지하게 숙고한 작가라 할 것이다. 역사의 격랑 속에서

---

*노에 게이치, 『이야기의 철학』, 김영주 옮김, 한국출판마케팅연구소, 2009, 25쪽.

이데올로기의 노예이자 인간 백정이 되어버린 아버지에 대한 끔찍한 기억을 회상의 방식으로 복원한 『노을』(1978)에서부터, 아버지가 부재한 전후의 처참한 가난 속에서 어머니의 혹독한 훈육과 더불어 집안의 장자로 자라나는 소년의 이야기를 그린 『마당 깊은 집』(1988)에 이르기까지, 김원일의 소설은 한국전쟁이라는 공적 기억의 사적 틈새를 메우는 작업에 주로 몰두해왔다.

흔히 분단 소설이라 일컬어지는 김원일의 작품들은 우리의 불행한 역사를 진지하게 마주할 기회를 제공했다 할 수 있을 것이다. 유소년 시절에 한국전쟁을 목도한, 작가와 유사한 체험을 공유하는 세대에게는 공감의 위안을 안겨주기도 했을 것이며, 이후 세대에게는 자신들이 체험하지 못한 역사를 주체적으로 이해할 기회를 제공했음도 분명하다. 월북한 아버지에 대한 복잡한 감정과 남은 가족의 불행을 반복적으로 그려온 김원일의 소설이 작가 개인의 삶과 무관하지 않다는 사실은 이미 잘 알려져 있다. 일찍이 김현은 프로이트를 참조한 마르트 로베르의 이론을 따라 김원일 소설을 가족 로망스의 소설적 변용이라고 명명한 바 있다.* 작중 인물들의 불행한 삶으로부터 개인적 뿌리와 더불어 사회적 뿌리를 함께 인식하도록 한 것은 『마당 깊은 집』과 같은 김원일 소설의 뛰어난 성과에 해당하지만, 김원일이 가족 이야기를 반복적으로 그리는 것은 결국 그에게 소설 쓰기가 '진짜 아버지 찾기'라는 자신의 정체성 확립에 관한 문제와 관련되기 때문이라고 김현은

---

*김현, 「이야기의 뿌리, 뿌리의 이야기」, 『김원일 깊이 읽기』, 권오룡 엮음, 문학과지성사, 2002, 234~236쪽.

지적했다. 「도요새에 관한 명상」(1979), 「환멸을 찾아서」(1983), 「잃어버린 시간」(1984), 「세월의 너울」(1986) 등 이 책에 실린 네 편의 중편소설들도 공통적으로 가족 이야기에 주목한다. 산업화 시대의 공해 문제로부터 이산가족의 문제, 혹은 옛 유가의 전통을 지켜내는 대가족의 모습을 다루는 이 네 편의 소설들은 가족 이야기를 반복한다는 사실 이외에도 '이야기하기'라는 형식 자체에 특별한 관심을 보인다는 점에서 유사하다. 화자의 시점을 달리하거나 과거와 현재를 교차 서술하는 형식 실험은 물론이거니와 이야기 안에 또 다른 이야기를 삽입하는 방식을 통해 김원일은 '이야기하기'에 관한 인간의 욕망을 부각시킨다.

　이제까지 그가 발표한 방대한 분량의 작품이 쓰기의 연속으로서의 작가의 삶 자체를 증명하는 것이 되겠지만 작품 곳곳에 숨어 있는 '이야기하기'의 욕망을 읽어내는 것도 김원일의 소설을 충분히 이해하기 위해 필요한 일이 된다. 김원일의 소설이 분단소설의 대명사임은 분명할 텐데, 한국전쟁이라는 특별한 사건에 괄호를 친다면, 결국 그의 소설은 혹독한 운명에 내던져진 인간이 이야기를 통해 스스로의 정체성을 찾아나가는 과정을 보여주는 근대소설의 전형으로 읽힐 수 있다. 이제 네 편의 소설들을 발표 순서대로 읽으며 개인의 운명과 소설의 형식에 대해 숙고해보자.

2

　「도요새에 관한 명상」은 작가 김원일이 분단 소설의 틀을 깨고 자신의 문학적 영역을 넓힌 사례로 기억되는 작품이다. 전쟁 중에 북에 가족을 두고 홀로 남하하여 실향민의 아픔을 간직한 채 살아가는 아버지와, 명문대에 입학한 수재였으나 긴급조치 위반으로 퇴학당해 피폐한 모습으로 낙향한 큰아들 병국, 그리고 그런 아버지와 형을 조소하며 적당히 인생을 즐기는 둘째 아들 병식의 시점이 순차적으로 서술되는 이 소설에서 중심이 되는 테마는 산업화로 인한 공해에 관한 것이다. 남한에서의 삶에 제대로 적응하지 못한 아버지의 "실향민으로서의 적막감"(56쪽)이 강조되기도 하며, 분단에 대한 아버지 세대와 아들 세대의 입장 차가 은연중에 드러나기도 하지만, 이 소설에서 가장 큰 비중을 차지하는 것은 하루아침에 집안의 자랑에서 수치로 전락한 큰아들이 "새에 미친"(10쪽) 사연이다.

아들에 대한 실망을 분노로 표출하는 허영심 많은 어머니와 철없는 동생의 경멸 어린 표정을 대하며 부적응자로 방황하던 병국은 동진강 하구의 철새와 나그네새에 관심을 두기 시작한다. 동남만 일대가 공업화의 도전을 받으며 그곳을 찾아오는 새의 종류와 수가 현저히 줄어든 점에 주목한 병국은 일본의 공해병인 미나마타병을 참조하면서 동진강의 수질 조사에 몰두하고 공해 문제를 세상에 알리기 위해 애쓴다. 실향민의 망향에서부터 학생운동에 이르기까지 세대를 넘나드는 다양한 사회적 문제가 드러나지만 1970년대 말에 발표된 이 소설에서 가장 주목할 만한 것은 작가가 공해와 환경 파괴의 현실에 대해 상당히 일찍부터 관심을 기울였다는 점이다.* 이와 같은 문제적 소재의 발견은 물론

---

*오생근, 「분단 문학의 확장과 현실 인식의 심화」, 앞의 책, 110쪽.

이 작품의 놀라운 성취에 해당되지만 「도요새에 관한 명상」의 숨은 주제는 자신의 환경으로부터 배제된 자의 정체성 찾기에 관한 것이라 할 수 있다. 병국이 새 소리를 듣는 장면을 읽어보자.

 죽음을 유보하면서도 삶답지 못한 생존의 늪에서 허우적거릴 때, 이 도시의 생활환경이 왜 자연을 파손시키느냐 하는 또 다른 문제에 나는 관심을 갖게 되었다. 동진강 하구의 삼각주 개펄에서 새 떼를 만났다. 실의의 낙향으로 술만 죽여내던 깜깜한 생활 안으로 나그네새의 울음이 들려오기 시작했다. 새가 내 머릿속으로 자유자재 날아다녔다. 수백 마리씩 떼를 지어 의식의 공간을 휘저었다. 내가 특별히 관심을 가진 것은 동진강 하구에서 자취를 감춘 도요새였다. 나는 깨어진 내 청춘의 꿈 조각을 맞추겠다고 도요새를 찾아 미친 듯 헤매었다. (37~38쪽)

 잿빛 하늘을 배경으로 어둠 속에 갈매기가 날았다. 바람 소리 속에 끼룩끼룩 우는 울음이 들렸다. 그 소리는 동료나 짝을 부르는 게 아니라 나를 부르는 소리로 바뀌었다. 나는 정말 새가 되고 싶었다. 새처럼 나를 해방시키고 싶었다. 고통의 원인을 제공한 이 땅을 떠나 이상의 세계로 떠나고 싶었다. 윤회설을 믿지 않지만 이승에서 새로 변신할 수 없다면 내세에서는 새가 되어 태어나고 싶었다. 선택권을 준다면 새 중에서도 시베리아나 툰드라가 고향인 도요새가 되고 싶었다. (49~50쪽)

병국이 동진강 주변의 공해 문제에 매달리게 된 것은 추구하던 이념을 잃고 방황하던 그에게 도요새가 하나의 상징으로 작용했기 때문일 것이다. "깜깜한 생활 안으로 나그네새의 울음이 들려오기 시작했다"(38쪽)라는 병국의 말은 자못 의미심장하게 들린다. 나그네새의 울음은 어쩌면 자신의 처지를 비관하고 방황하면서도 "약육강식의 시대에 아직 내가 맡아야 할 일이 남아 있을 거라며 주위를 살"(37쪽)피던 병국이 스스로 찾아낸 자기 삶의 방향키 같은 것이었는지 모른다. 익숙한 서식지로부터 쫓겨난 도요새는 환경으로부터 뿌리 뽑힌 자의 절망과 고통을 상징하기도 하며 스스로의 삶을 개척하려는 자유의지의 상징이 되기도 한다. "깨어진 내 청춘의 꿈 조각을 맞추겠다"(38쪽)며 도요새를 미친 듯 찾아 헤매는 병국을 통해 김원일은 결국 무참한 환경에 맞서 '나는 누구인가'라는 질문에 답하고자 하는 인간의 근원적 욕망을 효과적으로 형상화해낸다.

이같은 병국의 방황은 북에 두고 온 옛 약혼자를 그리워하며 "꿈을 파먹고 산다는 게 어, 얼마나 괴로운지 아냐"(52쪽)라고 울먹이는 아버지의 오랜 고통과도 공명한다. 이들과 심정적으로 친근하지는 않지만 "우리 세대의 타락은 그들로부터 배웠다", "나는 나 자신을 알지 못했다"(10쪽)라고 말하는 병식의 방탕한 일상 역시 마음의 고향을 잃은 자의 방황으로 읽는다. 「도요새에 관한 명상」은 산업화 시대의 공해 문제라는 특정한 소재를 경유하면서 결국 김원일 소설의 유구한 테마인 정체성 찾기의 문제를 그려내고 있다. 두 아들과 아버지 사이에서 초점화자가 달라지지만 끝까지 일인칭 시점을 유지하는 이 소설의 서술 방식은 이와 같은 주제와 관련하여 인물의 내면을 선명히 들여다보게 하는 효과적 장치가 된다. 1984년 동인문학상 수상작이며 역사와 운명, 소설과 기억이라는 김원일 소설의 주요한 테마를 두루 관통하는 「환멸을 찾아서」에서도 정체성 찾기와 관련된 작중인물의 방황과 노력은 지속된다. 이 소설은 북한에서 남한으로 흘러 들어온 한 권의 노트와 함께 시작된다. 강원도 면청 소재지에서 교사 생활을 하며 시를 쓰는 윤기는 어느 날 고기잡이를 나갔던 부친이 바다에서 건져온 노트 한 권과 마주한다. "비망록"이라는 표제를 달고 "경상북도 영덕군 병곡인 박중렬"(100쪽)이라고 작자의 출처를 밝힌 그 노트는 한국전쟁 당시 남한에 가족을 남겨둔 채 남로당 출신 혁명가로서 월북을 선택한 박중렬이 죽음을 앞두고 써 내려간 지난 삶에 대한 기록이었던 것이다. 박중렬과 마찬가지로 북에 두고 온 처자식을 그리워하며 살았던 윤기의 부친 오영감은 "하루도 잊어본 적이 없는 혈육들"(104쪽)이라는 문구가 적혀 있는 비망록 속 사연에 애달아 하면서도 "혁명투쟁론이 아니라, 한 자연인의 고백"(105쪽)일 뿐인 그 노트를 북으로부터 건너왔다는 이유만으로 두려워한다. 문학 지망생으로서 개인의 내밀한 고백에 호기심을 갖게 된 윤기는 노트의 원본을 경찰에 신고하는 한편 문학서클 동인인 정호와 함께 비망록의 사본을 확보한다.「환멸을 찾아서」는 북으로부터 건너온 사연을 남한의 가족에게 전해주기 위해 박중렬의 고향을 찾아가는 윤기의 이야기와, 비망록에 담긴 박중렬의 사연이 교차 서술되는 작품이다.

"자연인의 고백"임에도 불구하고 북으로부터 흘러온 박중렬의 사적 기록이 남한의 반공 이데올로기에 의해 두려움과 거부의 대상이 되는 모습은 분단으로 인한 한국 사회의 불행을 선명히 보여준다. 아버지의 월북으로 인해 갖은 고초를 겪은 장남 종우는 낯선 사람들이 들고 온 아버지의 소식에 강한 거부감을 드러낸다. 한편 "전쟁을 모르는 세대"(194쪽)라고 말하는 차남 종근은 윤기와 종호를 종가의 예법에 따라 극진히 대접한다. 스스로를 "방관자"(191쪽)로 칭하는 윤기와 종호는 박중렬 가족의 사연에 인간적인 호기심으로 접근할 뿐이다. 「환멸을 찾아서」는 이처럼 전쟁에 직접 연루된 자와 그렇지 않은 자들의 세대 간 격차를 극명히 보여준다. 그러나 이 소설에서 우리가 특별히 주목해야 할 부분은 죽음을 앞둔 자의 비망록 쓰기라는 행위 자체의 의미이다.

그들과 헤어진 지 어언 서른한 해가 흘렀다. 그들이 새삼 내 소식을 접하면 자실할 것이요, 리성을 되찾으면 맺힌 한으로 이 공책을 불살라버릴는지 모른다. 그 또한 어쩔 수 없으니, 사무친 원한은 내 책임으로 돌리겠다. 이 기록은 그들에게 속죄하는 마음으로 쓰는 참회록이 아니요, 무엇을 남겨보겠다는 사명감으로 쓰지도 않겠다. 이쯤에서 끝막지 않을 수 없는 인생의 종점에서 살아온 예순일곱 해를 회고하건대, 떠오르는 옛 얼굴이 생시와 꿈을 넘나들며 내 심사를 자주 헤집어, 지나온 이야기라도 들려주려는 마음의 넋두리에 지나지 않음을 미안하게 생각한다. 나는 이 기록에서 계급투쟁의 리념관을 펼칠 뜻이 없고, 정치적 목적에 뜻을 두지도 않았다. 개인사로 한 생애를 정리하자는 심사지만, 서찰 형식으로 쓰지 않겠다.(102~103쪽)

"회고록(回顧錄)"이라고 썼다가 "비망록(備忘錄)"이라고 고쳐 쓴 박중렬의 기록은 스스로 밝혔듯 남은 가족에게 참회하는 목적을 지니고 있지도 않고, 정치적 목적과도 무관하며, 그저 "한 생애를 정리하자는 심사"로 쓰여진 글이다. 비망록에는 월북한 이후의 그의 삶이 차분히 정리되어 있다. 우연한 역사의 흐름 속에서 숙청과 복권이 반복되는 가운데 그는 "청춘이 그렇게 매장될 수 없다"(116쪽)는 생각 하나만으로 북한 사회에서 자신의 존재를 인정받기 위해 고군분투했다. 위암 말기로 죽음을 앞둔 박중렬은 이같은 자신의 허무한 삶을 담담히 적어 내려가는 한편 비망록의 마지막 부분에서는 자신의 뿌리를 되짚어본다. "문벌 높은 집안의 종손"(162쪽)으로 자라난 어린 시절을 회상하며 조부로부터 들었던 시조 박제상과 그의 아들 박문량의 비범한 사연들을 복기해본다. 죽음을 목전에 둔 박중렬은 이처럼 자기 삶의 뿌리로 거슬러 올라가봄으로써 허망한 삶의 의미를 되새겨보고 있는 것이다.

박중렬의 기록 행위는 남한에 남은 가족에게 참회하겠다는 목적이나 자신의 삶을 기록을 통해 영원히 남기겠다는 욕망과는 무관하다. 중요한 것은 쓰기라는 행위 자체이다. 자유의지로 선택한 삶인 듯하지만 결국 자신이 운명의 피해자라는 것을 깨닫게 된 이후에도 그는 자기 삶이 스스로에게 허무로 인식되는 것을 피하기 위해 쓰기라는 행위에 몰두했던 듯하다. 「환멸을 찾아서」가 강조하는 것은 분단의 아픔이나 실향의 슬픔보다는 이같은 자기 확인의 과정 자체이다. 박중렬의 비망록이 남은 가족에게 전달되는가의 여부는 사실 그리 중요한 문제는 아닐 것이다. 그는 비망록 쓰기라는 행위를 통해 제 삶의 의미를 확정짓는 작업을 이미 완료했기 때문이다. 아버지의 삶의 기록이 전해진 이후 아들들의 삶도 크게 달라지지는 않을 것이다. 그들 역시 자신의 삶을 스스로 확정지어야 할 나름의 권리와 의무를 지니고 있기 때문이다.

　이 소설의 제목은 「환멸을 찾아서」이다. 인간이 그어놓은 이념의 금을 넘지 못해 일평생 혈육과 재회하지 못한 채 지독한 상실감 속에서 살아간 분단 세대의 삶이야말로 환멸 그 자체인지 모른다. 아니, 스스로 선택했다고 생각한 이념이 결국 자신의 삶을 송두리째 갉아먹은 것을 뒤늦게 깨달은 누군가의 삶이 환멸일 수 있다. 그런데 박중렬의 비망록을 읽어 내려가다 보면 자신의 삶을 회고하는 그의 태도가 '환멸'과 거리가 멀다는 사실을 알게 된다. 그는 오히려 '쓰기'라는 행위를 통해 자기 삶의 의미를 적극적으로 만들어가고 있는 것이다. 김원일은 이러한 인물을 통해 결국 인간의 모든 삶이 허무와 맞서는 외로운 싸움이라는 사실을 말하려 했는지 모른다. "그냥 쓰는 거야. 자기와 싸우며"(142쪽)라는 지방 출신 문인의 쓸쓸한 자기 다짐의 말은 허무라는 운명에 맞서는 모든 인간들에게 건네는 작가 김원일의 진지한 메시지가 되기도 한다.

3

　「도요새에 관한 명상」과 「환멸을 찾아서」가 한국전쟁이라는 역사적 불행을 경유하면서 '나는 누구인가'라는 실존의 문제를 탐색한 작품으로 읽힌다면, 가족 이야기를 전면에 내세운 「잃어버린 시간」과 「세월의 너울」은 정체성 찾기의 문제와 관련하여 가족의 관계를 보다 강조한 소설로 읽힌다. 앞의 두 작품이 전쟁 세대로서의 아버지와 전후 세대로서의 아들 간 부자 관계에 주목한다면 뒤의 두 작품에서 중심이 되는 것은 모자 관계라고 할 수 있다. 김원일 소설의 부자 관계에서 아버지를 인정할 것인가 거부할 것인가라는 아들의 딜레마가 핵심 사안으로 떠오른다면, 모자 관계에서 핵심이 되는 것은 아들을 통해 자신의 존재를 확증 받고자 하는 어머니의 욕망일 것이다. 아들에게 투사된 어머니의 욕망은 유독 장자에게만 엄격했던 『마당 깊은 집』의 어머니의 태도에서도 확인된 바이다.

　「잃어버린 시간」은 어떤가. 이 소설은 한국전쟁이 일어나던 해의 여름, 강정이라는 낙동강 강변 마을을 배경으로 한다. 열 살 남짓의 소년 종렬이 이 소설의 화자이다. 종렬의 아버지 한서는 전통적인 문벌 집안의 자식으로 서울에서 신교육을 받았으며 지금은 "빨갱이"가 되어 월북한 상태이다. 종가의 종손인 한서가 하숙집 종살이를 하던 족벌 없는 여자와 정식 혼례도 올리지 않고 낳은 자식이 종렬이다. 한서는 혁명가가 되어 북으로 가고 서울에 남겨진 종렬 모자는 네 해 전 이곳 강정 마을로 왔다. 종렬은 가까스로 종가의 호적에 올려졌으나 소년의 어머니는 종갓집 행락아낙의 신세로 겨우 아들 곁에 남게 된다. 북한군이 남하하고 있다는 불안한 소식이 들려오는 가운데, 종부가 되지 못한 채로 천대받는 종렬의 어머니는 하루빨리 남편이 고향으로 돌아와 자신들의 존재를 가족에게 제대로 인정받기를 바라고 있다.

낯선 곳에서 살게 된 종렬은 어머니에 대한 그리움과, 한 번도 만난 적 없는 아버지에 대한 알 수 없는 두려움 사이에서 불안을 느낀다. 전쟁 직후의 긴박한 상황을 소년 화자의 눈을 통해 생생하게 그려내면서 「잃어버린 시간」이 줄곧 강조하는 것은 다름 아닌 소년의 불안이다. 손자의 담력을 키워주겠다며 매일 밤 할머니가 들려주는 옛이야기도 종렬에게는 공포스럽기만 하다. 「잃어버린 시간」은 시대적 정황에 무지한 순진한 소년의 불안과 공포를 통해 한국전쟁이라는 역사적 사건의 불행을 극적으로 그려낸다.

공산군이 여기까지 쳐들어온다면 아버지도 그들과 함께 온다는 엄마 말을 소년은 되새기고 있었다. 아버지가 온다면 할머니는 춤을 추고, 맏고모와 막내고모는 아버지 손을 잡고 뛸 터였다. 엄마는 부엌 문설주에 기대어 오랜만에 함박웃음을 깨물 것이다. 나는 부끄러워서 뒤란이나 엄마 뒤에 숨을 테야. 숨어서 아버지를 봐야지. 아버지는 내가 없는 줄 알고, 종렬이 어딨어 하고 찾겠지. 그래도 나는 나타나지 말아야지. 또 다른 생각이 소년의 머릿속을 스쳐갔다. 할머니는 아버지가 돌아왔으니 늘 하는 말로, 문벌 좋은 집안에 새장가 들라고 말할 것이다. 엄마를 단박 내쫓고 말 테지. 어쩜 나까지 쫓겨날지 몰라. "인자 니들은 니들대로 나가서 살아여. 내 눈에 흙이 드가기 전에 한 지붕 밑에서 몬 살아여." 할머니의 그런 악퍼지름이 떠오르자 소년은 아버지 만날 일이 겁났다.(278쪽)

어머니가 종가의 일원으로 인정받지 못한 상황에서 부재하는 아버지는 소년에게 그리움의 대상이기 이전에 두려움의 대상이 된다. 어머니에 대한 분리 불안을 완전히 극복하지 못한 소년에게 아버지는 가족 내에서 자신의 위치를 상징적으로 인정해줄 존재로서 의미를 지니기보다는 오히려 어머니와 자신의 사적 영역을 박탈해갈 존재로서 두려움의 대상이 되는 것이다. 좌익 집안의 수난과 몰락, 전통 이데올로기와 사회주의 이데올로기의 충돌을 전면적으로 그리고 있는 「잃어버린 시간」은 결국 아버지에 대한 두려움과 어머니에 대한 분리 불안을 매끄럽게 그려낸 오이디푸스식 성장소설로 읽힐 수 있다. 소년의 아버지는 학살당한 인민 영웅으로 귀향하고, 할아버지의 유언대로 호적에 이름을 올리게 된 어머니는 목을 매 자살한다. 아버지도 어머니도 소년이 원하는 방식대로 돌아오지 않는다. 성장이란 한 번 잃어버린 것을 결코 되찾을 수 없다는 사실을 알아가는 과정일 텐데, 「잃어버린 시간」이 전쟁의 공포와 소년의 불안을 오버랩시키면서 강조하는 것은 바로 이같은 성장의 원칙이다. 잃어버린 시간을 돌이킬 수 없다는 성장의 법칙은 현재의 시점과 근미래의 시점을 교차시키는 서술 방식을 통해서도 강화된다. 미래로부터 바라본 현재는 이미 그 자체로 잃어버린 시간이기 때문이다.

「세월의 너울」 역시 종가의 이야기이다. 족보 없는 여성의 희생과 수난이 도드라졌던 「잃어버린 시간」과 달리 「세월의 너울」에서는 "종부(宗婦)의 소임을 다한 여장부"(326쪽)로서의 어머니의 모습이 강조된다. 소설의 화자인 '나'는 성공한 사업가이다. 한갓 상민 계층이었던 '나'의 조부는 타고난 근검·절약 정신을 바탕으로 사업을 일으켜 수원의 거부가 되었고 조부의 아낌없는 지원을 받은 삼형제는 사업가로 고급공무원으로 의사로 성공한 중산층 가정을 이루었다. "평생 일념을 사회적 신분상승에 걸었"(314쪽)던 조부는 수원의 몰락한 명문 집안의 셋째 딸을 며느리로 맞았고, 가정에 무심한 채 방탕한 생활을 일삼던 아버지가 병으로 사망한 이후에도 어머니는 종부의 소임을 다하며 할아버지가 일으켜 세운 가문을 튼튼히 지켜냈다. 이 소설은 아버지의 45주기 제삿날의 풍경을 그리며 이 대가족의 내력을 상세히 기술하고 있다.

물론 이 가족에게도 근심이 없지는 않다. 서울대학교 법대에 수석으로 합격했으나 남로당 당원으로 6·25 때 이복동생과 함께 월북해버린 아우 일식은 가족에게 내내 상처로 남았다. '나'의 장남은 첫사랑에 실패한 충격으로 자살했다. 차남 건모는 자폐증을 앓는 아들 완이를 위해 미국 이민을 선택함으로써 장손의 자리를 포기했다. 학생운동을 하다 구치소에 수감된 막내 아우 창식의 딸 건옥도 온 가족의 근심거리가 되고 있다. '나'는 "자식을 두고 근심하지 않는 부모가 어디 있으랴만 세상살이란 즐거움이 있다면 슬픔이 있고 그 슬픔 또한 삶의 속성일 것"(364쪽)이라고 말하며 "인생 역시 늘 그 너울을 타며 살게 마련"(364쪽)이라고 생각해본다. 이 소설의 '나'는 "누구나의 삶에는 그만큼 타당한 이유가 있"(338쪽)다고 인정한다는 점에서 한층 여유로운 세계인식을 드러낸다. "나는 아버지를 존경한 적이 없었다"(322쪽)라고 말하는 '나'에게 어머니의 존재가 마치 "종교"(398쪽)처럼 든든한 버팀목이 되어주었기 때문에 가능했던 일인지 모른다.

어머니 경우는 시아버지가 시할머니의 가계를 꾸몄음에도 이를 넉넉한 마음으로 감쌌음은 물론, 이를 넘어서서 스스로 본이 된, 그 생애가 아름다운 삶이었다. 그 아름다움이란 스스로를 겸손으로 감추는 가운데, 보는 이로 하여금 느끼게 하는 눈부심이다. 어머니는 바깥으로 널리 퍼지는 밝은 빛이라기보다 가까이 있는 혈육에게만 깜깜한 밤의 등불과 같이 주위를 밝혀주는 희망과 안식의 빛이다. 어머니는 다른 누구보다 후손에게만은 엄격한 스승이요 존숭의 의연한 모습으로 살아오셨다. 내 젊었을 시절에는 어머니의 서릿발 같은 훈육과 조금도 틈이 없는 바자위한 성정으로 꽤나 곤욕을 치른 것도 사실이다. 넉넉한 젖퉁이같이 부드럽고 따뜻한 그런 어머니 사랑을 그리워하기도 했다. 그러나 내 머리에 서리 앉은 나이가 되고부터 나는 어머니 앞에서는 어린아이가 되었다. 절로 머리가 숙여져 땅에 눈이 머물면 어머니 작은 발은 대지에 깊게 내린 뿌리요, 올려다보면 하늘과 같은 어머니 마음이 그 맑은 눈빛 속에 푸르게 머물러 있었다.(397~398쪽)

「세월의 너울」에서 반복적으로 묘사되는 것은 부재하는 아버지의 역할을 대신한 어머니의 강건한 모습이다. 시부모를 공경하고 자식들을 잘 건사해낸 어머니는 "깜깜한 밤의 등불과 같이 주위를 밝혀주는 희망과 안식의 빛"으로서 집안을 든든히 지켜냈다. 시아버지가 들려준 가족의 뿌리에 관한 비밀을, 즉 시아버지가 종의 자식이었다는 고백을 자신의 친정 쪽 미담으로 각색해 자식들에게 들려줌으로써 비천한 태생이라는 사실로부터 가족들을 지켜낸 장본인이 바로 어머니이다. 가족을 위해 일평생을 바친 어머니이지만 "옛 부도(婦道)를 편안한 마음으로 받들며 살아오셨으니 희생 세대란 말이 어울리잖아"(360쪽)라는 아들 윤식의 말은 어머니의 삶에 대한 정확한 해석이 될 수 있을 것이다. 종가에 편입되기 위해서라기보다는 스스로 자신이 속한 가족을 보잘것없는 근원으로부터 지켜내기 위해 온 힘을 다한 어머니의 태도는 정체성 찾기라는 김원일 소설의 반복되는 테마와 관련하여 가장 적극적인 사례 중 하나에 해당된다 말할 수 있다. 자신의 지난 삶을 담담한 태도로 복기하는 「환멸의 찾아서」의 비망록의 한편에 "하늘과 같은" 어머니가 만들어 들려준 가족 이야기가 놓여 있다. 김원일 소설의 불행한 인물들은 이처럼 '이야기하기'를 통해 '세월의 너울'이라는 각자의 운명에 맞서고 있다.

4

인간은 얼마나 연약한 존재이며, 또 얼마나 강인한 존재인가. 우리의 각양각색 삶은 결국 덧없는 시간 속으로 사라지게 된다는 불행한 운명을 공유하고 있다. 인간은 한없이 연약한 존재인 것이다. 그러나 이 불행한 삶을 각자 나름의 방식으로 건너며 결국 자기 존재를 스스로 확정할 방안을 고안해내고 있다는 점에서 인간은 한없이 강인한 존재이기도 하다. 한국 현대사의 불행한 사건들을 중심으로 역사로 인해 고통 받는 인간의 모습을 주로 그려온 김원일의 소설이 진정 우리에게 보여주고자 한 것은 아마도 부서지기 쉬운 인간의 연약함보다는 자기 삶을 지켜내려는 인간의 강인한 품위였는지도 모른다. 김원일의 인물들은 역사와 운명의 희생자인 듯하지만 자세히 들여다보면 자신의 운명을 스스로 만들어가는 개척자의 모습을 띠고 있다. 우리는 이러한 김원일의 인물들을 바라보며 겸허한 마음으로 인간의 운명에 눈 돌리게 되고 결국 단단한 마음으로 자신의 삶을 돌아보게 되는 것이다.

작가의 말

 소설전집 22권에 실린 네 편은 내 문학의 초기에 쓰인 중편소설들로 「도요새에 관한 명상」이 그 첫 작품인 셈이다.
 「도요새에 관한 명상」은 아동물 출판사에서 편집 일을 보며 학생용 백과사전을 만들 때 집필의 계기를 얻었다. 일본에서 나온 학생용 백과사전을 참고하던 중, 질소비료공장이 있던 미나마타시의 하천이 중금속에 오염되었고, 이 폐수를 식수로 사용한 주민 다수가 시의 이름을 딴 미나마타병에 걸렸다는 자료를 읽게 되었다. 사진작가 유진 스미스 부부가 미나마타병에 신음하는 주민을 찍은 르포 사진도 보았다. 당시 우리나라도 울산시를 중심으로 제4차 경제개발계획이 한창 추진 중에 있었으나 경제개발 논리에 덮여 공해 문제는 묻힐 수밖에 없었다. 그러나 우리나라도 공단 지역에 조만간 각종 공해 문제가 대두될 것임을 예상하고, 이 소설 집필에 착수했다. 당시는 유신 시절로 긴급조치가 발동되어 시국이 살얼음 밟던 때라 주인공을 운동권 대학생으로 설정한 것을 두고 정보부 검열단에서 문제시했던 에피소드가 있었다.
「환멸을 찾아서」는 아련한 기억으로 남아 있는 아버지를 회상하며 쓴 소설이다. 내 나이 여덟 살, 전쟁이 났던 그해 9월 26일, 아버지는 서울의 가족을 수습할 겨를도 없이 단신 월북했다. 그 뒤 오랜 세월 동안 집안 모두가 쉬쉬하며 그분 말을 입에 올리지 않았고, 어머니는 냉정하게 내내 침묵으로 일관했다. 내가 소설가가 된 후 어린 시절 기억에 남은 그분 몇 조각 모습에 근거하여, 그분의 생애를 나름대로 복원해보려 애썼다. 이 소설도 그런 동기에서 쓰였다. 소설을 발표한 뒤 당시 정보부가 반공용으로 운영하던 '내외통신'을 빌려, 남조선의 어느 작가가 쓴 「환멸을 찾아서」의 주인공은 소설로 만든 인물이며 우리 조국은 남조선에서 올라온 동지를 열렬히 환영하며 잘 대접한다는 요지의 저쪽 발언을 인용한 단문을 우리 신문 귀퉁이에서 읽었던 기억이 난다. 이 소설을 발표하고 난 십 년쯤 뒤, 나는 어떤 경로를 통해 월북한 아버지의 북한 이력을 간략하게나마 접할 수 있었는데, 그쪽에서 그분의 삶이 이심전심으로 내게 암시했던지, 북에서의 그분 생애가 소설 내용과 비슷했음을 알고 내심 신기하게 생각하기도 했다. 1976년 7월 말경 강원도 서광사 요양소에서 결핵에 따른 암(?)으로 62세에 영면한 아버지의 명복을 빈다.
「잃어버린 시간」(발표 당시 제목은 「不忘記」)은 힘들게 쓰인 소설로 기억에 남는다. 장편소설 『노을』(1978)을 비롯해서 남북분단을 소재로 한 단편소설을 연이어 발표하자, 리얼리즘 수법이 아닌 조금은 다른 형식으로 새 육이오전쟁 소설을 한번 써보았으면 하는 바람에서 이 소설을 구상하게 되었다. 소년이 보낸 하루를 현재 시점에서 따라가며 소년의 의식에 작용한 회상을 연결했고, □으로 표시된 부분은 미래의 시간대에서 일어날 사건을 따로 다루는 형식을 선택했다. 첫 발표 때는 미래의 시간대 역시 행간만 띄웠을 뿐 특별한 표를 하지 않았기에 작품을 읽은 이들이 현재와 미래가 반복되는 구성 방법을 두고 낯설다고 말해왔기에, 1997년 중단편전집으로 개정판을 낼 때는 초심을 해체해 미래의 시제에는 ■표를 붙여 구별했다. 이 소설 역시 내 다른 분단소설처럼 좌익 집안의 수난과 몰락을 다루었는데, 전통적인 유가(儒家) 집안에 닥친 사회주의 이념 문제와 자유연애에 따른 마찰에 초점을 맞추었다.

「세월의 너울」은 「잃어버린 시간」을 쓰고 난 이 년 뒤, 옛 유가 규범을 생활로 지키는 전통적인 가정을 다시 다루고 싶은 마음에서 쓰게 되었다. 특히 사대부 집안 여자들이 유가의 법도로서 내훈(內訓)을 어떻게 생활로 실천하며 지켜왔느냐를 들여다보고 싶었다. 우리 형제는 친가나 외가를 모르는 외로운 가정에서 자랐기에 장자인 나는 재래식 대가족제도의 전통을 은근히 흠모해온 게 사실이다. 그래서 시대에 맞지 않는 고루한 전통으로 여겨질지라도 지난날 우리 조상들이 생활의 근간으로 삼았던 예학(禮學)을 되짚어보고자, 옛 식대로 옷갖하여 집필했다. 한편, 「잃어버린 시간」에서 유가 집안 종부가 맡았던 악역의 빚을 갚아 마음의 짐을 덜었다.

「세월의 너울」만 별로 손대지 않았을 뿐, 앞의 세 중편소설은 이번 개정판을 내며 3할 정도 원고 분량을 줄였다.

2012년 4월

김원일